"AN INFINITE SUMMER" CHRISTOPHER PRIEST

限りなき夏

クリストファー・プリースト

古沢嘉通 編訳

未来の文学

FUTURE/LITERATURE

国書刊行会

日本版への序文

短篇を書くのは、長篇を書くのとおなじくらいむずかしいものである。短篇はたいてい短いという事実に欺かれてはならない！　本書のなかで例を挙げるなら、少なくとも一篇は長篇二冊を書き上げるよりも、長い時間を要した。それなのに、なぜわれわれは、交響曲ではなく、室内楽の曲を書くのだろうか？

自分の場合についてのみ語ることにしよう。一般化するのはなるべく避けたい。普段、長篇を書いている人間にとって、短篇は異なる分野である。簡潔さ、正確さを要し、一定の狭い範囲で雰囲気をかもしだし、物語を語る能力が求められる。だからと言って、短篇においてアイデアがとるにたりないものであることにはならない。アイデアのタイプは、長篇を構成するそれとは異なっているが、わたしの場合、短篇小説は、長篇小説とおなじように、本格的な取り組みを要し、求められるものが多いのである。

要するに、わたしは長篇と短篇の執筆を並行した活動であるとみなしている。両者に共通するものは多いが、まったくおなじものではない。

本書におさめられている作品のなかで、「限りなき夏」と「青ざめた逍遥」は、両方ともロマンティックな小説であり、実質的に、ほぼおなじ種類の話である。若者同士の思いやりのこもった愛情が両作の中心にある――どちらの場合も、愛は支障なく伝わるものの、それをとりまく環境が事態を困難なものにしてしまい、最終的には永遠につづくものにさせている。両作品ともに、過ぎ去りし時代への強い憧憬が描かれている。たまたまだが、「限りなき夏」は、わたしの長篇『スペース・マシン』――この作品自体、中心には恋愛がある――の脇筋にあいている小さな隙間にぴったり当てはまっている。二組の愛しあっている恋人たちが、ただテムズ川（両作品にこの川が登場）によって離ればなれにされている――これは小説の舞台で起こる出来事が同日、同じ場所で起こるものの、それぞれべつの岸にいるのでたがいに相手のことはわからないよう作者が仕掛けているからである。

「逃走」は、わたしにとってはじめて活字になった小説である。ほぼはじめて書いた作品でもある。じっさいには、この作品のまえに二、三作書きあげようとしたものはあったのだが。すばらしく風変わりな人物であり、画商、小説家、サーベル競技のチャンピオン、偉大なる編集者にして良き友であったキリル・ボンフィリオリが編集していた雑誌に掲載された。むろん、編集者と友人になる必要はないのだが、なった場合には、おまけがついてくる。キリルがこの小品を買ってくれたのには、興奮し、感謝したものだ。しかし、後年、この人物の人となりと奇妙な癖をよく知るようになると、うっかりまちがって買ってしまったのかもしれないという気がするようになった。

時間に関する実験、それが「リアルタイム・ワールド」と「赤道の時」のテーマである。両者は独立した作品で、それぞれ個別に読むことができるが、わたしのほかのいくつかの作品とゆるやかなつながりを持っている。

「赤道の時」は、〈夢幻群島《ドリーム・アーキペラゴ》〉を舞台にした連作の作品同士を結びつける概念をつづったものである。連作それぞれが時間に影響されないゾーンで起こっているという設定になっているため、とくにこの作品で、いかにしてそんなこと——時が毎日、おなじ時間で静止している世界——が物理的に可能なのかを説明しようとした。「リアルタイム・ワールド」は、初期に書いたもののひとつだが、わたしの作品に不可欠なテーマが驚くほど含まれており、そのテーマはそれ以降の長篇のなかで頻繁に現れている——たとえば、『逆転世界』における物理的存在としての時間や、アイデンティティの喪失、混乱していくアイデンティティ、外界に対して自閉している社会など。そうした題材を描こうとした最初の作品が「リアルタイム・ワールド」なのである。

残る三篇は、〈夢幻群島《ドリーム・アーキペラゴ》〉連作から選ばれた作品であり、いずれもさまざまな形で大人の愛を扱っている。

「ディスチャージ」は、軍事訓練中に洗脳されたのち、記憶を取りもどそうとする若い男の物語である。主人公は、《夢の大聖堂》と呼ばれている場所を発見して、内部に入っていき、そこで働いている者たちの協力を得て、おのれのアイデンティティだけでなく、画家としての才能もとりもどす。
　もう二作は、〈夢幻群島《ドリーム・アーキペラゴ》〉連作のホラー作品である。「火葬」は、愛に関するホラー小説を書こうとした試みだった。かつてじっさいにわが身に起こった胸の悪くなるような出来事に基づいている。細部はまったく異なっているが、自分が取り返しようのないことをしてしまったと悟る、あの恐ろしい瞬間の気持ちは、だれしも身に覚えがあるのではないだろうか。「奇跡の石塚《ケルン》」は、長篇ではなく短篇にする意図でこれまでに書いたなかでもっとも長い作品である。また、最初から、たんなるホラーストーリー以上のものにするつもりだった。恐ろしい出来事が物語の中心に据えられているのは確かだが、この話にはそれ以上のものがあることをおわかりいただけるはずだ。

二〇〇七年五月　イングランドにて

クリストファー・プリースト

目次

装幀　下田法晴＋大西裕二（s.f.d）

限りなき夏

限りなき夏

An Infinite Summer

一九四〇年八月

戦争はつづいていたが、トマス・ジェイムズ・ロイドにはどうでもよいことだった。戦争は不便で、彼の自由を制限したが、総じて、気にはならないものだった。不運によってこの野蛮な時代に連れてこられたものの、この時代のもろもろの危機はロイドの関心事ではなかった。彼は時代から隔絶し、時代の陰に隠れていた。

いま、ロイドはリッチモンドでテムズ川にかかる橋に立ち、両手を欄干に載せて、川沿いに南を眺めていた。日射しが川面に反射している。ロイドはポケットから金属ケースをとりだして、中に入ったサングラスをかけた。

夜だけが凍った時間の活人画《タブロー》から逃れる縁《よすが》となった。昼間は、黒いレンズが夜の代わりになってくれる。

最後にこの橋に心みだされることなく佇《たたず》んでいたのは、さほど遠いむかしとは思えなかった。あの日の記憶は鮮明で、それ自体が凍結した時間の一瞬間として少しも薄れてはいない。ここにいとこと立ち、市街地側からやってきた四人の若い男たちが流れに逆らって平底船を必死で動かそうとしているのを眺めていたときの様子を覚えている。

　リッチモンド自体は彼が若いころと比べて様変わりしているが、この川べりの風景は、おおかた記憶にあるとおりだった。堤防沿いに建物の数は増えているものの、リッチモンド・ヒルの下方にひろがる草地には人の手が入っておらず、トウィッケナム方向に向かって、川沿いの遊歩道が川のカーブしたところで途切れているのが見通せた。

　いまのところ、街は静かだった。空襲警報が数分まえに鳴っていたため、通りを行き交う車はまだ若干残っているものの、通行人のほとんどは店や事務所のなかなどの臨時の防空壕に入っていた。

　ロイドは彼らのもとを離れ、ふたたび過去に歩を進めた。

　ロイドは背が高く、がっしりした体軀の男で、じっさいの年齢よりもずいぶん若く見える。見ず知らずの人間からは二十代後半にみられることが何度もあり、内気で、無口な男である彼は、その勘違いを訂正せぬままに放っておいた。サングラスの奥で、ロイドの目はいまだに若者特有の希望をたたえて輝いているが、目尻の無数の小皺と、肌のたるみがずっと歳上であることを示していた。もっとも、そのことも実年齢を知る手がかりとはならない。トマス・ロイドが生まれたのは一八八一年で、六十歳に手が届こうとしていた。

　ロイドはチョッキのポケットから懐中時計をとりだし、十二時をわずかに過ぎたばかりなのを確認した。アイルワース・ロードにあるパブに行こうと向きを変えたとき、川のほとりの小径に男がひとり立っているのに気づいた。過去と未来を執拗に思いださせるものを濾《こ》しとるサングラスをかけていても、その男がロイドみずから凍結者と名づけた連中のひとりであることはわかる。若い男で、肉づきの良い体に若禿げの頭がのっていた。若者はロイドに気づいていた。というのも、ロイドが男を見下ろしたときに、わざとらしくそっぽを向いたからだ。いまのロイドに凍結者を恐れる必要はなかった。しかし、連中はいつもまわりにいて、その存在はロイドをかならず落ち着かない気持ちにさせた。

　遥か遠く、バーンズの方角から、あらたな空襲警報が間延びした音で警戒を呼びかけてくるのが聞こえた。

一九〇三年六月

世はなべて平和で、ほんのり暑いくらいの天気だった。トマス・ジェイムズ・ロイドは、ケンブリッジ大学を出たばかりの二十一歳で、口髭をたくわえ、足取りも軽く、リッチモンド・ヒルの丘肌に生えた木々のあいだを陽気に歩いていた。

　その日は日曜日で、大変な人出だった。この日朝早くにトマスは父母と妹とともに教会のミサに参加し、むかしからリッチモンドのロイド家専用となっている信徒席に腰を降ろした。リッチモンド・ヒルの屋敷は、二百年以上にわたってロイド家のもので、当代当主ウィリアム・ロイドは街のシーン側に建つ家屋の大半を所有すると同時に、サリー州最大の事業のひとつを経営していた。まさしく富裕な一家であり、いつかはその富が相続によって自分のものになることを頭の片隅においてトマス・ジェイムズ・ロイドは暮らしていた。

　このように世俗の事柄が保証されているので、トマスは、おのれの関心をだれはばかることなくもっと重要な性質をもつ活動に向けることができた――すなわち、シャーロット・キャリントンとその妹のセイラに。

トマスがふたりの姉妹のどちらかといずれ結婚することは、むかしから両家が認めている決まり事であったが、まさに姉妹のどちらと結婚することになるかというのが、ここ何週間もトマスの心を占めていた。

ふたりのどちらを選ぶかは、おおきな問題だった——と、トマス自身はそう考えていたものの——もし自分の意志で選べるものなら、結論はすでに出ていたはずだ。トマスにとってあいにくなことに、将来の資本家兼地主のよき妻になるのはシャーロットのほうであると姉妹の両親が明言していた。いろんな観点から見て、それはそのとおりだった。

問題は、トマスが妹のセイラに熱烈に惚れこんでしまったにもかかわらず、そのことを姉妹の母親が気にも留めなかったことだった。

二十歳のシャーロットは、申し分なく美しく、つきあっていてとても楽しい女性だった。どうやらトマスから結婚の申し出がなされたら承諾する心づもりでいるらしく、だれが見ても、彼女には上品さと知性が充分にそなわっていた。とはいえ、いっしょにいても、たがいの興味を惹くような話題をろくに持ち合わせていなかった。シャーロットは野心的で伝統にとらわれない女性——と自分では言っていた——で、しょっちゅう歴史物の小冊子を読んでいた。彼女が夢中になっていることといえば、サリー州のさまざまな教会を巡って、そこの真鍮記念碑の拓本をとることだった。度量が大きく、物わかりのよい若者であるトマスは、シャーロットが趣味を持っているのを喜んだが、その興味をわかちあうことはできずにいた。

セイラ・キャリントンは、まったく異なる相手だった。姉より二歳年下で、それゆえに母親の見るところでは、まだ結婚するにはふさわしくなく（あるいは、少なくとも、シャーロットの夫が見つかるまでは）、高嶺の花であるがゆえの人気があったが、じっさいに魅力的な人物でもあった。トマスがシャーロットの許《もと》に足を運びはじめたころ、セイラはまだ学生だった。シャーロットと自分の妹に抜け目なく質問した結果、セイラがテニスとクローケーをするのが好きで、自転車に乗るのも大好きで、最新流行のダンス・ステップならなんでもござれであることを聞きだしていた。キャリントン一家の写真アルバムをこっそり見て、セイラもまた、とびきり美しいことがわかった。セイラの美しさは、はじめて直接会ったときに確認し、トマスはたちまち彼女に恋するようになった。それ以来、おのれの関心のありようを伝えようと腐心し、多少の成果をあげていた。すでに二度、セイラとふたりきりで話をしていた。トマスを常にシャーロットといっしょにいさせようとするキャリントン夫人の熱意を考えに入れれば、けっしてささいな成果ではない。一度目は、キャリントン家の応接室で数分間、ふたりきりになった。二度目は、家族でピクニックに出たおりに、二言三言、ことばを交わすことに成功した。ごく簡単な会話であったが、妻に選ぶのはセイラをおいてほかにないとトマスを確信させるにはそれで充分だった。

そういうわけで日曜日のこの日、トマスの心は浮き浮きとはずんでいた。じつに道理にかなった計略によって、最低一時間はセイラとふたりきりでいられることが確実だったからだ。

この計略の手先となったのは、ウェアリング・ロイドなるトマスのいとこだった。ウェアリングはつねづねトマスの目に、恥知らずな田舎者と映っていたが、シャーロットが彼について好意的なことばを述べていたことを思いだし（また、おたがい、とても似合いの相手になるだろうと思い）、午後に川のほとりでも散策しようと提案したのだった。きちんと事情を打ち明けられているウェアリングは、散歩しているあいだにシャーロットの歩みを遅らせ、トマスとセイラを先に行かせる手はずが整えられていた。

トマスは待ち合わせ時刻より五、六分早く到着し、ゆったりとあたりを歩きながら、いとこを待った。水際まで木々が植わっているせいで、川のほとりはとても涼しく、ボート小屋の裏の小径を散歩している婦人たちの何人かは日傘を畳み、肩にまわしたショールをしっかりとつかんでいた。

ようやくウェアリングがやってくると、いとこ同士、愛想よく挨拶し——近年にないほど愛想よく——渡し船で川を渡ったほうがいいか、遠回りして橋を利用したほうがいいか話し合った。まだ時間の余裕はたっぷりあったので、後者のコースをたどることにした。

散歩のあいだ、トマスはウェアリングにこれから起きることをおさらいし、ウェアリングは、まかせとけと請け合った。今回の手はずは、ウェアリングにも都合がよかった——彼はシャーロットのことを、セイラに劣らず感じがよい娘であることに気づいていて、姉のほうと話す話題がたっぷりあったのだ。

その後、川向こうのミドルセックス側に向かってリッチモンド橋を渡る際、トマスは立ち止まり、石の欄干に両手を置いた。視線の先で、四人の男が平底船を流れにさからって岸へつけようと悪戦苦闘していた。岸には彼らより歳上の男がふたりいて、まったく違う指示を怒鳴っていた。

一九四〇年八月

「避難したほうがいいですよ。万一の場合に備えて」

トマス・ロイドは、すぐそばから声をかけられて驚き、振り向いた。空襲監視員《エア・レイド・パトロール》だった。黒っぽい制服に身を包んだ年輩の男で、上着の肩のところと金属製のヘルメットにステンシル刷りされたA

ＲＰの文字が見える。丁寧な口調とは裏腹に、男は疑わしそうにロイドを見ていた。リッチモンドでロイドがやっていた臨時雇いの仕事の給金では、食住をまかなうのがやっとで、かろうじて残った金もたいていは酒に消えていた。それゆえ、いまだに五年まえとおなじ服を着ており、まさにぼろぼろの恰好だった。

「空襲があるんだろうか？」ロイドが訊ねた。

「だれにもわかりませんよ。ドイツ野郎は港への爆撃をつづけているけれど、いつ市街部を攻撃しだしてもおかしくない」

ふたりとも南東の空に目をやった。青空高く、何本も白い飛行機雲が縮れて浮かんでいる。それを別にすると、だれもがひどく恐れているドイツ軍爆撃機の気配はなかった。

「用心するよ」ロイドは言った。「散歩しているところでね。もし空襲になったら建物からは離れる」

「それでよろしいでしょう。だれか外出している人に会ったら、警報が出ていることを知らせてやってください」

「そうしよう」

監視員はロイドにうなずくと市中に向かってゆっくり歩いていった。ロイドはかけていたサングラスを一瞬持ち上げ、男の姿を見つめた。

ふたりがいましがた立っていたところから数メートル離れたところに凍結者のこしらえた活人画《タブロー》がある――ふたりの男とひとりの女だ。この活人画《タブロー》にはじめて気づいたとき、ロイドは、そのなかの人物を入念に調べて、その服装から、彼らが十九世紀なかごろのどこかで凍結されたにちがいないと判定した。いまのところ、ロイドが見つけたなかでいちばん古いものであり、それだけに格別の関心を抱いていた。活人画《タブロー》が腐食する瞬間は予想できないことをロイドは学んでいた。何年ももつものもあれば、たかだか一日か二日しかもたないものもある。この活人画《タブロー》が少なくとも九十年はもっているという事実は、たんに腐食進度がいかにきまぐれであるかを示しているにすぎない。

凍結された三人は、脚をひきずりながら歩道を歩いていく空襲警報員の目の前で、歩いている形に停止していた。警報員は三人に向かって歩を進め、彼らに気づいた気配を微塵も示さず、ぶつかる瞬間には、彼らを通り抜けていた。

ロイドはサングラスをかけ直した。三人の姿はぼやけて、おぼろげになった。

一九〇三年六月

ウェアリングの将来性は、トマスのそれと比べた場合、ささやかで、ぱっとしないものに見えた。それでも一般の基準に照らせば、充分立派なものだった。したがって、キャリントン夫人(ロイド家の富の分配に関して、直近の家族を別にするとだれよりも詳しい)は、ウェアリングを丁重にもてなした。

ふたりの青年は冷えたレモン・ティーを出され、庭の縁に植える花壇について意見を求められた。キャリントン夫人のおしゃべりによく慣れているトマスは、簡単に答えるにとどめたが、ウェアリングは相手を喜ばそうとしてくわしく説明しはじめた。女性陣がやってきたときも、したり顔で植え替えや花壇への植え付けについて話していた。姉妹はフランス窓から庭に出て、芝生を横切って青年たちに向かってきた。

いっしょにいるところを見ると、ふたりが姉妹であることは明らかだったが、トマスの燃えあがる目には、一方の娘の美しさがもう片方を文句なく凌駕《りょうが》して映った。シャーロットの表情のほうがきまじめで、その立ち居振る舞いはよりそっけなかった。セイラは控えめでおどおどした態度を装っていた（それがたんなる衒《てら》いであることをトマスは知っていたのだが）。彼女が近づいてきて、握手をしてくれたときに浮かべたほほ笑みを見て、いまこの瞬間からおのれの人生が永遠につづく夏になることをトマスは十二分に確信した。

若い四人と姉妹の母親が庭をそぞろ歩いているうちに二十分経った。初めのあいだトマスは計画を試してみたくてじりじりしていたが、数分もすると、はやる気持ちを抑えることができるようになった。キャリントン夫人とシャーロットのふたりともがウェアリングの話をおもしろがっている。これは思いがけぬおまけだった。なにしろ、午後は丸ごと残っているのだし、これまでの数十分は見事に過ごされてきたのだ！

ようやく社交上の儀礼から解放され、四人は計画していた散策に出かけた。娘たちはそれぞれパラソルを手にしていた——シャーロットのは白で、セイラのはピンク。川のほとりの遊歩道に向かって芝生を通っていくと、長く伸びた芝にドレスがさらさらとこすれ、シャーロットはスカートを少したくしあげ、芝のせいで綿の生地が汚れちゃう、とこぼした。

川が近くなるにつれ、ほかの人々が立てる音が聞こえてくる——子供たちの歓声、街からやってきたカップルが笑いあっている声、舵手《コックス》の指示でエイトのオールがそろって川面を叩く音。ほとりの遊歩道にたどりつくと、青年ふたりは女性陣に手を貸し、踏み越し段を越えさせた。二十メートルほど離れたところで一匹の雑種犬が川から勢いよく上がり、ぶるっと体を震わせ、水滴をまき散らしている。

遊歩道は四人が並んで歩けるほど広くはなく、トマスとセイラが先を行くことにした。一度だけ、トマスはウェアリングの視線をとらえることができた。相手はかすかにうなずき返した。

数分後、ウェアリングは一羽の白鳥と数羽の雛が葦のそばを泳いでいるところを見せようとしてシャーロットを引き留めた。トマスとセイラはゆっくりと先を進んだ。

そのころには街の中心部からはずいぶん離れており、草原が川の両岸に広がっていた。

一九四〇年八月

パブは道路から少し引っこんだところにあり、店の正面の一画は石敷きになっている。戦争がはじまるまで、そこには外で酒が飲めるように金属製の丸テーブルが数卓置かれていたが、去年の冬のあいだにスクラップ用に取り除かれてしまった。このことと、爆風に備えて窓ガラスに十文字のテープが張られていることを別にすると、表向き、戦争の耐乏生活を示す印はなかった。

店に入り、ロイドは一パイントのビター・ビールを注文し、受け取ってテーブルについた。酒に口をつけ、バーにいるほかの客を眺めやる。

ロイド自身と女のバーテンダー以外に、四人の客がいた。ふたりの男がひとつのテーブルにいっしょにいて、むっつりとした顔で坐っていた。ふたりのまえには、スタウトが半分空になったグラスがあった。べつの男がドアのそばのテーブルにひとりで坐っていた。目のまえに新聞を広げ、クロスワード・パズルをじっと見つめている。

四人目の人物、壁にもたれて立っているのは、凍結者だった。この凍結者が女性であることにロイドは気づいた。男の凍結者同様、くすんだ灰色のオーバーオールを着て、凍結装置のひとつを手にしている。それは現代的な携帯カメラのような形をしており、首にかけたストラップで吊していたが、カメラよりもずいぶん大きく、立方体に近い。正面の、カメラなら蛇腹やレンズがついているところには、ほぼ不透明ないしは半透明の四角い無色のガラスがあり、そこを通して凍結ビームが射出されるのだ。

ロイドはまだサングラスをかけていたせいで、あやうく女の姿を見過ごすところだった。女はロイドの方向を見ているようだったが、数秒後、あとずさって壁を通り抜け、ロイドの視界から消えた。

女のバーテンダーが自分を見ていることに気づき、ロイドが彼女に目を向けると、すぐに相手はその視線をとらえて話しかけてきた。

「やつら、こんどはやってくるかしら？」

「考えてみたくもないな」ロイドは会話に引きこまれたくないと願いながら答えた。ビールをつづけざまに呷《あお》る。さっさと飲んで帰りたかった。

「あのサイレンのせいで商売はあがったり」バーテンダーは言った。「昼間のあいだ、ひっきりなしに鳴って、夜にもそうなることがあるの。しかも、いつだって間違い警報なんだから」

「そうだな」ロイドは言った。

彼女はさらに話をつづけたが、ほかの席にいる客から声がかかり、そちらに給仕に行った。ロイドは大いにほっとした。ここで人と話したくなかったからだ。あまりにも長いあいだ孤独をかこっており、現代風の会話をする要領をついぞつかめずにいた。誤解されることがじつによくあった。元々、同時代の人間のなかでも堅苦しい話し方をするほうだったからだ。

酒を飲みに立ち寄ったことを後悔しはじめていた。いまは、あの草原に立ち寄るのにうってつけの機会だったはずなのに。空襲警報が出ている以上、あそこにはほんの少しの人間しかいないはずだった。川のほとりを歩くときは常にひとりでいたかった。

ビールの残りを飲み干すと、腰を上げ、ドアに向かった。

そうして初めてドアのそばに最近できた活人画《タブロー》があることに気づいた。ロイドは活人画《タブロー》を探しているわけではない。目にすると心がかき乱されるからだが、それでもなお、あらたなものには関心をそそられた。

テーブルにふたりの男とひとりの女が坐っているように見える——画像がぼやけているので、ロイドはサングラスをはずした。たちまちその鮮明さに驚かされた。太陽の下で撮影されたもので、その明るさのせいで、おなじテーブルの奥に坐ってしつこくクロスワードを見ている現実の男に影を投げかけていた。

凍結された男の片方はほかのふたりよりも若く、やや離れて坐っていた。煙草を吸っている。というのはテーブルのはじに煙草が置かれ、吸い口が木製テーブルの天板から一センチほど突きだしていたからだ。もうひとりの男と女性はふたり連れで、手を握りあっており、男のほうがかがんで女の手首にキスをしようとしていた。女の手に唇をつけ、目をつむっている。女のほうは、四十は優にこえているが、まだ体の線は崩れておらず、魅力的である。ほほ笑みを浮かべていることから、男の態度を面白がっている様子だった。とはいえ、彼女は男友達を見ていなかった。その代わり、テーブルをはさんで向かいに坐っている若いほうの男を見ていた。若い男は口元にビール・グラスを持っていき、キスの様子を興味を抱いて見ているところだった。テーブルの上には男の手つかずのビター・ビールのグラスと女のポート・ワインのグラスがある。若い男の煙草からのぼる煙は、灰色で渦を巻いており、太陽の陽を浴び、空中で静止していた。床に向かって落ちた灰が敷物から数センチ手前で宙に浮いていた。

「なにか用かい、あんた?」クロスワードに取り組んでいる男の声がした。

ロイドはあわててサングラスをかけた。この何秒かのあいだ、はたから見れば、自分が男を凝視しているように見えたであろう。

「もうしわけない」そう謝ってから、たびたび利用している言い訳に頼った。「どこかでお見かけしたことがあったような気がしたんです」

男は近眼のように目をすがめた。「生まれてこのかた、あんたと会ったことは一度もないな」

ロイドは気もそぞろにうなずくふりをして、ドアへと進んだ。つかのま、凍りついた三人の犠牲者をまた一目見た。ビール・グラスを手に、冷静に見つめている若い男。上体を水平になるくらい傾け、キスをしている男。若い男をちらちら見ながら、自分に向けられた関心のすべてを楽しんで、ほほ笑みを浮かべている女。陽に照らされ、曲がりくねっている紫煙。

ロイドはパブを出て、暑いくらいの陽光のなかに一歩踏みだした。

一九〇三年六月

「きみのお母さんは、ぼくをお姉さんと結婚させたがっている」トマスは言った。

「ええ。シャーロットは望んでないけれど」

「ぼくもだ。この件に関するきみの気持ちを訊かせてくれるかな?」

「おなじ意見よ、トマス」

ふたりはたがいに少し離れて、ゆっくり歩いていた。歩きながらふたりとも小径の砂利を見つめ、おたがいに視線を合わせなかった。セイラは日傘を指でまわしており、傘のふさ飾りが揺れて、もつれあっている。いま、ふたりは川沿いの草原でほぼふたりきりになった。ウェアリングとシャーロットはおよそ二百メートル後方にいる。

「ぼくらは赤の他人だろうか、セイラ？」

「赤の他人ってどういう意味？」セイラは少し間を置いてから答えた。

「こうやって親密な感じになったのも、これが初めてだろ？」

「それも計略によって、ね」セイラは言った。

「どういう意味？」

「あなたがいとこに合図するのを見たもの」

トマスは顔が赤らむのを感じたが、午後の明るさと暑さのせいで、気づかれずにすむだろうと思った。川面では、エイトが方向転換を終え、ふたりのそばをふたたび通り過ぎようとしていた。しばらくして、セイラが口を開いた。「あなたの質問を避けているわけじゃないのよ、トマス。わたしたちが赤の他人かそうでないのか、さっきからずっと考えているの」

「で、きみの答えは？」

「多少はおたがいを知るようになったみたい」

「もう一度きみに会えるなら願ってもないんだ、セイラ。計略を巡らせる必要なしに、ということだけど」

「シャーロットとふたりで母に話します。もうずいぶんあなたのことは話し合ってるのよ、トマス。

ただし、母とはまだだけど。姉の気持ちを傷つけることは心配しなくていいわ。シャーロットはあなたのことを気に入っているけれど、まだ結婚する気がないし」

トマスは、どきどきしながら、自信が一気に膨れあがるのを感じた。

「では、きみはどうだろう、セイラ？」トマスは訊いた。「これからも誘ってもいいだろうか？」

すると、セイラはトマスから離れ、小径の端に生えている背の高い芝草を踏みわけていった。トマスは、セイラが長い裾をひきずり、日傘がくるくると光を放ちながらピンク色にまわっているのを見た。セイラの左手が脇でぶらぶら揺れ、スカートを軽くこすっていた。

セイラは言った。「あなたの申し出がとても嬉しいことだと気づいたわ、トマス」

セイラの声はかすかだったが、そのことばは静かな部屋で口にされたかのようにはっきりとトマスの耳に届いた。

トマスは即座に反応した。かんかん帽をさっと脱ぎ、両腕を大きく広げた。

「愛するセイラ」トマスは叫んだ。「ぼくと結婚してくれるかい？」

セイラはトマスのほうに顔を向け、しばらく真剣な面もちで彼を見つめて動かなくなった。日傘はセイラの肩に留まり、もうまわっていなかった。ほどなく、相手が本気で言っていることを見てとって、セイラは笑みを浮かべた。トマスの目に、セイラもまた頬に薄く紅を掃いたように朱がさしているのが映った。

「ええ、もちろん結婚します」セイラは言った。

幸せな思いがセイラの目に輝いていた。セイラは左手を差しだしながら、トマスに近づいてゆき、トマスは片手で麦わらのかんかん帽を高くあげたまま、彼女の手を取ろうと右手を差しだした。

トマスとセイラのどちらも、その瞬間、水際からひとりの男がまえに進み出て、小さな黒い装置を自分たちに向けたのに気づけるはずがなかった。

一九四〇年八月

警戒解除のサイレンは鳴らなかったが、街はふだんの生活に戻ろうとしていた。車がリッチモンド橋を行き交い、道路沿いにアイルワース側へ少しいったところでは、食料雑貨店の表に並ぶ人の列ができはじめていた。縁石には配達用の車が停まっている。日課の散歩にようやく出かけられるようになって、トマス・ロイドは活人画《タブロー》を見てもさほど心騒ぐことがなくなり、サングラスをようやくはずしてケースに戻した。

橋の中央で馬車が転覆しかけていた。御者は、緑色のお仕着せを着て、光沢のある黒いシルクハットをかぶった中年の貧相な男で、左腕を高く掲げていた。その手には鞭が握られており、鞭紐の部分が橋の上でくねるように優雅な弧を描いている。男の右手はすでに手綱から離れ、落馬する衝撃を必死に和らげようとして、道路の堅い表面に向けられていた。うしろの無蓋の客車には、ベールをかぶり、黒いビロードの上着を着た、化粧の濃い年輩の婦人がいた。車軸が折れたときに座席の上で横に投げだされ、恐怖のあまり両手をあげたままだ。馬具をつけた二頭の馬のうち、一頭は事故に気づいていない様子で、駆ける途中で凍結されていた。だが、もう一頭のほうは頭をうしろにそらせ、両方の前脚を持ちあげている。鼻の穴を大きく広げ、遮眼帯にはさまれた目は白目をむいていた。

ロイドが道路を渡るあいだ、中央郵便局の赤い配達車が活人画《タブロー》を通り抜けていった。運転手はまったくその存在に気づかなかった。

凍結者のうちふたりが、川のほとりの遊歩道へと下る勾配のゆるい坂のうえで待ち構えていた。ロイドが向きを変え、遠く離れた草地に向かって小径をたどりはじめると、ふたりの男は少し離れてそのあとをつけていった。

一九〇三年六月から一九三五年一月

ふたりの若い恋人たちが囚われの身になった夏の日は、長く伸ばされた一瞬になった。

トマス・ジェイムズ・ロイド――左手にかんかん帽を高く掲げ、右手を伸ばしている。右のひざをあたかもこれからひざまずこうとしているかのようにわずかに曲げ、幸せそうな表情と期待感を満面にたたえている。髪が三カ所で逆立っているので、そよ風に髪が乱されているようだが、これは帽子を脱いだせいだった。先ほどまで襟の折り返しに留まっていた小さな羽虫が、危険を本能的に感じて飛び立とうとしたまさにその瞬間、まにあわずに凍結されていた。

やや離れたところにセイラ・キャリントンが立っている。陽光が顔に降り注ぎ、ボンネットから垂れた鳶色《とびいろ》の髪を明るく染めていた。片足をトマスのほうに踏み出している。レースを縫いつけられたスカートの裾から、ブーツにくるまれた足が覗いていた。右手はピンクの日傘を肩から離し、いまにも喜びのあまりそれをうち振ろうとしているように見える。笑いながら、柔和で茶色の瞳は目のまえにいる青年を愛情こめて見つめていた。

ふたりの手はたがいに向かって伸ばされていた。セイラの左手はトマスの手から二センチほどしか離れておらず、その指はトマスの指をとらえようとしてすでに曲げられていた。

差しのべられているトマスの指は、ついさっきまで不安な緊張のあまり、こぶしを握りしめていたので、ところどころ白く血の気が失せてまだらになっていた。
全体の光景――数時間まえに降った驟雨《しゅうう》で濡れている背の高い芝。小径にはうす茶色の砂利。草原に咲き誇る野の花。ふたりから一メートルと少ししか離れていないところで、ひなたぼっこをしているクサリヘビ。ふたりの服。それぞれの肌の色……それらすべてが超自然的な輝きによって強い輝度と彩度になった色で描かれていた。

一九四〇年八月

航空機のエンジンの音がした。

航空機はロイドがいた時代には未知の存在だったが、いまではすっかり慣れていた。戦前に民間航空機――インド、アフリカ、極東まで飛んだ偉大なる飛行艇――があったことを頭では理解していたが、一度も現物を見たことはなく、戦争が始まって以来、目にするのは軍用機だけだった。この時代のほかのだれともおなじように、ロイドは空高く黒い機影が飛んでいる光景と、ぶーんとうなり、ずんずん響く敵爆撃機の特徴ある飛行音にはなじみになっていた。毎日、イングランド南東上空で空中戦がおこなわれていた。爆撃機が防衛網を突破してやってくることもあれば、こないときもあった。

ロイドは空をちらっと見上げた。さいぜん見かけた飛行機雲は、パブの店内にいるあいだに消え失せて、ずっと北の彼方に白い雲が現れた。

川のミドルセックス側をロイドは歩いていた。川向こうを見渡し、彼がいた時代から街が発展した様子を見てとった――サリー側でかつては家並みを隠していた木々はおおかた姿を消し、代わりに店や事務所が建っている。こちら側では、川から距離を置いて家が建てられていたのに、いまでは川のそばにさらにたくさんの家が建ち並んでいた。あの当時から変わっていないのは、木造のボート小屋だけで、ペンキをかなり塗り直す必要があった。

ロイドは過去と現在と未来の焦点にいた――ボート小屋と川そのものだけが、ロイドと同様にはっきりとした存在だった。未来のどこかわからない時点からやってくる凍結者たちは、あやふやな夢のように普通の人間には感知できない存在で、光のなかを影のように動きまわり、あの装置で一瞬の時を盗み取っていく。活人画《タブロー》自体は、凍りつき、孤立し、実体を失い、沈黙する永遠のなかで、未来の世代の人々が見にやってくるのを待ちつづける。

すべてを取り巻いているのは、戦争に取り憑かれた激動の現在だった。

トマス・ロイドは、自分のことを、過去でも現在でもなく、両者の産物であり、そして未来の犠牲者であると感じていた。

と、そのとき、街の上空高くから、爆発音とエンジンのうなり声が聞こえ、ロイドの意識に現在が侵食してきた。英国の戦闘機が一機、機体を傾け、南に向かって遠ざかっていき、ドイツの爆撃機が炎上しながら墜落しようとしていた。数秒後、ふたりの男が爆撃機から脱出し、パラシュートが開いた。

一九三五年一月

まるで夢から覚めたかのように、トマスは我に返り、はたと気がつく瞬間を味わったが、すぐにその瞬間は消え去った。

目のまえにセイラがいた。自分のほうに手を伸ばしている。強調された明るい色彩のけばけばしさが目に飛び込む。凍りついたあの日が動かぬままでいる。セイラの笑み、幸せそうな顔、プロポーズの受け入れ――それはほんの一瞬まえの出来事だった。

だが、すべては見ている間に色あせていった。トマスは彼女の名を大声で呼んだ。セイラは動かず返事もせず、静止したままだった。彼女のまわりの光が暗くなってゆく。

トマスはまえにつんのめった。全身がどうしようもない無力感に襲われ、地面に倒れた。夜になっていた。雪がテムズ川のほとりの草原に厚く積もっていた。

一九四〇年八月

衝突する瞬間まで、爆撃機はほとんど音もなく落下した。炎上しているのは片方のエンジンだけだったが、両方とも停止しており、炎と煙が機体からこぼれだし、空に厚い黒雲を残した。飛行機は川がカーブしている場所近くに墜落し、大爆発が起こった。

一方、航空機から脱出したふたりのドイツ人パイロットは、パラシュートにぶらさがって揺れながら、リッチモンド・ヒルを越えて風下に流されていった。

ロイドは小手をかざし、ドイツ兵たちが着地するであろう場所を見定めようとした。ひとりは飛びだすまえに機体にかなり運ばれており、ずいぶんこちらに近く、ゆっくりと川に向かって落ちてきた。街の民間防衛当局は、おさおさ警戒を怠りなかった。というのも、パラシュートの姿が現れてからほとんど間をおかずに、警察と消防の鐘の音が聞こえたからだ。

少し離れたところでなにかの動く気配がして、ロイドは振り返った。彼をつけてきたふたりの凍結者に別のふたりの凍結者が加わっており、そのうちひとりは、パブにいるのを見かけたあの女だった。

いちばん歳下とおぼしき凍結者が装置を掲げ、川向こうに狙いを定めたが、ほかの三人が若者に話しかけていた（ロイドは彼らの唇が動くのを見、顔に浮かぶ表情を見ることはできたが、いつものように、彼らの声は聞くことができなかった）。若者はほかの三人のうちひとりが制止しようとする手を振り払い、土手を下って水際に歩み寄った。

ドイツ兵のひとりはリッチモンド・パークのはずれ近くに降りてきて、リッチモンド・ヒルの頂上近くに建てられた家の向こうに落下したため姿が見えなくなった。もうひとりは、突然の上昇気流にほんの少しのあいだ持ち上げられ、川を横切って運ばれ、いまは地面から十五メートルほどの高さにいた。ドイツ人操縦士がパラシュートの紐を引っぱり、必死で土手のほうに自分の体をもっていこうとしているのが見てとれた。白い幕から空気がこぼれでて、男はさきほどより急速に落下した。川べりにいた若い凍結者は、装置を構え、機械に組みこまれているレフ・ファインダーの助けを借りつつ狙いをつけた。一瞬ののち、川にはまらないように苦闘しているドイツ兵の努力は、彼が予想もできなかったであろう方法で報われた――川面から三メートル上空で、衝撃の激しさに備えようとひざをたわめ、頭上の紐を片方の腕でつかんだ姿勢のまま、ドイツ兵は凍結させられた。

凍結者は装置を降ろした。川のこちら側からロイドは宙づりになっている哀れな男を見つめた。

一九三五年一月

夏の昼から冬の夜への移り変りは、トマス・ロイドが意識を恢復したときに見いだした変化のなかでもっとも小さなものだった。ロイドにとっては数秒のあいだに、安定と平和と繁栄の世界から、活力あふれる暴力的な野望が全ヨーロッパをおびやかす世界に移行したのだった。そのおなじ短時間で、ロイド自身、確かな将来という保障を失い、貧困者になりはてていた。なかでもいちばん応えたのは、セイラに対して感じた愛情の高まりを成就することがもうできないということだった。

夜だけが活人画《タブロー》から逃れる縁《よすが》となった。セイラは依然として凍った時間に閉じこめられていた。

ロイドは夜明けの少しまえに意識を恢復し、わが身になにが起こったのかわからぬまま、リッチモンドの市街にゆっくりと歩いて戻った。ほどなく、陽がのぼり、小径や道路に点在している活人画《タブロー》や、侵略的な未来の半世界のなかでひっきりなしに動いている凍結者たちを照らしだした。ロイドはまだその活人画《タブロー》と凍結者にわが身の苦境の原因があることや、活人画《タブロー》や凍結者の姿を感知できるのは自分自身も凍結させられていたから、といったことをわかっていなかった。

リッチモンドで警官に見つかり、病院に連れていかれた。そこで、雪のなかに倒れていたせいで肺炎を患ったものとされ、のちに彼の状態を唯一説明できるであろう記憶喪失患者として扱われながら、トマス・ロイドは、凍結者たちが病棟や廊下を動きまわるのを目にした。ここにも活人画《タブロー》はあった——ベッドから落ちかけている瀕死の男、眉間に深い皺を刻んで病棟から歩み出たところで凍りついている若い看護婦（五十年前の制服に身を包んでいる）、恢復棟のそばの庭でボールを投げている子供。

治療を受けて健康を取り戻していくうちに、ロイドはあの川のほとりの草原に戻らねばならないという考えに取り憑かれた。そして、完全に恢復するまえに、自主的に退院して、その場所へとまっすぐ向かった。

そのころには雪は溶けていたが、気温はまだ低く、地面を白い霜が覆っていた。川べりの、小径のそばで芝草が濃く茂っている一画に、夏の一瞬が凍りついており、そのまんなかにセイラがいた。

ロイドは彼女を見ることができたが、彼女はロイドを見ることができなかった――ロイドは自分がつかむ資格のある手をつかめるはずなのに、指はその幻影をすりぬけてしまう。彼女のまわりを歩くと、瑞々しい夏の芝を踏みわけている気分にはなれたが、薄い靴底からは、冬の土壌の冷たさを感じるばかりだった。

そして、夜がやってくるとすぐに過去の一瞬は見えなくなり、トマスはセイラを見るという苦しみから解放された。

時が経っても、ロイドが川のほとりの小径を歩いて、セイラのまえに立ち、彼女の手を取ろうとして自分の手を伸ばさなかった日は一日たりとてなかった。

一九四〇年八月

パラシュートで降下してきたドイツ兵が川の上空で宙づりになっている。ロイドはふたたび凍結者たちを見やった。彼らはいまなお最年少の男がとった行動に文句をつけているようだったが、その結果に感心しているようでもある。ロイドにとっても、これまでに見たなかでもっとも劇的な活人画《タブロー》のひとつにちがいなかった。

凍りついているため、兵士の目がかたくつむられ、川に飛び込むことを予想して指で鼻をつまんでいるのを見ることができた。だが、よく見ると飛行機に乗っているあいだに負傷していたこともはっきりわかった。血が茶色の飛行服に黒く染みをつけているのだ。この活人画《タブロー》は、おもしろいものであると同時に痛ましいものだった。ロイドにとって、いかに今のこの現在が非現実的なものであったとしても、この時代の人間にとっては幻想でもなんでもないと気づかせるものだった。

じきに、ロイドはその不運な航空兵に対する凍結者たちの格別の関心を理解した。というのも、前触れなしに凍結した時間ポケットが腐食して、若いドイツ兵は川に落下したのだ。パラシュートが膨らみ、兵士の上に折り重なっている。川面に浮かびあがると、兵士は両手を振りまわして、からみつくパラシュートの紐から逃れようとしている。

ロイドが活人画《タブロー》の腐食するのを見たのは初めてではないが、凍結されてからこんなにすぐにそれが起こったのは見たことがない。ロイドが立てた仮説では、活人画《タブロー》の凍結されている時間は、犠牲者が凍結装置にどれだけ近づいていたかによる——航空兵は少なくとも五十メートルほど離れていた。ロイド自身の場合、ロイドが活人画《タブロー》から逃れられたのにセイラは逃れられなかった、その唯一の説明として考えついたのが、彼女のほうが凍結者に近かったにちがいないというものだった。

川の中央でドイツ兵はパラシュートから逃れることに成功し、対岸に向かってゆっくりと泳ぎはじめた。落ちてゆくのを当局に観測されていたのだろう、兵士がボート小屋のスロープ状の浮き桟橋にたどりつくまえに、四人の警官が道路の方角からやってきて、兵士が水からあがるのに手を貸した。彼は抵抗するそぶりも見せず、弱々しく地面に横たわり、救急車の到着を待った。

ロイドはほかにただ一度だけ、活人画《タブロー》が急速に腐食するのを見たときのことを思い出した。ある凍結者が交通事故を防ごうと介入したのだ——うっかり車の行く手に踏みだした男が歩く途中で凍結させられた。車の運転手は急停止をし、目を丸くして、あたりを見まわし、自分が轢き殺すところだと思った男を探したが、どうやら事故とかんちがいしたと思ったのだろう、何事もなく走り去っていった。活人画《タブロー》を見ることができる力のあるロイドだけが、男の姿をまだ見ることができた——あとずさり、恐怖の面もちで両腕を振りまわし、手遅れだとわかっていながら、やってくる車を見ている。三日後、ロイドがその場所に戻ってみると、活人画《タブロー》はすでに腐食し、男は姿を消していた。その男はロイド同様、そしていまはドイツ航空兵と同様、過去と現在と未来が落ち着きなく共存している半世界を動きまわっていることだろう。

ロイドはパラシュートの幕が川をただよって沈んでしまうまで眺めていたが、やがて背を向け、草地への散歩にもどった。そうしていると、川のこちら岸に姿を現していた凍結者までも、自分のうしろをつけてくるのに気づいた。

川がカーブした場所にたどりつく。いつもはこのあたりでセイラの姿が見えはじめるのだが、ロイドが見たのは草原に墜落した爆撃機だった。地面に衝突した際に起こった爆発で草に火がつき、その煙が燃えている機体の残骸から出る煙と混じって、ロイドの視界を曇らせた。

一九三五年一月から一九四〇年八月

トマス・ロイドは一度もリッチモンドを離れることはなかった。慎ましい生活を送り、臨時仕事を見つけ、できるかぎり目立たぬように心がけていた。

過去はどんな様子だったのか？　一九〇三年六月二十二日、セイラとともに姿を消したとおぼしき状況から、自分が彼女と駆け落ちしたという結論が導きだされたことをロイドは知った。著名なリッチモンドの名家の当主である父のウィリアム・ロイドは、息子を勘当し、相続権を取り上げた。キャリントン大佐夫妻は、トマスの逮捕に報奨金を出す旨発表していたが、一九一〇年に引っ越していった。さらに、いとこのウェアリングがシャーロットと結婚することなく、オーストラリアに移住したことを知った。自分の両親はすでに亡くなり、妹の行方をたどるすべはなく、一家の屋敷は売却され、取り壊されていた。

(地元の新聞のファイルを読んだその日、トマスは悲嘆に暮れてセイラとともに立ちつくした)

未来はどんな様子なのか？　それはどこにでもいて、ずかずかと立ち入ってくる。凍結された後に解放された人間だけが感知することができる面の上に存在していた。その目的はわからないが、自分たちの過去の画像を凍結するために訪れた者たちという形をとっている。

(凍結者と呼んでいる影のような連中が何者なのかはじめて理解した日、トマスはセイラのかたわらに立ち、警戒するようにあたりを見まわしていた。その日、ロイドの理解を感づいたかのように、凍結者のひとりが川の土手を歩きながら、青年と時間に囚われた恋人の姿を見つめていた)

現在はどんな様子なのか？　ロイドは現在を好むこともなく、そこに生きる人間とわかちあうこともなかった。それは異質で暴力的でぞっとするものだった……だが、脅威に感じているというわけではなかった。彼にとって、現在はほかのふたつの次元と同様、曖昧な存在感しかなかった。過去と凍りついた画像だけがリアルだった。

(初めて活人画《タブロー》が腐食するのを見た日、トマスは草原まで走りづめに走り、夕方になるまで立ったまま、セイラが伸ばした手に実体化の兆しがないか探しつづけた)

一九四〇年八月

市街地は遠く離れ、家並みが木々に隠されているこの川のほとりの草地にいるときだけ、トマスは現在との一体感を感じた。ここでは過去と現在が溶けあっている。トマスの時代からほとんどなにも変わっていないからだ。ここでセイラの画像のまえに立っていると、自分がまだ一九〇三年のあの日におり、かんかん帽を掲げ膝を曲げている青年のままだという気になれた。ここではめったに凍結者を見かけることはなく、目に入るいくつかの活人画《タブロー》も自分があとにしてきた世界のものと思いこむことができた（小径の先にいる、鱒を釣り上げた瞬間に時間が止まっている年輩の釣り人。ばあやとともに不機嫌そうに歩いているセイラー服姿の少年。よそ行きの服を着て、恋人にあごをくすぐられ、可愛いらしくえくぼを浮かべている若い女の使用人）。

だが、きょうは現在が荒々しく侵入していた。爆発炎上している爆撃機の破片が草原に撒き散らされていた。残骸からあがった黒煙が油っぽい雲となって川面に広がり、くすぶっている草の白煙が川のそばでたなびいている。地面のかなりの部分がすでに炎で黒くなっていた。

セイラの姿が煙にまぎれて見えなくなっていた。

トマスは立ち止まり、ポケットからハンカチを取りだした。川べりで身をかがめ、ハンカチを水に浸し、いったん絞ってから鼻と口に当てた。

背後を見やり、凍結者が八人もいることを目に留めた。トマスが用意をしているあいだも、彼らは彼になんら関心を払わず、煙をものともせず歩きつづけていた。燃えている草原を通り過ぎ、残骸が一番残っているところに向かっている。凍結者のひとりはすでに装置になにか調整を加えようとしていた。

この数分、そよ風が吹きはじめ、地面にただよっていた煙を火もとからさっと運び去った。そのおかげで、煙の上にセイラの姿が浮かびあがるのをトマスは見た。炎上する航空機がすぐそばにあることに不安を感じて、急いで彼女に近づいていった。炎も爆発も煙も彼女に危害を与えることはないとわかっているのに。

セイラの近くにいくと、くすぶっている草を足で蹴散らした。ときおり、変わりやすい風が煙をトマスの頭のところで渦巻かせた。煙が目に染みて涙があふれ、濡れたハンカチは草の燃える煙に対してフィルターのような役目は果たしていたものの、航空機からあがる油っぽい煙霧にいきなり包まれると、えぐい煙にむせかえり、あえいだ。

仕方なく、トマスは待つことに決めた――セイラは凍った時の繭《まゆ》につつまれ安全である。数分もすると火は自然に燃え尽きてしまうだろう。ただ彼女といっしょにいたいがために窒息してしまうのはばかげたことだった。

トマスは燃えている部分の際まで引き下がり、川でハンカチをゆすぎ、腰を降ろして待つことにした。

凍結者たちは、興味津々の様子で残骸を調べていた。どうやら炎と噴煙のなかをくぐって、大火災の最深部に入っているようだ。

トマスの右方向の遠くから鐘の音が聞こえ、しばらくすると草原の反対側の端に沿っている細い道路に消防車が停まった。何人かの消防士が車を降り、立ったまま、草原の向こうの残骸を眺めた。それを見て、トマスの心は沈んだ。次にどういうことになるのかわかったからだ。墜落したドイツ軍機の写真を新聞で見たことが何度かある――調査のため残骸が運び去られるまで必ず軍の警備が敷かれるのだ。もしここでそうなれば、トマスはセイラに何日かは近づけなくなる。

だが、いまこの瞬間なら、まだ彼女といっしょにいるチャンスはあるだろう。消防士たちとは離れすぎていてなにを言っているのか聞き取れないものの、消火しようとする気配はない。依然として煙は機体から上がっていたが、炎は消えており、煙の大半は草が燃えたものだった。近くに家はなく、風が川に向かって吹いているため、炎が広がる可能性はほとんどなかった。

トマスはふたたび腰を上げ、足早にセイラに向かって歩いていった。すぐにたどりつき、彼女は目のまえに立っている。目は陽光を浴びて輝き、日傘が持ち上げられ、腕を伸ばしている。セイラは安全な領域にいた。煙がセイラを吹き抜けていくものの、彼女の足もとの草は青々として、湿り気を帯び、涼しげだった。五年以上にわたって毎日しているように、トマスはセイラのまえに立ち、彼女の活人画《タブロー》が腐食する兆しを待った。まえに何度もしたように時間が凍りついている区画に足を踏み込んだ。一九〇三年の草を踏んだかに見えたが、炎が脚を包みこみ、トマスはあわてて退かねばならなかった。

トマスは凍結者たちが自分に近づいてくるのに気づいた。どうやら残骸を満足するまで検分しおえ、どれも時間凍結で保存する価値はないと判断したようだ。トマスは連中を無視しようとしたが、その不吉な沈黙は容易に忘れ去ることはできない。

煙がトマスのまわりに流れこむ。草の燃えるにおいがきつく、むせかえりそうだった。トマスはふたたびセイラを見た。あの瞬間、時間が彼女のまわりで凍りついたのとおなじように、彼女に対するトマスの愛情も冷凍保存されている。時は減少することなく、保たれたままだった。

凍結者たちはふたりを見ていた。トマスは八つのぼんやりした人影が、自分から三メートルと離れていない場所から興味深げにこちらを見ていることに気づいた。そのとき、草原の奥から消防士のひとりがトマスに向かってなにか叫んだ。ここにひとりで立っているように見えているのだろう――だれも活人画《タブロー》を見ることができず、だれも凍結者のことを知らない。その消防士がトマスに近づきながら、腕を振り立ち去るように命じた。一分かそこらすれば消防士はこちらにたどりつくだろうが、それだけの余裕があればトマスには充分だった。

凍結者のひとりがまえに進み出た。トマスは煙の真ん中で、捕らえられた夏が薄れはじめたのを目にした。煙がセイラの足もとで立ちのぼり、炎が彼女の足首のまわりの、時間が凍りついていた草を舐めていった。彼女のスカートの裾が焦げはじめた。

そして自分に向けられたセイラの手が下がった。

日傘が地面に落ちる。

彼女の頭がまえにだらんと下がった……が、すぐに彼女は意識を取り戻し、三十七年まえにはじまったトマスに向かう一歩を踏み終えた。

「トマス？」セイラの声ははっきりしていて、元のままだった。

トマスはセイラに駆け寄った。

「トマス！　煙が！　なにが起こってるの？」

「セイラ……愛しい人！」

彼女が自分の腕のなかに飛びこんでくると、トマスはスカートに火がついていることに気づいたが、腕を彼女の肩にまわし、愛情をこめて、優しく抱きしめた。頰と頰をすり寄せ、あれほど昔に赤く染まった頰の温もりをいまなお感じることができた。髪がボンネットの下にこぼれ落ちてセイラの顔を包み、腰にまわした腕にこめられた力は、トマスが腕にこめた力と変わらないほど強かった。

まわりでかすかに灰色の動きがあるのをトマスは目にしたが、すぐに物音は静まり、煙は渦を巻くのをやめた。スカートのレースについた炎も消え、ふたりを温めている夏の太陽が活人画《タブロー》に柔和な光を投げかけた。過去と未来がひとつになり、現在は消え失せ、生が静止した。永遠の生へと。

青ざめた逍遥

Palely Loitering

1

子どものころ、夏の一番のお楽しみは、フラックス流路公園への年に一度のピクニックだった。公園は家から五十マイルほど離れたところにあった。父は自分の流儀を通さずにはおれない人で、作りたてのローストハムがなければ父にとってピクニックの名に値しないものであったため、料理人がその支度をはじめるのが、わたしたち子どもには、いつも最初の手がかりになっていた。わたしは、毎日、地下の食料庫へこっそり忍びこみ、鉄のフックにかけられて天井からぶらさがっているハムの数を数えるようにしており、一本欠けているのを見つけるとすぐに姉と妹のところへ駆けつけ、報告するのだった。翌日、クローブといっしょにローストされたハムの豊かな芳香に屋敷は充たされ、わたしたち三人の子どもは、苦心して知らんぷりを演じるのである――内心、みな胸躍る期待にわくわくしているが、同時に、ふだんと変わらぬようふるまおうと、はやる気持ちを抑えた。なぜなら、ピクニックに選ばれた日の朝、その日の計画を父が発表するのもお楽しみの重要な一部だったからだ。

わたしたちは父親を畏怖しながら育った。父はよそよそしくて、厳格な人間だった。仕事がもっとも忙しくなる冬場の数カ月は滅多に父の姿を見ることはなく、母や家庭教師から伝えられる指示を通じてしか、父の様子は伝わってこなかった。夏のあいだ、父はその距離を埋めようとはせず、食事どきにしか、子どもたちと席を同じくしないで、夜はひとりで書斎にこもっていた。けれども、年に一度、父はにこやかな人になる。そのことだけでも、公園への遠足は喜びの元になっていた。父はその小旅行に期待している子どもたちの興奮をよくわかっており、それに調子を合わせてくれ、なにかと芸達者な一面も見せた。

ときには、ありもしない不行跡を理由に、わたしたちを叱ったり、罰したりするふりをした。ピクニック当日は使用人たちが休みを取る日だったかね、と母に訊ねたり、健忘症にかかったふりをしたり——その間ずっと、やがてどうなるか心得ているわたしたちは、テーブルの下でひざを抱えて坐っていたものだ。そして、ようやく父は魔法の言葉「フラックス流路公園」を口にし、わたしたちは喜びとともに見えすいた芝居をやめてかん高い歓喜の声をあげて、母の元へ駆け寄るのだった。使用人たちがせわしなく動きまわって、朝食を片づける。台所からは皿がかちゃかちゃ音を立て、柳細工の大型バスケットのきしむ音が聞こえ……ついには、表の砂利敷きの私道に蹄と鉄枠の車輪音が聞こえ、わたしたちを駅に連れていってくれる貸馬車が到着するのだ。

2

両親は結婚した年から公園にでかけていたはずだが、わたしにとって、ピクニックにでかけた最初のはっきりとした記憶は、七歳のときのものだった。わたしが十五歳になるまで、家族そろって毎年でかけていた。いまも思いだせる九回の夏のあいだ、ピクニックへいった日が一年でもっとも幸せな一日だった。どのピクニックもそっくりおなじで、記憶のなかで合成された一日になっていた。それくらい慎重に父はわたしたちに対するもてなしを演出してくれていたのだ。それでも、反抗といたずらをしでかしたために、ある一日がほかの日よりも浮き上がってしまった。そして、その後、フラックス流路公園のあの夏の日が以前とおなじものにもどることはけっしてなかった。

それはわたしが十歳のときの出来事だった。その日は、ほかのピクニックの日とおなじようにはじまり、貸馬車が到着するころには、使用人たちが列車の客室を予約するため先にでかけていた。一同が馬車に乗りこむと、女料理人が屋敷から走りでてきて、手を振って見送ってくれた。彼女は子どもたちひとりひとりに、口寂しさを紛らわすための剝きたての人参を渡してくれた。わたしは自分の分を受け取ると、まるごと口に放りこみ、頰を内から尖らせながら、ゆっくりとしゃぶったりかじったりして徐々に嚙み砕き、水気をたっぷりふくんだかたまりにした。がたごとと駅まで向かうあいだに、わたしは、一、二度、父のほうへ目を走らせ、音を立てて物を食べるんじゃないと言われでもしないかと様子をうかがった……だが、その日は、なにもかもが休日あつかいで、父はなにも言わなかった。

母は、車内で子どもたちの向かいに坐り、いつものように姉と妹にあれこれ指図していた。「サリーン(わたしの姉だ)、マイクルから目を離さないようにね。マイクルが走りまわるのはわかっているでしょ」(人参をしゃぶっていたわたしは、その人参で頰を膨らませながら、横目でサリーンをにらんだ)「それから、テレーザはお母さんのそばを離れないこと。だれも流路に近づきすぎちゃだめですよ」母の指図は早すぎた——列車の旅は興味の順からいうと二番目に過ぎなかったのだが、公園に行くまでにあったので、こちらは気もそぞろになっていた。

わたしは列車の旅を楽しんだ——煤けた煙のにおいを嗅ぎ、白い幽霊がついてくるように蒸気が客室の窓を渦巻きながら通り過ぎていくのを眺めた。だが、姉と妹は列車の動きに不慣れで乗り物酔いにかかった。とくにサリーンの具合がひどかった。母がふたりの世話を焼き、遠く離れた客室から使用人たちを呼びつけているあいだ、父とわたしは気をもみながら隣り合って坐っていた。サリーンが客室から連れだされ、テレーザの不調がおさまると、わたしは座席の上でそわそわしはじめた。首を伸ばしてまえを見て、流路の銀色の帯が少しでも見えないか確かめようとした。

「お父さん、今回は、どの橋を渡るんでしょう？」つづいて、「去年みたいに、二本の橋をきょうは渡れるんですか？」

答えはいつもおなじだった。「着いてから決める。おとなしくしていなさい、マイクル」

そうこうするうちに到着し、いつも両親を急かそうとして、その手を引っ張っていく。入場料が支払われるあいだ、門のところで矢も楯もたまらずじれる。最初のダッシュで、公園の敷地である緑の芝生のスロープを駆けおりる。木々を避け、流路を見ようと高く飛び上がり、すでにそこにおおぜい人がいるか、そうでもないのを見て、がっかりして叫んだりした。父はそんな子どもたちを見て、にっこりほほ笑み、パイプに火を入れる。フロックコートの前裾をめくり、ベストのポケットに両方の親指を突っこむと、母と腕を組んでふたり並んで悠然とおりてくる。姉と妹それにわたしは、そのときの体調によって、歩くか走るかして流路に近づくが、間近にあることに恐れおののいて足取りをゆるめ、あえてそれ以上近寄らないようにした。振り返ると、父と母が木陰からこちらに手を振っていて、必要もないのに危ないよと警告しているのが見えた。

いつものように、流路にかけられている時間橋の料金所に急いだ。時間橋こそ、この日の遠出の理由そのものだったからだ。それぞれの受付に列ができており、入場料を払うためにゆっくりと前に進んでいた――わたしたちのように子どもたちが小躍りしている家族連れや、手を握りあっている若いカップル、ひとりで来て、おなじようにひとりで来た異性の客をしげしげと眺めている男や女。わたしたちはそれぞれの列の人数を数え、たがいに数えた結果を熱心に照らしあわせて、両親のもとに駆けもどった。

「お父さん、〈明日橋〉には二十六人しか並んでいません！」

「〈昨日橋〉にはひとりもいないわ！」サリーンが、いつものようにわざとらしく主張した。

「〈明日〉へ渡ってもいいでしょう、お母さん？」

「去年行ったじゃないの」サリーンは、列車の酔いのせいでまだ機嫌が悪く、わたしを弱々しく蹴飛ばした。「マイクルはいつだって〈明日〉にいきたがるんだから！」

「そんなことないよ。〈昨日〉用の列のほうが長いじゃないか！」

母がなだめるように言った。「お昼を食べてから決めましょう。そのころには列も短くなっていますよ」

父は、暗い色をした古いヒマヤラスギの下で使用人たちが敷物を広げているのを眺めながら言った。「しばらく散歩しようではないか、おまえ。子どもたちも来てもいいぞ。一時間かそこらで午餐《おひる》としよう」

この日二度目の公園探索は、いわば父の監視の下、ずっと折り目正しくおこなわれた。わたしたちはふたたび流路のすぐ近くに近づき――両親がそばにいるので危なさは減った気がした――堤に平行して走っている細道をたどった。対岸にいる人々に目を凝らす。

「お父さん、あの人たちは〈昨日〉の人ですか、それとも〈明日〉の人ですか？」

「わからんな、マイクル。どちらの可能性もある」

「あの人たちは〈昨日橋〉のほうに近いじゃない、バカ！」サリーンがそう言って、うしろから突いてきた。

「そんなの決まってるわけないだろ、バカ！」姉に肘鉄を食らわしてやった。

フラックス流体（わたしたちはときどき「水」と呼んで、父を失望させていた）の銀色の表面に反射する日差しが、流体を波打つ水銀のようにきらきら輝いていた。母は反射光で目を痛めると言って見ようとしなかったが、確かにその存在感にはなにかぞっとさせられるようなものがあり、だれもあまり長くは見ていられなかった。流体中の神秘的な流れが表面をつかのま落ち着かせ、そこに対岸にいる人々の姿が逆さまになって映っているのがときどき見られた。

しばらくして――まえより列が長くなっている料金所をまわりこむようにして、東に向かって堤沿いにさらに散歩をつづけた。

さらにしばらくして――木陰にもどり、取り澄まして坐りながら昼食が給仕されるのを待った。父が本職の料理人はだしのナイフ捌きでハムを切り分けた。まず骨に向かう角度でナイフを入れ、つぎに骨に沿って水平に入れる。そのようにして切り分けられた一切れの肉を、使用人のひとりが皿に載せる。そののち、V字形の切り込みに沿って、ゆっくりと、几帳面にハムが切り取られていく。一枚ずつスライスされていき、そのたびにまえのスライスされたものよりほんの少し幅広く、丸くなっていく。

午餐が終わるとすぐ、わたしたちは料金所に向かい、ほかの人々と列に並んだ。午後もそのころになると、待っている人の数はいつも少なくなっていた。このことに子どものわたしたちは驚いていたが、両親は当然という顔をしていた。この日、わたしたちは〈明日橋〉を選んだ――子どもたちの好みがなんであろうと、決定権はいつも父にあった。それでも、サリーンがふくれっ面をしたり、そんな姉にわたしが勝ち誇るさまを見せつけたりするのは許された。

この日は特に、わたしがフラックス流路とその真の目的について少しだけ頭に入れて公園にやってきた最初の機会だった。夏のはじめごろに、家庭教師から時空物理の基本原理について教わったのだ……もっとも、彼が自分で〝時空物理〟と名付けたわけではないが。姉と妹は退屈してしまったが(男の子向けの話よ、とふたりは言い切った)、流路をどうやって作るか、なぜ作るのかを学ぶのはわくわくした。

祖先が多くの驚異的な事物を造りながらも、もはや使われなくなり、必要とされていない世界にわたしたちは暮らしている、とおおまかに理解しながら、わたしは育った。この認識は、知り合いの子どもたちから拾い集めたもので、驚異的で奇跡的な成果に関するものだったが、当然のごとく、ひどく不正確なものだった。たとえば、フラックス流路が数日で建造され、ジェット・エンジンの航空機が数分で世界を一周することができ、家や自動車や列車を数秒で造ることができたということを事実として思いこんでいた。もちろん、真実はまったく異なる。そうした科学時代とその歴史について学ぶことは、わたしの心を惹きつけてやまなかった。

フラックス流路に関して言うなら、十歳の誕生日を迎えるころには、それが建造されるのに要した歳月は二十年以上で、建造にあたって多くの人命が失われ、たくさんの国家の資源と叡智を必要としたことを学んでいた。

さらに、今日では、フラックス流路の原理はよく理解されている。とはいえ、当初意図されたようには利用されていない。

われわれは恒星間飛行が実現した時代に暮らしていたが、わたしの生まれたころは人類が宇宙を旅する熱意を失って久しかった。

星々の世界へと飛び立っていった恒星船の打ち上げ場面を写したスローモーション・フィルムを家庭教師に見せてもらったことがある——巨鯨が運河を通り抜けようとしているかのように恒星船がフラックス流路の深みを突き進んでいき、その表面を波立たせる。つぎの瞬間、恒星船の船殻の丸い先端部が表面から飛び出た。はじける泡をきらきらと撒き散らし、恒星船に追いやられた波が流路の堤をどっとあふれ落ちて、たちまち消えた。そして、じっさいの離陸だ。恒星船は空へ舞い上がり、無数の輝く滴を空に残して飛び去った。

これらのことはすべて十分の一秒以下の時間で起こった。打ち上げ場から二十五マイル以内に人間がいたとしたら、衝撃波で一人残らず命を失ったことだろう。恒星船の通過する際の雷鳴は、新欧州連合のすべての加盟国で聞こえたと言われている。自動高速度カメラだけが、打ち上げを記録するために設置されていた。恒星船に搭乗していた男女は——航宙期間の大半、搭乗員の代謝機能は凍結されたままになっているのだが——たとえ意識があったとしても、そのようなすさまじい加速を感じることはなかっただろう。フラックス場《フィールド》が時空を歪め、物質の性質を変えてしまうからだ。恒星船はそれほど速い相対速度で打ち上げられたため、技術者たちがフラックス流路にもどるころには、太陽系の系外に出ていたと思われる。わたしが生まれたのは、それから七十年後で、そのころの恒星船の居場所は……だれも知らない。

そのあとに残されたのが、時間の謎とともに波立ち、渦を巻きながら百マイル以上にわたって横たわるフラックス流路だった。きらきらと眩しく輝く光のリボンだ。まるでこの世にあいた裂け目のごとく、そこから異なる次元が覗けるかのようだった。

最初に恒星船が旅立って、二度ともどってこなかったあと、あらたな船はつくられなかった。フラックス場が人間の安全を脅かさない程度まで打ち上げの衝撃が収まるようになると、そこから電力を吸い上げる吸電所が堤の一部に沿って設置された。数年後、フラックス場が完全に安定してから、もともとの田園地帯は整地されて、公園が作られ、時間橋が架けられた。

橋の一本は、ちょうど流路に直交する角度で渡され、そこを渡るのは通常の川に架けられた橋を渡るのと変わりなかった。

べつの一本の橋は、直角よりわずかに鈍角で架けられている。その橋を渡ればフラックス場の時間勾配をのぼることになり、流路の対岸にたどりつくと二十四時間が経過していた。

三本目の橋は、直角よりわずかに鋭角で架けられており、その橋を渡ると二十四時間まえの対岸にたどりつく。フラックス流路の向こう岸では、〈昨日〉と〈今日〉と〈明日〉が存在しており、だれもが思いのままに渡ることができた。

3

料金所の列に並んで待っている間、〈明日〉へ渡ろうという父の決定について、わたしたちはまた議論をした。公園管理事務所が支払いカウンターの上の掲示板で橋の反対側の天候を知らせていた。強風、雲重く、にわか雨。濡れたくないわ、と母が言い、サリーンはわたしの様子をうかがいながら、去年も〈明日〉に行った、と落ち着いた声で繰り返した。わたしは黙ったまま、流路越しに対岸を眺めていた。

(向こう側の天気は、こちら側とおなじように見えた――明るく高い空、温かい陽の光。だが、わたしに見えているのは〈今日〉なのだ――〈昨日〉にとっての〈明日〉であり、〈明日〉にとっての〈昨日〉、〈今日〉にとっての〈今日〉だ)

待ちきれない人々がほかの橋へと徐々に移っていき、うしろの列が短くなっていった。興味がなかったのは〈今日橋〉だけだったわたしは満足していたのだが、思いがけない勝利を強調するべく、〈昨日〉側なら天気は良かったのにな、とサリーンに囁いた。さりげない邪《よこしま》さを発揮する気分ではない姉は、わたしのすねを蹴飛ばした。父が料金所へ向かうと、わたしたちは口げんかしはじめた。

父は重要人物だった。係員がこう言っているのが聞こえた。「それにしても、お待ち下さらなくともよろしかったのに。ご来場いただいて光栄です」係員が回転ゲートの歯止めを外してくれて、われわれはぞろぞろと通過した。

わたしたちは橋の屋根がついた部分に入った。木と金属でできた長くて暗いトンネルだ。間隔をあけて設置された薄暗い白熱電球で照らされている。わたしは先に立って走った。フラックス場を通っていくときにおなじみの電気的なうずきを感じた。

「マイクル！　離れるんじゃない！」父が背後から声を上げた。

わたしはすなおに足をとめ、振り返って待った。自分以外の家族が近づいてくるのが見える。みんなの体の輪郭が奇妙に広がっていた。フラックス場のなかに入るとこうなるのだ。追いついてきて、いまわたしのいるゾーンに入ってくると、その見た目は鮮明さをとりもどした。

わたしはみんなのあとについていった。わたしと並んで歩いているサリーンが、わたしの踵を蹴りつけた。

「どうしてそんなことするのさ?」

「あんたがチビ豚だからよ!」

わたしはサリーンを無視した。前のほうに屋根つき通路の端が見える。橋を渡りはじめてすぐ通路のなかは暗くなった——わたしたちがあとにしようとしている日の夕暮れがはじまった兆しだった。が、いまはまた陽の光が射しはじめており、青白い朝日と、霧に煙る木々の影が見えた。わたしは立ち止まり、光を浴びて両親と姉妹の姿がシルエットになるのを眺めた。母の手をつかんでいるテレーザはわたしに気づいていなかったが、サリーン(ほんとうのことを言うと好きだった)は、父親のあとについて気取って歩いており、おまえなんか知るもんかという態度をあらわにしていた。たぶん姉のせいか、トンネルの端から降り注いでくる朝の光のせいかもしれないが、家族のみなが歩きつづけているのに、わたしはじっと立ち止まっていた。

両手をひらひらさせて、フラックス場で指先がぼやける様子をじっくり観察する。それから、ゆっくり歩きはじめた。フラックス場の影響によるぼやけのせいで、みんなの姿はほとんど見えなくなっていた。フラックス場のなかにひとりでいて、ふいに少し怖くなった。あわてて家族を追いかけた。彼らの幽霊のような見た目が陽の光のなかに入りこんで見えなくなると(サリーンはわたしのほうを振り返った)、わたしは歩調を速めた。

屋根付き通路の端にたどりつくころには、充分時間が経っており、陽の光も午後もなかばのそれになっていた――垂れこめた雲がきつい風に吹き飛ばされていく。にわか雨が通り過ぎるあいだ、わたしは橋の上で雨宿りをしながら、家族の姿を求めて公園を見渡した。少し離れたところにいるのを見かけた。公園当局が建てた、塔《パゴダ》の形をした雨宿り場のひとつへとみな足早に向かっている。空を見やると、さほど遠くないところに広い青空が見え、この雨はすぐに止むだろうとわかった。寒くはなく、濡れるのは気にしていなかったが、ひらけた場所に出ていくのに逡巡した。なぜそこに立ったままだったのか、いまでは思いだせないが、とにかくフラックス場のもたらす感覚に子どもじみた喜びをいつも感じていたのである。そして、橋の屋根つき通路が終わる場所は、まだ流路の一部にかかっていた。

わたしは橋の縁に立ち、フラックス流体を見下ろした。真上から見ると、それは水によく似ていた。透明に見えるし（もっとも、底まで見通せなかったが）、岸から見たときのような金属的な輝きや水銀のような質感もない。表面のいちばん明るい部分は、流体がゆらぐと、まるで油の被膜が浮いているかのようにきらめいた。

両親は塔にたどりつき――そこのカラフルなタイルと塗装は鬱陶しい雨のなかで目立っていた――ほかの人々が入れるように、ふたりの娘といっしょに体を寄せ合っていた。父の黒いシルクハットが人群れのなかで上下しているのが見えた。

サリーンは振り返ってわたしを眺めていた。たぶん、わたしがひとりでいるのを羨んでいたのだろう。だから、わたしは姉に向かって舌を突きだしてやった。いいところを見せようとしていた。橋の縁へ近づいた。そこには手すりがなかった。わたしは流体の上で危なっかしく身を乗りだした。フラックス場に包まれた体がちくちくした。サリーンが母の腕を引っ張り、父が雨のなかに一歩踏みだすのが見えた。わたしは身構え、岸に向かってジャンプした。自分と地面とのあいだにある流路の数インチ上を飛んだ。唸り声が聞こえ、一時的に目が見えなくなった。フラックス場の電荷が電気的な繭のようにわたしを包んだ。

ぬかるんだ岸に足から先について、あたりを見回した。面倒なことはなにも起こっていないように見えた。

4

はじめは気づかなかったのだが、橋から跳んで、フラックス場の一部を移動することで、わたしは時を旅していた。たまたま、あとにしてきた日とおなじように曇っていて強風が吹きすさんでいるが、着地したのは未来のある日だったのだ。顔を起こして最初に気づいたのは、雨宿りの塔が突然からっぽになっていたことだった。恐怖の思いに目を丸くして、公園を見つめた。まばたきするあいだに家族が消えてしまうだなんて、とても信じられなかった。

わたしは駆けだした。ぬるぬるした地面でつまずき、足を滑らせた。極度の恐怖と、見捨てられた不安を覚えた。気取りもなにもあったものではない。走りながらすすり泣き、塔にたどりついたときには、泣き声を上げ、ぐずついて、上着の袖で鼻と目を拭っていた。

わたしは着地した場所にもどり、泥にまみれた自分の足跡が岸についているのを見た。そこからじれったいほど近くにある橋を見て、そのとき、自分がなにをしでかしたのか悟った。半端な理解だったにせよ。

そこでついさっきまでの気分がもどってきた。探険心がこみあげてきたのだ。なにしろ公園でひとりきりになったのはそれがはじめてだった。わたしは橋から離れて歩きだした。流路沿いに木々が並んでいる細道をたどった。

わたしが到着した日は、冬ないしは初春の平日にちがいなかった。というのも、木々の葉は落ち、公園にほとんど人がいなかったからだ。流路のこちら側から、料金所があいているのが見えたが、公園にいるほかの人々は、はるか遠くにいた。

いろいろあるものの、冒険にはちがいなく、どこに自分が到着したのか、とか、どうやってもどるのかといったぞっとしない問題は、とりあえず脇へ置かれた。

わたしは長いこと歩いて、家族抜きでこちら側を探索できるという自由を満喫した。みんなといたときには、みんなが指さすものだけを見、みんなが選んだところしか歩けないようなものだった。はじめてこの公園にきたような気分だった。

このささやかで、前向きではない喜びは、すぐに飽きがきた。とても寒い日で、さらにわたしの夏用の軽い靴は濡れて重たく感じはじめて、爪先に当たってこすれた。いまの公園は、わたしが好きな公園のたたずまいとはまったく異なっていた。ふだんここが楽しいのは、だれもが大胆になれる雰囲気と、かならずしも同じ日からやってきた人ではない相手とまざりあえるという雰囲気があるからだった。一度、父がめずらしく気まぐれな気分を発揮して、わたしたちを連れて〈今日橋〉と〈昨日橋〉を行き来して、前の日に公園を訪れたときの自分の姿を見せてくれたことがある。公園の来園者たちは、しょっちゅう似たようなことをした。大工場が閉まる休日となると、入念に用意されたこの手の悪ふざけで、公園には叫び声や笑い声があふれていたものだ。

鉛色の空の下、とぼとぼ歩いているわたしの身にそういったことはなにも起こりはしなかった。その未来は、わたしにとっては野原とおなじようにありふれた場所だった。

不安な気持ちが芽生え、どうやって元にもどろうかと心配になってきた。父の怒り、母の涙、サリーンとテレーザから受けるであろう果てしないあざけりの言葉がすぐに想像できた。まわれ右をして、足早に橋のあるほうへもどることにした。頭のなかでは、流路を繰り返し渡るという、いいかげんな計画を練っていた。〈明日橋〉と〈昨日橋〉を順番に利用して、はじまりの時点へともどろうというのだ。

いまにもすすり泣きそうになって、また駆けだそうとしたちょうどそのとき、岸沿いに若い男がわたしのほうへ歩いてくるのを見た。普通なら、その男に関心を払うことはなかっただろうが、たがいの距離が短くなったとき、男が横へ一歩寄って、わたしの正面にくる恰好になった。

わたしは歩調をゆるめ、ぼんやりと相手を認めつつ、遠回りしようとした……だが、驚いたことに、男は声をかけてきた。

「マイクル！　マイクルだね？」

「どうしてぼくの名前を知ってるの？」立ち止まり、警戒しながら相手の様子を見た。

「ぼくは……きみを探していたんだ。きみは未来に跳んでしまってもどり方がわからないんだろ」

「うん、でも――」

「もどり方を教えてあげよう。簡単なんだよ」

今では面と向かう形になっていた。このひとは何者で、どうして自分のことを知っているんだろう、とわたしはいぶかった。どこかひどく人なつっこいところがある。とても背が高くて痩せており、はえかけた口ひげが鼻の下を青くしていた。わたしには大人のように見えるけれど、しゃべると、しゃがれた少年っぽい裏声を出した。

わたしは言った。「だいじょうぶです、ありがとうございます。自分でどうにかしますから」

「橋を走って渡りまくって？」

「どうして知ってるんですか？」

「けっしてうまくいかないよ、マイクル。橋からジャンプしたとき、きみは遥か未来へ飛んでしまったんだ。だいたい三十二年先にね」

「ここが……？」わたしは公園を見渡した。男の言うことがとても信じられなかった。「だって、まるで――」

「ほんの一日先のような気がするだろ。だけど、ちがうんだ。きみはずいぶん先へきてしまったんだ。あれをごらん」男は流路越しに向こう岸を指さした。「家並みが見えるだろ？　あんなものをまえに見たことはないよね？」

新しい住宅群が公園を囲む木々の向こうに建てられていた。たしかに、以前には気づかなかったものだが、だからといってなにかを証明しているわけではない。たいして興味深いことだと思わず、わたしはそっと男から離れようとしはじめた。元にもどる方法を探しだす作業にとりかかりたかったのだ。

「ありがとうございます。お会いできてうれしかったです」

「ですます口調はよしてくれ」笑いながら男は言った。「知らない人には丁寧に接するよう躾《しつ》けられている、といっても、きみはぼくが何者か知っているはずだよ」

「い、いえ……」不意に男の存在がむしょうに気に障りだし、わたしは足早に遠ざかろうとした。が、男は駆け寄ってきて、わたしの腕をつかんだ。

「きみに見せなきゃならないものがある」男は言った。「とても大切なことなんだ。そのあとで、橋にもどろう」

「離してよ！」わたしは大声を上げた。男のことがとても怖くなったのだ。

男はわたしの抗議にてんで耳を貸さず、腕をとったまま流路沿いの細道を進んだ。彼はわたしの頭ごしに流路の向こう側を見ていた。向こうの景色をふさぐ木や藪を通りすぎるたびに、男が立ち止まり、その陰から対岸に視線を向けているのにいやでも気づいた。その仕草はふたたび時間橋に近づくまでつづいた。おい茂っている大きなツツジの茂みのそばで、男は足を止めた。

「ほら」男は言った。「きみに見てもらいたい。だけど、自分の姿を見られないようにしてくれ」

男といっしょにしゃがみこみ、わたしはツツジの茂みの端から覗きこんだ。最初、なにを見せられようとしているのか見当がつかず、家並みがもっと見えると言われているのかと思った。まさに住宅地は公園の向こう側の一辺に沿ってずっとつづいており、ちょうど木々の背丈を越えたところに姿を見せていた。

「彼女が見えるかい？」男は指さしてから、すぐに頭を引っこめた。言われた通りに目を向けると、流路をはさんだ向こう側にあるベンチに、ひとりの若い女性が坐っている。

「だれなんですか？」そう訊ねたものの、遠くに見えるその小さな姿にわたしはさして強い関心を抱かなかった。

「ぼくがいままで目にしたなかで最高にすてきな女性さ。いつもあそこにいるんだ、あのベンチにね。恋人をいま待っているんだよ。毎日あそこに坐り、心のなかは苦悩と希望であふれている」

そう話す若い男の声は、感極まったかのように途切れた。わたしは男を見上げた。男の目は濡れていた。

わたしは茂みの端からふたたび目を凝らし、若い娘を見ながら、彼女のなにがそういう反応を引き起こすのか不思議に思った。彼女の姿はよく見えなかった。というのも、吹きつける風に背を丸めており、吹き上がったショールがうしろから髪にかかっていたからだ。ベンチの端に腰掛けていて、〈明日橋〉のほうへ顔を向けていた。わたしにとって、彼女は住宅群とおなじくらいの関心しかなく、どっちもどっちだったのだが、この若い男にとっては大切な人間のようだった。

「あなたの友だちなの?」振り返って、男に訊ねた。

「いや、友人じゃないんだ、マイクル。徴《シンボル》さ。ぼくたちみんなのなかにある愛情というものの徴《しるし》なんだ」

「なんという名前なの?」そんな解釈につきあわずにわたしは訊ねた。

「エスティルだ。この世でいちばん美しい名前さ」

エスティル——一度も聞いたことのない名前だった。そっとその名前を繰り返してみた。

「どうやってわかったの?」わたしは訊いた。「いま言ったじゃない、友だちじゃ——」

「ちょっと待って、マイクル。彼女は振り返る。顔が見えるよ」

男の手がわたしの肩をしっかりつかんだ。まるで昔からの友人であるかのように。まだ男のことが怖かったものの、男の善意は伝わってきた。彼はわたしとなにかをわかちあおうとしていた。そこにわたしが含まれるのは名誉であるくらい、大切ななにかを。

ふたたび、われわれはいっしょに身を乗りだし、こっそりと彼女を見た。耳元で、わが友が彼女の名前を口にするのが聞こえた。ほとんど囁きと言ってもいいくらい小さな声で。少しして、あたかも流路上空の時間の渦がその囁き声をゆっくりと彼女の元へ運んだかのように、彼女は頭を上げ、ショールをうしろへ払いのけて立ち上がった。わたしが彼女を見ようとして首を伸ばすと、彼女は背を向けてしまった。彼女が公園の坂をのぼり、木々の向こうにある住宅群へ歩いていくのを見届けた。

「きれいな人だろ、マイクル？」

男の言っていることを十分理解するには、わたしは幼すぎたのでなにも言わなかった。そのときの歳では、異性に対する意識といっても、自分の姉妹が気質的・肉体的に自分と異なっているというぐらいのものだ。より興味深い事柄に目覚めてはいなかった。いずれにせよ、わたしはかろうじてエスティルの顔をほんの少し見ただけだった。

若い男は娘にすっかり心を奪われているようだった。遠く離れた木のあいだからふたりで彼女の動きを観察しながらも、わたしの興味の半分は男に向けられていた。

「彼女の愛している男がぼくであったらどれだけいいだろう」男はやがてそう口にした。

「あの人を……愛しているんですか？」

「愛しているだって？　ぼくの気持ちは、そんな言葉で言い尽くせないくらい気高いものなんだ」彼はわたしを見下ろした。一瞬、なにかばかなことをしでかしたときに父がときおり見せる尊大な侮蔑の表情を思いだした。「愛は、恋人たちのためのものだよ、マイクル。ロマンチスト、それがぼくだ。

ロマンチストでいることは、はるかに気高いことなんだよ」

　自分の連れがかなり仰々しく、高慢な人物で、自分の情念にわたしを巻きこもうとしているのがだんだんわかってきた。だが、わたしは理屈っぽい子どもだったので矛盾を指摘せずにはいられなかった。

「彼女が恋人をいま待っているんだと言いましたよね」わたしは言った。

「たんなる推測さ」

「あなたがその恋人だと思います、認めないでしょうけれど」

　わたしは非難がましくそう言ったのだが、男はそれを聞いて、考えこむようにわたしを見た。ふたたび小雨が降りだし、田園地帯をじめじめしたベールで覆った。若い男はふいに脇へ離れた。わたしと同じように、彼もわたしといっしょにいるのにうんざりしたのだと思った。

「もどり方を教えてあげるんだったね」男は言った。「いっしょにきてくれ」男は橋のほうへ進みはじめ、わたしはそのあとを追った。「きたときとおなじやり方でもどらないといけない。ジャンプしたんだろ？」

「そのとおりです」少しあえぎながら答えた。男についていくのはなかなか大変だった。

　橋の端にたどりつくと、若い男は細道を外れ、芝生を横切って流路の間際に近づいた。わたしは距離をおいて、ふたたび近づきすぎるのを警戒していた。

「あった！」湿った土をじっと見下ろしながら、若い男が言った。「ほら、マイクル……これはきみの足跡のはずだ。ここに着地したんだよ」

　わたしは恐る恐る前へ進み、男の真後ろに立った。

「この足跡に足を置いて、橋に向かってジャンプするんだ」

橋の金属製の縁は、われわれの立っているところから手を伸ばせば届く距離にあったが、とてつもないジャンプに思えた。しかも橋が岸よりも高いところにある。わたしはそう指摘した。

「後ろにぼくがいるから」若い男は言った。「滑ったりしないよ。さあ……橋を見てごらん。路面に傷跡がついてるだろ。あれが見えるかい？　あそこ目がけて飛ばないといけないよ。どっちの足でもいいから、片足で着地するんだ。そうしたら、元きた場所にもどっているから」

とてもできそうに思えなかった。彼が指さしている橋の部分は雨で濡れていて、滑りやすそうだった。もし着地がまずければ、転んでしまう。運が悪ければ、後ろ向きにフラックス流体のなかに落ちかねない。このなりたての友の意見——きたときとおなじやり方でしかもどれない——は正しいと頭ではわかっていたものの、気持ちは別だった。

「マイクル、きみがなにを考えているのかわかっている。だけど、あの印はぼくがつけたんだ。自分でやってみたんだ。信じてくれ」

わたしは父と父の激怒を頭に思い浮かべつつ、ついに前へ踏みだして、自分が着地したときにつけた足跡に足を置いた。雨水が泥まみれの岸を伝ってフラックス流体に向かって流れていたが、流体に触れると跳ね返されているのに気づいた。ちょうど父が毎晩飲んでいるウイスキーの滴がグラスに当たったときのようだった。

若い男はわたしのベルトをつかみ、流路に滑り落ちないように支えてくれた。

「三つ数えたら、跳ぶんだ。ぼくが押してあげる。用意はいいかい？」

「たぶん」

「エスティルのことを覚えていてくれるね？」

わたしは肩越しに振り返った。男の顔がすぐそばにあった。

「うん、覚えているよ」言うつもりはなかったのに、そう言った。

「よし……構えて。ここからほんのひとっ飛びだ。一……」

目の下と横にある流路の流体を見た。灰色の光を浴びて、不気味に光っていた。

「……二……三……」

わたしが前へ跳ぶのと同時に、後ろからかなりの勢いで押された。たちまち、フラックス場の電気的なパチパチという刺激を感じ、耳のなかにやかましい唸り声がまた聞こえた。そして、一瞬、なにも見通せない暗闇があった。足が時間橋の縁に触れた。わたしはつんのめり、路面に両手を広げて倒れた。ぶざまにずるずる滑って、ちょうどそこに立っていた男の脚にぶつかり、ピカピカに磨かれた靴に顔が当たった。わたしは顔を上げた。

父だった。驚いた顔でわたしを見下ろしていた。その恐ろしい瞬間についていま思い出せるのは、わたしをにらみつけている父の顔だけだ。つばの巻き上がっている黒いシルクハットをかぶっていた。山のように背が高く見えた。

5

父はその場かぎりの厳しい罰にメリットがあるとは考えていない人間だった。わたしは数週間というもの、自分の過ちのせいでしょぼくれて暮らした。

自分のしでかしたことは、無邪気な気持ちからおこなったものであり、支払わなければならない対価が高すぎると思った。とはいえ、わが家では、正義は一種類しかない。それは父の正義である。

わたしの主観的な時間でおよそ一時間ほどしか未来にいなかったものの、家族にとっては、五、六時間が過ぎており、わたしがもどったときには夕暮れになっていた。この長引いた不在が父の怒りの主な理由だった。しかしわが友が教えてくれたように、帰還の旅に三十二年もジャンプしたのなら、数時間の誤差などなんでもないのだが。

釈明を求められることは一切なかった。父は言い訳というのをひどく嫌っていた。

サリーンとテレーザはなにがあったのか訊いてきた。わたしはかいつまんで説明した――未来にジャンプしたあと、自分がしたことに気づき、ひとりで公園を探索してから、またジャンプしてもどってきたのだ、と。二人にはこれで充分だった。気高い感傷的な若者のことも、ベンチに坐っていた若い女性についても話さなかった（サリーンとテレーザは、わたしが遠い未来へ自分から飛びこんだことにわくわくしていた。もっとも、無事にもどってきたことで、お話の結末がずいぶんしまらないものになっていたが）。

内心、わたしは自分の冒険について混乱した感情を抱いていた。長い時間、罰としてひとりで過ごし――他の罰は、一週間に一晩だけしか遊戯室に入れないこと、まえよりも熱心に勉強すること――自分が目にしたものの意味を説き明かそうとした。

あの若い娘、エスティルは、わたしにとってたいした意味は持たなかった。未来でのあの一時間の記憶のなかで、ある場所を占めているのは確かだが、それは彼女がわが友にとってとても魅力的な存在だったので、彼を通して彼女のことを記憶しているだけで、あくまで二次的な興味の対象でしかなかった。

あの若い男のことをずいぶん考えた。彼はわたしと仲良くなろうとし、自分の個人的な思いまで吐露して懸命だったのに、わたしは彼のことを押しつけがましい、歓迎せざる存在として記憶していた。浮世離れした見解を朗々と述べるときのあのかすれ声をしばしば思い返した。子どものわたしから見ても、あの未熟な姿――ひょろ長い手脚や、うしろになでつけた髪、産毛のように薄い口ひげなど――は滑稽だった。ずいぶん長いあいだ、いったい何者だったのか、と思いをめぐらした。あとから考えると、答えは明らかだったのだが、それに気づくにはしばらく時間がかかった。町に出るときは、万が一出会ったときに備えて油断を怠らないようにしていた。

ピクニックからおよそ三カ月後、わたしの懲罰期間は終わった。その終了ははっきりと宣せられることはなかったが、関係者はわかっていた。そのきっかけとなったのは両親がわたしたち子どもたちに、いとこたちのところを訪ねることを許してくれたパーティーで、それ以降、わたしの不品行が直接言及されることはなかった。

翌年の夏、またフラックス流路公園へピクニックに行く機会がやってきたとき、父は、短い演説で、興奮をおさえきれないわたしたちに水をさした。全員いっしょにいなければならないと念を押したのだ。その演説は子どもたち全員に向けられたものだったが、父はわたしに鋭い、意味ありげな視線を送った。それは風に乗って通過していく小さな雲にすぎず、その日に影を落とすものではなかった。わたしはピクニックのあいだじゅう、おとなしく、聞き分けよくふるまった……だが、穏やかな日ざしを浴びながら公園を歩きつつ、わたしはあの親切な友と、彼が崇拝していたエスティルを探すのを忘れなかった。目を凝らし、探しつづけたが、ふたりともその日はいなかった。

6

十一歳のとき、はじめて学校へ通わされることになった。わたしはそれまでの発育期を家のなかで過ごしていた。そこでは、富と権力が当然のようにあり、家庭教師は甘い教育方針でわたしの教育にあたっていた。あらゆる社会階層出身の少年たちからなる集団にいきなり放りこまれたわたしは、傲慢で偉そうな態度を隠れ蓑にして引きこもった。二年ものあいだ、ばかにされ、うちのめされたが、そのずいぶんまえから、教育とそれに伴うあらゆるものに対して心からの憎悪をいだくようになっていた。要するに、勉強しない生徒になったのだ。学友に対する嫌悪感のせいで、手ひどい報いを受けていた。

わたしは優秀な仮病使いでもあった。使用人のだれかがたまに黙認してくれれば、説得力があるけれど説明のつかぬ胃痛を患ったり、伝染性のありそうな発疹を出したりすることが難なくできた。ときには、たんに家から一歩も出なかったりした。自転車に乗って田園地帯にでかけ、心地よい物思いに耽って一日を過ごすことも多かった。

そんな日々にわたしは本を読むことで自分なりの教育を追求した。それは好んでおこなったもので、強制されたものではなかった。手に入るものであれば、どんな小説でも詩でも夢中になって読んだ──小説で好きなのは冒険物だった。詩ではすぐに十九世紀初頭のロマン派の詩を発見し、その二百年後の当時にずいぶん軽蔑された荒涼派の詩を見つけた。勇猛果敢さと片思い、品行方正な美徳と郷愁の切なさという心ゆさぶる組み合わせが、わが魂に深く刻まれ、学校の決まり切った日課に対する嫌悪感がより強まった。

エスティルと呼ばれた若い娘に関心が向いたのは、読書によって自分というとるにたりぬ存在では満たせない情熱がこみあげてきた、まさにこのときだった。

自分のなかの感情をぶつける対象が必要だった。ロマン派の詩人がうらやましかった。というのも、彼らには少なくとも自分たちの願望を集中させた感情にうったえる経験があったように思えたからだ。まわりの不毛の荒野を嘆く、絶望した荒涼派詩人たちは、少なくとも人生を知っていた。このときにはその必要性にそれほどきちんと気づいていなかったのだろうが、本を読んで高揚した気分になったときに、いつも心に浮かんできたのはエスティルの姿だった。

わが友が言った言葉を思いだし、わたし自身が見た、あの小さな、背中を丸めた姿と合わせ、エスティルのことを、孤独で、心破れた放浪者だと思うようになった。おのれの人生を見込みのない見張りでむだにしている人として。彼女が言葉にしようもないほど美しく、圧倒的に誠実であるのは言うまでもない。

としをとるにつれ、わたしの落ち着きの無さはひどくなった。学校のほかの生徒たちからだけでなく、家族からも孤立しているとますます感じるようになった。父の仕事はそれまでよりいっそう父関与を必要とするようになり、どんどん近寄りがたくなった。姉と妹はそれぞれの道を歩んでいた――テレーザは小馬に、サリーンは若い男性に夢中になっていた。だれもわたしを相手にしなくなった。

ある年の秋、学校に通いはじめて三、四年経ったころ、ついに魂と肉体の高揚に屈服したわたしは、なんとかそれを鎮めようと試みたのだった。

7

慎重に日を選んだ。授業が多い、欠席があまり目立たないような日だ。朝、いつもの時間に家を出て、学校ではなく、市内へ自転車を走らせた。駅でフラックス流路公園までの往復切符を買い、列車に腰を落ち着けた。

夏の間じゅう、恒例の家族旅行で公園に来ることはあったが、関心は薄れていた。直近の未来は必要としなくなっていた――〈明日〉にはもう興味がなかった。

ずる休みしたこの日には目的があった。公園に到着すると、まっすぐ〈明日橋〉へ向かい、料金を払い、屋根付き通路を通り、対岸へ渡った。予想していたよりも人は多い。しかし、わたしがやりたいことをするのに充分な空《す》き具合だ。橋の上に自分ひとりだけになるのを待ってから、屋根付き通路の端へいき、はじめてジャンプしたときとおなじ場所に立った。ポケットから火打ち石を取りだし、橋の金属表面に細く深く線を刻んだ。

ポケットに石を滑らせてから、下の岸をしげしげと眺めた。どれだけ遠くまで跳べばいいのか皆目見当もつかず、以前に跳んだときの勘と曖昧な記憶しかなかった。できるだけ遠くに跳びたいと気持ちがはやったが、どうにか抑えた。

刻んだ線にまたがって立ち、深呼吸をして……そして堤に向かって勢いよく飛んだ。

めまいがするような電気的な刺激が襲いかかり、一瞬の暗闇があり、やがて気がつくと、堤にばったり倒れていた。

周囲をよく眺めるまえに、自分が着地した場所に印をつけた。まず、火打ち石で地面に深い溝を掘り、橋に刻んだ印（ややぼやけているものの、まだはっきり見えている）を指すようにした。それから、足下の草を何束かむしり取って、二番目の目印をこしらえた。三つめの用心として、いま自分がいる場所をじっくり眺め、記憶に刻みこみ、忘れないようにした。

満足すると、わたしは立ち上がり、自分が訪れた未来を見まわした。

8

休日だった。公園は人でごった返していた。夏の服装をして、みな楽しそうだった。雲ひとつない空から日光が降り注ぎ、そよ風がご婦人がたの服を軽く波打たせている。離れたところにある塔では、楽団が気分の高まるマーチを演奏している。なにもかもがあまりに見慣れた風景で、一瞬自分の両親と姉妹がそのへんにいて、ずる休みをしてやってきたのがばれる、という気までした。思わず流路の堤に下りて身を隠した。そんな自分を笑って、気を楽にした。今回の探索をするにあたって入念に検討したときに、知り合いと出会う可能性を考え、その確率はあまりに低いから大丈夫という結論を下していたのだ。いずれにせよ、行き交う人々をあらためて見ると――だれもわたしに気づかない――服装や髪型に微妙な違いがあり、うわべは似ているにもかかわらず、自分がまさに未来にきたのだと納得できた。

堤をよじのぼり、並木のある通路に出た。人の群れにまじることで、はやくこの日の雰囲気になじもうとした。わたしはありふれた学生のひとりに見えていたはずだが、自分では特別な人間になった気分だった。なにしろ、二度も遠い未来へ跳んだのだから。

そんな高揚感はさておき、わたしは目的を持ってこの場にきていることを忘れていなかった。対岸へ目をやり、エスティルの姿を探した。彼女はベンチにいなかった。これではまったく筋がちがうという失望を覚えた――まるで、エスティルがそこにいないことでわざとわたしを裏切ったのだとでも言わんばかりに。過去数カ月間の欲求不満がわたしのなかで募っており、その苦悩を声にして叫びそうになった。だが、そのとき、ベンチから少し離れたところに彼女の姿を目にしたのだ。奇跡のような気がした。エスティルは自分の側にある流路沿いの細道をいったりきたりしつつ、ときどき〈明日橋〉のほうへ視線を投げかけていた。すぐに彼女だとわかったが、どうしてそんなに確信が持てたのかわからない。前に未来にきたとき、わたしはろくすっぽ彼女のことを見なかったので、それ以来、勝手な想像をふくらませていた。それでも、その姿を見た瞬間、彼女だとわかったのだ。

ショールは身につけておらず、暖を取るため体にまわしていた腕を、いまは所在なく胸のまえで組んでいる。カラフルなパステル色をした軽やかなサマーコートを着ていた。取り憑かれたようなわたしの目には、この世のどんな女性が着ている服もエスティルの服ほど愛らしくはない、と映った。短い髪の毛が可愛らしく顔にかかり、顔を支える首の角度や立ち姿は言葉にしつくせないほど繊細に見えた。

しばらくのあいだ彼女を見つめていた。彼女の姿に釘付けになっていた。おおぜいの人々がわきを通りすぎていき、そのことに気づきながらも、いないも同然に思えた。

やがて、自分の目的を思い出した。彼女をただ見ているだけでも、予想だにしなかった喜びを覚える経験だったのだが。わたしは細道を下流方向にもどり、〈明日橋〉のそばを通り過ぎて、〈今日橋〉にたどりついた。急いで橋を渡ると、反対側の回転式出口を通り抜けた。おなじ日にいたまま、わたしは上流へと細道を進んで、エスティルを見た場所へ向かった。

もちろん、流路のこちら側には人は少なく、細道もさほど混んでいなかった。歩きながらあたりを見まわすと、習慣は変わっておらず、おおぜいの人たちが木陰に腰をおろしているのに気づいた。食べかけのピクニック用食事がまわりに広げられている。そういった集団をじっとは見なかった――自分の家族を見かけるかもしれないということが、頭のどこか片隅にまだ残っていたのだ。

〈明日橋〉の料金所で待っている客の列を通り過ぎ、その先につづいている細道に目を向けた。ほんの少し離れたところで、ゆっくりといったりきたりをしているのがエスティルだった。

今ではかなり近くにいる彼女の姿を見て、わたしはふと立ち止まった。

まえより自信がゆらいで、また歩きはじめた。エスティルはわたしのいるほうを一度ちらりと見たが、だれに向けているのと変わらない無関心な視線だった。エスティルとは数ヤードしか離れておらず、心臓が高鳴り、ぶるぶる震えていた。あらかじめ用意していたちょっとした会話――自己紹介をし、自分がウィットに富んだ大人の男であることを明らかにし、いっしょに散歩しませんかと提案する――は、頭のなかからすっぽり消え失せてしまった。エスティルはとても大人びて、とても自信ありげに見えた。

こちらが必死の思いで視線をそそいでいるのにも気づかず、手を触れられるぐらいの距離にきたエスティルは、そこで横を向いた。わたしは数歩、歩きつづけた。絶望的なくらい、自分に自信がなかった。振り返り、彼女に面とむかった。

生まれてはじめて、抑えきれない愛ゆえの苦しみを感じた。それまで愛などという言葉は自分にはなんの意味もなかった。だが、彼女のまえに立っていると、あまりに衝撃的でしりごみするしかないほどの愛を彼女に覚えたのだ。自分がエスティルの目にどんなふうに映っていたのか、まったくわからない——ぶるぶると震えていて気恥ずかしさで照れ笑いを浮かべていたはずだ。彼女は落ち着いた灰色の瞳でこちらを見た。物問いたげな表情を浮かべながら。わたしがとても大切な話を伝えようとしているのを感知したかのように。彼女はとても美しかった！　それにくらべて自分はなんとおどおどしていることか！

そして、思いもよらぬことに、エスティルは笑みを浮かべた。わたしは口をひらくきっかけをもらったのに、彼女をじっと見つめていた。なにを言ったらいいのか、思いつかなかったわけではない。自分のさまざまな感情を予想外にもてあまして、たんに動けなくなっていたのだ——愛なんて、とても単純なものだと思っていたのに。

数秒が過ぎていく。わたしはもはや心の動揺に耐えきれなくなり、一歩うしろへ退いた。また一歩。エスティルは、わたしが言葉もなく見つめていたその長い数秒のあいだ、ずっとほほ笑んだままでいた。わたしがあとずさるとそのほほ笑みはさらに広がり、いまにもなにか言おうとするかのように口が開いた。もう限界だった。わたしは恥ずかしさで顔が赤くなり、背を向けて駆けだした。しかし、数歩行ったところで立ち止まり、エスティルを振り返り見た。彼女はまだわたしを見ており、笑顔のままだった。

わたしは叫んだ。「あなたを愛しています！」

公園にいるだれもがその声を耳にしたように思えた。わたしは、エスティルの反応を見るのを待たずに走り去った。細道を通って草の茂る堤を駆けあがり、木々が密集しているところに入りこんだ。わたしは走りに走った。屋外レストランの中央通路を駆け抜け、広い芝生を横切り、その先の茂みに飛びこんだ。

走るという肉体運動が考えることを止めていたのだろう。走り終えたとたん、ついさっき自分がしでかしたことの重大さがどっとこみあげてきたからだ。なにひとつまともなことをせず、まずいことばかりやってしまった。彼女に会う機会を得たのに、それをみすみす逃してしまった。なかでも最悪なのは、おのれの愛情を彼女に向かって叫び、世間に知らしめてしまったことだ。思春期のわたしにとって、およそ考え得るかぎり最悪の失敗に思えた。

わたしは、古いオークの木の幹に額を押し当てながら、いらいらと憤りのあまり、こぶしで幹を叩いた。

エスティルに見つかることを怖れていた。二度と会いたくなかった。と同時に、あらたに高まった情熱とともに彼女を求め、愛した……そして願った、ひそかに願った、彼女が公園のなかでわたしを探しまわっていてくれることを、木のそばにいるわたしのところにやってきて、わたしに抱きついてくれることを。

長い時が経過した。混乱し、矛盾した気持ちが徐々におさまった。

まだエスティルの姿を見たくなかったので、細道に向かって下っていく際に、彼女と会わないよう前を慎重に見つめた。細道にたどりつき――人々はさきほどのドラマを忘れ、きままに楽しみながら歩いていた――橋の方向を見やったが、エスティルらしき姿はない。彼女が公園から立ち去ったのかどうか定かではなかったので、彼女に対する身の縮むような気恥ずかしさと、心からの深い愛情のあいだで身を引き裂かれながら、あたりをほっつきまわった。

ようやくまた危険を冒す決心をして、細道を料金所へと急いだ。エスティルを探しはしなかったし、見かけなかった。〈今日橋〉で料金を払って向こう岸へもどった。〈明日橋〉のそばの岸にこしらえた印を探しだし、橋の通路に刻んだ傷跡に狙いをつけると、それを目指して流路を跳び越えた。

跳んできた日にもどった。またしても、おおざっぱで即席の時間旅行のせいで経過時間とどんぴしゃりのタイミングではなかった。料金所にかかっている時計と自分の腕時計を確認すると、いなくなっていたのは十五分足らずであったことがわかった。ところが、未来では三時間以上過ごしていたのだ。

予定より早い列車で帰路についた。男の激情と若い大人の女性の輝かしい美しさ、忌々しい意志の弱さをつらつら考えながら、田園地帯を自転車を走らせてその日の残りを無為に過ごした。

9

経験から学んで、二度とエスティルに会おうとはしなかったものの、彼女に対する愛情をおさめるすべはなかった。起きているあいだじゅう、彼女のことを思って過ごした。そのよりどころとなったのは、彼女の笑顔の記憶だった――エスティルはわたしを励まし、わたしが言いたかったいろんなことを口にするようながしてくれていたのに、わたしはその機会を逃がした。だから、あらたに高まり、激しさを増した強迫観念をかかえて、わたしは公園にもどった。何度となく。

学校を無事に休むことができて必要な現金を手に入れられたときは、かならず〈明日橋〉へでかけ、未来へ跳んだ。やがて、この危険なジャンプを自分でも驚くほどの勘で見極めることができるようになった。当然ながらミスはあった――一度、恐ろしいことに、着地したら夜になっていた。それ以降、小型の懐中電灯をいつも持参するようになった。二度あるいは三度、もどるためのジャンプが不正確で、本来いるべき日を見つけようとして時間橋を使わざるをえなかったこともある。

さらに何度か未来へジャンプしたあと、充分その場に慣れたと思い、公園にいる見知らぬ男性に日付を訊ねてみた。その年が何年なのか聞いて、自分が二十七年後の未来にきているのを確認した……すなわち、わたしが十歳のときには、三十二年後に跳んだことになる。話しかけた男性はどうやら地元の人間のようで、外見から判断するに、それなりに裕福そうな人物に見えたので、信用してエスティルを男に指し示した。あの人をご存じですかと訊くと、男性は知っていると答えたが、結局エスティルという名前であることしか確認できなかった。だが、それで充分だった。そのころには彼女のことを多くは知らないようにしようと努めていたので、ちょうどよかった。

わたしはもうエスティルに話しかけようとはしなかった。耐え難いほどの臆病さから彼女に近づけずにいて、空想に頼るようになった。年齢を重ね、ますますお気に入りの詩人たちの影響を受けるようになっていたので、遠目からエスティルを賛美するのは、いっそう哀しくもすばらしいことであるだけでなく、彼女の人生におけるわたしの役割が受け身のものになるため、ふさわしいことでもあった。

エスティルにまた会って話そうとして果たせない憶病さを埋め合わせるために、わたしは彼女に関する物語を作った。

彼女は評判の良くない青年と情熱的な恋をしている。男は巧みな約束と邪な嘘で彼女を誘惑したのだ。彼女が男への愛を高らかに告げようとしたまさにその瞬間、男は〈明日橋〉を渡って未来へいってしまい彼女を捨てた。男は未来から二度と帰ってこなかった。恥ずべき男の行動ではあったが、彼女の愛は変わらず真《まこと》だった。毎日、彼女は〈明日橋〉のそばで空しく待っている。いつか男がもどってくるはずだとわかっているのだ。そんな彼女をわたしは流路の向こう岸からひそかに見守る。彼女の忍耐は、失恋した者のそれであるのを知りながら。涙をこぼすには誇りが高すぎ、疑いを抱くには誠実にすぎるため、彼女はただ待ちつづけることが報酬であると知って安心しているのだった。

現在の実生活のなかで、わたしはときどきべつの物語を夢想した――わたしが彼女の恋人であり、わたしのことを彼女が待っているのだ、と。その考えに興奮し、自分でもよくわからないたぐいの肉体的反応を引き起こしたりした。

わたしは頻繁に公園にでかけた。度重なる、まずい言い訳ばかりのずる休みのせいで学校から下される懲罰を我慢しながら。それほど何度もあの未来へ跳んだため、そのうちほかの自分自身を目にするのに慣れてしまった。また、わたし同様うろんな様子のほかの若者たちをときどき見かけるのにも気づいた。彼らは流路のそばの木々や藪の近くをこそこそ歩いて、わたしのように熱に浮かされた目で対岸へ視線を送っていた。わたしがとくによく訪れていた一日――ホリデーシーズンが佳境を迎えている、気持ちのよい晴れた日――には、そこかしこに一ダース以上のわたしがいて、人群れのなかに姿を消していた。

十六回目の誕生日にほど近いある日、いまでは習慣となった未来へのジャンプをしたところ、寒くて、風があり、ほとんど人けがない日に到着した。道沿いに歩いていると、ひとりの子どもを目にした。幼い少年だ。風を受けて下を向き、とぼとぼ歩きながら、靴のつま先で芝生を削り取っている。少年のその姿、泥にまみれた脚と涙の筋がついている顔は、自分がはじめて未来へ誤ってジャンプしたあのときのことを思いださせた。おたがいに近づいてくると、わたしは少年の顔をまじまじと見た。少年もわたしを見た。その瞬間、それとわかったことへのショックが電撃のように体を走り抜けた。少年はすぐに視線を逸らし、わたしの背後にある橋のほうを目指してどたどたと歩いていった。その様子を見て、あの日、自分がどんな気持ちだったか、そして自分が跳びたった日にもどるための必死の計画をいかに奮いたたせようとしていたのかをありありと思いだした。そうすることで――遅きに失していたが――あの日、出会った友人の正体がわかったのだ。

そのことが頭のなかでぐるぐる渦を巻いていたが、わたしは少年に声をかけた。いま起こっていることがほとんど信じられないまま。

「マイクル！」わたしは言った。自分の名前を口にするのは妙な気分だった。少年はわたしのほうに顔を向けた。わたしは多少自信なさそうに訊いた。「マイクルだね？」

「どうしてぼくの名前を知ってるの？」その言い方はけんか腰で、話しかけられるのをいやがっているように見える。

「ぼくは……きみを探していたんだ」わたしが彼のことを知っていてもおかしくない理由をでっちあげながら言った。「きみは未来に跳んでしまって、もどり方がわからないんだろ」

「うん、でも――」

「もどり方を教えてあげよう。簡単なんだよ」

話をしながら、ひとつ気になることがあった――いまのところ、まったく偶然ながら、わたしはあの日の会話を繰り返している。だが、もし万が一、わたしが意識してそれを変えたらどうなるだろう？　たとえば、〝わが友〟が言わなかったことをわたしが言ったとしたら？　若いマイクルがわたしがしたようには反応しなかったら？　その結果は途方もないものになるように思え、この少年の人生が――自分自身の人生が――まったく異なる方向に進むのが想像できた。わたしはそうなった場合の危険性がわかる。会話と、自分の行動を正確に繰り返すよう努力しなければならない。

だが、エスティルに話しかけようとしたときとおなじように、心にぽっかり穴があいてしまった。

「……だいじょうぶです、ありがとうございます」少年は返事をしていた。「自分でどうにかしますから」

「橋を走って渡りまくって？」まえのとき自分が言われたのがその言葉だったのかどうか定かではなかったが、意図していた内容は異なっていないはずだ。

「どうして知ってるんですか？」

はるか昔の記憶に頼ることができないのがわかり、避けがたい運命の流れを信頼して思いだすのをあきらめることにした。心に浮かんできたことを口にした。

自分の目を通して自分自身を見るのはぞっとさせられることだった。自分がこんなにも哀れな感じの子どもだったとは。どこから見ても、すねた、扱いづらそうな子どもそのものだ――かたくなさとけんか腰の態度はすぐにわかったし、いやなものだった。それに、一皮むいたところに気の弱さがある。つまり、自分がわたし自身を、年上のわたしをどう見ていたのか思いだしたのだ。この日の〝わが友〟を、未熟な青二才で、年齢に似合わない高慢さが態度に表れていると感じていた。（青年の）わたし自身をそういう風に見ていた（子どもの）わたしは、その当時、洞察力を欠いていたのは明白だった。学校に通うようになってから、わたしは自分について多くのことを学び、ほかの生徒たちよりも見かけはずっと大人だった。さらに言うなら、エスティルとの恋に落ちて以来、身だしなみや服装にかなり気を遣うようになっており、未来へ旅行をするときにはいつもめかしこんでいたのだ。

しかしながら、子どもの自分自身に数々の欠点を見つけていたものの、わたしは幼いマイクルに同情した。われわれのあいだには大いなる共感がたしかにあった。公園の変化について気がついていたことを幼いマイクルに教えてから、いっしょに歩いて〈明日橋〉へ向かった。エスティルは流路の対岸の例の場所にいた。彼女について自分の知っているかぎりのことを話した。心のなかにある思いは伝えることができなかったが、彼女が少年にとってどれほど大切な存在になるかわかっていたので、彼女を見てもらいたかったし、愛してもらいたかった。

エスティルが立ち去ると、わたしは橋の表面に刻んだ印をマイクルに示し、諄々と説き伏せてジャンプさせたあと――彼が渋々受け入れたことに同情を禁じ得なかった――わたしは風の吹きすさぶ夕暮れのなか、ひとりぶらつきながら、エスティルはもどってくるだろうかと考えていた。彼女の姿はどこにもなかった。

陽が落ちるまで待ち、何年も彼女を遠くから見とれているのは、もう充分だと決断した。幼いマイクルが言ったことのなにかがわたしに強く影響を与えていた。自分がこしらえた物語の一端を明かして、わたしはマイクルにこう言った――「恋人をいま待っているんだよ」幼いわたしは、こう返事をした。「あなたがその恋人だと思います、認めないでしょうけれど」

自分がそんなことを言ったのを忘れていた。彼女の恋人だなんて認めるわけがない。厳密に言って事実ではないからだが、それが事実だったらいいのにと願っていることは認めるにやぶさかではなかった。

暗くなりかけている流路を見渡しながら考えた。それを本当のことにする方法はあるのだろうか。公園は流路の光を浴びて不気味な場所と化していた。フラックス場の時間圧が手で触れられそうな存在感を醸しだしている。時間がどんなトリックを仕掛けることが可能なのか？　わたしはすでに自分自身と出会っていたし――一度、いや二度。それに自分自身を何度も見かけていた――エスティルの恋人がわたしではありえないなんてだれが言えよう？

年下のわたし自身に、いまの自分には見ることができない年上の自分のなにかを目にしていた。マイクルが言ったことが真実であるようにしたかった。自分をエスティルの恋人にしてやろう。次に公園を訪れるときにそうしてやろう、と思った。

10

ロマンティックな運命に働く力よりもずっと大きな力が存在していた。というのも、その決心をしたすぐあと、父の急死によって、そうした心地よい企てがわたしの人生からすっかり取り払われてしまったからだ。

およそ想像していたよりもずっと深く衝撃を受けた。この二、三年、父の姿を見かけることはとても少なくなっており、父のことを考えることはあまりなかった。それでも、使用人が応接間に駆けこんできて、父が書斎の机に突っ伏したと金切り声で告げたときから、わたしはこのうえもなく強い疚しさに襲われた。父の死をもたらしたのは、ほかならぬ、このわたしなのだ！　わたしは自分自身とエスティルに取り憑かれていた……もし少しでも父のことを考えていたら、父は死なずにすんだ！

もちろん、こうした思いの多くは過剰反応だったが、葬儀に先立つ悲嘆の日々には、それがあながち非論理的なこととは思えなかった。父はいま生きているだれよりもフラックス場の作用について多くのことを知っていた。わたしの子どものころの冒険のあと、わたしがその件をそのときで終わりにしていないことをうすうす感づいていたにちがいない。学校はわたしの度重なる欠席のことを父に伝えていたはずなのに父はなにも言わなかった。父はわざと傍観しており、いずれ自然におさまるところにおさまるだろうと願っていたのだろう。

父の死のあと気持が落ち着いていく日々を送りながら、この悲劇にエスティルがほどき難く密接に結びついているように思えた。いかにそれが理性に真っ向から逆らう考えであろうと、もし自分がエスティルに話しかけ、隠れているのではなく行動していたら、父はまだ生きているだろうという気がしてならなかったのである。

わたしはこのことに長くは拘泥しなかった。最初のショックと悲しみが若干消えたころ、自分の置かれている立場ががらりと変化しているのがわかったからだ。父は遺言書を作っていた。それによると、父は一家の責任と、自分の仕事と財産をわたしに委ねていたのだ。

法的にはまだわたしは子どもだったので、叔父のひとりが、わたしが成人に達するまで諸事の管理をつかさどった。この叔父は、財産がなにひとつ自分に渡らなかったことを深く憤慨しており、期限付き支配権を最大限に活用して、われわれの生活に干渉してきた。わたしは学校を辞めさせられ、父の仕事をすることになった。一家の住まう屋敷は売却され、家庭教師やほかの使用人たちは解雇され、母は田舎に所有していたかなり小さな家に引っ越しさせられた。サリーンはあわただしく結婚させられ、テレーザは全寮制の学校へ入れられた。わたしもなるべくはやく妻を娶るべきだとされた。

エスティルへの愛――心の奥底に隠した秘密――は、さからうことのできない力によって手放さざるをえなかった。

父が亡くなった日まで、父の仕事の中身をろくにわかっていなかった。ただ、父が新欧州連合でもっとも権力と影響力を持っているひとりであることだけは知っていた。フラックス場の時間圧力からエネルギーを引きだす吸電所を父が管理していたからだ。父の地位を世襲した日、そのことは父が途方もなく裕福であることを意味すると思いこんでいたのだが、すぐにその思い違いを正された――吸電所は国家の管轄下にあり、いわゆる資産は多数の公社債からなっていた。じつを言うと、そうした債権は現金化することができないもので、叔父が下した思い切った決断の多くはそれによって説明がついた。そして、わたしは永年にわたって借金を背負う羽目になった。

わたしにとって、父の仕事はまったくなじみのないものだった。精神的にも、教育水準の上でも準備が整っていなかった。だが、いま一家を背負っているのはわたしなのだから、最善を尽くして仕事に打ちこんだ。長いあいだ、一家にふりかかった運命の急変に震え上がり、混乱し、なんとか切り抜けるだけで精一杯だった。

若いときのフラックス流路公園での冒険は、夢のようにはかない思い出になった。まるで自分がべつの人間になったように思えた。

（だが、わたしはエスティルの姿を長いあいだ心に刻んで暮らした。なにがあっても彼女を忘れ去ることはできなかった。わが青春時代を燃え上がらせたロマンチシズムの炎はほのかになったとはいえ、けっして消えることはなかった。エスティルへの取り憑かれたような愛こそ失ったものの、彼女の青白い顔の美しさ、たゆまぬ待ち姿は忘れられなかった）

二十二歳のとき、わたしは独り立ちした。父の仕事をすっかりわがものとしていた――たいていの職業が世襲であるように、わたしの地位も世襲であったが、わたしは自分の義務をうまく誠実にこなした。フラックス場から発生する電気は、新欧州連合で消費されるすべてのエネルギーのおよそ九割をまかなっており、わたしの時間の多くは、エネルギーを求める数多くの政治的要求を対処することに費やされた。出張にもよくでかけた。新欧州連邦のすべての国、さらに海外へと。

家族について言えば、母は永年未亡人暮らしをつづけ、おのずと人々から尊敬を集めていた。姉と妹はふたりとも結婚した。もちろん、わたしも結局は結婚した。れっきとした立場のある男がみな耐えるべき社会的なプレッシャーに屈したわけだ。二十一歳のとき、リリーンの夫のいとこにあたるドリンナを紹介され、数カ月もせぬうちに式を挙げた。ドリンナは知的で魅力的な若い女性だったが、良い妻でもあり、わたしは彼女を愛した。わたしが二十五歳のとき、ひとりめの子どもをさずかった――女の子だった。わたしには跡継ぎが必要だった。それがこの国の習慣だったからだが、わたしたちは娘が生まれたことを喜んだ。娘の名前は……そう、わたしの妹にちなんで、テレーザと名付けた。ドリンナはエスティルという名前にしたがった。当時とても人気が高かった女の子の名前で、わたしは妻に反対せざるをえなかった。その理由を説明することはなかった。

二年後、息子カールが生まれ、社会におけるわたしの地位は確固たるものになった。

11

十年が過ぎた。青春時代のエスティルへの憧れという光はいっそう薄れていた。育っていく子どもたちといっしょにいて幸せだったたし、仕事も順調だったからだろう。フラックス流路公園でのああした奇妙な体験は、堅実で平凡でかわり映えのしない人生からの、ささやかな逸脱のように思えた。わたしはもはやロマンチックな考え方をしていなかった――あの高貴な感情は未成熟と経験不足の産物だったのだ。わたしのなかでこのような変化があり、おかげで、ときどきドリンナからあなたには想像力が欠けていると不平をこぼされるほどだった。

だがエスティルに関するロマンスが時が経つにつれて色あせていったとしても、彼女への興味はまだ残っていた。わたしは知りたかった――彼女は今どうしているだろう？　彼女はそもそも何者なのか？　記憶にあるように彼女はほんとうに美しい人なのか？

こうした疑問を解きにかかったのは、もともとそこにはなかった緊急性が生じたからだった。それらは暇なときにふと浮かんでくる疑問であり、エスティルを思いださせることが起こったときなどに浮かぶ疑問だった。たとえば、たまに仕事でフラックス流路へ出向くことがあると、つかのま彼女のことを思った。あるいは、短期間、わたしのオフィスで働いていた若い女性が、たまたまエスティルという名前だったとき、など。しかし、年を取るにつれ、一年かそれ以上のあいだ、エスティルのことを思い出さずに過ぎていくようになった。

おそらく、そうした疑問への答えはないまま、わたしは残りの人生を過ごしていったはずだった、あの世界規模の重大さを持つ出来事が起こらなかったならば。その知らせが世間に告げられたとき、しばらくは今世紀でもっともわくわくさせられる出来事だと思われた。ある意味では、事実そのとおりだった。なにしろ百年まえに打ち上げられた恒星船がもどってこようとしているのだから。

そのニュースはあらゆる点でわたしの仕事に影響を与え、たちまち、わたしはもっとも高次のレベルでの政治的かつ戦略的計画策定に関わることになった。つまり、こういうことである。恒星船は、出発したときとおなじ手段によってのみ地球に帰還することができるのだ。フラックス流路は、仮に一時的であっても、その本来の利用方法に添うよう復元しなければならなくなったのだ。近隣の住宅は立ち退きさせねばならない。吸電所は吸電を止めねばならない。そして、公園と時間橋は取り壊さねばならない。

わたしにとって、吸電所の吸電停止は――新欧州連合が供給を受けている電力の大半がなくなるという避けられぬ結果をもたらし――とほうもない問題を発生させた。フラックス吸電所が操業不可能な数カ月のあいだ、化石燃料から電力を発生させる許可をほかの国々から得なければならず、そのたぐいの許可は、こみいった政治的交渉と取引を経てはじめて可能になるものだった。それを達成するのに残された時間は一年もない。

一方、きたるべき公園の取り壊しは、深くわたしの気持ちを沈ませた。おおぜいの人が感じたのとおなじように、あの公園は、だれからも親しみ深い愛された行楽地であり、多くの人にとって、子ども時代の思い出と切っても切れないつながりを持っている場所だった。わたしにとっては、青春時代の理想主義と、いっとき愛していた女性と強く結びついていた。もし公園と橋が閉鎖になれば、エスティルに関する疑問は永遠に解けないことはわかっていた。

わたしが未来にジャンプしたのは公園がまだ行楽地だったころだ。木々の向こうにある住宅にはまだ人が住んでいた。人生を通じて、わたしはあの未来を想像上の世界、あるいは理想の世界だと考えていた。橋からの危険なジャンプでしかたどりつけない世界である、と。だが、その未来はもはや想像上のものではない。わたしはいまや四十二歳になっていた。十歳の少年だったわたしが三十二年後の未来にジャンプしてから、三十二年が経過していた。

〈今日〉と〈明日〉がフラックス流路公園でふたたび共存している。

公園が閉園になるまでの数週間のうちに行動を起こさなければ、二度とエスティルを見ることはないだろう。彼女の思い出がまた燃え上がり、もどかしさでいっぱいになった。少年時代の夢を探しにいくには、いまの自分は多忙すぎる。

わたしは代理人を立てた。いてくれたほうが仕事はずいぶんはかどったはずのふたりの部下を職場から外して、わたしが見つけてもらいたいものを伝えた。ふたりは、公園と境を接している住宅のいずれかに——おそらくは独りで、ひょっとするとちがうかもしれないが——住んでいる若い婦人または少女を探すことになった。

住宅地にはおよそ二百軒の家があった。やがて、部下たちは百五十以上の名前が載っているリストをよこしてきた。わたしは不安を抱えながら目を通すと、住宅地にはエスティルという名の女性が二十七人も住んでいた。人気のある名前なのだ。

ひとりは元の職場にもどしたが、もうひとりは引き留めた。ロビンという女性だった。わたしはロビンに事情を部分的に打ち明けた——その少女はわたしの遠縁にあたり、居所を突き止めたいのだが、家族の事情で内密にせざるをえないのだ、と。エスティルは公園ですぐに見つかるだろう、とわたしは信じていた。二、三日経って、ロビンの報告で、それらしき女の子がひとりいることが判明した。エスティルと母親は、住宅地のなかの家にふたりで暮らしている。母親は、服喪のしきたりから家を離れずにおり（彼女の夫が亡くなってから二年しか経っていなかった）、娘のエスティルは、ほぼ毎日、ひとり公園で過ごしている。彼女が公園にでかける理由はわかりませんでした、とロビンはしめくくった。

フラックス流路公園が一般に向けて閉園となる日が決まった。八カ月半後。まもなくわたしがその閉園を認可する命令に署名することになる。いまからその日までのあいだのいつか、ほかに理由がないかぎり、エスティルの忍耐強い待機は否応なく終わってしまうのだ。

わたしはロビンにさらなる秘密を打ち明けた。公園へいき、〈明日橋〉を繰り返し使用して未来へいくよう指示したのだ。彼女に調べてほしいのは、エスティルの見張りが終わる日付だけだった。わたしの強迫観念をかいま見てロビンが疑念を抱いたかどうかわからないが、彼女は文句を言わずにでかけ、その仕事を果たしてくれた。もどってくると、ロビンはその日付をつかんでいた——六週間先だった。その件に関するロビンとの話し合いは、ふたりともなぜかはわからないながら小声になった。わたしは知りすぎたくなかった。なぜなら、エスティルへの興味が復活して、ロマンチックな謎とでもいうべきものが現れたからだ。ロビンのほうはロビンのほうで、明らかになにか興味を惹かれるものを目撃したようだった。それがなんなのか、わたしはひどく気になった。

気前よく現金のボーナスでロビンの労を報い、元の職務にもどした。プライベート用のメモ帳に日付を印したうえで、わたしは本来の仕事が求めるものに全精力を傾けた。

12

その日が近づいてくるにつれ、自分が公園にはいけないのがわかってきた。その日、ジュネーヴでエネルギー会議が開催されることになっており、それを欠席するわけにはいかない。日取りを変更しようという奮闘も空しかった。五十の国家の首長に抗するなど無理な話だ。またしても、青春時代のおおいなる興味の対象を永遠に未解決のままにしておこうという気になったが、やはり誘惑に負けた。この最後のチャンスを逃すわけにはいかなかった。

慎重にジュネーヴへの旅程を調整し、秘書に指示して、夜行列車のコンパートメントを予約させた。それに乗れば、会議に間に合う時間に到着するはずだった。

ということは、わたしはエスティルのつづけている見張りが終わりをつげる前日に公園へいかねばならないのだが、そこで〈明日橋〉を利用することで、見張りの終焉を現場で見られるという寸法だった。

ついにその日がやってきた。わたしは職場でだれとも会わず、正午を少し過ぎたころ、オフィスをあとにし、お抱え御者とともに公園へ向かった。公園の門を入ったところにある前庭に運転手と馬車を残し、エスティルと母親が暮らしているはずの住宅群へちらっと目を走らせてから、公園に入った。

父が死ぬまえに訪れて以来、公園自体のなかに入ったことは一度もない。子どものころよくでかけていた場所というものは、後になって再訪してみるととても変わってしまって見えることがしばしばあるとわかっていたので、そこが記憶よりも小さくて、ちっぽけな場所であることに気づくと思っていた。だが、料金所に向かって、ゆるやかなくだりになっている芝生をゆっくり歩いていくと、見事な木々や、境栽花壇、噴水、通路、公園の庭のありとあらゆる造園風景は記憶にあるものと寸分たがわなかった。

それにしても、なんという香りだ！　青年の頃を思い焦がれるときに、こんな色々な香りを思い起こすことはなかった——甘い樹皮の香り、大きく広がる葉や群生する花の香り。芝刈り機を動かしている男が音を立てながら通り過ぎていき、湿った緑の香りを宙に放りあげる。もこもこした毛の動物が眠っている姿のように、刈りこまれた草が、機械のフードに丸くたまっていた。男が刈っている芝生の縁にたどりつくと芝刈り機の向きを変えて、機械にかぶさるように低くかまえ、もどりのカッティング用に芝生の勾配に合わせて押し進めようとしている様子をわたしは眺めた。そういえば一度も芝刈り機を押したことがない。公園で過ごす最後の日が子ども時代を蘇らせたかのように、男に駆け寄り、押させてもらってもいいかと訊ねたい衝動にかられた。

歩きながら自分で笑ってしまった——わたしは人によく知られている公人であり、ドレープスーツと丈のあるシルクハット姿で芝刈り機を押せば、確実に滑稽な絵柄になってしまう。

ついで、さまざまな音が聞こえてきた。まるではじめて耳にするかのような（そして、かすかな、心惹かれる郷愁を伴って）、回転式ゲートの歯止めの金属音や、公園をとりまく松の木のあいだを抜けるそよ風の音、子どもたちの声がかなでる、たえることのないようなソプラノ。どこかで、楽団がマーチを演奏していた。

シダレヤナギの木の下でピクニックをしている家族を目にした。使用人たちが片側に並んで立っており、父親が巨大なコールドビーフの塊を切り分けていた。つかのま、その様子をこっそりうかがった。一世代まえのわたしの家族であったかもしれなかったからだ——人々の喜びは変化していない。

そうしたいろんなことに気をとられ、料金所にたどりつく寸前になるまで、エスティルのことを思いださなかった。またしても内心ほくそ笑んだ——若い頃のわたしだったら、こうした手落ちを許さなかっただろう。わたしはいっそうリラックスした気分になり、公園の落ち着いた環境を喜んで受け入れて、過去を思いだしていた。成長したことで、この場所がかつてわたしにもたらしていた強迫観念的な思い出も消え去っていた。

とはいえ、公園に来たのはエスティルに会うためだった。料金所のまえを通りすぎて、流路のそばを通っている細道へ足を踏み入れた。まえを見ながら、少し歩く。まもなくすると、彼女の姿を目にした。エスティルはベンチに腰をおろして、〈明日橋〉のほうをじっと見ていた。

四半世紀があっというまに消え去ったかのようだった。さっきまでの落ちついた穏やかな気分は、どこかに行ってしまい、激しい感情にとってかわられた。あまりにも思いがけなかったので、いっそう衝撃的だった。

わたしは立ち止まり、顔をそむけた。これ以上見ていたら、きっと彼女に気づかれてしまうだろう、と考えた。

青二才、未成熟、ロマンチックな子ども……わたしはあいかわらずそんな人間であり、エスティルを一目見たことで、まるでうたた寝から目覚めたかのようにそれらが覚醒した。堅苦しい服をきている自分が図体だけはでかくて、おどおどして、愚かしく感じた。まるで、お爺さんの結婚式衣装を着ている子どものようだ。彼女の落ち着いた態度や、若々しい美しさ、見張りをつづけている活力……

それらはわたしが十代のころ感じていた無力感をすべて復活させるに十分だった。

しかし、それと同時に、彼女の第二のイメージがあった。とらえどころのない幽霊のようにもうひとつのイメージのうえに重なりあっている。わたしは、大人が子どもを見るように彼女を見ていたのだ。

彼女はわたしの記憶にあるよりはるかに若かった！　ずっと小柄だった。たしかに綺麗だった……でも、もっと綺麗な女性を見たことはある。威厳があったが、それは実年齢よりもませた態度であり、社会を意識した親の教育でそうなっているかのようだった。彼女は若かった。あまりにも若すぎる！　わが娘テレーザは、いまの彼女と同い年くらいだろう。いや、娘のほうが少し年上かもしれない。

このように心みだされ、二重の見方で彼女を見ていることを強く意識したまま、わたしは混乱して、道に突っ立っていた。かたわらを家族やカップルたちが陽気に通り過ぎていく。

わたしはようやく彼女から離れるように後ずさりした。もう見ていることができない。エスティルはわたしが過去にはっきり記憶にとどめていた服装をしていたのだ──細身の白いスカートが脚をタイトにつつみ、輝く黒いベルトをしめ、身ごろに花の刺繡がほどこされたダークブルーのブラウスを着ている。

(覚えていた──あまりにはっきりと、あまりにたくさん覚えていた。彼女がそこにいなければよかったのにと思った)

エスティルは彼女が持っているパワーゆえにわたしを怯えさせた。わたしの感情を目覚めさせ、惹起させるパワーだ。それがなんなのかはわからない。人はみな、青年期に情熱を抱く。だが、成熟したあとに、そうした情熱の源を再訪する機会を得る人がどれだけいるだろうか？

その機会はわたしを高揚させたが、同時に、ひどく憂鬱な気分にもさせた――内心、わたしは愛と喜びに小躍りしていたのに、彼女はわたしを震えあがらせた――あまりにも純真で輝くように若い。なのに、いまのわたしはあまりに年を取っていた。

13

わたしはすぐさま公園を立ち去ろうと決めた……だが、すぐに心変わりした。彼女のほうへ歩を進めて、また向きを変えて歩み去った。

ドリンナのことを考えながらも、彼女のことを頭から追い払おうとした。わたしはエスティルのことを考えていた。ふたたび取り憑かれていた。

エスティルの姿が見えなくなるまで歩きつづけると、シルクハットを取り、額を拭った。温かい日だったが、この汗は天気によるものではないとわかっていた。落ちつかないといけない。どこか腰をおろせて、じっくり考えてみる場所はないか……しかし、あいにく公園は楽しむところで、グラス一杯のビールを買おうとして屋外レストランへ向かうときに見た、傍若無人なお祭り騒ぎの光景はいかにも邪魔でありがたくなかった。

切り揃えられていない芝生の上に立ち、芝刈り機で作業している男を眺めながら、自制心を働かせようとしていた。むかしの好奇心を満足させるためにここにきたのであって、子どものころののぼせあがりの罠にふたたび落ちるためではない。十六歳の小娘にわたしの安定した暮らしをかき乱されるなんて、考えられないことだった。公園にもどったのは失敗だった。おろかな失敗だった。だが、それでもなお、道理をわきまえようともがくその下に、これは運命だという、より深い感覚があった。なぜかは言えないが、エスティルがベンチに坐ってあそこでこのわたしを待っている、ふたりはついに出会う運命にあるのだ、とわかっていた。

彼女がつづけている見張りは明日終わることになっている。明日はすぐ先にあった。〈明日橋〉の向こう側にあるのだ。

14

料金所で支払いをしようとすると、すぐ係員はわたしに気づいた。彼は回転式ゲートの歯止めを足首が折れたのではないかと思うくらいの勢いで蹴って、開けてくれた。わたしは係員に会釈して、屋根付き通路に入った。

きびきびと歩いて橋を渡る。自分がなにをしているのか、なぜそんなことをしているのかについて、それ以上考えないように努めた。フラックス場で体がちくちくした。

橋を抜けると、明るい陽の光に迎えられた。わたしがあとにしてきた日も暖かく、晴れていたが、翌日のここはより温度が高かった。いまのあらたまった服装だと窮屈で、厚着すぎるように感じた。あい胸に秘めている、ふたたび目覚めた、向こう見ずな願いとはまったくふつりあいな服装だった。あいかわらずその願いを否定しようとしながら、わたしは昼間の振る舞いをすることで気をまぎらした。

フロックコートのまえをあけ、ベストのスリットポケットに親指を突っこむ。部下に呼びかけるとき、ときどきそうしているように。

流路のそばの細道を歩き、対岸にエスティルの姿を探し求めた。

何者かに後ろから腕を引っぱられ、わたしは驚いて振り返った。そこには若者が立っていた——わたしとほぼおなじ背丈だったが、上着は肩幅がまるで足らず、ズボンが心持ち寸足らずであり、若者がまだ育ち盛りであることを明らかにしていた。取り憑かれたような目つきをしていたが、口をひらくと、良家の出身であることがわかる。

「失礼ですが、お訊きしたいことがあるのですが」と、若者が言ったとたん、相手が何者なのかわかった。それがわかったことの衝撃は恐るべきものだったが、エスティルのことで頭がいっぱいになっていなければ、彼と出会ったことで口がきけなくなっていたにちがいない。最後に時間跳躍をしてから長い歳月が経っていたため、それと気づいて共感する、はっと目が覚めるようなあの感覚を忘れてしまっていたのだ。

やっとの思いで自分を抑えた。相手を知っていることを表に出さないように努めながら、わたしは言った。「なにを知りたいのかね？」

「日付を教えていただけませんか？」

思わず顔がほころんでしまい、一瞬、相手から視線を外して、顔を元にもどそうとした。真摯な目つき、大きく広がった耳、青白い顔、額に巻き毛を垂らした髪型！

「きょうが何日かということだろうか、それとも何年だということかな？」

「そうですね……両方お願いします」

わたしはすぐに答えを教えてやった。もっとも、答えてすぐに、自分が今日の日付を伝えたことに気づいた。じっさいには、それよりも一日まえに進んでいたのだが。だが、かまうことはない、彼が、つまり、わたしが気にしていたのは、いまが何年かということだったからだ。

彼は丁寧に礼を言い、立ち去ろうとした。ふと立ち止まると、無邪気な目つきでわたしを見て（フロックコートを着た、近寄りがたい雰囲気の見ず知らずの人間を見定めようとしていたことを思いだした）、そして言った。「この近くに住んでおられるのですか？」

「そうだ」次になにがやってくるのか知りながら、わたしは答えた。片手をあげて口元を覆い、上唇を撫でた。

「この公園でよく見かける、ある人の身元をご存じではないかなと思いまして」

「だれ――」最後まで言い終えることができなかった――相手の必死で、顔を赤くして問い迫る性急さはとても滑稽で、思わず噴きだしてしまった。すぐに鼻をずるずる鳴らすふりをして、ハンカチで演技をしながら、花粉症がどうのこうのと言い訳した。むりに真面目な顔を作り、ハンカチをポケットにもどして、シルクハットを整えた。「だれのことかね？」

「若い女性です、ぼくと同い年くらいの」

わたしがおもしろがっているのに気づかず、彼はわたしのまえを通って、堤を下り、薔薇がおい茂っているところへ向かった。茂みに身を隠して、彼は対岸に目をやった。わたしも対岸を見ていることを確認してから、彼は指をさした。

最初、人混みのせいで、エスティルの姿は見えなかったが、やがて、〈明日橋〉を渡るために並んでいる列のすぐそばに彼女が立っているのに気づいた。パステル色の服を着ている――はじめてわたしが彼女を愛していることを自覚したときに着ていた服だ。

「あの人が見えますか？」

彼の質問は、曲のなかの調子外れの音のように聞こえた。わたしはふたたび真剣さをとりもどし、彼女の姿を見ただけで、なにも言わずに物思いにふけりたくなっていた。彼女の背筋を伸ばした佇まい、純真無垢な落ち着きを見ただけで。

若者が返事を待っていたので、わたしは答えた。「見える……うん、地元の娘だ」

「あの人の名前をご存じですか？」

「たしかエスティルという名前だったと思う」

驚きを伴った喜びの表情が若者の顔に浮かびあがり、紅潮した頬がさらに色を濃くした。「ありがとうございます。ありがとう」

彼は立ち去ろうとしたが、わたしは声をかけた。「待ちたまえ！」彼に手を貸したい衝動がふいにこみあげてきた。何カ月も思い悩むのをやめさせたくなった。「いいかね、向こうへいって、あの子と話をするんだ。あの子はきみに会いたがっている。恥ずかしがってはいかん」

彼は恐怖の面持ちでわたしをまじまじと見つめると、身を翻し、人群れのなかへ駆けこんだ。数秒後、もうその姿は見えなくなった。

たったいま自分がしでかしたことの重大な誤りがいやおうなしにわかった。彼のもっともたいせつな場所に触れ、彼が自分自身の時間でみずから解決しなければならない事柄にいますぐ直面しろと強いただけでなく、衝動的にわたしは物事が順調に進むのをじゃましてしまったのだ。わたしの記憶では、この出会いで、シルクハットの見知らぬ男性は、おせっかいな助言をしなかった！

数分後、細道をゆっくり歩きながら、このことを考えていると、ふたたび若い自分を目にした。彼がこっちを見たので、わたしはうなずいてみせた。わたしがさっき言ったことを無視するよう伝えるとっかかりとしてのうなずきだ。だが、彼はまるでわたしと一度も会ったことがないかのように、興味なさそうにそっぽを向いた。

なんだか様子がおかしい——服を着替えており、いまの服のほうが体によく合っている。

しばらく、そのことについて考えを巡らし、ようやくなにが起こったのかわかった。この彼は、わたしが話しかけたマイクルではなかった。わたしであることに変わりないが、過去のほかの日からこの日にやってきたわたしなのだ！

少しして、わたしはまたしてもわたし自身を目にした。今回のわたしは——つまり、彼は——まえとおなじ服を着ていた。彼はわたしが話をした若者なのだろうか？　それとも、ほかの日のわたしなのだろうか？

ひどく気をそそられることではあるが、目的をすっかり忘れてしまうほどではない。エスティルは流路の向こう岸におり、わたしが細道をゆっくり歩いているあいだにわたしの視界から消えることがないのを確認した。彼女はしばらくのあいだ、料金所まえの列のそばで待っていたが、いまは、主道に歩いてもどっていて、草の茂る岸辺に立ち、〈明日橋〉のほうをじっと見ていた。以前に何度となくそうしているところをわたしが見かけたように。彼女をもっとよく見たかった。その細い姿態を、その若い美しさを。

ようやく気持ちが落ち着いてきた。わたしはもはや彼女の二重のイメージを見ているのではなかった。若者であるわたし自身と会い、ほかのわたし自身を見たことで、わたしははっきり気づいた。エスティルとわたしは、フラックス場によってわけられているように見えるが、じっさいにはフラックス場によって結びついているのだ。わたしがここにいるのは避けられぬ必然だった。

今日は彼女の見張りの最終日だった。彼女はおそらくそのことを知らないだろうが。わたしがここにいるのは、わたしがここにいることになっていたからなのだ。

彼女は待っていた。わたしも待っている。わたしはそれを解決することができる。いまそれを解決できるのだ！

エスティルは流路越しにこちらのほうをまっすぐ見ていた。意図してわたしを見つめているように思えた。まるで同じ瞬間に彼女も天啓に打たれたかのようだった。なにも考えずに、わたしは彼女に向かって腕を振った。興奮がわたしの体のなかを通り過ぎる。わたしはいそいで踵を返し、橋に向かって道を下りはじめた。もし〈今日橋〉を渡れば、数秒足らずで彼女のもとにいけるのだ！　それこそわたしがやるべきことだった！

こちら側で〈明日橋〉があいている場所にたどりついたとき、わたしは彼女が立っている場所を確認しようと、流路越しに対岸を見た。

だが、彼女はもはやそこで待っていなかった！　彼女もまた急いで芝生を横切ろうとしていた。橋に向かって駆けていく。駆けながら、流路越しに目をやって、わたしを見ていた！

彼女が料金所のそばで待っている客の群れにたどりつき、彼らをかきわけて進むのが見えた。料金所のなかに彼女が入ると、わたしはその姿を見失った。

わたしは橋のたもとに立ち、明かりの乏しい屋根付き通路を見下ろしていた。陽の光が二百フィート先の眩い四角形になって橋の端に見えた。

ロングドレスを着た小柄な姿が向かい側の端にある階段を駆け上がっていき、木製のトンネルに駆けこんだ。エスティルはわたしのほうへやってこようとしていた。走りながら、スカートのまえを持ちあげて。うしろにたなびくリボンや、白いストッキングがかいま見えた。

一歩ごとにエスティルはフラックス場を進んできた。懸命な、熱に浮かされたような一歩をわたしに向かって進めるたびに、彼女の姿は形を失っていった。橋の長さの三分の一もいかないところで、彼女の姿はぼやけ、溶けるように消えてしまった。

彼女の失敗がわかった！ まちがった橋を渡っていたのだ！ 彼女がこちらにたどりついたとき――わたしがいま立っているところにやってきたとき――二十四時間も遅れてしまう。

どうすることもできず、屋根付き通路の暗がりを見つめていると、ふたりの子どもが目のまえにゆっくりと実体化した。ふたりは押し合い、言い争いながら、新しい日に先に出てこようと競争していた。

15

わたしは遅れをとらず行動した。〈明日橋〉を離れ、坂を駆けあがり細道に向かった。〈今日橋〉はおよそ五十ヤード先にある。シルクハットの頭を片手で押さえながら、力を振り絞ってそちらを目指した。見失わないうちに一刻も早くエスティルをつかまえなければならない、それだけを考えていた。もし彼女が自分の失敗に気づいて、わたしを探しはじめたら、ふたりは――おなじ場所にずっとありながら、時間は永遠に離れている――橋から橋へ移動して、流路を何度も何度も横断する羽目に陥るかもしれなかった。

わたしは〈今日橋〉の端によじのぼり、急いで渡った。走るペースを落とさねばならなかった。橋の幅は狭く、ほかにおおぜいの人が渡っていたからだ。三つの橋のなかで、この橋だけ、外が見える窓がついており、窓を横切るたびに、いったん立ち止まって、そこから〈明日橋〉の両方の端を心配になって見た。彼女の姿が見えないものかと願いながら。

橋の端にくると、出口の回転式ゲートを急いで押し通り、歯止めをかん高く鳴らした。すぐさま〈明日橋〉に向かって出発するため、料金を払おうと、手持ちの金を出そうとした。急いでいるあまり、だれかにぶつかった――ぶつかった相手は女性で、わたしはむにゃむにゃと謝りながら通り過ぎた。一瞬だけ、その女性のほうをちらっと見た。その瞬間、たがいに相手を認識した――ロビンだった。わたしが公園に派遣した女性だ。だが、どうして彼女はいまここにいるのだ？

料金所にたどりつくと、わたしは振り返って、ふたたびロビンを見た。彼女は興味津々の表情でわたしを見つめていたが、わたしの視線に気がつくとすぐ目をそらした。これが、見張りの終了について彼女がわたしに伝えたとき、なにか言いたげにしていたことなのだろうか？　これが彼女の目撃したことなのか？

わたしは遅れるわけにいかなかった。列の先頭に並んでいた人たちを乱暴に押しのけ、すり切れた真鍮の板の上に硬貨を放った――その板から切符が機械的に出てくるのだ。係員はわたしを見上げ、こちらが相手を認めると同時に、わたしのことを認めた。

「公園からのサービスです」係員はそう言って、板の上で硬貨を滑らせてもどしてよこした。

ほんの数分まえに係員を見たばかりだった。彼にとっての昨日のことだが。わたしは硬貨をすくいあげてポケットにもどした。わたしが押し通ると、回転式ゲートがかちりと音を立てた。階段をのぼり、屋根付き通路に入った。

行く手の先に、わたしが公園にやってきた日の陽の光があった。屋根付き通路のそっけない内装には、間隔を置いて照明が灯っていた。客はひとりもいない。

わたしは歩きだした。フラックス場に数歩分入ると、トンネルの末端の四角い陽の光が夜になった。ずいぶんと気温が低く感じた。

そして、わたしの前方では、小さなふたつの姿が、フラックス場の電気的な霞のなかから、固まりつつあった。あるいは、そのように見えた。ふたりはいっしょに照明のひとつの下に立っており、わたしの行く手を一部さえぎっていた。

わたしは近づいていき、ふたりのうちひとりがエスティルであることを確認した。いっしょにいる相手は、わたしからは見えない方向に顔を向けていた。わたしは立ち止まった。

照明が当たらない場所にいたので、ふたりからほんの数フィートしか離れていなかったけれども、わたしの姿は――彼らの姿がわたしにとってそう見えているように――幽霊のように、半分しか見えない姿だっただろう。

彼がこういうのを耳にした――「きみはこのあたりに住んでいるの？」

「公園のそばの家に。あなたは？」

「ぼくはちがう……列車でここにこないとだめなんだ」両手は彼のわき腹に神経質そうに張りついており、指が曲がったり伸びたりしていた。

「何度もここであなたを見かけたわ」彼女が言った。

「よくわたしのことを見ていたでしょ」

「だれなんだろうと思っていたんだ」

沈黙が訪れた。若者は恥ずかしそうに床を見ていた。なにかほかに言うべきことを探そうとしているようだ。エスティルは若者を飛び越して、わたしの立っているところへ視線を向け、一瞬、われわれはおたがいの目をまっすぐ覗きこむ恰好になった。

エスティルは若者に言った。「ここは寒いわ。もどらない？」

「散歩するというのはどう？　それとも、オレンジジュースをご馳走しようか」

「散歩のほうがいいわ」

ふたりはこちらを向き、わたしのほうへ歩いてきた。エスティルはまたもわたしのほうをちらっと見た。露骨な敵意がそこにうかがえた。わたしは立ち聞きしていて、彼女はそのことを充分わかっていた。若者はわたしがいることにまるで気づいていない。わたしのそばを通り過ぎていくとき、彼はまず彼女を見、ついで自分の両手を不安げに見た。窮屈すぎる服、櫛で額に垂らした巻き毛、上気した耳と首、薄い口ひげ。彼はぎくしゃくと歩いている。まるで自分の足を踏んでいまにも躓きそうな様子だ。それに、彼は自分の手の置き場所をわかっていなかった。

わたしはそんな様子の彼が愛おしかった。彼女を愛しているわたしが。

わたしは少しのあいだ、ふたりのあとについていった。料金所のある端の外の明かりがまた入りこんでいるところまで。彼が脇へどいて、彼女を先にゲートから通すのを見た。陽の光の下に出て、彼女は芝生の上へ躍り出て、着ている服のカラフルな色を輝かせた。ついで、彼女は手を伸ばし、彼の手を取った。ふたりはいっしょに歩み去った。切り揃えられたばかりの芝生の上を横切って、木々のほうへと。

16

エスティルとわたしがいなくなるまで、わたしは待ち、こちらも陽の下に出た。〈昨日橋〉を使って流路の向こう岸へ渡り、〈今日橋〉を使ってもどった。

この日はわたしが公園にやってきた日だった。わたしがジュネーヴにいなければならない日の前日であり、エスティルとわたしがついに出会った日の前日だった。中庭に出ると、御者が馬車とともに待っていた。

出発するまえに、わたしはもう一度、流路のこちら側の細道を歩いて、エスティルが待っているはずだとわかっているベンチを目指した。人群れのなかに彼女の姿を確認した。彼女は静かに腰をおろし、人々を眺めている。白いスカートとダークブルーのブラウスを折り目正しく身につけていた。わたしは流路越しに視線を投げた。日光は明るく、薄い靄がでていて、そよ風がほのかに吹いている。向こう岸にはそぞろ歩いている行楽客たちがいた――明るい色の服、休みの日にふさわしい帽子、風船と子どもたち。だが、みながみな、人群れにまじりあっているわけではなかった。

流路のそばにツツジの茂みがあり、その向こうに、若い男の姿がかろうじて見えた。彼は向こう岸からこちらにいるエスティルを見つめていた。男の背後、物思いに深く沈んで歩いているべつのマイクルもいた。岸沿いにさらにいけば、橋からかなり離れたところに、べつのマイクルが長い草のなかにうずくまり流路を見渡していた。しばらく待っていると、さらにべつのマイクルが姿を現した。数分後、さらなるマイクルが現れ、向こうにある木々の一本のうしろに陣取った。もっといるのはまちがいない。めいめいがほかの自分たちのことに気づかず、各自がわたしから数フィート離れたところに坐っている若い娘のことで頭のなかがいっぱいになっている。

　いったいどれがわたしと話をしたマイクルなんだろうか。ひょっとしたら、どれもちがうのか、あるいは全員がそうなのか？

　わたしはようやくエスティルのほうを向き、彼女に近づいていった。まっすぐ彼女の正面に立ち、シルクハットを脱いだ。

「こんにちは、お嬢さん」わたしは言った。「こんなふうに話しかけるのをお許しください」

　彼女はひどく驚いてわたしを見上げた――わたしは彼女の物思いの邪魔をしたのだ。彼女は首を振りつつ、わたしに上品な笑みを向けた。

「わたしがだれかご存じですかな？」わたしは訊いた。

「もちろんですわ。とても有名な方ですもの」彼女は下唇を噛み、こんな性急な答えをするんじゃなかったと思っているかのようだった。「わたしが言いたかったのは、つまり――」

「わかりますよ」わたしは言った。「わたしの言うことを信用してもらえるでしょうか？」すると、彼女は眉根を寄せた。意図的な美しい仕草だった――子どもは大人から型を学ぶものだ。わたしは言った。「あした起こります」

「と言いますと？」

「あしたです」わたしは繰り返した。ある種もっと微妙な形で伝える方法を探った。「あなたが待っていること……それはあした起こるんです」

「どうしてそれを――？」

「その点は気にしないで」わたしは背筋を伸ばし、帽子の縁に指を走らせた。とにもかくにも、彼女はわたしを不安に、臆病にさせる神秘的な能力を持っている。「わたしはあした、向こう岸に渡って、あそこにいます」わたしは流路の対岸を指さした。「わたしをお探しなさい。いま着ている服と、この帽子を身につけているつもりです。わたしはあなたに向かって手を振ります。そのときがそれの起こるときです」

エスティルはなにも言わず、じっとこちらを見ていた。わたしは光を背にして立っており、彼女はわたしの姿をちゃんと見られなかったはずだ。だが、わたしのほうは彼女の顔にあたる陽の光と、髪と目に踊る明かりによって、彼女を見ることができた。

彼女はとても若く、とても綺麗だった。彼女のそばにいるのは苦痛とも言えた。

「一番良い服を着てらっしゃい」わたしは言った。「わかりましたか？」

彼女は答えなかったが、彼女の目がちらちらと流路の対岸に向けられるのが見えた。頬に紅色が浮かんだ。言い過ぎたことにわたしは気づいた。なにも言わなかったらよかった。

わたしは恭しく小さく頭を下げ、シルクハットをもどした。

「ごきげんよう、お嬢さん」わたしは言った。

「ごきげんよう」

わたしはふたたび彼女に会釈すると、まえを通って、ベンチのうしろの芝生に向かった。短い坂をのぼって、横へ移動し、自分の姿が巨木の幹の陰でエスティルから見えなくなるところまで進んだ。

流路の向こう岸では、さいぜん見つけたマイクルのひとりが、隠れ場所から移動しているのが見えた。彼ははっきり姿を現して堤に立っていた――どうやらわたしがエスティルに話しかけたとき、こちらを見ていたようだ。というのも、いま流路をはさんで、小手をかざして、彼がわたしを見ているのがわかったからだ。

あの男こそ、わたしが話をした相手だと確信した。

これ以上、彼に手を貸すことはできない。もし彼がいま流路を二度渡り、二日分未来へ進めば、〈明日橋〉の上で、わたしの伝えた信号に応じたエスティルと出会うことができるだろう。

彼はじっとこちらを見ていた。わたしも彼を見返した。やがて、歓喜の雄叫びが聞こえた。彼は走りだした。

彼は岸に沿って急ぎ、まっしぐらに〈今日橋〉へと向かった。狭い通路を走っていく靴が立てるうつろな足音がかすかに聞こえた。すぐに彼はこちら側に姿を現した。いまではさっきより落ち着いて、〈明日橋〉の列のほうへ歩いていく。

列に並びながら、彼はエスティルを見ていた。彼女は、考えごとをしながらじっと地面を見ていて、気づいていない。

マイクルは料金所にたどりついた。支払い台へ向かいながら、わたしを振り返り、手を振った。わたしはシルクハットを脱ぎ、それを振った。彼は嬉しそうに笑みを浮かべた。

数秒後、マイクルは屋根付き通路に姿を消した。二度と彼の姿を見ることはないことはわかっていた。マイクルはうまくやったのだ――彼女に会うため、あの場所にいるだろう。わたしがそれが起こるのをもうすでに見ていた。

わたしはシルクハットをかぶり、流路から歩み去った。公園の堂々とした木々のあいだを抜けて坂をのぼり、庭師がまだ重たい芝刈り機を押しているところを通り過ぎ、たくさん家族が木陰に腰をおろしてピクニックの午餐を食べているそばを通り過ぎた。

横幅のある古いヒラヤマスギの下の場所を見た。わたしと両親と姉と妹がよく食事を取っていた場所だ。一枚のクロスが草の上に広げられていた。たくさんの皿が食事の用意を整えて並べられている。年輩のカップルがそこに坐っていた。枝のつくる木陰の下で気持ち良さそうにしている。夫人はキャンバス地の折りたたみ式椅子にぴんと背を伸ばして坐り、夫が食事の支度をしているのを辛抱強く見つめていた。夫は骨付きハムを切り分けており、几帳面に刻みに合わせてスライスしていた。ふたりの使用人がうしろのほうに控えて立っていた。彼らの前腕には白いリネンのクロスがかぶさっている。

わたしとおなじように、紳士は礼服に身を包んでいた。フロックコートは皺ひとつなく、完璧にアイロンがあたっており、何週間も磨いてきたかのように靴はぴかぴかだった。紳士の足下の地面には、シルクハットがスカーフを下に敷いて置かれていた。

紳士はわたしのあつかましい視線に気づき、顔を起こして、わたしを見た。一瞬、われわれの視線がからみあい、われわれ紳士がそうするように、たがいに会釈した。わたしは帽子の縁に触れながら、紳士と夫人によい午後が送られるよう祈った。そして足早に外の庭に出た。ジュネーヴ行きの列車に乗るまえに、ドリンナに会いたかった。

逃走

The Run

基地を離れたとたん、悲鳴に似た警報が鳴りだしたのをロビンズ上院議員は耳にした。午前中はずっと基地を視察していた。汎アジア主義者が世間を騒がし、さらに選挙が迫っているいま、上院議員の掲げる反平和主義の主張を裏付けるには、この視察がうってつけだった。

車の後方に、それぞれの輸送車両に機材を積みこんでいる取材陣《ヴィドクルー》の姿が見えた。

ロビンズは、ゆったりしたペースでメインゲートに車を進めた。ゲートでは、つづけざまにセキュリティ・チェックを受けた。昨今、車を運転することだけが、リラックスできる唯一の方法だった。お抱え運転手なぞもってのほかだった。

警備の人間は疑いたくなるほど仕事熱心だった。おざなりの調べだけで通してくれるもの、となかば期待していたのに、連中は身元確認を徹底的におこなった。とどのつまり、実体解明の視察が軍を刺激したのだ。

門衛詰所を離れ、メインゲートに近づいていく途中で、最後のロケットが打ち上げられた。そのロケットこそ、ロビンズがこの日調査したものだった——全軍をあげての定期的な演習は、おそらく本来の価値以上の経費がかかっているだろう。秘書に報告書を用意させるよう、心のなかでメモした。ロケットは通常の有人ロケットで、くすんだ銀色の金属外殻は、空一面にひろがった雲のせいでかろうじて見える程度だった。残光が雲の一画を小さく光らせると、ロケットはすぐに姿を消した。

車体の分厚い合成樹脂を通して、ロビンズはロケットの巨大な内燃機関が発する衝撃波音を感じとれた。

基地を出て、大フリーウェイに通じる灰色の進入路に入った。アルミの路面に沿って静かに車を加速させていくと、さらなるロケット群が頭上を通過していった。おそらく、どこか近くにあるほかの基地から打ち上げられたものだろう。近頃、ロケットは低く飛んでいる——新防衛方式だと聞かされていた。打ち寄せる騒音に車が推進板《プレート》ごと揺らされた気がした。ロビンズは窓を閉め、エアコンをフル稼働させた。

やがて、フリーウェイにたどりつき、分流車線に乗って幅広い道路に入った。むかし見たことがある、列車の操車場の古い写真のような光景が目のまえに広がっていた。いくつもの車線が繰り返し交差し、合流し、分岐している。中速車線まで来たので、その車線で認められている最高速度まで速度を上げた。

安全ベルトに押さえられながら、身を乗りだし、通話キットで秘書を呼びだした。

「アンダースンか？　ロビンズだ」

秘書の声が通話キットから聞こえてきた。緊張した声だ。「ボス、できるだけはやくもどってきてください。大問題です」

「なにごとだ？　電話では話せないのか？」

「コードEです、ボス。コードE」

通話キットが黙りこんだ。秘書が切ったのだ。もう一度呼びだそうとしたが、やめた。アンダースンがこんなふるまいをしたのは初めてだ。よほど深刻な事態が発生したのだろう。汎アジア主義者たちとのトラブルが最初に発生したとき、アンダースンと相談して、個人的な暗号《コード》を考案した——コードEは、〝全国規模〟。まさにそれだ。

頭をせわしく働かせながら、運転をつづけた。頭上を低く通過する、さらなる銀色のロケット群が胸騒ぎをいっそう募らせた。


フリーウェイを五キロ進むと、ロビンズはあらたな分流車線に入り、それに沿って進むうちに幅の狭い待避線に入った。角度が急になるカーブに備えて、速度を落とす。

議事堂の姿がちらりと見えた。森のなかから天を突いてそびえる、飾り気のない現代的なビルだ。政府機能の分散化は、あのように目立つ建物のなかに居を構えている限り、効果がないように思える。ひょっとして、なにか狡猾な理由があるのかもしれない。こちらにはわかっていないなにかが。

車線は徐々にのぼり勾配になっていき、横手に並んでいる木々が密度を増していった。ほどなく、ジャンクションにたどりついた——単線道路が木々のあいだを抜けて下がっていき、樹木の生い茂る路肩のあいだに見えなくなっていた。信号が青になるのを待ちながら慎重に出口に向かった。

遮断機が自動的に上がり、車はその下をすり抜けた。識別ビームのスイッチを切ると背後で遮断機がふたたびおりた。

すばやく車を加速させ、一刻もはやく事務所へもどろうとした。アンダースンの謎めいたメッセージは、最悪の場合、戦争を意味しており、良くても重大危機を意味していた。どちらにせよ、いつでも動ける場所にいなくてはならない。ロビンズが見たところでは、政府の外交はだらけきっていた。世論に迎合しすぎ、人気の高い理想論の流行に合わせて、ころころ方針が変わる。平和主義者たちはもう七年間も思い通りにふるまっており、国境を接しているすべての文明国に汎アジア主義者たちが潜入するのを許していた。多少の力を示してやる頃合いが訪れている――いくつか引き金を引き、ボタンをいくつか押してやるのだ。少々高圧的な策を披露すれば、連中はたちまち譲歩するだろう。

無意識のうちにスピードを上げすぎていたのにロビンズは気づき、少し速度を落とした。この車線は低速車線で、すばやいコーナリングに適していなかった。前方では、アルミの路面が起伏の多い郊外の地形の上を曲がりくねっていた。およそ二キロ先のパッカーズ・ミルの急カーブで道路は姿を消している。

なにかの動きに目が留まった。生い茂る木のうしろに姿を消す人間の姿を一瞬、見た。もう一度、そこへ目をやると、ひとりの若者がいた。

若者は痩身で、くすんだ灰色の作業着姿で、長髪が顔にかぶさっていた。木々のあいだに立っている若者のうしろに、おなじ服装をしたほかの連中が大勢いるのが見えた。

連中は森のなかでなにをしてるんだ？　空から巡回して、浮浪者を追い払うことになっていたはずだ。たぶん未成年不良グループの一部だろう――最近、この近辺で大量の不良どもが見かけられている、とロビンズは聞いたことがあった。道路の反対側に目をやると、そちら側にも連中が大勢いるのに気がつき、ふいに説明のつかぬ心のうずきを覚えた。思わず、躊躇しつつも、車の速度を少しゆるめた。

そうすると、数人の少年がよりかかっていた木から離れ、意図ありげに道路のほうへ歩いて近づいてきた。ロビンズは用心しながら車を進めた。

若者たちはますます数を増してロビンズの目に入ってきはじめた。その一部が道路の近くに群がっている。そうした集団のひとつを通り過ぎたとき、少年のひとりが車に向かって狙いを定め、唾を吐いた。唾はフロントガラスに飛び散った。

現実味を帯びた不安感の最初の兆しが心に忍び寄り、ロビンズはリアビュー画面を覗きこんだ。背後の道路には人があふれていて、少年たちは易々と車のすぐあとを歩いていた。彼らのなかには、車を追い越さんばかりに走っているものもいた。ロビンズは少々神経質になって、車の速度をふたたび上げた。線状推進板が場《フィールド》を増大させて、アルミ製の道路をがっちりつかむと、車は丸い鼻先を突きだして勢いよく前進した。

道路の両側では、数が増えていた。少年の大半は、ただじっと見ているだけだったが、なかには――もっと年下の連中だろう、とロビンズは推測した――悪態をつきながら棒を振りまわしているものもいた。前方の道路はしだいに細くなっていき、まるで鈍い色のリボンが灰色のカーブを描くようにして、パッカーズ・ミルで姿を消していた。そのカーブ地点で、少年たちの一団がこちらを待ちわびているようにして見ているのが目に入った。その場所だけで百人はいるにちがいない。

不安感の小さなしこりがロビンズのなかで大きくなっていた。彼らが自分をずっと待っていたという理屈に合わない確信のせいだった。

車の加速をつづけていることに気づき、速度計を見やった。時速百二十キロに達しており、まだ上昇をつづけている。画面を再度見ると、さらなる少年たちが背後に押し寄せてくるのが見えた。あたりを見まわす。道路のいたるところで、くすんだ色の服を着た若者たちがあふれている。

車はパッカーズのカーブに向かって、静かに突進していた。

岬のごとく突きだしている、樹木の並んだ路肩は、道路の端に向かって外へ膨らむように下っており、そこには苦労しながら近づく上院議員に向かってはやし立てて、大声を上げている若者たちが鈴なりになっていた。

カーブに向かって速度を出し過ぎていたので、抑えなければならなかった。運転装置をすばやくバック・フローに入れると、速度が少し遅くなった。車の勢いをゆるめたとたん、はやし立てる声が上がり、少年たちが道路へますます押し寄せてきた。ロビンズの車は過剰な速度で曲がり角に進入した。緊急ブレーキをつかみ、車体を激しく揺する震動にあらがった。縦揺れと横揺れを繰り返し、推進板が道路をこすり、いまにも誘導機構を離れそうになった。

急カーブを出ると、なにか金属的で重たいものが車体の屋根にぶつかり、あぶなっかしくバランスを保ちながら路肩に集っている少年の一団から歓喜のうなり声が上がった。車載画面上に、大きな鋼鉄の梁材がアルミの路面を転がっていくのが見えた。

ちょうどそのとき、ロビンズは曲がり角をまわり終えた。ジャイロ装置がふたたび車の平衡を恢復させ、車はたちまち正常な体勢にもどった。

前を走っている車はなかった。丸々一キロは一直線に伸びており、長い斜面をゆるやかに下っていた。真正面に議事堂の背の高い姿が見えた。水平線上の灯台のようにそびえている。奇妙な閃光がロビンズの目をとらえた。つづけざまにまた光る。議事堂の土台近くから一対の炎が噴き上がり、雲のなかへ消えた。さらに二対の炎がつづき、ロビンズはその正体を悟った。無人の完全自動ミサイル迎撃サイトが、なにかに向かって作動しているのだ。まさしく、彼の最悪の不安が的中したかのように。

たちまち、議事堂にもどるのがいよいよ緊急を要する事態になった。

リアビュー画面に見入る。背後の曲がり角は少年たちでごった返していた。連中はロビンズのあとを追おうという動きは示さず、どうやら彼が先を進むのを眺めていようという姿勢らしい。ロビンズが車の速度を確認すると、ほとんど停止したも同然であることに気づいた。

あそこで起こったことはなんだったのだ？　連中はあの曲がり角でわたしを殺そうとしていたのか？　そうではなかったようだ――少年たちの習性について聞き知っているわずかばかりのことから判断するに、連中はなにをするのであっても、かならず達成するはずだった。いままでに見聞きした最大規模の集団であれば、恐怖を味わわせる戦術より、多少積極的な方策を採るはずだろう。そう考えて、ロビンスは冷汗をかいた。もしそうだとすれば、連中はまだわたしを解放してくれたわけではない。

安全ベルトの抑制にさからって、首をまえに伸ばした。スロープの末端に動きが見える。見るまに、何百人もの少年たちが木々のあいだからぞろぞろとやってきた。連中は、押し合いへし合いしながら、道路の端に沿って、我先に場所を取ろうとしている。彼らの動きはてんでんばらばらで、まるでいっせいに刑務所から解き放たれたかのようだった。先を争って押しかけ、なかには道路に転がり落ち、アルミの路面の上に降り立つものもいた。ロビンズは、恐怖の面持ちで、転がり落ちてきた連中がその場にとどまり、どこうとしないのを見た。さらに大勢の連中が押し寄せてきて、自分たちの体をロビンズの車の進路にわざと置いた。

決心がつきかねて、ロビンズはしゃにむにあたりを見まわした。連中はなにをしてるんだ？　自殺したいのか？

ふと、ある考えが浮かんで、ロビンズは通話キットに手を伸ばした。応答を待っているあいだ、曲がり角にいた少年たちがこちらへ歩いて下ってくるのが見えた。リーダー格の、体に合っていない作業着を着た五人の痩せぽそった若者が車のそばまで近づいてきた。手に武器を携えている。ロビンズは通話キットに向き直り、ボタンに添えている指に力を込めた。

返事がない。いったいなにが起こっているんだ？

そこで、屋根に当たった梁材のことを思いだした――あれがアンテナを故障させたにちがいない。

ガツッと物が当たる音がして、リアウインドーにひびが走り不透明になった。石を投げる数人の若者の姿が画面に映っている。動かねば。

気が進まぬながら、車をふたたび発進させ、ほかの少年たちが待ちかまえているスロープを下っていった。動きだしてすぐに大きな声が上がった――猛烈な罵りと嘲りが飛んできた。次第にそれが静まると、詠唱《チャント》にとって代わられた。じわじわと高まるビート――人の声が奏でる、脈動し、唸り、高鳴るドラムのような音――ぎょっとするほど、刺激的な音だ。

嘲弄の賛歌は、どんどん大きくなっていき、ふいにロビンズは、その歌詞を聴き取った。ようやく、いまこの場で起こっていることの真相を上院議員は悟った。詠唱は一語だった。はるか昔にその語源がある単語。時の経過のなかで、その意味が多様になり、膨らんでいった単語。いまや、凄まじい規模の半宗教的カルト集団を意味するようになった単語。

そして、ロビンズ上院議員のまわりを囲んで、全世界がその単語を叫んでいた。

チキン。

チキン、と彼らは叫んでいた。チキン、チキン。**チキン**。

臆病者《チキン》。

その言葉が意味するものにロビンズが打ちのめされたとき、車は時速五十キロに達していた。はからずも、ロビンズは自らを、〝逃走〟に仕向けてしまっていた。ほかの人間しかしなかった行為をしてしまった。さらに速度をもう少し上げてしまった。

心が激しく働いていた。わたしはいったいなにをするつもりだ？　いや、むしろ、なにができるんだ？　選択の余地はほとんどないように思える――背後には、いまは駆けだしているのが目に見える、少年たちの大集団がいる。前方には、ひしめきあう集団が道路にあふれかえっている。アルミの路面が灰色の矢のように連中の体に飛びこんでいくかのように見える。道路沿いにずらりと並ぶ少年たちは、ロビンズの車が自分たちに向かって加速してくるのを挑戦的な目つきで眺めている。

ロビンズの恐怖が突如立ち消え、激しい怒りの波にとってかわられた。あのいまいましいガキどもになめられてたまるものか！　ドラッグに頭を狂わせ、いつにない万能感に酔いしれた、職についていない、つきようのない非行少年どもは、自分たちが地球を支配していると思いこんでいる。思いこんでいるのだ！　皮肉なもんだ、とロビンズは車の速度をどんどん上げながら考えた。連中は実質的にこの国の一部を支配しているのだから。爺むさい粗野な人間や、無知で臆病な人間や、精神はおそまつながらも肉体的には頑健な連中に支配された世界のことを考えて、ロビンズは身震いした。毎年、失業者数は数百万人単位で増えていた。

地平線にあらたな閃光が走ったのが視界の隅に入って、気をもませた。どこか、べつの世界で戦争がはじまったようだった。

速度計を見やり、まだ速度の上げ幅が充分残っているのを確認した。一番近くの少年たちとはさほど離れてはおらず、彼らの顔の見分けがつくような気がしはじめていた。実際には、目に見えているのは白や茶色をした不鮮明なものに過ぎなかった。自分たちの勇気をロビンズの勇気と秤に掛けている人間たちの、不定形のかたまりだった。ロビンズは速度を百キロに安定させて維持し、衝撃にそなえて身構えた。じりじりと近づいていく。

周囲では、詠唱がかん高くリズムが激しくなり、ロビンズに速度をそのまま保つよう促し、せきたてた。

わたしはなにをしようとしているんだ、なにを証明しようというんだ？　わたしは臆病者ではない、とロビンズにはわかっていた。なぜこんなうすらばかどものまえで、おのれを試さなければならないんだ？　人間の肉体が作る山に向かって、大量のプラスチックと鉄を放りこんで、人体を切り刻み、手脚を切断するのが、勇敢な行為であるものか。おのれの証を立てるために人を殺すなんて。わたしは少年ではない。いかなる暴徒にも支配されていない。わたしは洗練された共同体に暮らす洗練された個人であり、信用に値する地位にある立派な人間だ。上院議員であり、二万人の有権者の支持を集めている。支持者は、わたしの高潔さと思慮分別を信用している。そして、もっとも重要なのは、わたしが人間であることだ。このわたしが、自分のために人を殺し、百の肉体を潰して突き進み、命を奪い、それを楽しむなんて虫酸が走る。

ロビンズは少年たちの山まで百メートルに迫った。

詠唱がロビンズの意識のなかで響き、彼を興奮させ、刺激した——未開の人々が奏でるジャングルの太鼓のようなビートだ。速度を上げてさらに進むと、詠唱の調子がますます速くなり、次第に憎悪を募らせ、大きくなり、渦を巻いているように思えた。いまや、連中の顔を見分けることができる。ピンクと白と灰色——全員ロビンズの車をしっかり見据えており、彼が突破しようとしてくるのを待ち受けていた。詠唱している彼らの口が開け閉めしているのが見えた。

連中を突破するのはむりだろう。あまりにも多すぎる。連中全員を殺してしまうまで、彼らはその場に坐りこんでいるだろう。そこに坐ってロビンズを見つめ、彼が突入してくるのを見ているだろう。

ロビンズは決断した——緊急ブレーキをつかみ、バック推進を目一杯きかせた。

安全ベルトに投げだされた。大きな推進板がそれまでの勢いにさからっているあいだ、ベルトのストラップに宙づりになっているかのようだった。ブレーキのかん高い音はなく、ゴムのきしる音もしなかった。音のしない、一定かつ継続的な引力が、かたい脱脂綿でできた障壁のように作用した。ロビンズはその場に永遠に宙づりになっているような気がした。肉体のもろもろの反応はゼロになり、ふいに発生した火の玉のせいで目が見えなくなった。

すると、ロビンズは自由になった。車が停止し、ロビンズは座席にぐったりもたれかかった。一番近い少年とは一メートルしか離れていなかった。ロビンズはまえにだらんとつんのめり、安全ベルトのストラップのなかでずるずると滑った。太陽光のような白いまぶしい光のせいで、目はまだ見えていなかった。

外では、熱い風が吹き、巨大な手が車を持ち上げた。

ロビンズが意識を恢復すると、まったくの沈黙があたりを覆っていた。

最初にロビンズが見たのは自分の腕時計だった。チクタクと音を刻んでおり、どうやら無傷のようだった。気を失っていたのは、ほんの数分だった。視界にどこかおかしなところがある。網膜に浮かびあがった残像の迷宮を通してすべてを見ているかのようだ。

試しに体を動かしてみた。脇腹に痛みがあったが、それ以外に怪我はないようだった。

無意識のうちに、ロビンズは安全ベルトのリリース装置に手を伸ばし、みずからを自由にした。窓の大半が砕けた車は、道路からずいぶん離れたところに横倒しになっていた。壊れた制御装置のなれの果てを恐る恐る踏みつけながら、フロントガラスであったところから外へ出た。

外は、地獄だった。

議事堂は消え失せており、そのかわりに巨大な雲の柱が立っていた。四方八方で、木々がなぎ倒され、葉がすっかりはぎ取られていた。葉っぱの多くが燃えており、その煙が投下された核兵器による孤高の雲に加わっていた。

そして、いたるところに、少年たちの体が横たわっていた。どの体も焼けこげており、全員が死んでいた。

ロビンズは長いあいだ、その場に立っていた。ほどなくして、彼は咳きこみだした。唇から血がこぼれ落ちる。彼はかつて議事堂であったものに背を向け、よろめきながら、ついさきほどまでやってきた道を戻りはじめた。

頭上で、黄色いロケット群が黒い雲をかすめるように低く飛んで、遠ざかっていった。

リアルタイム・ワールド

Real-Time World

これは直接関係のないことだが、観測所で暮らしていくうちに、われわれ全員が見せるようになった、融通がきかない、無気力な態度の実例として、次のエピソードを紹介しよう。

観測所の居住用キャビンは、建物の外周部に設置されており、それぞれのキャビンの少なくとも壁のひとつが真空に面しているようになっていた。観測所が移動する際、建物の構造にかかる歪力は外壁のひび割れ《クラック》という形で現れる。

妻のクレアと住んでいるキャビンには、二十三カ所のひび割れがあり、定期的に点検し、密閉しなおさないと、そのいずれかから空気が漏れてしまう。ひび割れのこの数はごく普通のものであり、どのキャビンにも五、六個はひび割れがある。

ある夜、われわれ夫婦が寝ているあいだに壁で一番大きなひび割れがひらいてしまい、精巧な減圧警報装置を設置していたにもかかわらず、目を覚ますまえに、ふたりともひどい低酸素症に陥ってしまった。そのひび割れは同時にほかの多くのキャビンにも影響を与え、その一件のあとでスタッフの一部は、居住セクションを離れて、談話室のひとつで寝るようになった。

観測所では、退屈と怠惰という双子の悪徳が手に手を取って協力し合っている——だからどうだというわけではないが。

ソーレンセンがわたしのオフィスに入ってきて、手書きの報告書を机の上にどさっと置いた。ソーレンセンは大柄の醜い男で、物腰ががさつだった。観測所での親睦活動に熱心に参加しているが、アル中だという噂が流れている。ふだんのおこないは問題にならないが、酔っぱらうと無作法でやかましくなる。ふだんは、動きが鈍く、ろくに反応しない男である。

「ほら」ソーレンセンは言った。「棘皮《きよくひ》動物の生殖周期を観察した記録だ。理解しようとしなくていい。概要さえつかめばいい」

「ありがとう」一部の科学者が示す、頭の良さをひけらかした鼻持ちならない言動には慣れっこになっていた。観測所では、わたしだけが非専門家なのだ。「きょう、処理をしなきゃならないかい?」

「好きにするといい。だれかが待っているとは思わん」

「あした処理するよ」

「OK」ソーレンセンは背を向け、立ち去ろうとした。

「きみの日刊ニュース紙が届いている」わたしは言った。「要るかい?」

ソーレンセンは振り向いた。「もらっておこう」

彼は無関心を装って目をやり、二、三行飛ばしでざっとプリントアウトに目を走らせる。わたしはソーレンセンの表情を注視していた。自分でもなにを読み取ろうとしているのか、わからないが。スタッフのなかには、わたしの目のまえで読むのを避けて、たたんでポケットにしまいこみ、ひとりきりになったときに読む連中もいる。本来そうあるべきなのだが、対応はさまざまだ。

ソーレンセンは、おそらく故郷についてあまり心配していないのか、興味が薄いのだろう。彼が読み終えるのを待った。

そのうえで、わたしは言った。「きのうマリオットがここに来たよ。ニューヨークの火事で七百人死んだと言っていた」

興味がソーレンセンの目に宿った。「ああ、その話はおれも聞いた。もっとなにか知ってるか？」

「マリオットから聞いたことしか知らない。どうやら、アパートが集中している区画で起きたらしい。四階から出火して、上の階の人間はだれも逃げられなかった」

「すごいとは思わないか？　七百人が、いとも簡単に」

「ひどい災難だ」

「ああ、そうだな。ひどい。だけど、あの話ほどはひどくない……」ソーレンセンはまえに身を乗りだし、机の端に手をついた。「あの話を聞いたか？　南米のどこかで暴動が起こった。ボリビアだったかな。鎮圧するため、軍隊を出動させたら、収拾がつかなくなって二千人近くが死んだんだ」

そのニュースは初耳だった。

「だれからその話を聞いた？」

「だれかからだよ。ノーバートだったかな」

「二千人か」わたしは言った。「そいつはすごいな……」

ソーレンセンは体を起こした。

「そろそろもどらないと。今晩、バーにくるかい？」

「たぶん」わたしは答えた。

ソーレンセンが立ち去ると、彼が持ってきた報告書を見た。わたしの仕事は、報告書の内容を読み取り、可能なかぎり技術用語を排した言葉で書き直してから、トランザー経由で地球への送信に備えることだった。ソーレンセンの原本は、複写されてから、本人に返却される。コピーはわれわれが地球に帰還するまで、わたしのオフィスにファイルされることになる。

未処理の報告書がほかに十二件もあり、ソーレンセンのは、報告書の山の一番下に入れざるをえない。いつそれが送られるのか、ソーレンセンも地球にいる人間も気にはしていまい。

いずれにせよ、急ぐことはなかった。次のトランザー連絡は今晩で、それまでに用意できないのはあきらかだ。その次の連絡は、四週間後に予定されていた。

報告書を脇にどけ、ドアに向かい、鍵をかけ、表の電気サイン――**〝トランザー室――入室ご遠慮下さい〟**のスイッチを入れた。そのうえで、キャビネットのひとつの鍵をあけ、そこから噂伝播ファイルを取りだした。

そこにこう記入した――「ソーレンセン／ニューヨーク／死者七百名／アパートメント・ビル。マリオットから／同上」さらに、その下に次のようにつけ加えた――「ソーレンセン／ボリビア(?)／死者二千名／暴動。ノーバート・コルストンより(?)」

ボリビアの話が初耳だったので、影響指数《AQ》84ファイルを検索する必要があった。それにはしばらく時間がかかる。まず、前日のニューヨークの記事を調べ、三日まえのボストンのオフィス・ビル火災におそらく関連しているだろうとつきとめた。六百八十三名が死亡していた。死者のいずれも、観測所のスタッフとなんの関係もなかった。

ＡＱ84ファイルのなかで、まずボリビアに関する項目を検索した。過去四週間で、大規模な暴動や社会秩序の混乱は起こっていなかった。四週間以前の出来事に関連している噂である可能性はあったものの、見込みは薄い。ボリビアを調べたあとで、ほかの南米諸国も試してみたが、結果は同じく否定的だった。

一週間まえにブラジルでデモが発生していたが、ほんの数人が負傷しただけで、死者はいなかった。検索対象を中米に移し、同地域のさまざまな共和国で同じような確認をした。北米やヨーロッパの国は考慮しないことにした。もし二千人の人命が失われたとしても、ここにいるスタッフのだれかと関係がある可能性は薄いだろうから。

ようやくアフリカで当てはまる出来事を見つけた——タンザニアでだ。失業者デモが暴動にエスカレートしたとき、パニックに陥った警察によって九百六十人の人民が虐殺された。トランザー報告書を冷静に眺め、その出来事を統計値として、つまり伝播ファイルのなかのあらたな項目として見なした。報告書をかたづけるまえに、ＡＱを書き留めた。27。かなり高い数値だ。

噂伝播ファイルにこう記した——「ソーレンセン／ボリビア……タンザニアの記事を読んだのか？　確認待ち」

そののち日付を書き足し、イニシャルで署名した。

オフィスのドアの鍵を外すと、妻のクレアが外で待っていた。彼女は泣いていた。

避けて通るわけにはいかない問題をわたしは抱えている——ある意味では、わたしは観測所で孤立しているのだ。それについて説明させてもらいたい。

みな基本的に似た人々からなる集団だったり、たがいに密集し、外から認識可能な社会的単位を構成する個人の集団でさえあれば、仲間意識が生じる。一方、個人間になんら交流がないと、異なる種類の社会構造が現れる。それをなんと呼ぶのか知る由もないが、その構造は社会的単位を構成するわけではない。その手のことは大都市で起こっている——何百万人もの人間が数百平方マイルの土地でともに暮らしているのに、一部の例外を除いて、彼らの社会には真のまとまった構造は存在しない。隣り合って暮らすふたりの人間が相手の名前すら知らないということが起こりうる。ほかにおおぜい住民のいる建物のなかでひとり暮らしの人間が孤独のせいで死ぬこともありえる。

だが、集団のなかにいても、別種の孤独があり、わたしの身にいま起こっているのがそれなのだ。正気ゆえの孤独である。あるいは、知性ゆえの孤独。あるいは、認識しているがゆえの孤独だ。

冷厳たる事実からなる言葉で言うならば——わたしは狂った社会のなかにいる、正気の人間なのだ。だが、奇妙なことに、観測所にいる全員は、個人を取り出してみれば、みなわたしとおなじように正気である。だが、集合的存在になると、正気ではない。

実を言うと、それには理由があり、それこそが当観測所にわたしがいる理由なのだ。ほかのスタッフの便宜のため、彼らの報告書の書き直しという仕事を与えられ、通常は広報担当という役割を果たしている。

だが、ここにわたしがいる真の理由は、はるかにずっと重要なものなのだ。わたしは観測所の観測者なのである。

わたしはスタッフを観察し、彼らの行動をメモに取り、彼らに関する情報を地球に送りこんでいる。あまり立派な仕事には見えないかもしれない。

わたしが観察し、監視し、分析的に対処しなければならないスタッフのひとりに妻も入っている。

クレアとわたしの仲は、もはやうまくいっていない。ふたりのあいだに、高揚した感情はもうない——たがいへの敵意を自覚する状態に達してしまっており、その状態は変わらずにいる。ふたりのあいだの楽しからざる出来事をくどくど述べようとは思わない。居住セクションのキャビンの壁は薄く、いかなる怒りを発しようとも、なるべく声に出さずにやらなければならない。観測所にくるまえは、ふたりとも穏やかに暮らしていた——たぶん、帰還すれば、元通りになるかもしれない。だが、当面のところ、現状はかくの次第だった。

もう話は充分だろう。

そして、クレアは泣いていた……自分からわたしのところにやってきたのだ。

わたしはドアをひらき、クレアをなかへ通した。

「ダン」クレアは言った。「あの子たちのことだけど、ひどすぎるわ」

なんの話なのか、すぐにわかった。クレアがわたしのオフィスにやってくるとき、妻としてやってきたのか、それともスタッフとしてやってきたのか、すぐにはわからないのが常だった。今回は、後者だった。

「わかってる、わかってる」できるだけ慰めるようにわたしは言った。「だけど、できるかぎりの手だてが打たれるはずだよ」

「ここにいるとどうしようもないほどの無力感に苛まれるの。あたしにできることがありさえすればば」

「そのニュース、ほかのスタッフの反応はどう？」

クレアは肩をすくめた。「メリンダから話を聞いたわ。とても動揺しているようだった。だけど、だからと言って――」

「きみほど動揺しているわけじゃなかった？　だけど、メリンダはきみほど子どもたちに関わっていたわけじゃないだろ」難民の話がクレアに伝わったとき、彼女が動揺するだろうと、あらかじめ推察していた。わたしといっしょに観測所へやってくるまえ、クレアは児童福祉担当の公務員だった。現在は、外にいるヒューマノイドの子どもたちの研究で満足せざるをえない。

「責任ある立場にある人たちが納得しているといいのだけど」クレアは言った。

「なにかもっと詳しいことを聞いてるかい？」わたしは誘い水を向けた。

「いいえ。でも、メリンダが共同研究相手のドクター・ジャクスンから聞いた話だと、ニュージーランド当局は国連に援助を求めているそうよ」

わたしはうなずいた。その件は、この日はやくに蜘蛛学者のクリフォード・マキンから聞いていた。いまごろ、さらなる詳細があまねく流布していることを期待していた。

わたしは言った。「ニューヨークの例の火事のことは聞いたかい？」

「なにそれ？」

火事のことをクレアに話した。ソーレンセンがわたしに言ったのと大体おなじ詳しさで。

わたしが話し終えると、クレアはうつむいて、しばらくじっと立ち尽くしていた。

「ふたりで帰還できたらいいのに」ようやく、クレアはそう言った。いまオフィスにいるのは、わが妻だった。

わたしは言った。「ぼくもそう思うよ。この仕事が終わりさえすれば、すぐにでも……」

クレアはわたしをにらみつけた。仕事の進捗は、ここでのわれわれの滞在期間になんの関係もないことを彼女同様にわたしも知っていた。いずれにせよ、その仕事を進めるのにわたしが果たしている役割はまったくなかった。わたしだけが、全スタッフのなかで、仕事の進捗になんの貢献もしていないのだ。

「さっき言ったことは忘れて、ダン」クレアは言った。「あたしたちふたりにとって、故郷にはなにも残っていないんだから」

「どうしてそんなことが言えるんだい？」

「もしあなたが知らなくても、事細かく説明するつもりはないわ」

われわれの壊れつつある関係へのそれとない言及。これまでに何度も繰り返してきたように、観測所の閉ざされた環境と縁が切れさえすれば、ふたりがこれまでに築き上げてきたものが元にもどるのだろうか、とわが身に問うた。

「わかったよ」わたしは言った。「この件は、ここまでにしておこう」

「どのみち、あたしたちの耳に入ってきているいろんなことを勘定に入れると、自分が戻りたいのかどうか、はっきりしないの」

「もう二度と？」

「わからないわ。聞いたのよ——地球での事態が聞かされていたものより、悪くなってるって。はるかに悪化してるって」

気がつくと、わたしは夫としての役割を中断し、またしても観測者になっていた。

「それはどういう意味だい？　なんらかの検閲がおこなわれているという意味かい？」

クレアはうなずいた。「現在起こっていることをあたしたちが知れば、どんな害が身に及ぶのかわからないだけ」

「まあ、検閲に反対するもっともな理由だな」

クレアはまたうなずいた。


わたしの机の上には、受け取られていない日刊ニュース紙が小さな山をこしらえている。二、三日、山が高くなるにまかせてから、配ってまわることにしている。日刊ニュース紙を届けるという考えは、あまり好きじゃない。日刊ニュース紙に対して、多くのスタッフはとにかく無頓着なので、放っておいてもいずれわたしが持ってきてくれるものと思えば、まったく取りにこなくなるだろう。

そのことで、もっともたちが悪いのは、マイク・ケレルだった。彼は、わたしの知るかぎり、自分のニュース紙を自分で取りにきたことは一度もなかった。まだ子どものころに両親を亡くしたこの陰気な独身男は、自分には気になるようなニュースが故郷になにもないので、ニュース紙には興味がない、とまえにわたしに話していたことがある。

まさにそのとおりで、マイクのニュース紙には、ほかのだれよりも載っているニュースが少なかった。しかし、全員がニュース紙を受け取らないかぎり、この実験には意味がないのだ。

目のまえの山をよりわける。マイクの日刊ニュース紙は十一通、ほかの人間が受け取りにきていないものが二、三通、それに、セバスションあてのものがあった。セバスションは、これまでのところ、観測所で死亡したただひとりの人間だった。セバスションの死は、予測しえない要素だったため、観測所に搭載されたコンピュータのプログラムから彼宛のニュース紙を外す術をわたしは知らなかった。

地球にあるリアルタイム・シミュレーター上では、セバスションの人格は取り除かれている。

二十四時間ごとに、コンピュータはニュース紙をプリントアウトする。観測所にいる個人それぞれ宛のものを。トランザーを通じて、ニュースは毎日届いている、とスタッフには伝えられているが、それは事実ではない。

ニュースは、四週間おきに届き、直接コンピュータに送られ、だいたい発生した順に、二十九日分に分割されて公表される。きょうは、さきほども言ったように、あらたなトランザーからの連絡がある日で、次の四週分のニュースが届くことになっている。わたしはその気になれば、処理されていないニュースの塊にアクセスできるけれど、ほかのスタッフは、一日ごとに小分けされたニュースを受け取らざるをえないというわけだ。

このシステムを短縮化する方法はなかった――わたしでさえ、しかるべきがやってくるまで、次の日の個人宛ニュース紙をコンピュータから入手することはできなかった。

わたしを含め、観測所にいる人間はみな、毎日一度、個人宛に区分されたニュースの載っている用紙を一通受け取っていた。

積み上がった山を片づけることに決め、わたしはそれを持って、観測所のなかを動きまわり、必要に応じて配った。そして自分のオフィスにもどった。

観測所の派遣が計画される少しまえ、トルヌーヴという名の男が、最新の出来事に関するニュースを「影響《AQ》指数」と彼の呼ぶ等級表に分類するためのシステムを考案していた。この指数は、ゼロから百までの等級があった――影響ゼロから百パーセントの影響まで。

トルヌーヴの主張によれば、通常、時事問題のニュースは、個人の生活にほとんど関連がない――

あるいは影響がない。人は、遠くで起こっている戦争や、社会動乱や、災害の記事を読むことができ、映像メディアを通して、それらをわがことのように体験することができるが、どんな形でも影響を受けることはない。

一方、ある種のニュースは、たとえそれが非常に長期的な形であれ、非常に間接的な形であれ、個人の生活に関連性を持つ。

トルヌーヴは、一例として、以下のような話を述べたことがある。

人の暮らしは、ある知らせ、たとえば、とても可愛がってくれて、よくめんどうをみてくれた伯父の逝去のような知らせには大いに影響を与えられうるが、マンガンのような鉱業産品の価格上昇によってどれほど打撃を受けるのか見積もるのは容易なことではない。そんな価格上昇が一個人の生活コストに最終的に響き、その影響を測定できるならば、あらゆる人間への影響も測定することができるだろう。大多数の人々は、たいていのニュースに対して低い影響指数しか持たず、人口のごく一部のみが極めて高い影響指数を持つだろう。

トルヌーヴはそのことを確認し、等級表を導きだした。あらゆる社会状況を確定することができる個人に適用した場合、どんなニュース項目にも影響指数を当てはめることが可能だった。ある人物にとって、金持ちの伯父の遺産がもたらす影響指数は九十五パーセントあるいはそれ以上かもしれないが、マンガンの価格上昇については、十パーセントかそれ以下かもしれない。べつの人間、たとえば、先程の人物の遠縁にあたる産業用金属のブローカーにとっては、おなじふたつの項目が正反対のパーセンテージを示すかもしれないのである。

これはほとんど価値のない社会学研究のひとつだった。一、二年、ニュース配信社が適当にもてあそんだあげく、ほっぽり出した。たんに実用性がなかったのだ。

だが、そのころ、観測所の計画が発表され、用途が見つかった。観測所でおこなわれることになる科学研究の主目的にくらべれば、二義的なものになるが、観測所は、知的かつ訓練をほどこされた人員からなる完全に閉鎖された社会構造であり、外界のニュースの供給源をひとつに絞ることができることから、トルヌーヴが理論化したものを実験的に利用するための理想の場となると考えられた。

計画の意図ははっきりしていた——ニュースを奪われた共同体には、どんな影響が、正確にどんな影響があるだろうか？

換言すれば——時事を意識することは、本当に重要なのだろうか？

ほかの環境に適用できないかぎり、それ自体としては、価値のないであろう社会実験のたぐいだった。ジョリオ＝キュリー観測所の場合、価値があるだろうと判断された。そのような計画が科学者たちの通常の仕事を邪魔しないなら、反対する理由はなかった。

計画の細部がどのように定められたのか、わたしは計画策定の最後のほうに協力者として加わったにすぎないため、くわしくは知らない。しかしながら、策定のじっさいは、次のようなものである。

観測所メンバーを選んでいるあいだ、各候補について詳細な書類が提出された。選考が終わると、スタッフに加わることのなかった人々の書類は破棄された。

晴れて選考に残ったメンバーは、コンピュータで分析され、各人のトルヌーヴ評価が下された。

任務の訓練中、実験のテストがおこなわれたが、計画自体は、観測所が完全に機能しはじめるまで、正規にはじまらなかった。そして、われわれが観測を開始すると、各個人宛に特化されたニュース紙配布システムが導入され、実験がはじまった。

個人別のニュース紙には、その特定個人にとって、影響指数が八十五パーセント以上のニュースのみ掲載されていた。低いパーセントしかないほかのニュースは、84ファイルとわたしが呼ぶようになったファイルに出力され、わたしのオフィスに保存されるのだった。

このように、各人は高い個人的関心度を有する外部の出来事に関する情報のみを受け取った。家族についてのニュースや、ローカル・ニュースが届いた。それぞれの出身国や、落ち着き先の社会変化などの話題。もちろん、地球のニュースも届く。観測所の研究に対する地球からの反応を伝えるものだ。

だが、より一般的な情報——国内外の出来事、スポーツの結果、災害、政治の変化、犯罪のニュース——は、84ファイルに直行した。

観測所にいる全員のなかで、わたしだけが84ファイルの情報にアクセスできた。わたしの役目は、ささいなものであれ、ここで起こったことを記録し、その情報を地球に連絡するというものだ。なぜならば、トルヌーヴの理論では、極めて刺激の強い環境下に育つ人間は、その社会の有り様をそのまま引き写す産物となり、当人の生活圏の外部に関する知識が少しもないと、おのれの立ち位置を維持できないからだった。


わたしはしばしばマイク・ケレルとおたがいに親交を深めていた。ケレルは細菌学の修士号を持っていて、微生物調査チームの一員だったが、中央エネルギー発生装置の作業に取り組んでいる場合が多かった。そのせいで、専門家らしくない雰囲気を漂わせており、不思議なことに、彼とわたしは驚くほどうまくつきあっていた。

だが、この日、ケレルはわざと寡黙でいる気分のようだった。わたしが溜まったニュース紙を手渡すと、彼はそれを受け取り、なにも言わずに背を向けた。

「どうかしたのか、マイク?」

「いや。だけど、この場所のせいで、気が滅入っているんだ」

「ぼくらみんなに影響を及ぼしている」

「おまえもそう思うか?」

わたしはうなずいた。

「そいつは妙だな。おまえはそんなタイプじゃないと思っていた」

わたしは言った。「見方がちがうだけさ。ぼくだってみんなと同様、金属壁というおなじ眺めに囲まれて暮らしている。おなじ食べ物を食べ、おなじ話を聞き、おなじ顔を見ているんだ」

「もっと建設的な仕事があれば、役に立つか? おまえが望むなら、研究チームのどこかに押しこんでやれるぞ」

非専門家同士というケレルの態度は、うわべだけのものに過ぎなかった。ほかのスタッフとまったくおなじように、彼もまた、わたしとほかのスタッフのあいだに社会的立場の相違があると見ているのだ。

オフィスにもどり、わたしは報告書を一通取りだし、ざっと目を通した。それからなにも書かれていない紙を見つけて、それをタイプライターにセットすると、報告書を平易な英語に書き直しはじめた。

クレアとの関係はどうしてこうなってしまったのだろう。さまざまな可能性が考えられる。たとえば――観測所の閉所恐怖症を引き起こしかねない環境のなかで、われわれはたがいになれなれしくなりすぎた。

もともと最初から、おたがいにとって「お似合い」ではなく――この言葉は好きではなく、そういう考え自体を信用していないのだが――この環境のせいで、通常よりも一足早く、なるべくしてなるものになった。

これはたんなる一時的な現象であり、自然に、もしくは、われわれが観測所を離れればおさまる。わたしのうっかりとした態度から、悪循環がはじまってしまった……または、クレアのほうがはからずもはじめてしまった。

クレアが浮気をしている……あるいはわたしがしていると彼女が疑っている。

わたしが予想もしていなかったほかの要因がある。

以上のような可能性である。この状況でやっかいなのは、当事者ふたりしか事態の真相に気づいていないということだ。そして、どちらが悪いのでもないが、ふたりはこの事態を客観的に、的確に見極めることができずにいる。クレアとわたし自身のあいだの不和を認めるにやぶさかではないが、わたしにはいかんともしがたかった。ふたりのあいだに愛というものはすでにないのに、皮肉なことに、人まえでは、相手に親密にふるまうという表面的なふれあいは残っていた。そして、観測所では、つねに人の目があった。

わたしが書き直した報告書のひとつが、マイク・ケレルのもので、中央エネルギー発生装置の現状に関するものだった。

さきほども言ったように、この装置は、ケレルの主たる研究対象ではないのだが、当初彼がおこなう予定だった独自の調査業務は、すでに大方済ませてしまっていた。観測所でのわれわれの勤務期間は無期限延長されていたため、ケレルは暇をもてあましており、機関まわりを点検する作業に熱中するようになったのだった。

それらの装置類は、整備が要らない完全自動制御のはずだった。それゆえ、ケレルが興味を持ってくれたことは幸運だった。というのも、放っておけば、われわれ全員に重大な危険をもたらしたであろう欠陥を彼が発見したからだ。

その一件のあと、ケレルは、地球の任務司令部から正規の承認を受け、それ以来、定期的に報告を送り届けている。

観測所にとってエネルギー発生装置は不可欠のものであり、すべての電力を供給する――それによって、すべての熱、モーター動力、照明、生命維持装置の動力を供給している――のに加え、離定位《イロケーション》効果を生みだすフィールドを発生させている。そのフィールドがこの惑星上でわれわれを生かし、活動させている。

離定位と時間旅行の量的関係は、階段一本の長さと宇宙旅行の関係になぞらえることができる。相対的な規模の違いがつかめるだろう。離定位フィールドにできるのは、観測所をおよそ十億分の一秒後に押しもどすぐらいである――だが、それで充分だった。それ以上の効果は、不必要であり、不都合でもある。

十億分の一秒、離定位されることで、観測所は循環する否存在状態となり、その結果、惑星の生息動物にまったく見えなくなって、地表を動きまわることができる。外部環境にいかなる汚染や干渉をもたらすことなく、完全に自由になることから、生態学調査には、理想的だった。局所的フィールド阻止装置を利用することで、外界の選択物——動植物や土壌、岩の一部——を調べることも可能であり、事実そのようにして観測所の科学研究はおこなわれていた。

以上が、おおやけにされている説明であり、観測所スタッフが承知しているものである……いまのところは、それで充分だろう。

ケレルの報告書は、離定位装置から読み取った様々な測定数値を並べたてたものに過ぎなかった。それらの数値は、リアルタイム・シミュレーターを更新させ、管理官たちにわれわれの進捗状況を正確に把握させるために用いられる。自動測定数値の大半は、コンピュータによってトランザー経由で送り返されているが、ケレルのまとめた数値には、手動制御停止システムがついた離定位装置のパーツのものが含まれていた。

観測所について考えるのにうんざりし、逃げようなく観測所に閉じこめられていることにうんざりし、観測所そのものに心の底からうんざりして、わたしはオフィスを離れ、観測用舷窓のあたりをぶらついた。

さて、わたしには外界で観測されているものがなんなのか、わかっていたが、それでも科学者たちと親しく接するようにした。自分が好かれていないと言いたくなるのは、過度の猜疑心のせいではない。それが本当であると知っているのだ。わたしの任務の真相が知られたら、ますます好かれなくなるだろう。

クレアとの問題が、いつものように、わたしをずっと責め苛んでいた。われわれの研究施設滞在の延長が無駄であるという自覚——それは日に日に大きくなっていく——によっても、苦しみは楽にならない。もともとの任務期間内にどんな目的を果たすことになっていようと、今回の延長は正当化できない。科学者たちの多くは——クレアを含め——当面自分たちの研究が完了できないと主張しているが、観測所でのあらゆることが、結局、無駄に終わるだろうと、わたしにはわかっていた。

観測区画を五つ通過した。わたしが近づくと会話が止み、通りすぎるとまた話しはじめる。わたしは沈黙の世界に生きていた——わたしのまわりの人間にあらたな沈黙を強いる存在だった。

トルヌーヴの実験の結果は知られていたが、最終的結論はまだ出ていなかった。わたしは困惑していたものの、これまで起こっていることの単純な美しさは一目瞭然だ。これから起こるものは、それほど明瞭ではない。その結果をグラフの形でお見せしよう（ただし、最終結論はまだ出ていない）。

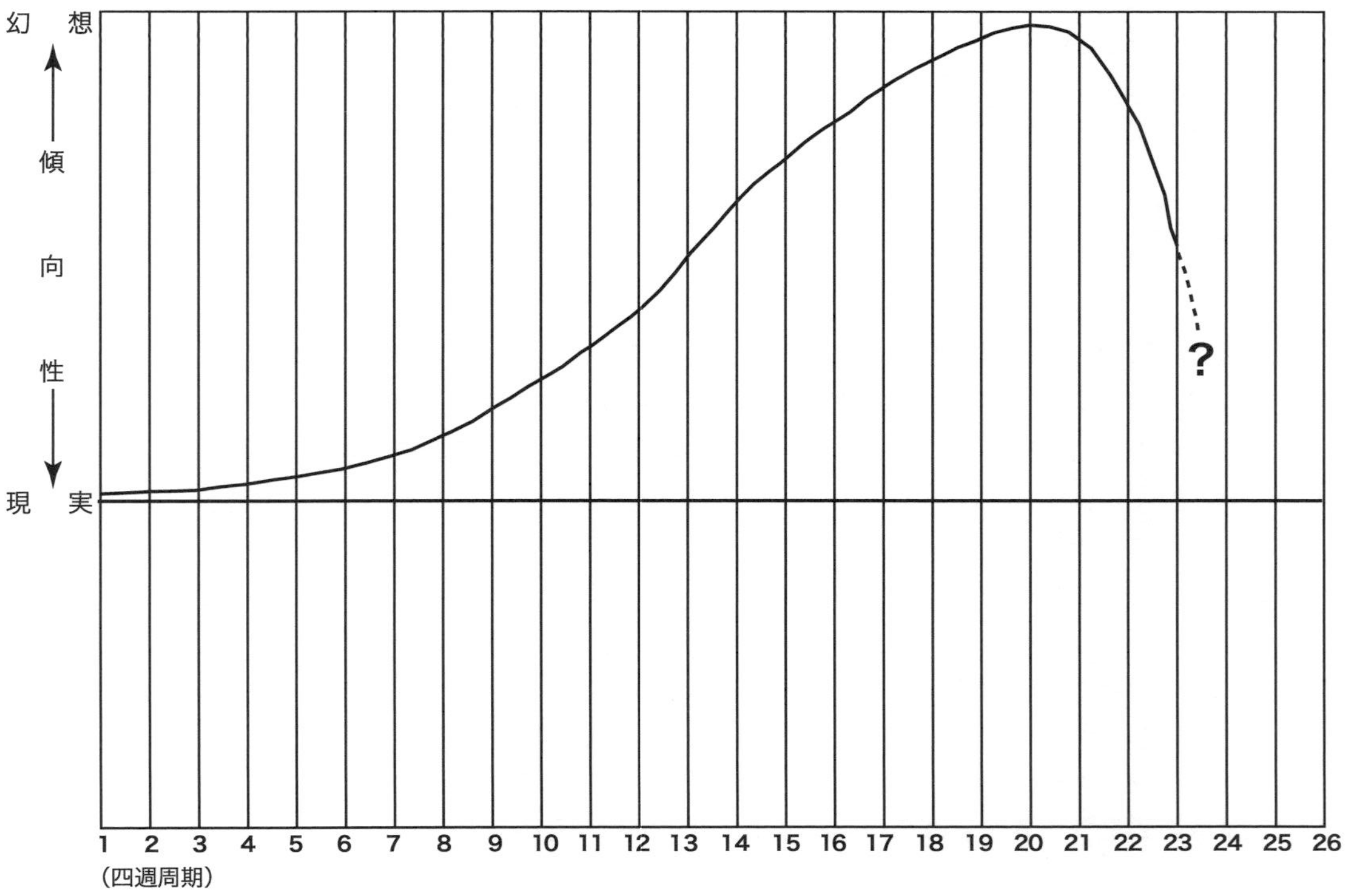
幻想
傾向性
現実
?
1 2 3 4 5 6 7 8 9 10 11 12 13 14 15 16 17 18 19 20 21 22 23 24 25 26
(四週周期)

わたしはこのグラフが好きだ——自分で考案したものなのだ。だが、これは完全ではない。事態がうまくいっていないからだ。

〝現実〟は、真実であるもの、リアルであるものを表している。正気と理性を象徴し、われわれが最終的にもどるであろうと期待しているものを示す。〝幻想〟は、そこからわれわれが到達し、離れたものを示している。つまり、観測所の社会が正気を失った状態に移行したとき、である。

トルヌーヴの実験の結果は、いまでは明らかだ——共同体から外界のニュースを奪うと、その共同体は代替物を見いだす。要するに、共同体は、推測と想像と願望充足に基づく噂のネットワークを創りだすのだ。

それがわたしのグラフに反映されている。

最初の六カ月かそこらは、だれもが観測所の新鮮な刺激に反応していた。その興味はそれぞれの身の回りと仕事によって異なる。外の世界に対する興味はごく限られていた。その時期、わたしが耳にはさんだり、加わったりした会話は、おおむね以前に知っていたことや、記憶にあることに基づいていた。

初年度の最後——四週周期の第十三番目——に状況が変わった。

観測所での環境と社会は、高度に知的な人々の想像力を抑えておくには充分なものではなかった。好奇心が地球で起こっていることについての会話を導いてゆく。推量……臆測……ゴシップ……過去の研究実績を誇張して話す態度も見受けられた。事実に基づく判断システムが崩れようとしていた。

つづく数カ月間、およそ二十周期目の終わりまで、この傾向は極大まで上昇をつづけた。

噂のネットワークが、スタッフたちの主たる強迫観念になり、彼らの通常作業のすべてに渡って支障をきたした。この期間、地球の管理官たちはあわてふためき、いっときは実験を縮小しなければならないとも考えられた。

噂は現実の基盤をいっさい失い、とっぴで、荒々しい、狂気の産物となった。そして、スタッフたちは——冷静で、論理的な科学者たちであるにもかかわらず——そうした噂を心から信じた。黒が白になり、不可能が可能になったことが事実として断言されるようになった……政府が転覆した、戦争が勃発して勝利をおさめた、都市が焼け落ちた、死後も命がつづく……あるいは、神が生きている、神が死んだ、大陸が沈没した、など。じつに信じられないのは、これが仮定の話として受け入れられたのではなかったことだ。

この間《かん》、観測所および地球では通常の生活が営まれ、日刊ニュース紙の定期便がスタッフに渡されていた。仕事も進んでいた——ペースは安定していなかったものの、進捗はあったのだ。

やがて……しばらくして、この噂のとっぴのなさの程度が小さくなった。語られる内容に少しずつ事実がまじるようになった。八週間まえのこと、二十三番目の周期の終わり頃には、スタッフの推量が自発的に現実に立ち戻ろうとしているのは明らかだった。

そして、驚くべきことに、噂が事実を予期しはじめた。

なにか明確な出来事について、どこからともなく誰に促されたわけでもなく話が広まっていく——自然災害や、試合の結果、政治家の死について。そして、84ファイルを調べてみると、現実によく似た出来事が起こっていたのが見つかるのだった。

ギリシアでの地滑りの噂は、ユーゴスラビアでの弱い地震と呼応していた。東南アジアでの政権交代の噂は、ほかの国でのクーデターと呼応していた。まさに今回の任務に対して一般人の態度が変わっていったという噂は、ほぼ正確なものだった。さらに、わたしが確認できないほかの話もあった。予想外の飢饉とか、犯罪発生率の増加とか、社会的意見対立のような出来事――いずれにせよ通常はニュースとして入ってこないたぐいの出来事の噂が生まれていた。

この変化に伴って、結論が見えてきた――不安定な噂ネットワークは、やがて、おのずと現実へと回帰するだろう、と。正確に推量することは、正確に予測することであった。もしそれが起こったなら、その社会的価値は――最も広い意味において――未曾有のものになるだろう。

だが、なんらかの理由から、未だその結論は出ない。ネットワークは停滞していた。現実への回帰は延期されていた。わたしの美しいグラフは途中で止まっていた。

トランザー連絡は二三時三〇分に予定されており、わたしは夕方からしばらく時間を潰さなければならなかった。便宜上、われわれは観測所内の時間を実時間《リアルタイム》に合わせていた。もし惑星の一日周期を採用していたら、地球上のシミュレーターを頻繁に補正しなければならなくなる。

二〇時〇〇分過ぎまでオフィスにいて、さらに数通の報告書に取り組んでいた。食事を運んでもらうよう頼んだところ、持ってきてくれたのはキャロライン・ニュイスンだった。細菌学チームの一員を夫に持つ植物学者だ。

キャロラインはボリビアの暴動に関する例の噂をわたしに話し、千人以上の住民が死んだという詳細をつけ加えた。それはじっさいの死者数に近かったため、わたしは満足した。ニューヨークの火事の話を伝えたところ、彼女はすでに耳にしていた。

つねづね奇妙に思えることだが、スタッフひとりひとりは、全体として見た場合よりも、わたしに対する態度が親切だった。だが、そのことは、ここのスタッフの全体的な行動に合致していた――すなわち、行動あるいは態度が個人と集合体とのあいだで異なっているのだ。

その後、ファイル・キャビネットに鍵をかけ、机を閉じると、クレアを探しにでかけた。連絡の際に必要な作業はすべて完了していた。

現実に基づいた推量に立ち戻ろうとするだろうとわたしは推測した。その実現が遅れていることについて理解できないのは、トルヌーヴ理論のほかの要素の大半が有効なままでいる点だ。

だが、噂は進展していなかった。スタッフは、八週間まえとおなじように、おなじたぐいの出来事について話を伝えている。しかも、推量を巡らす行為は少なくなっていた。

われわれ全員に影響を及ぼしている無気力感が、外の世界に対する興味を失わせているということはありうるだろうか？

もしわたしがはさみ込んだグラフのように流れが進んでいたなら、いまごろ――二十五番目の周期の終わりだ――われわれはふたたび地球で起こっていることに気づいているだろう。ほかの方法では知るよしもないことを予測できる画期的な能力を獲得できていただろう。

わたしがバーに入っていくと、ソーレンセンが長話をしているところだった。彼は少し酔っていた。

「……だからおれたちはそうすべきじゃないと思う。あの男は、連中と話ができるただひとりの人間だ。ほんとうはどうだか知らないが」

近づくわたしに気づいて、ソーレンセンは振り返った。

「一杯どうだい、ダン？」と、彼が言った。

「いや、けっこう。クレアを探しているんだ。ここにきていたかい？」

「ついさっきまでいたよ。きみと合流するんだと思ってた」

ソーレンセン以外に四、五人の男たちがいて、表情を変えずにわれわれのやりとりに耳を傾けていた。

「たったいまオフィスを出てきたところでさ」わたしは言った。「午前中から、クレアを見ていないんだ」

ソーレンセンの隣に立っていたオブライエンが言った。「きみたちの部屋にもどったんじゃないかな。頭が痛いと言ってたよ」

わたしはオブライエンに礼を言い、バーを出た。クレアの頭痛の正体はわかっていた。クレアは、より深い感情を隠すために、ささいな体調の変化を言い訳にすることがよくある。昼まえにはほんとうに動揺していたものの、ニュージーランドの子どもたちが死んだという噂に今でも影響を受けているとは思えない。どれほど被害の大きなものであったり、重要なものであるように思われていたりしても、自分たちが生みだした話に対するこのスタッフ全員の反応は表面的なものだった。

キャビンにもどってみても、クレアはいなかった。記憶が正しければ、部屋のなかは、けさふたりがあとにしたときと変わっていないように見える。クレアがもどってきた気配はない。

わたしは、観測所のなかを歩きまわり、しだいにクレアのいないことに当惑を募らせていった。わたしをわざと避けようとしているのでないかぎり、彼女がいそうな場所はそれほど多くなかった。すべての観測舷窓、すべての社交室や交流室を調べてみて、最後に、エネルギー発生装置まで調べた。

クレアはマイク・ケレルとともにそこにいた。ふたりはキスをしていた。

実を言うと、地球の状況は、だれもが知るようにとても微妙な状態にあった。政治的な意味では、東西の亀裂が広がっており、さまざまなイデオロギーが出会っている中立地帯では緊張がつづいている。社会的な意味では、地球環境が地球そのものを使い尽くしていた。ここにきて、先進国と途上国がばらばらになってしまっている。

われわれが二年まえに地球を発ったとき、すでに状況は非常に悪かったのだが、今ではよりひどくなっている。作物の不作は広範囲にわたっていた――土壌の疲弊とバランスを失なった大気の生態が主な要因だった。結果として、高度のテクノロジーに適応していない国はいずれも、飢饉と疾病流行にみまわれた。かつて水を引き、耕されていた広大な土地が、荒れ果ててしまった。テクノロジーへの盲信が加速度を増してゆく。先進国では、公害が大きな社会問題となり、それを追いかけているのが人種間の軋轢だった。そうした国内要素が国際的な政治状況を悪化させていたのだ――東西両陣営とも、悪化の原因は相手にあると非難していたが、どちらも実質的な救済策を自陣営にも経済的に依存している国にも講ずる余裕がなかった。あまりに多くの複雑な事情が関わっていた――あまりに多くの国が、あまりに多くの既得権益を中立国に有していた。これらのことはすべて観測所に届くニュースに反映されていたものの、そのどれもスタッフたちに直接関係しておらず、どれも個人宛日刊ニュース紙には載らなかった。わたしが84ファイルを細かく調べてみれば、当地に来て以来受け取った二ダースのトランザー通信のどれにも、そうした事実が反映されているのがわかるだろう――飢饉、暴動、市民の蜂起、一国から他国に対する領土要求、来るべきものを見通すことができるけれどそれに対してなにも手を打つ力を持たない環境学専門家たちの集会、テクノロジーの微調整が元で都市に発生した災害、往来での喧嘩、治安部隊による殺人、爆弾テロ、サボタージュ、政治家の暗殺、外交関係の決裂、通商協定の破棄、兵器の備蓄……そしてなににも増して、いまや避けがたい戦争への意識が高まり、開戦を求める声が大きくなっていた……。

そして、観測所ではわたし以外のだれも、こうした情報を公にアクセスすることができなかった。スタッフたちの推測がやがて真相にたどりつくだろうと思っていたのだが、そうはならなかった。その理由はわからない。

しばらくして、クレアが立ち去り、エネルギー発生装置のそばでケレルとふたりきりになった。

たったいま起こった場面は、観測所でしか起こりえないものだろう。ふたりとも、精神的かつ肉体的ストレスが他人によってもたらされるものと知っていた。自分自身が相手にとってストレスの元なのだから。クレアがほかの男のもとに走ったことは驚きではなかった……相手がケレルだとわかったのがショックだっただけだ。彼とクレアに関するかぎり、わたしに見つかるずっとまえから、自分たちの情事が長つづきはしないとふたりともわかっていたはずだ。だから、情事を心から恥じ入っているはずがない。もし観測所を去ることがある場合に、そのあとで関係がつづくことをふたりが期待するわけでもないだろう。

ふたりともほとんど話をしなかった。クレアがケレルから離れ、わたしは彼女をつかまえようとしたが、うまく逃げられた。ケレルは背を向け、クレアは部屋にもどるわ、と言った。

彼女がいなくなると、わたしは煙草に火を点けた。

「どれくらいつづいているんだ？」自分が体面をとりつくろうとしていることを自覚しながら、訊いた。

「関係ない」ケレルが言った。

「おれには関係があるんだ」

「だいぶまえからだ。七週間ほどかな」

「ほんとにそれだけか？」

「七週間だ。自分のせいだとわかっているだろ、ウィンター。クレアはおまえから受けている仕打ちに本気で怒っている」

「どういう意味だ？」

ケレルは答えずに、機械の架構のひとつの端に腰をおろした。まわりでエネルギー発生装置が順調に稼働している。

「おい」わたしは問い迫った。「どういう意味だ？」

ケレルは肩をすくめた。「クレアから聞けよ。おれの口からは言えない」

わたしは言った。「はじめたのはどっちだ？　おまえか、クレアか？」

「彼女のほうだ。そうしたらおまえが思い知る。おまえのやったことに対する抵抗だとさ」

「おまえは自分がそんなふうに利用されてもかまわないんだな」

ケレルは答えなかった。結婚が破綻するとき、当事者双方が等しく非難されるべきであることに気づかないほど、わたしは目がくらんではいなかった。とはいえ、ケレルが言ったクレアの怒りについては当惑させられた。わたしの知るかぎり、そんな反応を引き起こすようなことはなにもしていない。

と、そのとき、クレアがアンドルー・ジェンスンを連れてエネルギー発生装置室にもどってきた。ジェンスンは観測所内の主任生態学者だった。

ジェンスンは短くケレルにうなずいてから、わたしのほうを見た。「ケレルから話は聞いたのか?」

「聞くって、なにを?」

ケレルが言った。「いや、わたしは話していません。あまりふさわしい場面ではなかったので」

自分が巻き添えになっているのにもかかわらず、わたしはケレルが発した控えめな表現を心に留めた。ジェンスンに言った。「このことを知ってたんですか?」

「べつの件について話をしなければならないんだよ」

ケレルとわたしの妻との情事にジェンスンがどんなつながりを持っているというのか。

ケレルが架構の端から腰を上げ、ドアへ向かった。「すまんが、ここで退散させてもらうよ」ケレルは言った。「きょうはもうたくさんだ」

われわれをあとに残して立ち去るケレルの姿をわたしはじっと見つめた。

観測所での業務についてわたしが述べるなかで、その詳細について用心深く触れてこなかったのにお気づきかもしれない。それにはいろいろ理由がある。

たとえば、おのれの全存在をかけて異星の科学研究のような特定の活動に集中している環境では、その人間の行動は、現在進行中の活動からきわめて大きな影響を受けるはずである、と言えるだろう。わたしはこの文書のなかで、さまざまな鉱物やバクテリア、より高度で多様な生命形態を発見したスタッフの興奮を驚くくらい省いたままでいる。

詳細を述べるのに気が進まないでいる主な理由は、スタッフの活動と、ここでの彼らの真の役割としてわたしが知っていることとのあいだに乖離があるからだ。

やむをえない秘密の事情がそれだった――トルヌーヴの諸理論との類似性がまったくないわけではない。

だが、考えてみるがいい。いまは西暦二〇一九年で、われわれが探索していることになっている惑星は、論理的に言えば太陽系内部にあるはずがない。人類はそのような惑星へたどりつくことができるテクノロジーをいまだ開発していない。真空が観測所を取り巻いているのに――個々の居室の空気漏れがたえず証明しているように、真空は疑いなくそこにある――それなのに、外には生命が存在しているようだ。スタッフのだれもそうしたことをいまもって疑問に思っていない。

ジェンスンがインターコムのそばに近づき、ひとりかふたりの人間と数分間話している。ふたりきりになれたので、クレアとわたしは二言三言ことばを交わした。最初、クレアは不機嫌で愛想がなかった。やがて態度を和らげて、思うまま話しかけてきた。

数週間のあいだ、だるくて、気分が滅入って、わたしのことが心配だった、とクレアは言った。わたしと意思疎通ができなくなったという。わたしがまともな反応を返してこなかった、と。しばらくのあいだ、わたしがほかの女性とつきあっているのでは、と疑っていたが、慎重に調べた結果、満足いくことに、その可能性は排除できたという。あなたとわたしを引き離そうとする人たちの態度に引きずられたとも言えるけれど、わたしのあなたへの態度も同時に変わってしまったのよ、とクレアは言った。いったいなにが言いたいんだい、とわたしが訊ねると、彼女は、そのためにジェンスンがここにいる、と答えた。あたしとケレルがつきあいはじめたのは、多かれ少なかれ成り行きであり、あなたがそんなふうに秘密を抱えて行動しなかったら、こんなことはけっして起こらなかった。

「ということは、きみはぼくがなにかを隠していると思っているんだな？」わたしは訊いた。

「ええ」

「だけど、ぼくは隠していない。少なくとも、きみとぼくとのあいだに関するかぎりは」

クレアは顔をそむけた。「あなたの言うことなんて信じないわ」

ジェンスンがようやくインターコムの受話器をおろし、われわれのところへもどってきた。その顔には、ある表情が浮かんでいた。観測所ではめったに見ることのない表情だった。観測所の人間はいつもある種のうつろさを顔に浮かべているが、ジェンスンの顔は、目的と意思を示していた。

「今夜、例のトランザー連絡があるんだろ？」

「実時間《リアルタイム》で、一一時三〇分に」

「ＯＫ。それが終わったら、われわれは観測所を出ていく。きみも付いてくるか？」

わたしは茫然としてジェンスンを見た。いま彼が言ったことは、彼自身のアイデンティティを危険にさらす裏切り行為だった。ジェンスンも、スタッフのどのメンバーも、観測所を出ていくという考えを独自に思いつけるはずがない。スタッフの全メンバーが、そのような考えに反発するよう完璧に条件付けられているはずだった。

クレアが言った。「それがあたしの言いたいことなの。あたしたちは何週間ものあいだ、出ていく計画を立ててきた。ほかの人たちはあなたに話すなと言ってたけど」

「だけど、そんなことは不可能だ！」

「出ていくことがかね？」ジェンスンは、あたかもわたしが憐憫に値する人間であるかのように、ほほ笑んだ。「非常用モードを使うつもりだ。簡単至極さ」

観測所の外になにがあろうとなかろうと──観測所の公式原則を受け入れようと、わたしのように真の事情に気づいていようと──外が厳しい真空状態であることは確実なのだ。離定位空間における真空か、ほかの、ずっとありふれた真空のどちらかがある。完全な携帯生命維持装置をつけていないかぎり、どんな人間も外では生きてはいられない。ジェンスンはそのことをわかっている──だれもがわかっているはずだ。

「あなたは気が狂っている」わたしは言った。「真の事情を見極めることができないんだ」わたしは本気で、文字通りの意味でそう言った。ジェンスンの態度は気が狂った人間のそれであり、彼とそれ以外の全員が集団での反応に従って行動している様子から見ても明らかなように、彼は気が狂っていた。「外になにがあるのか知らないんだ」

クレアが言った。「あたしたちは知ってるのよ、ダン。しばらくまえから知っていたの」

「この惑星は居住不可能だ」わたしは言った。「きみたちが観察してきた生命形態は、炭化水素サイクルとは相容れない。仮に離定位フィールドを通り抜けることができたとしても、けっして生きていけない」

わたしは公式方針にしがみついて話していた。ジェンスンとクレアが目配せをした。話しているあいだも、彼らがやろうとしているのは、そんなことではないことにわたしは気づいた。

これは直接関連する事項──

月はおよそ二十五万マイル離れた地球の軌道を公転している。一回の周回を終えると同時に、月の自転も終わる。その結果――われわれの目に入るのは、おなじ月面である。しかしながら、月の公転軌道は楕円形をしており、そのため軌道上の月の速度は地球からの距離に応じて変化する。その結果――地球上の観測者は、月面がまるで首を振っているかのようにわずかに左右にぶれるのを目にする。それゆえ、つねに地球に向いている面以外の月表面を部分的に見ることが可能になる。この動きは秤《ひょう》動《どう》の名で知られている。月のニアサイドの北東端に、ジョリオ＝キュリーと名づけられたクレーターがある。月の一カ月であるほぼ二十八日間、このクレーターは地球から見えない。だが、毎月、ほんの数時間、クレーターの内部に観測者がいれば、月の地平線上を地球がじりじりとのぼってくるのを目にするだろう。

クレーターの底、時間になると地球の姿が見えてくる細長い場所、そこで稼働しているのが本観測所なのである。

わたしは腕時計に目を走らせた。「いま言ったことと、次のトランザー連絡がどう関係しているんです？」

「通信のすべてを到着時に見たいと思っている人間がいるんだよ。次のは、ほんとうのトランザーなんだろ？」

「ほんとうというと……？」

「誰も知らないものを手に入れるため、きみがオフィスを締め切ったときのトランザーとちがうということさ。四週ごとに一回のトランザーしかないことをわれわれは承知しているんだ、ウィンター。

それに、この観測所が実時間《リアルタイム》の四週周期で地球から操作されていることも」

「どうしてそんなことがわかるんです？」

「あたしたちは、管理者の思うようにとことん操られているわけではないということよ」クレアが言った。「なにが起きているのか多少は知っているということ」

「それはどうだろうな」観測所で、じっさいの事情を知っているただひとりの人間でいるのは慰めになることだった。いまやほかのスタッフたちも気づいたようだった。

「いいか、ウィンター」ジェンスンが言った。「真の状況がどうなっているのか、われわれが知っているんだってことを受け入れる気はないのか？　知ってのとおり、きみが観測所を動かしているんじゃない」

「だけどぼくは情報を握っています」

ジェンスンはいらだたしげな仕草をした。「握っていたんだ」と訂正する。「この任務の目的が変わらざるをえなかったのは、ずいぶんまえから共通の認識だった。地球で発生しているトラブルのことをわれわれは知っているんだ」

わたしはいまのことばについて少し考えてみた。

「どうしてこの時期に観測所から出ていきたいんです？」

ジェンスンは肩をすくめた。「良い頃合いだからさ。ここに閉じこめられているのに飽きたんだ。いまではなにが起こっているのか、正確にわかっているし、まともな理由がなくここにいることに腹が立ってきた。われわれのなかには、地球に家族のいるメンバーもいる……トラブルが持ち上がっている以上、家族といっしょにいたいと思うのは不自然なことじゃない。それに、もし地球で戦争が起きていれば、われわれはこの観測所のなかに取り残される可能性がある、という懸念が強く広がっているんだ。そもそも、この実験は終わってしまったようだし」

クレアがわたしのそばにきていた。そして、わたしの腕に手を置いた。彼女に触れられるのは、どこか空々しい感じがしたものの、それでもほっとさせられた。

「ここから出ていかないと、ダン」クレアは言った。「あたしたちふたりのために」

わたしは冷ややかな視線をクレアに送ろうとした――ケレルと関係していたのを見つけたときの記憶が、いらだたしい感情として心の奥底でまだくすぶっていた。

「あなたはなにが起こっているのか知っているとおっしゃる。ぼくにはあなたが知っているとは思えません」

ジェンスンが言った。「わたしだけじゃない。観測所にいる全員が知っているんだ。ごねても意味がない」

「ごねているんじゃない」

「わかった。だが、頼むから、太陽系ではない惑星を調査しているという建前は忘れよう」

ジェンスンの口ぶりから、彼がわたしから情報を聞きだそうとしているのではないのがわかった……べつなときであれば、この実験上、容認できる動機だったかもしれないが。そうではなく、われわれのどちらも虚構を抱えて生きており、どちらもそれを知っており、どちらもそれを捨てるべきだと思っているかのようだった。

わたしは言った。「わかりました。われわれは異星にいるわけじゃない。観測所の正体はなんだと思います？」

「思っているんじゃないわ」クレアが言った。「知っているのよ」

ジェンスンがクレアにうなずいた。「われわれが信じるよう期待されているのが、あらかじめプログラムに組まれた刺激に対する一連の条件反応である、ということは知っている。地球に送信するようきみにわたすことになっている科学報告が、現実には、われわれのじっさいの反応よりも、どれほど予想通りに反応したかという観点から見られているのも知っている。それに、われわれが観測所について下した想定のほとんどが偽造されたもので、ここに来るまえに、そう信じるよう条件付けられたものであることも知っているんだ」

わたしは言った。「そこまではあなたの言うことを認めましょう」

「一方、われわれが知らないのは、この実験の正確な目的だ。自分たちが一種の対照群ではないのかという推察が数多くなされているがね。この任務は地球上でコンピュータによってシミュレーションされていると言われていたんだが、それとおなじように、われわれは、われわれ自身がなにかべつの探検隊のシミュレーションの一種ではないだろうか……たぶんじっさいに異星にいる探検隊の。あるいは、異星に派遣予定の探検隊の」

どのようにして彼らがその知識を得るにいたったのかわからないもののジェンスンがいま言ったことは、ほぼ正しかった。

「それに、なにかべつの実験が進んでいる。それについてはまったく知識がない。だが、その実験にはきみに関係しているのだと、われわれは考えている。その実験のため、きみがここにいるのだ、と」

わたしは訊ねた。「どうやってそのことを突き止めたんです？」

「ありふれた演繹法によってだ」

「もうひとつだけお訊きしたいことがあります」わたしは言った。「あなたは観測所を出ていくことを提案しておられる。外になにがあるのか、それは知ってますか？」

　クレアはジェンスンをちらっと見た。ジェンスンは笑い声を上げた。

「オフィス街、モーテル、スモッグ、草地……わからんね、好きに考えるがいい」

「観測所の外に出ようとすると、あなたは死にます」わたしは言った。「外には文字通り、なにもありません。空気がない……もちろん、草地もスモッグもない」

「なにが言いたい？」

「われわれは月にいるんです」わたしは言った。「地球の月にです。いままであなたがおっしゃったことはすべてその通りです……ですが、ひとつの点についてはまちがっています。観測所は月の上にあるんです」

　ふたりは視線を交わした。「信じないわ」クレアが言った。「あたしたちは一度も地球を離れていない。みんなそれがわかっている」

「証明しよう」わたしは言った。

　わたしは背後にある備品庫を振り返り、棚から鉄のレバーを手に取った。それをふたりのまえで振りかざし、手を離した。レバーはゆっくりとただようように床に落ちていった……六分の一G、月の重力のなせるわざだ。

「それがなんの証明になるんだね？」ジェンスンが言った。「きみはレバーを下に落とした。だからなんだ？」

「だから、われわれは月の重力圏にいるんです」

ジェンスンはレバーを拾い上げ、ふたたび落とした。「これがゆっくりと落ちているようにきみには見えるのかね？」

わたしはうなずいた。

「きみはどうだ、クレア？」

心持ち眉根を寄せて、クレアは答えた。「あたしにはまったく普通のように見えるけど」

わたしはジェンスンの両肩に手を置き、うしろに押した。彼は少ししりぞいたが、易々と元の姿勢にもどった。

「地球にいるなら」わたしは言った。「どさりと倒れたはずでしょう」

「月にいるなら」ジェンスンは答えた。「こんなに強く押せなかったはずだ」

われわれはレバーを拾い上げ、何度も何度も床に落とした。毎回、レバーはゆっくりとおだやかに床に落下し、軽い鈴のような音を鳴り響かせて、二、三度はずむ。なのにふたりは、レバーが通常の重力下で落下していると主張するのだった。

わたしは怪しみはじめた——一体だれがなにを思いこんでいるのだろうか？

地球でのトラブルが拡大するまえに、探検隊は計画された。どこにいくことになっていたのか、わたしは知らないし、どのような方法でそこへ派遣されることになっていたのかも知らない。探検隊のメンバーは、可動能力を持つ研究施設のなかに暮らし、かつ働き、多様な様相を持つ生態学的研究をおこなうことになっている。

ジョリオ＝キュリー観測所は、そのためのテストだった——月の上の、比較的アクセスしづらい場所に慎重に設置され、自分たちが現場で作業しているのだと居住者が誤って信じこむよう、慎重に仕向けられていた。

そのように条件づけられていたので、この瞬間にいたるまで、だれもその任務に疑問を抱くことなく、その目的についてあれこれ考えることもなかった。彼らが目にしている無名の惑星は、事前に撮影されていたフィルムや、あらかじめ用意されたスライド、事前に記録されていた脳波計のデータだった。この観測所で観測されていたのは、観測者自身だったのだ。

われわれは中央通路を通って、わたしのオフィスに向かった。ジェンスンの要請で、ほかのスタッフもおおぜい加わった。そのなかにソーレンセンがいるのに気づいたが、ケレルはいなかった。われわれは観測所特有のゆったりとした優雅な歩き方をした……軽やかで、月の重力をぎりぎり逃れるための弾む足取りだった。

だが、心を乱す思いがしつこくつづいていた——わたし以外のほかのだれも、低い重力の効果を感じられないなら、彼らの体の代謝機能はどのように補正されているのだろう？　それはわたしにとってあらたな展開であり、もっとまえに気がつくべき事柄だった。彼らが低重力を無視し、それが通常の重力であるごとく反応するよう条件づけられているのはわかっていた。しかし、だれかの心と体が現実と異なる物理現象に適応しているなら、もっとも低いレベルの反応だと、動きの同調が不充分なものになるくらいだろうが、もっとも高次レベルでは、最終的に精神的崩壊にいたるだろう。

トランザー連絡が始まる予定のおよそ六分まえに、われわれはオフィスに到着した。

連絡は、地球の端がゆっくりと南西の地平線上にのぼってくると同時に始まる。直線の照準線タイトビームがロックオンするのに二、三分かかる。それが完了するとすぐ、こちらのコンピュータに蓄えられたデータが地球に送りもどされる。それにはおよそ二十秒かかる。その直後、地球の管理官たちがさまざまなメッセージや情報をこちらに直接送ってくる。それにかかる時間は、五分から三時間までさまざまだった。

わたしはキャビネットのなかのファイルについてはなにも言わず、トランザー用の装置をスタッフに見せ、どのように傍受されるのか教えた。ほとんどだれも関心を示さなかった。

二三時三二分、連絡がはじまった。コンソール上を一連の赤いパイロットライトが灯り、こちらの自動追尾装置が地球にロックオンしたことを示した。正確にいまどこにその装置があるのか、わたしにはけっしてわからない。連絡時の地球と月の位置関係によるからだ。月面のさまざまな場所に十二のステーションが設置されていた。

わたしはデータ送信機のスイッチを入れた。データが地球に送られるあいだ、われわれはじっと待っていた。オフィス内には、居心地の悪い沈黙がおりていた——注目したり、期待したりするがゆえの沈黙ではなく、じれったく待っているための沈黙のたぐいだった。

送信が終わったことをコンソールが示すと、わたしは捕捉回路のスイッチを入れた。そして、われわれは待った。

十分が経過し、われわれはまだ待っていた。回路は死んだままだ。

ジェンスンが言った。「これで確証が得られたな」

「確証を得る必要なんてなかった」ほかのだれかが言った。

わたしはソーレンセンに目をやり、ついでクレアを見た。ふたりの顔にはなんの驚きも浮かんでおらず、さきほどのじれったさの表情が浮かんだままだった。

「実験は終わりだ」ジェンスンが言った。「われわれは家へ帰れる」

「どういう意味です?」わたしが訊いた。

「地球での戦争のことを知っているだろ? 何カ月ものあいだ、いつ勃発してもおかしくなかった。それがついにはじまったんだ」

「十日まえだ」ソーレンセンが言った。「少なくとも、われわれが聞いた話では」

わたしは言った。「だけど、そんなニュースは入っていないぞ」

ジェンスンは肩をすくめた。「そいつから得られるニュースはなにもないだろう」そう言って、コンソールのほうにうなずく。「そのいまいましい装置のスイッチを切ったほうがいいんじゃないか」

「戦争のことをどうやって知ったんです?」わたしは訊いた。

「だいぶまえから知っていたよ。実を言うと、何日かまえに予測していたんだ」

「どうして、だれもなにも言わなかったんです?」

ソーレンセンはぶっきらぼうに言った。「言ってたさ……ただし、きみには言わなかった」

クレアが近づいてきて、わたしの隣に立った。「気をつけなければならなかったの、ダン。あなたが情報を隠しているのは、あたしたちみんな知っていたし、それをあなたに話したら、なにが起こるのかわからなかったから」

わたしは言った。「ご配慮痛み入るよ、クレア」

観測所の側面のひとつに、スタッフ全員をまとめて収容できる広さのある大きなトンネルがついている。それが非常用モードだ。非常事態が発生したとき、地球からの救援隊が派遣されるまで、全員が生きていくに足る糧食をたくわえ、気密を保っていられるように設計されていた。

それはまた、観測所の内部に通じる唯一の出入口でもあり、当初予定されていた時期にこの実験が終了したならば、われわれはこのトンネルを通って、救援用モジュールに向かうはずだった。

われわれは定期的に非常用トンネルに一定の圧力をかけて点検しており、観測所の全員がその使い方を心得ていた。

ジェンスンが言った。「われわれは出ていく」

「むりですよ」

ほかの連中はおたがいに顔を見合わせていた。そのなかのふたりがドアに向かった。

「われわれには選択肢がある」ジェンスンが言った。「ここで死ぬこともできるし、外に出ていくこともできる。外にどんな条件が待ち受けているのかわからない。おそらく、高レベルの放射能に汚染されているだろう。だが、われわれにわかっているのは、この観測所が地球のどこかにあることなのだ。昨晩、われわれは票決をはかり、全員一致でここにとどまらないことに同意した」

「きみはどうなんだ、クレア？」

彼女は言った。「あたしも出ていくわ」

わたしは机をまえに座って、84ファイルを眺めていた。すべてがこのなかにあった。このなかのピースをすべて集めると、自殺を図ろうとしている世界という絵ができあがる。わたしの手元にはそのピースがあるけれど、スタッフの手にはない。だが、その情報が欠けていることで、どういうわけか、彼らはその存在に気づき、いま起こっていることを知るにいたったのだ。だが、わたしは知らなかった。

またしても、自分のグラフのことを考えた。もしあれが完成すれば、いまごろ現実の線にもどっただろう、と。あのグラフのどこがまちがっていたのか、いまではわかる——スタッフたちが慎重に、彼らの交わす噂のなかで比較的重要度の高いものをわたしから隠していたのだ。彼らの話が現実であるものに近づいていけばいくほど、彼らはわたしになにも言わなかった。

そのため、連中は、わたしの仮説とまさにおなじ形で、推量から現実を作り上げたのだ。一方、わたしはと言えば、仮説を立てたものの、突拍子なさすぎて、とても信じることはできなかった。

一時間ほど経ってから、ジェンスンがわたしのオフィスにもどってきた。

「きみはこないのか、ウィンター？」と彼は言った。

わたしは首を横に振った。「あなたは自分たちがなにをしようとしているのかわかっていない。トンネルを出て月の真空に足を踏みだそうとしている。たちまち死んでしまうんですよ」

「きみはまちがっている」ジェンスンは言った。「この件や、それ以外の件でも。きみはわれわれが条件づけられていると繰り返し言っている——まあ、それは認めよう。だが、きみはどうなんだ？観測所についてきみが考えていることすべてが正しいとどうして言えるんだね？」

「ですが、ぼくは知っているんです」わたしは言った。

「狂人は、自分だけが正気だということを知っているものだ」

「好きに言ってください」

ジェンスンは握手をしようと手を差しだした。「では、外で会おう」

「ぼくはいきませんよ」

「たぶん、いまはな。だが、きっとあとから出てくるよ」

わたしは強調するように再度首を横に振った。「クレアはあなたたちといっしょにいくんですか？」

「そうだ」

「少しのあいだ、ここに来るよう彼女に頼んでくれませんか？」

ジェンスンは言った。「クレアはもうトンネルのなかにいるんだ。いまの時点で、きみに会うのは良いことではないだろう、と彼女は言っていた」

わたしは彼の手を握った。彼はオフィスから出ていった。


数分まえ、わたしは非常用トンネルにおりていった。

外側のドアがあいており、トンネルのなかには誰もいなかった。リモコンのハンドルでドアを閉め、トンネルにふたたび空気を注入した。

観測所のなかを見てまわり、わたしだけが残っていることを確認した。このなかはとても静かだ。机のまえに坐り、84ファイルの一部を手にしている。ときどき、机からファイルを掲げ持ち、手を離して、それがゆっくりと床に落ちていくのを眺める。その動きはおだやかで、とても優雅だ。何時間でもその様子を眺めていられるくらいに。

赤道の時

The Equatorial Moment

空高く、はるか眼下に海と島々を見おろし、巨大な航空機がその体を支えられるくらい厚く、しかし装置をつけずには呼吸できないくらいには薄い大気のなかを飛んでいるとき、ときおり、人は自分がついに時間の働きを理解したかもしれないと思う。

しかし、けっして理解はできない。それはただの幻想だ。だしぬけに浮かびあがる直感、すなわち、自分たちだけに渦の性質についての深い洞察が特別に許されてきたという認識は、おおぜいの飛行機乗りの身によく起こる。その感覚はまちがったものだ。渦は理解の範疇を越えている。人にできるのは、そのなかに入り、それを利用し、そこから出ることだけなのだ。

飛んでくるミサイルや敵戦闘機を監視する建前で、ジェット輸送機の与圧された後部回転銃座に坐っていると、背にしているため目に見えない輸送機の長さと重量を感じる。また、非常に安定していて、機体が動いていないようにも思えるエンジンの推力と、対気速度でじつにすみやかに流されていくため、ほとんど聞こえないジェット排気の音も感じる。やがて、まるで眼下の世界が永遠に広がっていくかのような気がしてくる。果てしなく広がっていくパノラマだ。陸地や海岸線、海、島、雲が昼どきの太陽を浴びて、明暗の差のある様々な色をきらきらと際だたせ、ゆっくりと滑るように下を過ぎていく。高みにいると、超然とした気持ちになりがちだ。自分が一時的な侵入者ではなく、空そのものの一部になったような気がする。世界は眼下に横たわり、そのどこであろうと着陸する場所を選ぶというそれだけのことで、自分の領土の一部になりうると感じてしまう。

それにしても、これほどの高度にいると、陸地は多くないのがはっきりわかる。赤道では、世界の大半は海と空で、ほんのときどき、赤道付近に島があるところがまわりより暗い色の斑点となっているだけだった。島のぐるりをとりまく海岸線が眩い白さで目立っている。必要に迫られれば、大きめの島のいずれかに着陸できることになっているのだが、渦の特性のひとつが、緊急事態から搭乗員を守っているように思える。飛行機が時間から墜落した話など、いままでにだれも聞いた試しがない。事故はほかの機会に起こった——離陸時や着陸時、あるいは渦に入るまえか出たあとで、飛んできたミサイルが目標を捕捉したときに。渦のなかにいるときは攻撃を受けることはなく安全だ——ミサイルもまた、時のなかを飛び、リアルタイムでどこかにいくことはけっしてない。

だが、海上の斑点、つまり島にはほかの誘惑がある。主として、中立の魅力だ。戦闘にじっさいに携わっている男たちの大半は、戦いの場から逃れたいと願っている——戦争とはそういうものだ。世界の表面積のほとんどが中立地帯からなりたっているという知識は、戦闘に携わっている若くて、たいていは怯えている男たちを絶えずまごつかせる。島々の上空を飛んでいると、それらの島を見おろして、戦争が終わることを夢に見ることができる。敵というものがいなくなり、島から島へとさまよい、太陽を浴びて寝そべり、エキゾチックな食べ物を試し、波の音を背景にして愛を交わす——そうやって残りの半生を過ごす。だが、現実には、どこへ飛ぼうと中立地帯へは入らないこともわかっている。ミッドウェー海の赤道をはさんだ反対側、南の大陸塊にたどりつけば、搭乗員も搭乗機もふたたび戦闘員となる。なぜならそこではすべての中立状態が終わるからだ。条約と同盟の世界がはじまる。

　基地に帰還する段になると、陽の光を浴びて夢想しながら、ふたたび中立の島々の上を横断し、気温のずっと涼しい北部にある自国へ着陸する。

　輸送機にすばやい速さで運ばれているあいだ、はるか前方のコックピットでは、操縦士がそれと気づかないくらいわずかにドリフトや一時的な高度減や翼面のアラインメントを修正している。群島《アーキペラゴ》の上空を飛んでいるあいだ、つまり運ばれているあいだ、無限の昼のとりこになっているあいだ、人は夢見に誘われる。

　上や下に目を走らせると、時の渦のなかをともに飛んでいる友軍機の姿を見ることができるだろう。その航跡にできる飛行機雲がチョークの線のように紺碧の空に横たわり、幾重にもなって、まんなかでひとつに出会っていた。いつも、その渦状点で出会う。赤道上で正午、あるいはごくまれに真夜中に。一点に収束する飛行機雲と、その雲を吐きだしているジェット航空機が高度差をつけて並んで飛んでいる姿が印象的だった。もしその並び《スタック》のいちばん上にいたなら、ときには渦の現象を間近でかいま見ることができただろう。おのおの軍機は直線針路を飛んでいるのだが、コリオリ効果と時間の湾曲によって個々の白い飛行機雲を黄金比になるところでカーブさせていた。空を横切る飛行機雲の線は、螺旋を描いて中心点である〝時の目〟に入っていき、渦の上から見ると、白いリボンの渦巻きのようでもあり、回転する星雲もしくはハリケーンの薄く霞んだ外側の雲のようにも見えた。

　並びのなかにいたり、その底近くにいると、コリオリ効果を充分には堪能できないかもしれないが、色つきの耐衝撃性キャノピーから見あげれば、真上に最寄りの航空機が見えるだろう。こちらの機の飛行針路とは平行しない針路で飛び、空を突き進んでいるものの、見た目には空中で停止しており、天頂にある太陽の光を遮っている。その上には、べつの機がいて、どこか独自の針路に向かって飛んでいる。その機の上には、さらに多くの機がいて、上へ上へと、縦へ列をのぼっていき、高速で飛ぶジェット輸送機ですら翼に充分な浮力を得られないくらい空気が薄い高度まで、この列はつづく。

下を見ることができたなら、さらにたくさんの航空機を目にするだろう。なかには、海面すれすれをかすめ飛んでいるものもある。

そして、それらの航空機の下の地表にその場所がある――通常は、海上の一点だが、赤道をまたいでいるいくつかの島の場合もある――一日に二度、正午と真夜中に一瞬、時間渦の正確な焦点となる場所である。

そこで空中にいる搭乗員は、自分が深く理解したと思いこむのだ――渦の謎が目のまえにあらわになっている、と。渦が時間を停止させている、と推論する。渦のなかに入った飛行中の航空機はすべて、安定したコースを維持しているかぎり、渦につかまれているが、大きく方向転換をすれば解放される。そのように思える。じっさいには、渦の見方のちがいだけなのだ。渦の効果を下から見あげたり、上から見おろしたりすることはできるが、謎は謎のままだった。

渦のせいで、地表のどの地点もおなじ主観的時間、見かけはおなじ日、おなじ季節が存在している。渦は世界の表面に不可視の勾配を伴って広がり、時間の概念を変えてしまっているのだ。

沈む太陽をどこで見ていようと、おなじ日没を世界じゅうのほかのだれもが見られる――自分の北や南に、あるいは東や西に――見る気になれば、だれでも。世界のこちら側で、午前のなかごろならば、世界の反対側でも午前のなかごろであると感じる。時間帯はなく、日付変更線もなく、東や西に旅することで増えたり減ったりする時間もなく、ジェット機で世界を巡っても、昼行性のリズムが中断されることもない。ここや、ほかのどこかで、ある時間から十七分経過すれば、ほかのどこでも、どんなところでも、その時間から十七分経過したように感じられる。

たとえどこにいようとも、昼が過ぎると夜になり、春が過ぎると夏になる。おなじ夜、おなじ夏を世界のほかのどこでも迎えているという事実は、それ自体は、おもしろいものではない。世界の反対側にある時計を比べてみることができない人間に、そのことをわかるはずがなかった。だれが気にしようものか。

何世紀も、だれも気にしてはいなかった。だが、時代は現代となり、移動手段も現代のそれとなり、人間が高速ジェット機で非常に高いところを飛びはじめると、その探求心の旺盛な翼がはじめて渦の末端をかすめた。下を見て、自分の居場所を確認し、さらに飛んでからふたたび居場所を見おろしても、自分が意図していたほど遠くには移動していないのに結局は気づいた。そののち、そのことに混乱し、自分の時間と空間の感覚がゆがんでいることに怯え、陸地へと降下すると、どうやら時間が自分を追い越していき、自分の乗るエンジンが産みだすことのできる以上のスピードで地面が通り過ぎていくことに気づく。やっとの思いで着陸しても、到着するつもりだった場所とは遠く離れたところになっており、主観時間では二、三時間飛んでいただけなのに、世界を半周しているのだった。

この謎を解こうとする苦闘がつづくあいだ、おおぜいの男たちが死に、たくさんの航空機が失われた。結局、謎は未解決のまま、渦を測定し、正確に計算し、渦を利用して世界のある地点からべつの地点に移動するルートを設計することができるようになった。出発点を離れ、赤道上の太陽直下点を目指して上昇する。あらかじめ計算していた高度で、他の航空機の列に加わり、背後に薄い飛行機雲を残しながら、安定して飛行をつづける。地上を注視し、計器を読み、望んでいる行き先のそばへ連れていってくれるはずの計算済みの瞬間が訪れるのを待つ。やがて、エンジンの推力を落とし、機首を下げ、時の勾配を下っていく降下がはじまる。

計算が合っていれば、目的地にはほんの短距離飛行でいける時間で到着する。十二時間のフライトは三十分で済む。二十時間のフライトは二時間、六時間のフライトは二十分で済むのだ。時間の短縮は、出発した場所と到着したい場所の緯度によって変わる。

航空機の飛行はありふれたものになった。世界経済に不可欠な要素になったわけだ。ただ、邪魔されることなく航空機が飛ぶためには、赤道地帯が中立のままであることが必須だった。後退翼と長い円筒形のエンジン、こちらに影を落とす巨大な機体を持つ、頭上にいるあの黒い機影は、自軍の機かもしれないし、敵方に所属している機かもしれない。

かくして、他の機に邪魔されることなく、この機も飛行をつづける。赤道上の昼間の天頂で、ゆっくりと動く太陽と足並みをそろえていることが唯一明白な動きだ。やがて、赤道上にある諸島の島影や、海流がさらにゆっくりと、さらに深く流れているところや、海面が岩にぶつかって砕けているところで、海の色が変わっているのに気づくことになる。一度も足を踏み入れることもなく、島々を知るようになる。島々を旅することにあこがれる。中立がなにを意味しているのか、それが自分をどこへ導いてくれるのか、知りたくなるのだ。

いつの日か、この戦争は終わるだろう。だが、いまのところ、まだ終わっていない。

火葬

The Cremation

グライアン・シールドにとって、個人の火葬に参列したのは、これが初めての経験だった。グライアンの故郷では、火葬がおこなわれることは滅多になかった。なんらかの法的理由と裁判所の命令があってはじめて可能となる。通常の葬儀はみな土葬であり、亡骸《なきがら》を焼くというのは衝撃的なことだと考えられていた。人は自分が育ってきた環境にあることを基準として受け入れる。グライアンは島に来て短い期間であれ、とりわけ特別な関心を持たないまでも、夢幻群島《ドリーム・アーキペラゴ》のほかの島々では大きな埋葬地がいくつか存在していることをすでに気づいていたし、きょうになるまで、死者を埋葬する習慣はひろく行きわたり、自然なものとみなしていた。それゆえ、コリン・マーシアの葬儀での出来事はグライアンを驚かせた。

墓地に周囲をかこまれており、礼拝所自体には、なにか異例なことが起ころうとしている気配はなかった。葬儀自体もとりたてて変わったところがあるようには思えない。これまで葬式に出たのは二度しかなかったことと、今回の葬儀は、グライアンが話せない言語でとりおこなわれていたことを考慮に入れてもだ。述べられる言葉の重々しさや、なじみのある喪失と悲嘆の雰囲気は、彼にも理解できるものだった。

弔辞が終わり、つづいて墓所での儀式がおこなわれるものとグライアンは思った。ところが、そうはならず、棺が大きな車輪付き架台に載せられ、少し離れたところにある、目隠しの木々のなかに埋もれて目立たぬようになっている建物に運ばれていった。参列者たちは、不揃いな列を作って静かにあとを追い、よろい窓のついた扉の外にある舗装された庭で、しばらく黙って立っていた。ほどなくして、棺が建物のなかに運びこまれ、扉が閉ざされた。しばし黙想のときを経て、会葬者たちは解散し、車が待機する場所へ歩を進めていった。

一連の出来事は、連邦での元の生活と、群島《アーキペラゴ》での棄郷者としての新しい生活との違いをグライアンにあらためて思い知らせた。

グライアンは孤独を感じ、島から島へと漂流させられている気分だった——家族を、故郷を、友人たちを恋しく思い、最初のころの、移ってきたことへの後悔はたいへんなものだった。アーキペラゴのなにもかもが、風変わりで、ややこしいものに思えた。まったく必要にないように見える決まりごとでがんじがらめになっているかと思えば、出鱈目きわまりない場合もあった。人とのつきあいや仕事上の会合、レストランに入ったり、店を訪れたりといったことすべてにおいても、誤解が生じる危険に満ちていた。現実にそういうことが想像した以上に起こった。フールト——六週間まえに腰を落ち着けた島だ——での生活様式にようやく適応しはじめたところだったが、連絡船での移動の途中で短時間滞在する場合を除いて、今回、べつの島へはじめて本格的に滞在したことで、人が住んでいる数百の島の暮らしの多様さ、複雑さが身に染みてわかった。ここ、トリンに来てまだ数時間しか経っていないにもかかわらず、グライアンはすでにカルチャーショックを味わっていた。

たとえば、この日の朝、コリン・マーシアの大邸宅に到着したおり、ほかの弔問客の大半が、遺族と同様、たがいに島の方言で話をしているのに気づいて、どぎまぎさせられた。コリンの近親数人――未亡人のギルダ、成人した若い息子のファーティンとトーマー――に紹介されたとき、彼らはグライアンの使っている言語で丁寧に話してくれたが、そのあとすぐにトーマー・マーシアに脇へ連れていかれ、トリンにおける葬儀では、会葬者は故人の好んだ言語を使用するよう求められるのだと説明された。「われわれでも難しいんですよ」申し訳なさそうにトーマーは言ったものの、そのあとしばらくすると、彼が方言で流暢にだれかほかの人間と話しているのをグライアンは耳にした。

弔花はなかった。特定の葬儀の場合――コリン・マーシアの死はその特定の場合らしい――花は不謹慎なものとみなされていた。グライアンは持ってきた供花を人目に触れぬよう、家の裏へ運ぶべく求められた。おおぜいいる使用人のだれも花を手に取ろうとする様子を見せなかった。葬儀のまえも、最中も、男女ともにだれも腰をおろさなかった。全員、黒衣を着ており――その点でグライアンは合格――ただし頭にもかぶっていた。グライアンは、礼拝所へ向かうまえに故人の息子のひとりから重たい生地でできた黒いスカーフを借りた。それをかぶったまま、ほかの人間が脱ぐのを目にするまで、そのままでいることにした。

一行が車を長くつらねてマーシアの屋敷へもどる段になり、グライアンはだれの気分も害することなく辞去できるようになるにはあとどれくらいかかるだろうか、と考えていた。

グライアンは葬列の先頭車両の一台に乗っていた。屋敷にもどると、同乗してきた年輩の弔問客たち数名とともに、扉の開いた部屋を次々と通り抜け、屋敷の裏手にまわった。各部屋では高価な家具がロープを張った奥に片づけられており、まるで一時的に一般公開された宮殿のなかのようだった。

屋敷の裏は、熱帯雨林を切り開いて作られた広大な庭園になっていた。トレリンのこのあたりは、開墾されていないかぎり熱帯雨林に覆われているのだ。屋敷のすぐ近くからいくつもの広い庭園と浅い池がこしらえられていたが、遠くへ行くにつれて、整然さは減じていった。景色を眺める時間はほとんどなかった。使用人たちの、丁重だがてきぱきとした指示によって、弔問客全員がローズガーデンのなかを通っている砂利敷きの小道を抜け、小さな池の端をまわり、母屋から少々離れたところにある、壁にかこまれた庭園にたどりついた。そこには使用人たちの手で、三卓の長テーブルが芝生の上にあらかじめ設営されており、宴の準備がととのっていた。

庭園は、三方をツタのような植物が生い茂る背の高い壁でかこまれた圧迫感のある場所だった。ひとつの辺は開放されていたが、熱帯のジャングルの木々が黒々と密集しており、いきなり未開の地が広がっている。

葬儀中にひどい土砂降りの雨嵐があったが、現在は雲ひとつない空から太陽が照りつけていた。地面が急速に乾いていくにつれ、空気は湿り気を帯び、うだるような暑さになって、グライアンは着ている礼服が厚着に感じた。分厚いスカーフの下で、髪の毛がべっとり頭皮に張り付いている。こめかみから汗が細い流れとなってしたたり落ちる。残りの弔問客一行がやって来るのを待ちながら、グライアンは庭園をゆっくり歩きまわり、実際に感じているよりもずっと気楽にしているふりをしようとした。

一方の壁に沿って、一段高くなった手すりつきのベランダがあり、屋根にあたる部分には格子垣がついていて、葡萄がぶら下がっていた。グライアンはこれ幸いと、ベランダの日陰のなかにしばらく立っていたが、使用人のひとりに白ワインの入ったグラスを渡され、ほかの客たちといっしょに庭園の中央で待つよう丁重に命令された。

ファーティンとトーマーのマーシア兄弟がようやく姿を現し、あきらかにほっとした様子で頭巾を外した。ファーティンは頭を振り、汗でぺったりした巻き毛を指ですいた。グライアンもほっとしてスカーフを脱ぎ、ベランダの端の床に置いた。顔を拭う。

弔問客の大半は中年か年輩の人間だったが、マーシア家のふたりの息子たちをべつにして、はっきりと目立つ例外がいた。グライアンは葬祭のあいだ、ひとりの若い女に気づいていた。より正確に言うと、先方に気づかれているのを感じ取っていた。

弔問客でいっぱいになった礼拝所では、年輩の親戚たちの多くが悲嘆に暮れていた。そんな嘆きにまるで心を動かされることなく、グライアンは興味のおもむくまま、あたりを観察していた。若い女がだれにも伴われずに入ってきた。グライアンのなにげない視線に、その女は衝撃的なほど激しく、あけすけな好奇心に満ちた視線を返してきて、グライアンはとまどいのあまり顔を背けてしまった。数分後に葬儀がはじまり、女のいる方向にふたたび目を向け、彼女がぶしつけなほどまっすぐにこちらを見つめつづけていることに気づいた。物欲しげな意図があきらかに感じられる目つきだった。まったくの赤の他人から向けられるその視線は、一族の葬儀という慎み深い状況下で、興味をそそられるものの危険な、矛盾したものだった。

それはまた、グライアンに関する限り、まったく招かれざるものであり、望まざるものだった。故郷でのもつれにもつれた女性関係から逃げだしてきたのは、あらたなややこしい関係に飛びこんでいくためではない。フールトでの短期滞在、すなわち、みずから課した禁欲亡命生活は、早くも報われつつあった。肉体的要求から自由になって、自分自身の将来に真剣に取り組めるようになった気がしていた。しつこくこちらを悩ませてきた三人の弁護士からの手紙すら、要求をゆるめる文面になりはじめていたのだ。

礼拝所で若い女を見やりながら、グライアンはトラブルを予感した。すっかりなじみの代物だ。数カ月まえまで、つねにさからいがたかった類のもの。いまですら、その若い女のたたずまいを、肩から首にかけての曲線を、物腰のなかに言外に含まれているように思える誘惑を推し量りながら、強い欲望を相手に覚えていた。この状況では、まったくもって不穏当なばかりか、ふたりのあいだの社会的・文化的隔たりのせいで彼女とのなんらかの接触は不可能に近い。グライアンはその若い女を無視しようとした。しかしながら、一行が火葬場のまわりに黙って佇んでいると、女はいつのまにかグライアンの隣に立った。おたがい、相手を見もせず、話もしなかったが、手で触れられそうなくらいの緊張感を女が漂わせているのをグライアンは感じ取った。

グライアンはその女を欲しくなかった。だれかとややこしい関係におちいりたくなかった。だが、目に見えない謎めいた火葬の儀がつづくあいだ、蒸し暑さのなかで待ちながら、自分がつい女のことを考えているのに気づいた。その死を悼まねばならないはずの男のことではなく。

送迎車へ移動している最中、年輩女性のひとりが女に話しかけたのをグライアンは耳にした。女は「アラニア」と呼ばれていた。

いま、芝生の上の長テーブルのまわりをゆっくり歩いてまわりながら、グライアンは卓上に置かれた名札を確かめていた。自分の札はすぐに見つかった。小さめのテーブルの一卓の端近くという立場上似つかわしい下座の席だった。だが、若い女の名札は、主賓テーブルの上に置かれていた。彼女はおおぜいいるマーシア一族の一員の――アラニア・マーシアだった。

グライアンはグラスに入ったワインをすばやく飲み干し、使用人のひとりが運んでいたトレイから二杯目のグラスを手にした。いま立っているのは、ベランダの階段を降りきったところで、そこではかの弔問客たちがやって来るのを眺めた。やがて、壁に空いた門を通って、アラニア・マーシアがやって来た。コリン・マーシアの未亡人、ギルダの腕を取っている。ふたりの女性はしばらく方言で静かに立ち話をかわしたのち、別れて、テーブルのそれぞれの席をさがしにいった。アラニアは主賓テーブルづたいに歩いて、名札を見下ろしていた。自分の名札を見つけると、体を起こし、グライアンのほうを見た。

またしても、こちらがうろたえるほどあけすけな表情がアラニアの顔に浮かぶのを目に留め、今回も、最初に目をそらしたのはグライアンのほうだった。

若い女性からそのような直截な視線を向けられると、好奇心をそそられるものの、いっそう自分がほかの弔問客たちから疎じられるだけだと考えずにはいられなかった。すでに年齢と言葉と文化によって溝が空いているというのに、もしなんらかの反応を彼女に示せば完璧に孤立してしまうだろう。いったいぜんたい、このような個人的な追悼の儀式の場におけるよそ者にして侵入者であるこのおれが、遺族の一員となんらかの関係を結べようものだろうか？　たとえその気になったとしても、ふつう、それはしてはならないのではないか？

グライアンはふたたび女のことを考えないようにした。この一族の悲しみの集まりでは赤の他人であるわが身の置き場がない——そもそも、叔父の代わりに出席するよう、土壇場になって頼まれたのだ。叔父はコリン・マーシアと大学の同窓だったが、戦時制限で本土からの旅行が禁じられているため、出席がかなわなかった。グライアンの知り合いはひとりもいなかった。

食事のあいだ、グライアンは、おのれの意思に反して、主賓テーブルにいるベールをかぶった女のほうを何度か見やった。食事が終わると、客たちは芝生の上で数人ずつ寄り集まり、方言で会話を交わした。それとわかるほど雰囲気がさっきより明るくなった。嘆き悲しむ気持ちがそれなりに収まり、ようやく弔いの宴の場でよくある人づきあいと思えるものがはじまったのだろう。だが、グライアン自身はひとりで立ちつくしていた。自分が浮いているのを強く意識し、孤独でいることに不安になっていた。すでに一度立ち去ろうと試みていた。トイレを探すふりをして庭からこっそり姿を消そうとしたのだが、使用人のひとりに、庭の四隅の一画にある大天幕の仮設洗面所を案内されてしまった。使用人たちのかなり多くが、実際には客に飲み物やカナッペを供する仕事につかず、庭に通じる門扉つき出入り口や庭内の要所要所に立っていることにグライアンは気づいていた。彼らは染みひとつないお仕着せを着て、物腰はおだやかで、丁重である一方、用心棒や番人といった気配をただよわせていた。グライアンは立ち去るかわりに、できるだけたくさん、しかも早いピッチでワインを飲み、宴の残りをつらさをやりすごそうとした。

アラニア・マーシアは、ベランダとは反対側の芝生の奥にいて、コリン・マーシアの姉か妹とおぼしきひとりとしゃべっていた。いまやグライアンをすっかり無視している様子で、さっきまである種のメッセージを送りつけてきたのにと複雑な思いをしたものの、ほっとしたのは確かだった。

時が過ぎていき、グライアンはさらにワイングラスを空にした。一度、自分の名前が口にされるのが聞こえたような気がしたので振り返って確かめようとすると、うしろで会話を交わしていたふたりの男はそっぽを向いてしまった。「グライアンシールド」という言葉に、方言でどんな意味があるのだろうか、その一語ないし熟語をふたりが頻繁に口にしていた理由はなんなのだろうか、と気にかかる。

立ち去る頃合いだと再度心に決め、空になったグラスを置く場所を探して、あたりを見まわした。アラニア・マーシアはもうだれとも話していなかったが、グライアンが先ほど席についていたテーブルの横をさりげなさを装って歩いていた。グライアンの席にたどりつき、そこに置かれている名札をじっと見ている。

顔を上げて、アラニアはグライアンが自分を見ていることに気づいた。一瞬、ふたりの視線がまたからみあった。かすかに笑みを浮かべ、アラニアはグライアンのほうへ歩いてきた。

「散歩にいくわ、グライアン・シールド」おもむろに、アラニアは言った。「トレリン崖まで。たぶんその場所のことは耳にしたことがおありでしょう。すてきな景色が見られるわよ。海に面した良い場所に建っている、人目につかないゲストハウスがあるの。しばらく、ふたりだけになりましょ」

アラニアはグライアンに驚きを現す暇もあたえずに踵を返すと、ゆっくり芝生へ降りていき、庭沿いの広大な花壇に植えられた熱帯の花を愛でているふりをした。

グライアンはどうすればよいのか困惑し、しばらくその場に立ちつくしていた。アラニアのあけすけな言動に驚き、カルチャーショックと疎外感からくる麻痺状態に陥り、彼女に対する好奇心と否定しがたい肉体的関心をかきたてられ、そして言葉の曖昧さ、言外の意味や習慣や因習の不確かさ、蒸し暑い午後にアルコールを取りすぎて軽いめまいを感じていることなどがあいまって、ばらばらの方向へグライアンをひっぱっていた。

さらに躊躇しているうちに、アラニアは芝生の反対側の端まで歩いていき、森との境目をなす荒れた地面を乗り越えた。そのときになって、ようやくグライアンはあとを追った。アラニアとおなじようなさりげない歩調で芝生を横切り、おなじく風変わりな花を愛で、アラニアを追っているのではないと見せかけようとした。

森には熱帯植物の湿り気を帯びた香りが濃厚にただよっていた。庭にいたときは強い日差しを照りつけていた太陽が、いまや木々の葉がおりなす厚い林冠によって木漏れ日となり、下生えの葉から二時間まえに降った雨がまだ滴っている。粘っこく、甘い香りのする大きな温もりの幕が木々を包みこんでいた。姿を見せない鳥や小動物がまわりでやかましく鳴いている。

グライアンはよく踏みしだかれた小道が下生えを縫うように伸びているのを見つけ、ほんの少し前方に、漆黒のドレスを着たアラニア・マーシアの姿が一瞬見えた。アラニアは振り返りもせず、グライアンに気づいた様子も示さなかったが、うしろに彼が来ていることは知っているはずだった。生い茂っている藪や植生を音を立てずにかきわけていくのはむずかしい。

ほどなくして、追いついたが、アラニアは依然として彼のほうを見ようとしなかった。

やがて、アラニアが訊いた。「あなたは何者？」

「ぼくの名札を見たはずだ。名前はわかってるでしょう」

うしろから見えるアラニアのふくよかな体つきにグライアンは思わずみとれてしまった。アラニアは黒のロングドレスが湿った土につかないよう、片手で裾を持ちあげており、そのせいで生地が脚のうしろにぴったりとはりついていた。

「わたしたちの葬儀でなにをしているわけ？　グライアン・シールド」

「叔父の代理で来ている」グライアンは二日まえに届いた電報のこと、ほぼ丸一昼夜かけて旅してきたことをかいつまんで説明した。

「グライアン・シールド」アラニアは言った。「島の名前じゃないわね」

「ああ」

「あなたは何者？　兵役忌避者？　脱税者？」

「そういうのとはちがうな」

「司法の裁きを逃れている人？」

「島に来るにはほかにも理由がある」

「やって来る人はみんなそう言うわね。ここで生まれた親戚もいるのよ」

「そうだろうね」

この会話のあいだ、アラニアはいちども振り返ることなく、歩きつづけていた。小道の両側の灌木の茂みをかきわけて進み、グライアンには跳ね返ってこなかった雨滴が彼女のドレスに小さな宝石のようにまとわりついた。

「じゃあ、きょうここに来た人のなかで、知り合いはひとりもいないのね？」

「マーシア夫人と話した。それにふたりの息子さんとも」

「だと思ったわ」アラニアが肩越しにすばやく振り返り、グライアンは一瞬、少し前に見間違えようがない合図を送ってきたあの目をかいま見た。だが、今度の視線はごく自然で、計算されたものではなかった。アラニアはベールを持ちあげ、帽子の横に流した。色白の顔があらわになった。

「どうしてぼくのことを穿鑿《せんさく》するんだ？」グライアンは訊いた。

「あなたのことをよく知ろうとしているの。ふたりだけで会えるところにわたしを連れていきたがっているようだから」

「誘ったのはそっちだろ。こんな状況で、ぼくのことをよく知ってもらうのが重要になるなんて思えない」

「いつでも重要よ、グライアン・シールド」

アラニアはさきほどからずっと冗談めいた口調でグライアンのことをフルネームで呼んでいた。なにか意図があるのだろうか、それともたんに彼女の口癖なのか？　たぶん、グライアンの名前が、たまたま彼らの方言でなにかべつの意味を持つのだろう――それがどんな意味であれ、先ほどふたりの男たちがしゃべっていたように。それよりもなによりも、宴の場からここまでひっぱってきて、彼女はなにをしようとしているのだろう。屋敷で見せたあの目つきが意味するものはなんなのか？　ふと、この日起こったあらゆることを自分は誤解しているのではないか、という気がした。葬儀ですらなかったのかもしれないな、と皮肉な思いでいると、半分顔を出していた木の根に足がひっかかってつまずき、背後からアラニアにぶつかってしまった。あけすけな性的誘惑と解釈したものは――うまれてこのかたあれほどあけすけなものはない――島の風習を知らない自分の無知に基づく、もうひとつの誤解だったのかもしれない。

午後の熱気のなか、アラニアを追って森にきてしまったことをグライアンは後悔しはじめていた。邪魔な草木をかきわけながら、曲がりくねった小道をひきずりまわされ、つまらない質問に答えていると、そう思えてならない。とりわけ、ペットの犬のように彼女のあとをついていくのにうんざりしてきた。話しかけられても相手の表情が見えないのだ。小道が若干広くなったところにくると、グライアンはアラニアに追いつき、並んで歩くことにした。アラニアはちらりともグライアンを見なかったが、かまわず歩きつづけた。前方で小道はふたたび狭くなり、グライアンは歩を止めた。アラニア・マーシアはグライアンがついてくるのをさも当然というように、さらに数歩先を進み、相手がそれ以上進む意思を持っていないと悟ると、振り返ってグライアンを見た。

「いままでここの葬儀に参列したことは一度もないのね」アラニアは言った。

「ない。でも、本土では何度かある」

「だけど、火葬に立ち会ったことはない。わかるもの。棺が焼き場に運ばれたとき、なにが起きたのかと思ったでしょ」

「そのとおり」

「わたしたちにとっても珍しいことなの。一族みんなが変わった体験をしたと思ったわ」

「では、なぜ火葬に？」グライアンは訊いた。

「島の法律よ。トレリンでは、遺体処理の方法は死因によるの。今回の場合は火葬しなければならなかったのよ。もちろん、あの人がなんで死んだのかご存じね？」

グライアンは首を横に振った。死因についてどうやって訊ねればよいのかわからなかったし、いまこのときになるまで、さして関心のある事柄でもなかった。コリン・マーシアは七十代後半か八十いくつの自分のおじとおない年のはずだから、老人特有の病気にでもかかっていたのだろう、と思っていた。

「あの人は虫に咬まれたの」アラニアは言った。「スライムに」

アラニアはその情報をただの事実として口にしたが、その言葉はグライアンに強い影響を与えた。かすかな怖気《おぞけ》が全身を走り、頭がふらつき、嫌悪感が渦を巻いた。突然温度が上がりだしたまわりの空気に包みこまれて、息苦しくなるような感覚を覚えた。

「スライムに？」グライアンは頓狂な声を出した。

「どんな虫なのかおわかりよね」

「ああ、でも人間を襲うなんて」グライアンの声は空しく響いた。アラニアの言葉を信じたくなかった。

「普通はね。でも、その一匹が屋敷へ入ってきてね。あとになって防虫網戸の一部がめくれているのを使用人が見つけたわ。スライムはコリンがふだん坐っている椅子の張り地にもぐりこんだにちがいない、というのがわたしたちの意見。その椅子の上でコリンが死んでいて、首に咬まれた痕があった。虫が服の上から咬みついたのね。病院の医長は、こんなもの見たことがないと言ってたわ。普通スライムはむきだしの皮膚しか襲わないので」

グライアンは身震いした。

「なんて話だ！」と、グライアン。「聞くんじゃなかった！　ぼくはその手の虫が怖くてたまらないんだ」

グライアンは理性的に、落ち着き払っていっぱしの大人のように冷静に話そうとしたが、自分の声が震えているのがわかった。その情報は心の一番奥にある病的恐怖《フォビア》を直撃した。

「ここにいるあいだは注意したほうがいいわよ」そう言って、アラニア・マーシアは笑みをちらつかせた。「島じゅうに生息しているから。ほかのたいていの島よりもたくさんのスライムの巣があるから」

この女はわざとおれをいたぶっている、とグライアンは思ったものの「屋敷にもどろう」とだけ口にした。

「ここにはいないわよ。昼間は地下にもぐっているし、いずれにせよ、スライムは身の危険を感じないかぎり襲ってこないから」

「だったら、黙ってくれれば良かったのに！」

「火葬の理由に興味があるかと思って」アラニアはふたたびねめつけるようにグライアンを見ていた。緑がかった柔らかな森の光がアラニアの唇と瞳をずっと暗い色に変え、顔色をさらに白くさせている。

「もどりたいならどうぞ。でも、わたしといっしょに来ることに同意していたんじゃないかしら」

「いま言ったことは本当かい、ここにはいないというのは？」

「ええ。スライムは地下に巣をこしらえて、夜になるまでじっとしているの。昼間見かけることはほとんどないわ。いずれにせよ、わたしたちがいまいるところはスライムの好む環境じゃないから。この森は人の手の入っていないジャングルに見えるけど、実際には木材資源用に管理が行き届いた場所なの。このあたりじゃ根をむき出しにした倒木を見かけることはないけど、そういう木の下がスライムの本来の生息場所なの。小道から逸れなかったら、町なかにいるのとおなじくらい安全よ」

アラニアは説明に飽きた様子で、くるりとグライアンに背を向けると、ふたたび小道を歩きはじめた。グライアンはあとに従ったが、いまや心はかき乱れ、神経がささくれているのを感じた。アラニアのせいで、お化けなんか怖くないんだと懸命に安心させてもらいたがる幼い子どもになったような気分だった。とにかく、森のなかの正体不明の音や、突然の動きのすべてがグライアンにとって激しい恐怖の瞬間となり、脅威をほのめかすものとなった。歩きながら、グライアンは不安げに地面を見つめ、動いているやもしれぬものに注意を絶やさないようにした。

多くの人間のだれもがスライムに病的恐怖を抱いており、グライアンはこの瞬間にいたるまで、自身の恐れが珍しいとも目立っているとも感じていなかった。生まれてこのかた、スライム恐怖症は机上のものでありつづけた。というのも、連邦内で、生きたスライムを見られそうな場所は、唯一動物園のガラスケースのなかだけだったからだ。たとえそうであっても、ほかのおおぜいの人々と同様に、この昆虫はグライアンに特別で際だった恐怖感を覚えさせた。実際のところ、グライアンは一度もスライムを見たことがなかった。たとえ動物園のなかでさえ、連中が見つかるような場所のそばに金輪際近づきたくなかったのだ。

島々に移住すべきかどうかずっと考えあぐねていたころ、スライムが生息している島へ引っ越すかもしれないという懸念は、思い悩むためらいのなかの少なからぬ部分を占めていた。ようやくほかに考慮しなければならないことがその病的恐怖に勝り、それを些末なことと見なして片づいたのだが、けっして恐怖感を克服したわけではなかった。

スライムは雄と雌どちらも棘のある尾を持ち、棘には毒があるのだが、少なくともその毒には解毒剤があった。速やかに解毒剤を用いれば、被害者はたいてい回復する。ただし、短いものの、つらい闘病を強いられるが。したがって刺し傷は注意すべきものだが、大げさに恐れるべきものではない。だが、咬み傷となると話はべつである。

スライムが恐れられて当然な理由は、その咬み傷にあった——雌の成虫のひと咬みは、子ども大人の区別を問わず、人を殺傷せしめる。これは雌が大顎《だいがく》の内部に育児嚢を持つことに起因していた。卵が孵化すると幼虫を集め、顎のなかに入れて運ぶ。そののち、親雌は寄生虫として幼虫を植えつけることのできる宿主を探す。宿主は通常、動物の死体や落ちた果物、あるいは朽ち木のなかということもあるが、生体であっても可能だった。つまり、宿主は動物であるのが普通だが、まれに人間であることもある。

　スライムにでくわしたら、細心の注意を払って対処しなければならない。毒蛇や、狩りに出て来た豹や、怒った熊にでくわしたときとおなじように。スライムに対する恐怖は筋の通ったものである。なぜなら、もたらされうる被害は甚大で、致命的なものだからだ。本職の専門家、動物園の飼育係や昆虫学者ですら、スライムを扱う際には細心の注意を払い、いつも防護服を着て、けっしてひとりでは作業せず、万が一咬まれた場合には緊急措置を講じられるよう必ず準備していた。

　とはいえ、これらの事実はどれもスライムに対する病的恐怖を、押さえがたい恐怖感を説明していない。

　たいていの人は、スライムをひと目見て、嫌悪感を覚え、身震いせずにはいられない。あるいはびくっとして引き下がる。それは、ほかのよく知られた非理性的な恐怖、蜘蛛や高所や閉じこめられた空間や猫や外国人などに対する恐怖をはるかに越えた、きわめて一般的な病的恐怖である。

　スライムは大きな昆虫だった――成虫の大半は、体長およそ十五センチの大きさに育ち、なかにはその二倍以上に育つものもいる。また、背丈の高い昆虫でもある。走ったり、攻撃するとき、スライムは片持ち梁形の脚で主胸部を地上から十センチ近く持ちあげる。体色は焦げ茶ないし黒。すべての昆虫同様、六本脚だが、太い脚で、長くて細かい毛に覆われている。その毛が保護していない皮膚に触れると、痛みを伴う発疹が生じると言われている。退化した羽があり、成虫の場合、飛ぶのに用いられることはないが、攻撃する際に広げられ、幼虫から最初の変態を遂げる際には繭の役目も果たす。頭部はキチン質の殻に覆われて、硬く、光沢があり、頭部から下は実際にはひとつの大きな胸筋にくるまれていた。そのおかげで、中心部は柔らかく弾力性を持ち、ニワナメクジのそれにそっくりだった。非常に柔らかいため、スライムを殺すのはなかなか難しいこととされている――棒で激しく叩いても、ひるまずに向かってくるのだ。即座に丸くなって防御姿勢を取る。体毛のせいで触るのは危険であり、すばやく元の体勢にもどると、攻撃をつづける。恐るべきすばしっこさで動く――全速力では、大型のスライムは短距離を、走っている大の大人と互して動くことができる。

夢幻諸島《ドリーム・アーキペラゴ》に移住後の短いあいだ、グライアンは一度もスライムを見たこともなければ、見た人間に会ったこともなかった。スライムは、昆虫学上、島々のどこでも見かけられるものだったが、オーブラック諸島やサーケ諸島にある大きな島の湿った熱帯雨林を好むものと思われていた。トレリンは大オーブラック諸島に属し、地表のおよそ七十五パーセントを熱帯雨林に覆われていた。

グライアンがフールトを落ち着き先に選んだのは、さまざまな理由があったが、なによりもフールトがトレリンと異なり、乾いた気候で、地表の多くが溶岩や砂でできているという事実だった。フールトにもいくつかスライムの巣があることは知られていたが、島でできた新しい友人たちは、おそれるほどではないと一笑に付した。たまに、壁の穴や野の地面に平和裡に住んでいる数匹が見つかることがあるけれど、街なかではほとんど見かけないし、家のなかには絶対入ってこないし、たしかにおそれるほどではない存在だった。

神経をとがらせながら二週間過ごしたのち、グライアンは、友人たちの意見がまずそのとおりであることを受け入れはじめ、ようやくその不快で小さな生き物のことを頭から追い払うことができたのだった。

アラニア・マーシアは、前方をつかつかと歩きつづけていたが、ようやく暑さがこたえはじめたようだった。彼女の肩胛骨のあいだと腕のつけねに汗染みがひろがっているのがグライアンの目に入った。彼女はふいに帽子を脱ぐと、感情のおもむくままに脇へ放り捨てた。帽子はひらひらと宙を飛んで、広葉樹の葉に留まった。グライアンは相手の一挙手一投足に注目し、その行動の意味を考えあぐねていた。

さらに先へと進むと、小道がふたたび広くなり、岩の多い険しい地面になった。アラニアは歩調をゆるめ、グライアンが追いついて横に並ぶのを許した。ときおり、グライアンはこっそりアラニアの顔に目をやり、いったいなにを考えているのか訝った。森のなかの、影を落とさない光の下ではアラニアの顔から精妙さが消えていた。それは礼拝所の控えめな明かりとベールがもたらしていたものだった。アラニアの口は大きく、肉厚の唇で、その黒い瞳は奥まっていた。うしろでひっつめにしている髪の色は濃い茶色。いわゆる美人ではなかったが、彼女がまぎれもなく持ち合わせているものは動物的な性的魅力で、グライアンがこれまで経験したものよりはるかに大きな力を秘めていた。これほどまで彼女に近づくのは、驚くべき体験と言ってもよく、その存在はグライアンの意識のすべてを占めていた。

前方に木々のあいだからうっすらと見える空が明るく輝いており、小道は下り坂になりはじめていた。

森の木がまばらになっていき、ふたりは叢林と岩からなる狭い土地に出て、恐る恐る崖の縁へ近づいた。地面はひび割れ、石と岩が点在する荒れた不毛の地だった。スライムに対するグライアンの過度なまでの恐怖感がようやく薄れていった。

崖の上から目のまえに広がるのは、予想外にすばらしい海の光景であり、グライアンはしばし佇んで眺めた。アラニアは崖の縁に沿った小道を歩きつづけた。

「家はこの下よ！」アラニアが声をかけた。

グライアンは強い海風と、崖の上からの、はっとするような目もくらむ景色に元気づけられたが、アラニアはさっさと遠ざかっていく。渋々ながら、彼女のあとを追って、崖沿いの険しい坂を下った。坂に刻まれた階段はところどころ岩をそのまま切り出したものだった。階段を下りきると、小道は崖の面に沿ってカーブを描き、これまでより浅い角度で下っていって、自然の窪地にたどりついた。そこには、部分的に均《なら》された地面の上に、木杭に支えられた木の小屋があった。景観に面する側に幅広の一枚ガラスの窓がはまっている。小屋の裏で、自然に浅く勾配になった上り坂が曲がりくねってのぼっていき、鬱蒼とした植生のなかにすぐに見えなくなっていた。森へもどるもう一本の道だった。

小屋の正面には広いバルコニーがあり、やわらかそうな横長のスイングチェアが吊されていた。着色された天蓋つきだった。アラニアはスイングチェアへまっすぐ向かい、腰を降ろすと両脚を座席に載せて寝そべり、チェアを前後に揺らした。彼女は小悪魔めいた表情を浮かべて、グライアンをじっと見ている。

グライアンはかつてこの崖の一部を海側から見たことがあった。夜が明けてすぐにトレリン・タウンへ接近している連絡船の上から。島の南西沿岸の一部がこの崖岸になっており、そこで山脈の先端が海と出会っていた。有名な景勝地であり、よく絵や写真にされていた。事実、グライアンが乗ってきた連絡船の特別室には、ここの崖を描いた大きな絵がかかっていた。夢幻群島《ドリーム・アーキペラゴ》の景勝地として、トレリン崖岸は比類なきものだった。その眺めは特定の人間だけのもので、多くの人は見られなかった。沿岸に住む人々のみに与えられた特権で、崖をとりまく地域は彼らの私有地だった。

　グライアンの目のまえには、まばゆい海と島からなる景色が広がっている。見渡したところ九つ乃至十の島らしき姿が見え、それぞれが紺碧の海にシルエットを浮かべ、きらめく白波や浜辺に縁取られていた。その午後は空気が澄みきっており、かなり距離があるはずとはいえ比較的近くにある島々を細部にいたるまで見ることができたが、水平線上の島は海の靄にかすんでかすかにしか見えなかった。

　グライアンはまだ諸島の地形や配置に詳しくなかったが、いま見える島の大半がオーブラック諸島の一部であり、そのなかのひとつ、西の水平線方向のいちばん大きな島がたぶんグランド・オーブラック島であることは知っていた。ひと晩かけてこの島にやって来た際の最後の寄港地だったからだ。島の名前を知ることは、たとえフールト島の比較的近くにある二、三の島であっても、グライアンにとって難しいことだった。夢幻群島《ドリーム・アーキペラゴ》の正確な、あるいは最新の地図を手に入れようと手をつくしたものの、戦争のため、民間人が手にするのは不可能に近かった。

　夢幻群島《ドリーム・アーキペラゴ》には数千の居住可能な島があり、それより小さな、岩だけの島や小島、岩礁は無数にあった。ミッドウェー海は世界をぐるりと取り巻く幅広の帯を形成していたが、そこはなにもさえぎるもののない大洋ではなかった。海のなかのどこにいても、陸地にぶつかって針路を変えずに二時間以上まっすぐ進むことはできない、と言われていた。群島にはそれほどたくさんの島があり、どの島のどの海岸からも、少なくとも七つの居住可能な島や大陸の一部を裸眼で見ることができるのだった。

　グライアン・シールドは、あらたに諸島へやって来た数万人いる若い国外移民のうちのひとりである。移民の多くは兵役忌避者だった――いまのところ、群島への移民は徴兵を免れるための合法的な選択肢だった。グライアンの母国では、いったん選択された移民は恒久的なものであるという法律があったものの——夢幻群島《ドリーム・アーキペラゴ》は文化開発区として指定されており、やって来る移民たちからの税収が期待されていた——兵役忌避者たちの大半は、戦争が終われば、大赦があるものと期待していた。

だが、かならずしもすべての移民が徴兵を忌避しているわけではない。不安定な状態といえども中立を保っていること、それと規模、形式、有権者数もさまざまな、民主的に選出された議会が二百以上あるという事実とがあいまって、この群島は、ほぼ手に負えない、法と司法制度そして社会因習の迷宮になっていた。実際のところ、北の戦時下にある国から脱出できた者はだれでも、どこにでも自由に移動でき、まさにおのれの望むままに暮らすことができた。そのせいで、夢幻群島《ドリーム・アーキペラゴ》は、従来の暮らしから姿を消したいと願っている人間や、あらたな身分を手に入れようとしている者、あるいはたんに再出発しようとしている者にとっての安息の地であった。グライアン自身の理由は複数の女性との問題だったと言ってよい。いや、むしろ、ボルベリアという名のひとりの女性との問題だった。ボルベリアと暮らしていた三年の間、グライアンはほかのふたりの女性と情事を重ねていた。結局、避けようもなく、情事は露見した。日々の生活のなかで、混乱と精神的悪影響が募っていったあげく、唯一とるべき手段は逃げだすことだと信じるにいたった。おのれの裏切り行為の言い訳をしているにすぎないとわかっていたし、もっと強靭な精神力があれば、その場にとどまり、自分の行動に責任をとったであろうこともわかっていた。しかし、いったん移住とあらたな暮らしという考えにとりつかれると、逆らうことはできなかった。

当然ながら、もともとの島人たちは北からのおおぜいの移民たちの到来に深く相反する気持ちを抱いていた。新しくきた人々を歓迎するには充分な理由がある——たいていの移民は、金や、その他の資産を携えてきたうえに、彼らを受け入れることで得られる国の助成金もあった。また、彼らは北の、より洗練された国から思想と科学技術を持ちこんだ。結果として、近代的な科学技術のインフラが島内で急速に整備されていった。保健施設、学校、商業、住宅建築、芸術、通信、それらすべてが目覚ましい復興を遂げ、群島全体の外面的な生活水準は毎年向上をつづけた。だが一方で、島の生活様式そのものは危機に瀕した——言語、習慣、伝統、家族構造が激烈な変化をこうむり、そうした変化が進むことに腹を立て、抵抗しようとするものがおおぜいいた。

こうしたことをいっそう悪化させたのは、島々をひっきりなしに移動する軍の存在だった。二、三年まえまで漁業が唯一の生産活動だったところに戦艦が寄港し、戦闘機は仮設滑走路を必要とした。島には兵隊用の保養施設が作られ、軍事基地と駐屯地、軍用の燃料補給と糧食供給施設の数が増えていき、非戦闘支援職員が大量に徴募された。

それでも夢幻群島《ドリーム・アーキペラゴ》全体の広大な土地のなかには、まだ、ほとんど荒らされていない場所があった。よそ者が最大規模で集中している地域ですら、何世紀ものあいだつづいてきたような、島の伝統的な生活が変わらず営まれているのを見つけることができた。

しかしながら、変化はまちがいなくはじまっており、確実に進行していた。人々の怒りは膨らんでいった。一部の軍事施設で破壊活動が発生し、留守中に家が焼き討ちに遭う移民たちの話があいつぎ、土着の言語や宗教や風習を守ろうとする社会活動が現れつつあった。移民の利益をそこなう法律が小さい島でしばしば制定された。

そうした反移民活動の多くが、これまでのところ、グライアンと無縁だったのは、おそらく彼自身国籍離脱者として、地元の島民たちの関心に鈍感だったからである。少なくとも当面は鈍感なままだろう。フールト自体、戦争の影響を比較的受けずにいた。とはいえ、移住してすぐにフールト・タウンでおなじ境遇の移民の小集団と出会っていたのだが。グライアンはいまのところほかの島をほとんど訪れていなかったが、人々がよくミュリジーのことを話しているのを耳にしていた。すべての島のなかで最大の島がミュリジーだ。そこにはふたつの巨大な軍事基地がある。両陣営の基地がそれぞれ島の端と端にあった。ミュリジー・タウンの大きさと、文化面と娯楽面の魅力から、移民の数はほかの島よりも多かった。ミュリジーでの大方の暮らしは、いまや北の諸国のそれと区別がつかなくなっているとさえ言われていた。

グライアンの背後から、アラニアが声をかけた。「こっちへ来て、隣に坐ったら。景色を見たいなら、ここからでも見られるわ」

グライアンは振り返ると、アラニアは天蓋の落とす日陰に横たわり、まるでベッドに寝ているように見えた。太陽がむきだしの頭に照りつけている。彼女のいる日陰に移動したい、仮に強い日差しを避けるためだけであっても。

だが、動こうとはせずに、グライアンは訊いた。「なにをするつもりだい、アラニア?」

「わたしといっしょにいたいんじゃないの。それ以外になんの理由があってわたしについてきたのかしら?」

「式は終わりかけていた。ぼくは帰るところだったんだが、きみがぼくの好奇心をかきたてた。それにここの崖が——」

「ただの海の景色よ。だれも気にかけないわ」

「きみの一族は気にかけているんじゃないかな。じゃなきゃ、こんなところに住まない。別荘も建てないだろうし」

「つまらないことを」アラニアはそっけなく言った。「本当にそんなことを知りたかったら、建てた当人たちに訊けばいいわ。あなたとおなじように、わたしは弔問に来てるだけ。景色を眺めるためにわたしといっしょに宴を抜けてきたわけじゃないでしょ」

「そのつもりなんだがな。ついてくるようにほのめかしたのはそっちだ。だからついてきたんだ」

「ここにはわたしたちしかいないわ。こっちへ来て坐りなさい」

暑い日差しが痛いほど頭を照らしていたため、まさにその理由のためだけに、グライアンは木の階段を四段のぼって、バルコニーにあがり、スイングチェアの端に腰かけた。椅子はうしろへ揺れた。釣り合いのとれていない揺れかただった。ふたりのあいだにはふかふかのクッションがあった。

アラニアは手を伸ばし、留め具を外して髪をふりほどいた。その仕草は、グライアンにボルベリアを思いださせた。あの女もまた、公の場では髪をひっつめにしていたが、欲望にかられたときには、わざとらしくふりほどいたものだった。

「もっとそばに来て」アラニアは言った。

「どうして？」

「説明しないといけない？」

アラニアは両脚をふりおろし、ふかふかした座席の上で腰を滑らせ、グライアンのほうへわざとらしく寄っていった。誘うような笑みを浮かべている。

グライアンはすばやく動いた。立ち上がり、彼女からすたすたと遠ざかった。バルコニーの手すりのところに立ち、海を眺めやった。アラニアには困惑させられた。火葬が済んだあと、さっさと葬儀の場から立ち去ればよかった、とふたたび悔やんだ。

火葬はグライアンにとってひとつの前兆だったのだ。ここの住民の常識から言ってもとても異例なことがおこなわれていたのである。マーシア一族は方言を使い、因習を頑固に踏襲することで、グライアンの感じていた疎外感をいっそう大きなものにしていた。背後にいるアラニアを強く意識する。ふたりが急に動いたので、座席はまだ前後に揺れていた。ちらりと肩越しに見やると、アラニアはふたたび全身を横たえ、片手で頭を支え、艶めかしい笑みを浮かべてこちらを見あげていた。アラニアはグライアンのとった行動を気にしていない様子だった。怒ってもいないようだ。

グライアンは彼女のふるまいから、自分が島のやり方をほとんど知らないことをあらためて思い知った。グライアンの出身地では、女性はアラニアがこれまでしてきたようなやり方で男に対処しない。女たちが性的に従順であると言っているわけではないが、過去に知り合ったなかで、会ったばかりの男にここまで大胆におのれを投げだしてくる女は思いつけなかった。まさに、今回の場合、アラニアはわが身を男に投げだそうとする、ひたすらその目的だけのために、グライアンに接近してきたように思えた。

群島では、いまだあらゆることがあまりに風変わりで、グライアンは、自分が見たり経験したりしたことについて、筋の通る解釈をできずにいた。案外、アラニア・マーシアは島のほかの女性が、一、二時間まえに会ったばかりの男性に対してするのと同様のふるまいをしているだけなのかもしれない。あるいは、そうではなくて、アラニアは異常なくらい衝動的で、わがままであり、親しい友人や家族のあいだでは過剰な性行動を取ることが知られており、世間に顔向けできない思いを彼らにさせているのかもしれなかった。

「屋敷へもどる」いま最後に考えたことが、ようやくその結論を下すのに手を貸してくれた。

「あなたには道がわからないわ」あざけりの口調。

「そんなわけない。来た道をもどるだけだ」

「こっちへ来て、わたしを抱くのよ、グライアン・シールド」

グライアンは一瞬その気になった――アラニアが発する動物的魅力は依然そこにあったが、ふいにその誘いに乗ればどんなことになるのか、現実に起こったことのようにありありと心に浮かびあがった。彼女のそばへ行き、キスをし、体に触れ、服を脱がせ、おなじことを相手が自分にしてくれるのを感じ……いまからそう遠くない未来、おそらく二十分後、半時間後に、後悔と羞恥と喪失感というなじみの感覚に襲われるのを想像した。見知らぬ人間とのただのセックス。グライアン自身の人生においてて数え切れないくらい何度もあったことだ――情事の果てのことを思うと、先を見越したように萎えてしまう。相手が本当にいっしょにいたいと思う女性でないかぎり。

「きみの望んでいることはぼくの望んでいることじゃない」グライアンはそっけなく言った。

「わたしの望みがどうしてわかるの?」

「説明にはおよばないと言ったんじゃなかったっけ?」

「わたしに恥をかかせているのね」そう言って、アラニアは不機嫌そうに口をとがらせた。グライアンはまるで十歳前後の子どもを相手にしているかのような気がしながら、じっとアラニアを見つめた。こんなことはもうたくさんだ。

「きみに恥をかかせるつもりはない」グライアンは言った。「そう見えたなら申し訳ないが、そっちの態度にめんくらったんだ。おたがいのことをよく知らないいじゃないか。ぼくは見知らぬ国にいて

――」

「でも、あなたは今回のような葬儀のあとでなにが起こるのかわかっていたはずよ」

「なにが起こると言うんだ？　いや、本当に知らないんだ」

「じゃあ、なぜあなたは来たの？　親族が集う場なのに。部外者は……」

「部外者は、なに？」

「普通はなかに入ってこないわ」

「ぼくは自分の親族のためにやって来たんだ。ここに来たのは、代理で――」

「わかってる。あなたのおじさんのね」と、アラニア。「その話はさっき聞いたわ」

グライアンは彼女を嫌になりかけていた――おそらく、最初から嫌ってしかるべきだったのだ。彼女が口にするほとんどすべてのことが、言外に第二の意味を、謎を含んでいた。グライアンはなぞなぞが嫌いだった。アラニア・マーシアははっきりした話をほとんどしていない。グライアンは木の階段を下り、平らな地面の短い一画を横切って、崖の縁へ歩いていった。一度だけ、ちらっと後ろを見やったが、アラニアはさきほどと少しも変わらぬ姿勢で寝そべっていた。少々滑稽な姿に見えた。おあずけをくらった中途半端な男たらし。

グライアンはもと来た道をたどり、できるだけ早く屋敷にもどるつもりで出発した。ここに残っていてもむだだ。

歩きはじめてしばらくすると、坂になった小道に着いた。坂をのぼりつめ、その先の階段をのぼり、岩棚に沿って進んで崖の頂上にもどった。眼下に海を見下ろす切り立った崖にグライアンはめまいを覚えつつ、きびきびとその先にある坂をのぼった。振り返ってふたたび景観を見ることなく、森のなかへと入っていく。

　ほぼすぐに、どっちへ行けばいいのかわからなくなった。

目のまえで三つの道にわかれているのは明らかだった。数分まえ、アラニアといっしょにここを歩いてきたときには気づかなかった。反対側からだと、三つの道が集まっているところをそのまま通り過ぎてしまうからだ。ふたりがやって来た道、つまり、やって来たと覚えている気がする道は、木々のなかをひたすら直進する真ん中の道で、崖からほぼ直角に曲がっていた。グライアンはその道に沿って歩きはじめたが、すぐに行き止まりにでくわしてしまった。二本の大きな木が小道をふさぐように倒れており、それを乗り越えてやって来てはいないことは確かだった。グライアンは来た道をもどった。

　左の道はどこへも通じていなかった。最初は期待が持てたが、少し進むと大きく曲がり、崖の縁のべつの見晴らし台に出た。この道も通っていないのは確実だった。あともどりをする。三番目の道、最後に残った右方向の道も、当初、アラニアといっしょに歩いてきた道のように思えたのだが、五分ばかり歩くと、もはや自信が持てなくなった。その道は何度も折れ曲がったあげく、草の生い茂る深い谷へつながっていた。その先は地面に刻まれた階段を降りていく一本道だった。

　グライアンは崖の頂上付近の三叉路にもどり、心を決めかねて、そこに立ちつくした。


　小屋の前を通り過ぎると、アラニアが戸口に立って錠を開けようとしているところだった。かすかにきしる音を立てて鍵はまわり、アラニアはこちらに気づいたことを示さずに、なかへ入っていった。狭い道が小屋のそばにあった。小屋の壁と、突き出た岩のすきまにできた道で、そこを通り抜けると、地面がたちまち広くなり、グライアンはその先の坂をよじのぼった。前方にすっきりした小道があり、木々のあいだを縫うようにのぼっていき、海から遠ざかっている。希望がわいてきて、グライアンは大股で歩いた。その小道は自分がやって来た道ではないが、幅が広くて、あきらかにどこかへ通じる目的で作られたものだったからだ。仮に屋敷や庭に通じていなくとも、公道にもどることができれば御の字だと思った。たぶんトレリン・タウンへ乗せていってくれるタクシーを見つけられるだろう。

しかしながら、安閑と五分ほど歩くと、前方の道は細くなりはじめ、やがて、土の道となっていた。両側には棘のある低木や葉が茂り、脚をちくちくと刺す。道の感触は軟らかくなり、足を降ろすと泥水がまわりににじんだ。曲がりくねりながらも道が先につづいているのが見えたので、また広くなることを期待しながら歩きつづけた。

ある地点で、またあらたな倒木をよじのぼらねばならなかった。ぎざぎざになった根の部分が道にころがっていた。足を滑らせないよう、地面から目を離さずにいると、あちこちに泥が盛り上がったような畝《うね》があることに気づいた。まるで小さななにかが地面を掘り進んだかのように。

はっとして、グライアンは退き、比較的硬い地面までもどった。むきだしになった木の根の周辺をなにかが掘り進んだと考えるだけで、気分が一変した。木は道を完全にふさいでおり、倒れた枝が道の片側に深く入りこみ、森の緑深い場所に埋まっていた。その反対側では、地面は沼地へ落ちこんでいる。先を進むには、根っこをよじのぼらねばならず、そのあたりにできている畝を踏まざるをえない。

しばらく逡巡したのち、グライアンはまことに気が進まないながら、元来た道をもどりはじめた。

最初は、アラニア・マーシアとまた顔を合わせたくなかったので、ゆっくりと歩いた。しかし、彼女がいなければ、森から脱出する道を探そうとしてさらに多くの時間をむだにしかねない——そう気づくのに長くはかからなかった。

グライアンは足取りを速め、熱帯の長い昼下がりを汗だくになりながら、崖へもどる長い坂を下っていった。

森から出て、小屋と岩面とのあいだの狭い道を通っていると、小屋の正面の平たい地面をアラニアがぶらぶら歩いているのが目に入った。グライアンが近づいてくる音を耳にして、アラニアはすぐに振り返った。

「道はわかりっこないと言ったでしょ。あなたはここに来るとき、わたしのことを考えていたはず。わたしとどんなことをしたいか、って。わたしたちがたどった道順を覚えておくべきだったわね」

「ぼくがさっき言ったのはおべんちゃらさ。ぼくはきみにどこへ連れていかれるのか確かめようとあとをついてきたんだ」

「そう、だからあなたはついてきた。そこで例のでかい虫のことが怖くなったのね。あなたは、わたしとセックスすること、わたしの一族が所有しているお金のこと、わたしたちから奪い取るためのあらゆるもののことを考えていたのよ、きょうあなたがここに来たのはまちがいなくそのためだわ」

「どういうことだ？」

「そのとおりじゃないの？　あなたがわたしを追いかけてきたのは簡単に誘惑できると思ったから。そのあとで、わたしを脅迫して一族のお金を奪うつもりだった」

グライアンはいらだちと絶望の仕草をした。

「そんなこと、とんでもないでたらめだ」グライアンは言った。「ぼくはなんにも欲しくない。屋敷へ帰る方法か、公道へたどりつく道を教えてくれれば充分だ。そしたら、こんなたわけたことにけりがつく」

「じゃあ、わたしに恥をかかせたことをなんとも思っていないのね」

「すまない。悪気はなかった」

「過去には悪気があったのね？」

「過去だって？　ぼくの過去？　いったいなにを知ってるっていうんだ？」

「人はみな自分のあとに痕跡を残すもの」アラニアは言った。「マーシア一族の職業はそんな痕跡を追跡することなの。グライアン・シールド、あなたはわたしたちの島に清廉潔白で来たわけじゃないわね。わたしたちはあなたのことを知っている、あなたがきょうここにやって来るまえから知っているのよ。過去にほかの女性にしたのとおなじことをわたしに仕掛けてくるんだろうと思っていたわ」

「ぼくをひっかけたのか？　ぼくを挑発して、なにか引きだそうとしたのか？」

「あなたの言葉をね」

「ぼくは親族の用事でこの島に来たんだ」

「わたしたちの一族も用があったの。でも、きょうのあなたは運が良いみたい。うまくやったわ」

「ぼくはなにかの行動テストに受かったというのか」

「わたしが生まれた島で、あなたのような人に通常はどんなことをするか知ってるかしら？」

「知らない」知る気にもならない、とグライアンは思った。

「わたしたちは復讐が好きなの」

「そんなのはばかげている」

「そう言う一族の者も大勢いるわ。自分たちは原始人じゃないんだからって。わたしもそのひとり。復讐はばかげたことだし、野蛮だわ。わたしたちの祖先が敵に対してやっていたことは、現代社会に暮らすいまのわたしたちを困らせている。だけど、島の習慣はわたしたちに本音を語らせてくれるのよ」

グライアンはあたりを見まわした。森の背の高い木々、崖の頂上のめまいがするほど細い道、海と島々がおりなすみごとな景観。おそらく、死ぬにはうってつけの場所だろう。

グライアンは、気の利いた言葉を返せないと観念して、とにかく思ったことを口にした。

「きみとぼくはミスを犯した」グライアンは言った。「きみはなにかを欲していた。それがなんなのかわからないけれど。ふたりとも大人だ。その責任をわかちあうことはできないかな？」

「あなたは島の人間じゃない！」

「そのとおり。だからと言って、なんのちがいがある？」

グライアンは自分がまだまごついているのを感じた。国を捨ててきた本土の人間の滑稽な見本だ。島のはっきりわからない習慣に対応しようとして、見当違いの態度を取り、わけのわかったふりをする。国を出ていくまえに友人たちがそのことを警告してくれた。敵意がいかにして偶発的に生じうるかを——北の国がおこなってきた島の搾取には長い歴史があり、古い記憶や不平の種が戦争によって甦っているのだ、と。

グライアンは群島へ来るまえにこう思っていた——そんなことは全部かわしてみせる。おれは若く、自由思想の持ち主で、控えめで、自制心のある人間だ。島で出会う人間を怒らせることなく、こちらも腹を立てることなく、静かな生活を送ることができる。過去の思い出をこっそり押し流し、言い訳したりとりつくろったりせず、本来の自分に、ありのままの自分になることができるはずだ。

このように自分で自分を正当化していたのだが、それはすべて実際には証明していない理論だった。フールトに暮らしているあいだは、どうにか有効だった——そこの島民たちはグライアンのことを穿鑿する様子はなく、グライアンも自分が静かに彼らの暮らしのなかに溶けこみはじめていると感じていたのだ。そこへトレリン訪問の機会が、すなわち、自説を初めて証明する機会が訪れた。参列するのを引き受けたときには、アラニア・マーシアが生み出したこんな状況に直面するなんて思いもよらなかったし、想像だにしていなかった。

グライアンは今まで経験したことのない礼儀と伝統と習慣にまったくついていけなかった。しかし、それがどれほど重要なのだろう？　これは葬儀なのだ。ひとりの男が急死した——家族は嘆いている。広い交遊関係から、友人や知人が男に最後の敬意を払うためにやって来る。そのなかのひとりが代理を出席させることにした。式があり、弔いの宴がある。どれも普通のことじゃないか、文明国の人間のあいだでは？

ふたりはその場にじっと立ちつくし、おたがいのあいだに生じた手詰まり状況のなかでがんじがらめになっていた。グライアンはこの状況を終わらせる手だてさえあればと願った。アラニアの願いは……なんだろう？　グライアンには想像できなかった。謝罪だろうか、頭を下げることだろうか？　こちらから受けた不当な仕打ちだと彼女が勝手に思いこんでいることをなだめる象徴的な島独特の仕草だろうか？

「帰り道を教えるわ」アラニアが言った。「難しいものじゃないから」

「自分では見つけられなかった。きみの助けが必要みたいだ」

「だから待っていたの」

グライアンは空を見上げた――太陽はまだ高く、木々のあいだの熱い空気は動かしがたいように思えた。この天候には不釣り合いな服装をしていた。それもまた、自分の無知をあらわにする事柄だった。

「小屋に新鮮な水はないかな？」グライアンは訊いた。「喉が渇いたんだ」

「少しあるわ。わたしも喉が渇いているの。だけど、帰り道で教えてあげるつもりだったの。ここには自生の果物があるのよ。いまちょうど食べ頃になってる。この時期、その果物を食べれば冷たい水を飲むより生き返るわ」

「水のほうがいいな。とりあえず水を少しもらえないか？」

「いいわよ」

アラニアはグライアンを連れて小屋にもどり、扉の錠を開けた。ポーチに彼を残して、なかに入り、栓が開いているミネラルウォーターを手にしてすぐもどってきた。アイスボックスに入っていたもので冷たかったが、底に指二本分しか残っていなかった。グライアンはキャップを外し、ありったけの水を口に流しこんだ。

「いつもそんなふうに飲んでしまうの？」

「そんなふうにとは？」

「一気に飲んでしまったじゃない」

「喉が渇いていたんだ！　一口分の水しかなかったじゃないか」

「暑い気候だと長い時間をかけてちびちび飲むほうがいいのよ」アラニアは扉に鍵をかけた。「さあ、屋敷へもどりましょう」と、アラニア。「がぶ飲みしたければ、屋敷にたくさんあるから」

向かっ腹を立てながら、グライアンはアラニアのあとについて、崖肌についた道をのぼっていった。

小道がなくなったように見えた謎はすぐに解決された――グライアンが最初に試してみた道が正しい道だったのだが、前に進む本当の道は、平らな道が二股になっているところを隠すように広がった灌木を乗り越えていくものだった。ぼうぼうに生えた灌木を越えると、道が先につづいており、屋敷の母屋に向かってほぼまっすぐに伸びている。振り返りつつ、この道を来たことを思いだした。アラニアに指摘されたように、歩きながら見ていたのは彼女の背中で、彼女のことばかり考えていたのだった。

いま、かたわらを歩いていて、グライアンはアラニアに癇癪をぶつけたことを後悔しはじめていた。自分が彼女と同様、問題の起爆剤なのだと気づいた。葬儀に形だけの出席を果たして、終わるやいなやさっさと帰るべきだった。弔いの宴に出るために屋敷へもどるのもよせばよかった。なぜアラニアのあとを追いかけたのか、いまでは不思議でならない。たとえそのときどんなに当然のことに思えたとしても。

道は延々とのぼりで、グライアンは暑さと渇きがいや増してくるのを感じた。いまはただ屋敷へもどり、なにか飲み物を見つけ、できるだけ早く立ち去ることしか考えていなかった。そうすることで相手を怒らせることになろうとかまわない。いったん出ていけば、ここの連中のだれかと再会することはけっしてないだろう。

道中、アラニアのドレスが棘のある植物の茂みにひっかかった。アラニアは横を向き、かがんで、小さな棘から薄い生地を外した。グライアンは彼女のうしろに立ったまま、しんぼう強く待っていた。ドレスを外し終わると、アラニアは体を起こそうとする代わりに、なぜか腰を折って下を向いた姿勢で、グライアンから少し距離を置いたところに立った。その姿勢のまま首を曲げ、グライアンを見上げて笑みを浮かべた。顔をひねっているせいで、口元がゆがんで、薄気味悪いしかめつらに見えた。アラニアの姿勢にはどこか奇妙で、邪悪ななにかがある。グライアンの体に戦慄が走った。

アラニアはその表情を浮かべたままだった。

グライアンは訊いた。「なんの真似だ?」

「なんのってなにが?」

「どうしてそんなふうにぼくを見てるんだ?」

「あなたの足下にあるのがなんだか知ってる?」

すぐさまグライアンは下を見たが、なにもない。「いったいなんのことを言ってるのかな?」

「スライムを見た気がしたの」

グライアンは思わず飛びのいた。ついでアラニアが言った内容をはっきり把握して、さらに後退した。

「どこにいる?」

グライアンは道の上で飛び跳ね、よろめいた。片手で膕や踵を払い、恐怖に身震いした。容易に想像できた――あの柔らかで、気味の悪い体がわが身にくっついて、分厚い黒い脚が全身をちょろちょろ駆け回り、大顎が皮膚に沈みこみ、身の毛もよだつ幼虫が血のなかに入りこむのを……。

アラニアは体をひねった姿勢をやめただけで、じっとしていた。いま、彼女はまっすぐ背を伸ばして、いかにも面白そうにグライアンを見ていた。

身震いしながら、グライアンは訊いた。「嘘なのか？」

「どう思う？」

「やめてくれ！　ほんとにぼくのそばにスライムがいたのか？」

「怖いのね？」

「ああ」

「あなたはわたしをはねつけた。わたしに恥をかかせた。これからわたしは一族のもとにもどらないといけない。彼らはなにが起きて、なにが起こらなかったのか知るのよ」

「だからあんなことを言ったのか？」グライアンは言った。「虫のことで嘘をついたのか？」

「あなたはわたしを欲しがるふりをした。わたしがどれほどあなたを欲しがっているのか、こちらからあらわにさせた。それなのにあなたは拒んだ。そして、いまあなたの頭のなかにあるのは、つまらない虫のことだけ」

グライアンは道の真ん中に突っ立っていた。頭の上から垂れ下がっている植物はなく、地面もひび割れていない。四方八方に目を走らせ、道の脇に生えた背の高い雑草やシダに目を凝らし、茂みの奥にあるものを見ようとした。

「島の人間はもう復讐なんてしないと言ったじゃないか」そう言うと、グライアンは身震いをした。汗が滝のように顔を流れ落ち、シャツを通り、てのひらを濡らした。喉がこれまでになくカラカラに渇いていた。

「そのとおり。だけど、あなたは女というものについてなにも知らないようね」アラニアは、ほんの少しまえにふたりが立っていた場所のそばにしゃがみこんだ。「地面で見かけたものを見せてあげる」

アラニアは葉っぱに覆われた黒くて丸い物体を拾いあげた。グライアンは思わず彼女から飛びのいたが、アラニアは落ち着いて、外側の葉をはがして脇に捨てた。なかから出てきたのは、大きめのグレープフルーツほどの大きさをした薄い緑色の球体だった。

「それはなんだ?」

「ただの果物よ」アラニアは答えた。「さっき話したでしょ。この果汁を飲むと生き返った気分になるの」

アラニアは外皮を割り開き、果袋を一個むしりとった。それにかぶりつき、噛みつぶし、音を立てて吸った。

「言うことなし」飲みこみながら、アラニアは言った。二個目をグライアンに差しだす。「食べてみたくない?」

「いや」

「喉が渇いているんじゃなかったの」

「それは食べたくない。いったいなんなんだい?」

「果物よ」と、アラニア。「たいていの島で生えているけど、日持ちがしないの。見つけたら、その場で拾って食べないと」彼女はもうひとつの果肉を手に持って、掲げた。「皮を割ったから、一、二時間もすると発酵しだすわ。だから、すぐに食べるわけ」

「どんな種類の果物なんだ？　名前は？」

「それを話したら、たとえこの世で最後の食べ物がこれだとしても、あなたは口に含みすらしないわね」

「話してくれてかまわない。どのみち食べるつもりはないから」

「ピュスライムと呼ばれているわ」そう言って、アラニアはまたほほ笑みを浮かべた。

「それはまるで……」

「スライムがときどき巣をこしらえている木に生えるので、ピュスライムと呼ばれているの。あなたとおなじ理由で、けっしてこの果物を食べようとしない人もいるわ。あの虫が怖くて、この味を経験したくないのね」アラニアは長くて緑色をした袋を差しだした。

「試してみたら？」

「遠慮しておく」

「名前のせい？　わたしがあなたに話したことのせい？」

「欲しくないんだ」果物の見た目が気に入らないから、と認めたのも同然の答えだった。

「島ではね、もう友だちではないふたりの人間がピュスライムをいっしょに食べることは許し合うことを意味するのよ」

「それはまた素敵な習慣だな」

「あなたはわたしを傷つけたのに、もうすぐいなくなってしまう。たぶん、わたしたちは二度と会うことはないでしょう。わたしたちはもう友だちではない。平等の条件で別れるひとつの方法になるわね」

「ぼくらは一度だって友人だったことはないよ、アラニア。会ったばかりじゃないか」

「でも、わたしはあなたに不満を抱いている」

「だからといってどうしようもない」

「あなたがそう望むなら」と、アラニア。

そうこうするうちに森の外れにたどりつき、ふたりは壁にかこまれた庭の芝生へ足を踏み入れた。弔問客たちの多くは、すでに帰ってしまったらしい。少なくとも庭には姿が見えなかった。使用人たちは当初用意されていた料理をきれいさっぱり片づけて、長テーブルにあらたなセッティングをはじめていた。およそ目に入るところには食べ物も飲み物もなかった。

女性ばかりの集団がベランダのそばに立っていた。一行はグライアンとアラニアがもどって来たことに気づき、反応を示した。ひとりの女が庭を出て、屋敷の方向へ歩み去った。べつのひとりが近づいてきて、アラニアに話しかけた。

グライアンを無視して、女は言った。「アラニア、ファーティンがあなたを探していたわよ」

「いまは話せないわ」

「あなたとシールドさんが散歩からもどってきたら、すぐに会いに来てほしいって」

「わたしは忙しいの、メイヴ。待たせればいい」

アラニアはくるりと背を向け、ゆっくりと芝生を横切って、二卓の長テーブルに向かった。また果袋をひとつ口に入れた。果汁が口元からこぼれ、あごを伝い落ちたが、テーブルからすばやくナプキンを拾いあげて上手に拭った。

「いったいだれのことだい?」グライアンは訊いた。

「ファーティンはコリン・マーシアの長男」アラニアは言った。「ここに来たとき紹介されたでしょ」

「思いだした。きみの身内だ」

「もちろん。ここにいるのはみんな身内よ」

「その彼がなぜぼくらに会いたがっているんだろう?」

「自分がとても偉い人間だと思っているのよ」アラニアはいらだたしげに女たちが先ほどいた方向を指し示した。メイヴともうひとりの女だけがベランダにとどまっていた。ふたりともこちらを見ている。

「ほら、あなたとファーティンはおなじ種類の人間なの。ここにいるときをべつにすれば、わたしにはちゃんとした仕事があるし、まともな生活がある。大会社を代表して、しょっちゅう出張している。給料はいいし、基本的にわたしの判断に従って、会社のお金を潤沢に使わせてくれてる。だけど、ここみたいに、一族の人間といっしょにいると、性的に従属的な女のひとりという以外の人生はないの。男たちはそんな風にわたしたちを扱うのよ。ファーティンはわたしの心を欲している。あなたはわたしの体をね。だけど、ファーティンはわたしの心を拒み、あなたはわたしの体を拒んだ。さあ……あなたにはこれが必要よ」

アラニアは果物をグライアンに突きつけた。

「欲しくない」

「受けとりなさい。水はないわ」

渋々受けとった。アラニアはどこか狂っているのだ、と確信するにいたった。なにもかもつじつまが合わない。この屋敷のまわりにとどまればとどまるほど、いっそう自分が無防備に感じるばかりだ。

だが、いったいなにに対して無防備なんだろう？　おれはなにも悪いことをしていないのに。ほとんど考えてすらないというのに。

「もう失礼する頃合いだ」

「さよなら」アラニアはグライアンのほうを見ずに言った。「出ていくまえに果物を少し食べなさい。わたしにとって、とても大きな意味を象徴しているのよ」

「ぼくにとってはそうじゃない」

だが、壁にかこまれた庭の門のほうへ向かいながら、グライアンはまだ果物を手にしていた。


ひとりの使用人が言った。「なにかご用はありますか？」

「いや、もう帰らないと。どうもありがとう」

「マーシア夫人はいま休まれておられます。夕食の支度が整うまで、邪魔しないようにとおっしゃられました」

「ああ、わかってる」グライアンは男の立ち様に当惑した。あきらかに行く手をさえぎっているのだ。

「マーシア夫人にもう一度お悔やみを伝えてくれたらありがたい。それから、夜の連絡船に乗るから、夕食まで残っていられないことを説明してほしい」

「かしこまりました」だが、男は身じろぎもしない。

「さて、ほかになにかぼくに用があるのかね？」

「もちろん、ありません。ですが、庭に残っておられますか、それとも屋敷のなかでほかのお客さまとごいっしょされるほうをお望みですか？」

ーシア夫人の事情は、今ご説明申しあげました」

「連絡船のことを説明しただろ」グライアンはこの会話を終えたかった。

「われわれは島から出ていく連絡船のことをよく把握しております」

「ああ、そうだろうな」

グライアンは男を押しのけ、出口へ向かった。別のふたりの男性使用人が壁の向こうから姿を現し、グライアンが門にたどりついた瞬間に迫ってきた。今回は、いかなる丁重さもなかった。ふたりはぞんざいにグライアンを門から壁でかこまれた庭へと押しもどした。


言葉を交わしたのはアラニアとだけ、少なくともなんらかの理解を得ることができたのは彼女だけだったので、グライアンは彼女を探した。しかし、彼女と別れた長テーブルにもどってみても、そこに彼女の姿はなかった。

驚いてあたりを見まわした。庭には生け垣や木々や花壇がたくさんあったが、だれかが姿を消すことができるような場所はどこにもなかった。アラニアだけでなく、さきほどの女たちの集まり、メイヴがそのひとりだった一団もまた姿を消していた。謎だった。熱帯雨林へ入っていく道をべつにすると、庭から出ていく唯一の場所と思えるのは、さきほど使用人と話をした門だけだった。自分がそこにいたとき、だれかが門を通るのを見た覚えがなく、もしアラニアがやって来たなら気づいたはずだった。

ひどく不安になってグライアンは使用人のところにもどったが、相手はこちらが近づくとはっきり体を硬くさせた。

「アラニア・マーシアはどこだい？」グライアンは訊いた。

「さきほども申しましたように、マーシア夫人はしばらく先まで休憩の邪魔をされたくないとおっしゃっておられたのです」

「だけど、きみはギルダ・マーシア夫人のことを言っていたんじゃないのか？」

「いいえ。わたしはアラニア・マーシア夫人のことを申しあげました」

グライアンは相手の言っていることを理解したが、それがどんな意味を持つのかわからなかった。

「だけど、アラニア・マーシアはついさっきまでここにいたんだ。屋敷のなかじゃなくてさ！」

「わたしの役目は伝言をお伝えすることだけです。そのとおりのことをいたしました」

「ほかのみんなはどこにいる？」グライアンは訊いた。

「みなさんは、いまの時間、屋敷にもどられています。ですが、わたしが受けた指示によりますと、あなたさまはこちらに残っていただくようにとのことでした。ほかになにかご用はございますか？」

「ない！」

グライアンは壁にかこまれた庭園にもどった。彼のことをまったく無視しているような使用人たちをべつにすると、この場にいるのはグライアンだけだった。歩きまわってみたが、四方から見張られているような気がしてならなかった。太陽が容赦なく照りつけてくる。

ジェット機が一機、頭上遥か高くに飛来し、右へ大きく旋回し、まぶしい青空にカーブした飛行機雲を描いた。

一時間後、グライアンの感じている不快感は深刻なものになっていた。なるべくベランダの日陰の下に坐っていたのだが、空気は息苦しい暑さになり、水分を摂りたくてたまらなかった。庭に残っている使用人は、門を守っているふたりだけで、テーブルは次の食事のためセットしなおされているのに食べ物も飲み物も出ていなかった。仮設洗面所も撤去されている。庭のホースやスプリンクラー用の蛇口すらない。アラニアとほかの客たちがグライアンに見られることなく姿を消した方法は、依然として謎のままだった。あきらかに庭から出て屋敷へもどるべつの出入り口があるのにちがいないが、ゆっくりと庭全体を歩いてまわったものの、なんの手がかりも得られなかった。

アラニアが拾った果物の残りがまだあった。食べると生き返った気分になると彼女は請け合っていたが、不合理な恐怖感がぎりぎりの瞬間になるまでグライアンを押しとどめていた。

しかしながら、そのぎりぎりの瞬間がやって来た。喉の渇きがどうにも耐えられなくなり、グライアンは門番のところへ行って、水を飲ませてくれと頼んだが、彼らからも無視された。

その態度が、この一時間かそこら閉じこめられているという現実感とあいまって、自分が虜囚になっていることをグライアンに確信させた。

例の果物を置いていたテーブルにもどり、手に取った。アラニアがどのように食べていたかを思いだしつつ、残っている外皮の一部をむしりとり、その下の果肉の入った袋を出した。一個を割りはがし、気が変わらないうちに歯をつきたてた。

その果物の味と歯触りはどんな感じなのか予想がつかず、実際に口にすると両方とも予想外のものだったので、吐きだしたくなった。果物は乾いてカリっとしていた。まるでフライドポテトのようだ。アラニアが表現していたような、生き返った感じがするごちそうではまったくない。だが、深く嚙みしめると、カリカリ感は青い林檎が熟してきたときのようになくなり、中身は魅力的なほど肉厚感があり、しっとりしているのがわかった。その味わいときたらみごとなものだった――蒸留酒を口に含んだときのように口中に広がり、甘い麝香の香りは不快なものではなく、驚くべきものだった。恐る恐る嚙んではみたものの嫌いな味ではないと、すぐさま結論を下した。それどころか、口のなかで細かくかみ砕いていくにつれ、味はとても好ましいものになり、すばらしい爽やかさを口中にもたらした。

ひとつ目の袋を食べ終わると、グライアンは次の袋にとりかかり、アラニアがもっと残してくれていたらよかったのにと残念がった。

グライアンは壁にかこまれた庭を歩きまわり、果物を食べ、味わい、少しでも長くその楽しみがつづくよう、一気に飲みこまないようにした。アラニアの言うとおりだった――具体的な理由はわからないものの、冷たい湧水よりもずっと生き返った気持ちにさせられる果物だった。

袋をすべて取り除くと、果物の芯が現れた。黄色くて丸い。最後の袋を食べ終え、グライアンは手のなかで芯をもてあそんだ。これも食べられるだろうか。色合いと表面の感触は、おおよそ熟れたアプリコットに似ていて、細かい毛に覆われている感じだった。底の部分、果肉袋がはがしとられたところには茎の残りがあったが、それを除くと表面は傷ひとつなかった。グライアンは芯を嗅いでみた。親指で表面をなでさする。おだやかな甘い香りを感じた。果肉袋とおなじ香りだ。

長テーブルの一卓に歩み寄り、並べられたナイフを取りあげた。黄色い果芯を半分に断ち割り、陶器の皿にふたつになった芯を置いて子細に眺めた。

芯のなかは黄色く、湿っていて、繊維質が多く、果肉のなかに小さな黒い種が何十個も入っていた。

指でほじくってみたところ、果肉は冷たく、しっかりしている。慎重ににおいを嗅いでみて、果肉袋とほとんどおなじ香りであることを確信した。おそらく食べても安全だろう。

グライアンは半球のひとつを口に滑りこませ、舌でそっと押した。

よく熟したオレンジのように甘く、おいしかった。またしても、口のなかに芳香がひろがっていく感覚はこたえられないもので、柔らかい繊維質を破るとすぐに果肉がべとつき、歯や口蓋にくっつきがちになった。一度にたくさん入れなければよかった。

果肉のかたまりのなかに種の歯触りがあった。小さいが堅い。果物を吐きだす場所はどこかにないかと探した。食感がもう快くなかったからだ。手に吐きだせるよう、かたまりを細かく嚙み千切ろうとしたが、そうこうするうちに種をうっかり歯で嚙んでしまった。種が砕けるのが感じられた。たちまち、それまでより強い味がほかの味を圧倒した。苦くて、腐ったにおいがする。たまらなくいやな味なので、果肉を消し去るべくいそいで飲みこんだ。一部は喉を下っていったが、残りは歯にべとついてとどまった。舌でとりのぞこうとしたところ、小さな堅い種があちこちにあるのが感じられた。これ以上種を嚙まないように気をつけた。

徐々にどうにか残りを飲みこみ、舌と指をつかって歯茎を掃除した。歯と歯のあいだの多くに種が入りこんでいたが、爪でほじって取ったり、飲みこんだりした。今度はいっさい嚙み砕かずにすんだ。何度となく芝生の上に唾を吐いた。

いま、グライアンは庭のなかに立ち、舌を動かし、頻繁に唾を飲んで、果実の味の残滓を消そうとしていた。苦みがしつこく残っている。酸っぱくて、むなくそが悪くなる味で、果物の残りを食べたときの心地よさはすっかり消えてしまっていた。

顔を起こし、あたりを見まわすと、庭はふたたび弔問客でいっぱいになっていた。

ふたりの使用人が門からグライアンのほうへ歩いてきた。ファーティン・マーシアがあとにつづく。そのすぐうしろから、アラニアがついてきている。

グライアンは彼らの接近に危険を覚え、あとずさった。長テーブルが背後にあり、背中がテーブルの端にあたるまで下がった。体を支えようとして片手をつくと、その手は食べなかった果芯の半球の上に置かれた。

「この男か?」ファーティンはアラニアに言った。

「ええ、あなたも知ってるように」アラニアはちらっとグライアンに目を走らせたが、その視線にどんな意味があるのか、あるいはどんな意図があるのか、グライアンにはとんと見当がつかなかった。

「きみが夢幻群島《ドリーム・アーキペラゴ》にやって来たとき」ファーティン・マーシアは前置き抜きにグライアンに話しかけた。「きみは島の人間になるという選択をした。われわれの慣習に気づいたとき、それを受け入れ、そうして自分のものとした。ひとつの島の法は、ほかのあらゆる島で尊重されている。島の法はきみが本日ここでおこなったことに裁きを求めている」

グライアンは言った。「ぼくはなにもしていません、なにも悪いことはしていない」

「それは議論の余地がある点だな。また、きみに話してもらいたいことでもある。わたし自身が目撃し、わたしの一族の大勢が目撃したことによれば、きみはわたしの妻とふたりだけで庭から出ていき、一時間以上いっしょに姿を消していた。ふたりでなにをしていたのかね?」

「なにもなかった」

「なにも？」ファーティン・マーシアはかたわらのアラニアを見たが、彼女はそれらしき反応を示さなかった。

「もう一度答えてくれ、シールド君」

「どんなたぐいのことも起こらなかったんです。ぼくらはたんに景色を眺めに崖の頂上まで歩いていって、そしてもどって来たんです」

ファーティンはうなずいた。「少なくともそこまでは妻が言ったことを裏付けるものだな」

「だったら――」

「だが、いいかね、グライアン・シールド、きみといっしょに姿を消したとき妻がどんなことをたくらんでいたのかわたしは知っているのだよ。なぜなら、彼女はいままでに何度も、ほかの男たちとおなじようなことをしたのだから。妻はそのことをはっきりと認めている」

「奥さんの行動については、ぼくは答えられる立場にありません。ぼくが見たかぎりで言えば、彼女が求めていたのは――」

「妻は性的に自立しているのだよ、シールド君。きみの言葉を借りれば、妻がなにを求めていたかはきみの関心事ではなく、わたしの関心事だ。彼女には大人としての権利があるけれど、わたしにも同様の権利がある」

「奥さんとのあいだにはなにも起こらなかったと断言できます」グライアンはふたたび繰り返し、アラニアが一言残らず聞いているだけでなく、一族のほかの者たちも耳を澄ましているのが痛いほどわかっていた。

「きみはわたしの妻を強姦しなかった、誘惑しなかった、汚さなかった、陵辱しなかったんだな？

きみにとって彼女は魅力的ではないのだね？」

「もちろん、とても魅力的ですよ」グライアンはアラニアが魅力的なように思えた数分間のことを思い返し、はたしてそのことを認めるのは自分の立場を悪化させるのだろうか、それとも改善させるのだろうかと考えを巡らした。

「それなのに、きみは妻の誘惑に耐えたと言うのだね」

「ええ」

「それも彼女が言っていることとおなじだ。きみたちの答えは一致している」

「ぼくがいま言えるのは、マーシアさん」グライアンはふいに心からの誠意を込めて話した。「ぼくがいまできるのはお詫びすることだけです。ぼくがなんらかの形であなたのもてなしや伝統を損なってしまったのであればあやまります。ぼくはこの地にやって来たよそ者です。なんの悪意もありません。ぼくのせいであなたを怒らせたり、あわてさせたりしたことを深く恥じ入る次第です」

「たしかに、きみは当地でよそ者だな」

「いかんともしがたく」

「わたしの妻のことをあらかじめ知っていて、わが一族のまえでわたしに恥をかかせたのか、あるいは妻を拒むことで彼女を辱めたのかどちらかという事実もいかんともしがたいようだ。いったいどっちだね？」

「あなたの奥さんには……アラニアには、すでに謝罪しました」

「妻からはそう聞いている」

一族のほかの者たちは、いまやゆるやかな半円を描いて、この静かな対決を見守っていた。グライアンは思った――大の男が公然と間男をした疑いを抱いている相手の男と対決するとは、なんという文化なのだ。しかも、真実を知らないというのに？　グライアンはふたたびこの場から立ち去りたいと強く願った。街にもどり、港にもどって、連絡船のやって来るのを待ち、それぞれ個々の目的地がある、国際色豊かな旅の仲間がかもしだす安逸をむさぼりたかった。

「無理矢理ぼくをここに引き留めておくことはできません」グライアンは言った。「ぼくはなにも悪いことをしていないし、だれも傷つけていない。たしかに謝罪はしました。だけど、罪を認めたわけじゃない」とはいえ、口から発せられた声はあまりにも大きく、白分が装うとしている冷静さの裏に怯えがあることをあらわにしていた。ファーティン・マーシアの声はまるでメモを読み上げているかのように落ち着いていた。グライアンは自分が同様の仰々しさでしゃべっていると感じていたが、落ち着き払っているという自己像はもろくも崩れ去ろうとしていた。言葉を和らげて言おうとした。

「出ていかせてください。あなたたちのだれとも二度と関わり合いを持つつもりはありません」

「それはわれわれの意向でもある」ファーティンは言った。「だが、それが本気だとどうやったらわかる？」

「夜の連絡船にまにあうはずです。いまから二日後には自宅へもどっています」

「きみの家とは？」

「フールトにあります」

「そこだと一日か二日でここへもどって来られる」

アラニアがはじめて口を開いた。

「ピュスライムを食べてもらえばいいじゃない、ファーティン」

「またその古くさい迷信か！」だが、思案しているように見えた。「おまえは応じるつもりか？」と、妻に訊ねる。

「応じるわよ。この人はそれがなにを意味するかわかっているわ」

「許し、か」グライアンは皮肉っぽく言った。

「もしいっしょに食べられるのならば」ファーティンはすばやくグライアンのほうを見て、「やはりわたしの妻としたのではないかね？　ふたりはおたがいに許し合ったのか？」

「くそくらえ」グライアンは毒づいた。ここで起こっていることのとんでもない不合理さがついに限界に達したのだ。

「罰当たりな言葉を吐いてもなんの役にも立たんよ」

　グライアンは庭から門のほうを見た。もし単純に駆けだして逃げようとしたらどうなるだろう。親戚たちの大半はかなりの年輩であり、その多くは足元もおぼつかなかったが、ファーティンとその弟は、がっちりした体格で年も若い。それに使用人たちがいる。総勢四人で門のまえやそばに立っていた。

「いったいぼくにどうしてほしいんだ？」グライアンはファーティンに訊いた。

「妻が提案したことをやればよいと言ってみようか。ピュスライムを食べるのだ。そうすれば出ていける」

「あなたがそんなことを言うとはね」

「ここではわれわれはみな過去に影響を受けているのだよ」ファーティンの声がふいに内省の色を浮かべた。「わたし自身ときどき、そういうものをみんな投げ捨てることができればいいのにと思う。

だが、きょうの葬儀は一族の者が集まる大きな場だし、ここにいる全員が必ずしもわたしのように考えるわけじゃない」まわりで見ている連中の一部から同意の声が漏れた。「妻が言ったように、ピュスライムを食べるのは、伝統的にふたりの人間のあいだの許し合いを意味している。なにも許すようなものはないときみは感じているかもしれないが、そうではないのだ。許しは言い争いをしている双方の関係者を含んでいなければならない。きみはわたしの妻を侮辱した。彼女の許しを得、ひいてはわたしの許しを得、それによってほかの一族の許しを得るには、きみはわたしの言葉に従うべきだ。ピュスライムはわれわれとともにある伝統なのだよ。そうじゃないかな？」ファーティン・マーシアはいきなり体の向きを変え、一族のほかの者たちを見まわして、いま自分が話している内容には彼らの言い分も含めていることを示した。さらなる同意の声がグライアンの耳に入った。男たちのひとりがなにごとか方言で口早に言い、すぐにかたわらにいる仲間を見やって、同意を求めた。グライアンはまたしても「グライアンシールド」という音に似た言葉を耳にした。

「じゃあ、あなたがたを満足させることができるさ」グライアンは言った。「ぼくは、いまいましいその果物の一部をもう口にしてる」

「触る気にならないと言ってたじゃない」とアラニアが言った。

「喉が渇いていたんだ。ちょっと試してみた」グライアンの口のなかにはまだ酸っぱい後味が残っていた。背後のテーブルにある皿を指し示した。オレンジ色の果実の手を付けていない半球がそこに載っている。グライアンは黒い種のいくつかが、果物の横の皿の上にこぼれているのに気づいた。どうして芯から出ているのだろう？　「きみが残していったものを少し食べたんだ」

アラニアと夫はその果実を真剣な面持ちで見つめた。

「なんてこと、この人、やっちゃった！」アラニアが言った。

ほかの連中も見ようとしてまえに押し寄せてきた。グライアンは恐怖の鋭い剣先がずぶりと刺さるのを感じた。ファーティン・マーシアが一同に見えるように皿を持ちあげ、すばやく降ろした。その手を脚になすりつけて拭い、あとずさりし、脇へどき、あきらかにグライアンが出ていけるよう道を空けた。親類たちも、見るものを見ると、おなじように後退しつつあった。

使用人のひとりが、おそらくはなにかの目に見えない合図に反応して、ファーティンのかたわらに歩み寄った。

「すぐ処理しろ！」ファーティンは命じた。そしてグライアンのほうを向いて言った。「出ていくまえにきみはこれを見ておくべきだ、グライアン・シールド」

ファーティンはさらにうしろにしりぞいた。

先ほどの使用人が蓋のついた小さな銀の鉢を運んできた。男が蓋を取ると、鉢のなかに透明な液体が入っているのが見えた。とっぷんと重そうに揺れている様子から、どうやら水や水を元にした液体ではないらしい。使用人は、グライアンが果物の残りを置いた皿に液体を注いで、うしろに下がった。ファーティンがポケットからライターを取りだし、使用人に手渡した。使用人はライターに火をつけ、果物に近づけた。ぱっと火が上がり、はぜる音がしたが、真っ昼間の強い陽光のもとでは、ろくに炎は見えず、音も聞こえなかった。黄色い炎が食べさしのピュスライムの周囲に細々と広がった。

「島では」ファーティンがグライアンに言った。「われわれが常に火葬にするものがある。だが、おそらくきみもそのことをもうわかっただろう」

グライアンは燃えていく果物をじっと見つめた。黄色い果肉が茶色に変わり、炎のなかでシューシューと音を立て、黒こげになっていく。炎が届くと、種は丸くなり、のたうった。蛆《うじ》のように身をよじる様子を見て、突然、グライアンはその正体を悟った。そいつらは急激に縮みあがり、死んだ。そいつらは刺激臭を放った。胸が悪くなるような腐ったにおいだった。

グライアンは絶望的な面持ちで、ファーティンを、アラニアを見た。親類たちがつくる半円のなかでだれかが方言で声高にまくしたて、ひとりの女性が気絶した。人々の大半はあとずさりはじめていた。

グライアンは二本の指を口に突っこみ、喉の奥へ伸ばして吐こうとした。げーげーと喉を鳴らし、げっぷをした。胃袋からむかつくようなにおいがこみあげてきた。アラニアはじっとグライアンを見つめている。目をなかば閉じるようにして、唇はぬめぬめと光っていた。彼女は夫の腕を抱え、片方の乳房をリズミカルに、扇情的に押しつけていた。

グライアンはよろよろとアラニアから離れた。耐え難い苦痛が全身を走り抜け、思わず体を反らした。自然と空が目に入った。青空高く、二機のジェット機が陽光を銀色に反射して、針路を交差させるように南へ向かって飛んでいった。そのうしろで、飛行機雲が空一杯に伸びており、巨大な螺旋を描いていた。

奇跡の石塚《ケルン》

The Miraculous Cairn

沖合の島シーヴルは、子どものころの思い出に黒い影を落とす後悔の念のように横たわっている。島は、ジェスラの海岸線から海をはさんだ沖に広がっており、とうぜんながら、つねにその姿を見せていた。ときおり、嵐の低い雲に姿が霞んだり、ぼやけたりすることもあるが、たいていは、岸からボールを投げれば届くほどの距離に思えた。南の空にぎざぎざの暗い輪郭を浮かびあがらせていた。本土とおなじ岩石層であるため、シーヴルの景観は、ジェスラ周辺の山々のそれと異なるものではないが、ジェスラとこの島はべつな意味でも近しかった。あたかもおなじ家族の一員であるかのように、たがいの物語を語っている。たとえば、ジェスラに住む祖先たちが岩の塊の使い途がなくなって海に投じたところ、そのうちたくさんの岩が集まりあってシーヴルとなったという言い伝えがある。

ジェスラとシーヴルが近接していることで、避けがたい、伝統的な絆がうまれた——血がつながっている住民が両方に住んでいたり、貿易協定があったり、古い同盟関係があったりした——とはいえ、ジェスラ住民にとって、シーヴルは沖合の島であり、政治的には夢幻群島《ドリーム・アーキペラゴ》の一部だった。戦争がはじまってからというもの、領主庁の許可がないかぎり、本土と島の行き来は禁止されていた。もっとも、禁令をものともせず、フェリーが毎日、堂々と、商業的な見地から運行されていた。貿易はジェスラにとって重要であり、シーヴルにとって生死にかかわるものだったため、役人たちは見て見ぬふりをしていた。わたし自身、子どものころ、何度もシーヴルに渡航した。子どものころにはずっと、年に三、四回、狭い海を越えてシーヴルに渡り、叔母と叔父に会いにいっていた。

いま、最後にシーヴルを訪れてから二十年が経過しており、わたしがジェスラに暮らしていたときから、いや、ジェスラを最後に訪れてから十六年経っていた。最後にこの街を見たのは、オールド・ハイドルの大学に通うため、街をあとにしたときであり、それから一度ももどらず近づかぬままだった。

この二十年間は、悲喜こもごもの巡り合わせがあり、成功はごく上っ面のものにすぎなかった、と感じる。もっとも、よい教育を授かることができ、いまは教師として生計を立てている。自分でもおもしろいと思っている職業だ。これまでのところ兵役を避けることができており、三十八歳の今となっては、おそらく召集年齢も越えているだろう。教師として、現行の規則では兵役を免除されており、おのれの良心を探ってみても、自分は軍隊に所属しているよりも、教師をしているほうがはるかに役に立つことはわかっている。

そんなわけで、仕事面は、おおよそ安定していた。それにくらべると私生活は安定を欠いていた。それなのにジェスラと海の向こうのシーヴルにもどることで、さまざまな記憶と疑念で支配されることになった。

ジェスラはわが国の旧首都である。戦争のため、政府と行政事務のほとんどは、敵襲を受けにくい、より新しい内陸の諸都市に分散されてしまった。ジェスラには、名目上の政府はまだ存在しているものの、領主の宮殿はもぬけのからで、上院議事堂は、開戦当初の敵爆撃で大きな被害を受けた建物のひとつだった。残っているのは、沿岸漁業と軽工業が少し、鉄道輸送の終点地、病院、諸団体、国際機関事務局であり、軍需産業にとって重要ではない民間企業の多くは転出してしまっていた。ジェスラは、体だけ大きな、荒れ果てたゴーストシティになり果てていた。

どこであれ、子ども時代を過ごした場所へもどれば、むかしのことを思いださずにはいられない。わたしの場合、ジェスラは、父母と暮らした日々や、学校生活、のちに音信不通となった友人たちとの思い出を意味していた……そして、定期的に訪れたシーヴルの思い出を。

そうした記憶は、かつての自分を思いださせ、そして否応なく自分がそれ以降どうなったかを明らかにした。ジェスラへ向かう列車に坐って、過去のことを考えながら、はっきりとそのことを意識しはじめていた。古い街並みをもう一度見てみたかったし、またもやシーヴルへ渡ることに明らかに神経質になってきていた。とはいえ、この旅をする理由が生じてからというもの、二十年経った今、過去に立ちもどり、そして立ち向かういい機会だ、と感じていた。

わたしが子どものころ、シーヴルの近さは、だれにとっても、とくに学校へ入りたての子どもたちには不吉さを覚えさせるものだった。「シーヴルに送っちゃうぞ」が子どもを怖がらせるセリフの極めつけだった。作り話のなかの世界では、シーヴルには子取り鬼や忍び寄る化け物《ホラー》がわんさかおり、じっさいの島の風景も、クレバスや火山湖、硫黄を含んだ霧、蒸気を吹き上げるクレーター、崩れやすい岩からなる悪夢のような土地だと信じていた。こうした空想はわたしにとっても真実であり、想像しているという意味でほかの子どもたちとおなじだった。しかし、わたしは無意識のうちに、世界を同時に異なる視点から見るという子どもならではの能力も有していた。

シーヴルの現実の姿をわたしは知っていた。シーヴルは現実でもおなじように恐ろしかったのだ。しかしながら、その恐ろしさ《ホラー》は子ども向けの本や民間伝承に出てくるようなありふれたものではなかった。

わたしはひとりっ子だった。父と母はふたりともジェスラ生まれで、わたしのまえに一子をもうけたが、その女の子はわたしの生まれる一年まえに死んだ。そのせいで大いに待ち望まれ、過保護気味に愛される世界にわたしは生を享けた。きちがいじみた周到さで守られ、監視されたのは、大人になる手前まで、知るよしもなかったさまざまな理由があった。理解したいまでは、両親のしたことに多少の共感はある。しかしふたりの過保護の有り様ときた日には、わたしが十代なかばになるまで、少しでもふたりの保護の手がゆるめば、壊れたり、盗まれたり、すぐに腐ってしまう貴重品のように扱われていた。同年代の若者が放課後に街をぶらついたり、危ない目に遭ったり、セックスやアルコールやドラッグやよくある悪さに手を染めているころ、わたしは家で両親の友人たちや、両親の趣味につきあわされていた。わたしは反抗的な子どもではなかった。親の望むように従っていたのは、ろくに物を知らなかったせいであろう。もっとも、不承不承実行し、逃げだしたい衝動を義務感から抑える、子どもとしての務めもいくつかあった。その最たるものが、両親に連れられてシーヴルに住む父の弟を定期的に訪ねることだった。

叔父のトームは、父より二、三歳下だったが、ほぼおなじ時期に所帯を持った。実家の居間には、それぞれの花嫁といっしょに写っているふたりの若者の写真がある。父と母と叔父の若かりし頃の姿だとすぐにわかったのだが、写真のなかでトーム叔父の腕を取っている若い綺麗な女性が、アルヴィ叔母だとわかるまで何年もかかった。

写真のなかで、彼女は笑みを浮かべていたが、わたしはアルヴィ叔母が笑っているところを一度も見たことがなかった。写真の女性は明るい花模様のドレスを着ていたが、古いナイトガウンとつぎのあたったカーディガン以外の恰好をしているアルヴィ叔母を見るのははじめてだった。短くウェーブがかかっている若い女性の髪は魅力的にカットされているが、アルヴィ叔母の髪は長く、べとついた白髪。写真の彼女が新郎のそばに立ち、片脚をあげ、膝頭をカメラに向かって扇情的に見せつけている一方、アルヴィ叔母はベッドを離れられない障害者だった。

結婚してすぐに、トームとアルヴィはシーヴルへ引っ越した。トームはシーヴル山脈の人跡希なる地に居を構えたカトリックの神学校に事務職員として採用されたのだった。だれかを雇うのはおよそ無理だと、司祭たちがうすうす気づきはじめたころだったのだろう。そうでなければ、トーム叔父がその仕事を持ちかけられた理由がわからない。だいたい、叔父のような——ろくすっぽ信仰など持たない——人間が、そんな仕事に就こうとする理由がわからない。その仕事を引き受けたことで、叔父と父とのあいだで、短いながらも、深刻な諍いが生じたのをわたしは知っている。

トームとアルヴィが生まれたての赤ん坊とシーヴルに暮らしていたとき、戦局が突然悪化して、ジェスラにもどってこられなくなった。戦局がふたたび緩み、戦争が長期間の消耗戦になったときには——本土と島々とのあいだの移動がある程度可能になっていた——アルヴィ叔母は病気にかかり、体が動けなくなっていた。

この長わずらいのあいだ、両親は週末を利用して、トームとアルヴィに会いにいくようになった。

わたしをいっしょに連れて。

わたしにとっては、やるせなさと鬱陶しさがうちつづくことばかりだった――風にさらされた侘びしい島への渡航、荒野《ムア》のそばに建つ狭苦しくて暗い家までの長いドライブ。病床での話題は、せいぜい良くて他の親戚について、悪ければ病気と痛みと奇跡的に恢復へのすることへのむなしい望みについて終始した。


そうしたものから逃れられる唯一の救いであり、わたしが連れていかれる表向きの理由となっているのが、トームとアルヴィの娘で、わたしのいとこにあたるセラフィナだった。わたしたちは友だちになることになっていた。セリはわたしより十五カ月ほど年上で、ぽっちゃりとした体型をして、かなり頭が悪く、考え方や経験が狭く、わたしが知っていることになんの関心も持っていなかった。本当のことを言えば、おたがいになんの興味もなかったのだが、それでも訪問しているあいだはいっしょにいなければならなかった。彼女といっしょに過ごす見込みは、旅のまえの長い恐怖の数日間を救ってくれるものではまったくなく、旅が終わって、ふたりで過ごした陰気な数時間を思い返すと、いっそう島に二度と行きたくなるのだった。


ジェスラの駅を出ると、見慣れた領主庁の制服を着た女性警察官が、目立つ警察車両から降り立って、わたしのほうへ歩いてきた。その最初の印象は、堅苦しく、高圧的だった。わたしのほうをろくに見ずに話しかけてきた。

「レンデン・クロス？」

「はい」

「巡査部長のリースです」革装のＩＤカードを取りだし、こちらに見えるよう差しだした。カラー写真と公印、印刷された名前、何列かの数字、そして自筆の署名がちらりと見えた。「あなたと同行することになっています」

「警察に出頭するよう言われていました」と、わたしは答えた。相手の言うことにとまどっていた。

「あした行こうと思ってたんですが。出発するまえに」

「あなたは国外へいこうとされている」

「ごく短期間です」

「護衛をつけずに国外旅行はできません」

「家族の用事なんですよ。そんな、護衛が要るような――」

女性警官は興味などないという表情でわたしを見やった。命令を受けているだけで、わたしがなにを言おうと関係ないのだろう。

「では、まず、どうすれば？」この展開にうろたえながら、わたしは訊いた。今夜は街で一泊する予定を立てており、埠頭付近まで歩いて、高くない宿を探すつもりでいた。学校の同僚から安宿が見つかりそうな通りの名前を教えてもらっていた。そのあと、まだ市内にいるかもしれない旧友のひとりかふたりに連絡を取ってみようとぼんやり考えていたのだ。

「すでに手配はすんでいます」女性警官は言った。「ジェスラは交戦地帯なんです」

「むろん、わかっていますよ。それとシーヴルへの短期渡航がどう関係あるんですか？」

「民間人による渡航はすべて制限されています」

「それは事前に聞いていたこととちがう」わたしは自分の財布を覗きこんだ。「ほら、ジェスラを出国して、七日以内に再入国する査証をもらっているんです。それにたぶん向こうには一日か二日いるだけですむはずで――」

またしても、相手の目には興味のなさがうかがえた。

「車に乗ってください」と、女性警官は言った。

彼女が後部座席のドアをあけたので、わたしは座席に旅行鞄を置いた。後部座席をすすめられているとは思ったものの、犯人のように連れていかれる筋合はない。後部ドアを閉め、前部座席に向かい、体を滑りこませ腰をおろした。女性警官はどっちでもよかったようだ。彼女は車に乗りこむと、エンジンをかけた。

「どこへいくんです？」わたしは訊いた。

「フェリーは明日の朝まで出ません。今夜はグランド・ショア・ホテルに泊まります」

「どこかでもっと安い宿を探すつもりでいたんですが」多少の警戒感をにおわせて、わたしは言った。

「あらかじめ予約されているんです。その決定を下したのは、わたしではありません」

車は駅前広場を出ると、市の中心部へつながっている幹線道路へ入った。わたしは通り過ぎていく建物を眺めた。

わたしの家族は郊外に暮らしていた。エンタウンという名の土地で、市の東の海沿いにあった。それゆえ、ジェスラの中心部は、子どものころの記憶でところどころにしか覚えていない。建物、通りの名前、公園、広場に見覚えのあるものがあった。なかには、ばくぜんとしているが、胸にこたえ、微妙にたじろぐ思い出がある場所もあった。子どものころ、街の中心部は、父が働き、母がときどき買い物にでかけている場所だと思っていた。通りの名前は両親の縄張りを示す目印であり、わたしの目印ではなかった。現在の街が捨ておかれ、愛されていないように見えるのは、多くの建物が爆弾と爆風に被害を受けたまま修復されていないからだ。さらに、何百という建物に板が張られていた。当然ながら、敵の爆撃でぺしゃんこになり、瓦礫と化している地域もあった。通りの交通量は少ない——トラックやバス、若干の自家用車もあったが、最新機種は一台も走っていない。なにもかもみすぼらしく、つぎはぎだらけだった。馬に引かれている車両が驚くほど多い。

交差点で数秒間、信号待ちをした。

車内に気詰まりな沈黙が広がったので、わたしはリース巡査部長に話しかけた。「ジェスラに住んでいるんですか？」

「いいえ」

「道をよくご存じのようだから」

「着いたのは今朝です。すぐなじめました。警察で訓練していますから」

最後の一言がいまの仕事に慣れていない証拠のように思えた。その訓練をしたのがそれほど昔ではないように思えたのだ。わたしはリースを盗み見て、彼女がとても若いのを見てとった。まわりの車が動きだし、リースはギアを入れ、警察車両は加速しはじめた。短い会話が終わった。

グランド・ショア・ホテルに泊まったことは一度もなく、ドアを通り抜けたことすらない。街で最大の、宿泊料の一番高いホテルだった。わたしが子どものころには、上流階級の人々の結婚式や、ビジネス会議、市の華やかな式典などに利用されていた。それらの行事がさかんだったのは、田舎への疎開が本格的にはじまるまえにちがいない。

煤けた赤煉瓦造りの、堂々として堅牢なファサードを持つ正面玄関のまえに車をつけた。

リースはわたしがチェックインの手続きをすませるあいだも、うしろに立っていた。受付係は、二枚の白いカードにわたしの署名を求めた——一枚はわたしの部屋用で、もう一枚は隣り合わせの番号で女性警察官の部屋用だった。ポーターがわたしの旅行鞄を持ち、ゆるくカーブを描いている幅広い階段を先導して上の階へ向かった。鏡やシャンデリアで飾られ、階段には豪華な絨毯が敷かれており、漆喰製の天井の蛇腹には金メッキが施されている。だが、鏡は磨かれておらず、絨毯はすり切れ、メッキは禿げかけていた。階段をのぼる、耳に聞こえないほど小さくなったわたしたちの足音は、どこかでだれかの思い出として生き延びているにちがいない、はるかむかしのパーティーで聞こえていたものの哀れな代替物だった。

ポーターがわたしの部屋のドアを開け、先に中へ入った。女性警察官は自分の部屋へ向かい、鍵を差し入れた。部屋に入るとき、彼女はわたしのほうを振り返らなかった。

チップを渡し、ポーターが立ち去る。旅行鞄から着替えを取りだし、ワードローブに吊した。一日中、列車で旅してきたので、シャワーを浴び、清潔な服に着替えた。ひと通り終えてから、ベッドの端に腰掛け、古い室内を見まわした。

予想外にぽっかり空いた時間のなか、これまでわが身に起こったことをつらつら考えた。思いもよらなかったのは、初対面の人間と長時間いっしょに過ごさなければならないことである。今晩をどうやって過ごせばいい？　ひとりで、あるいは、あの女性警察官と？　彼女の護衛任務は、わたしと夕食を取ることも含まれているのだろうか？　わたしと同行するため派遣されたのは彼女ひとりだけなのか、それとも、シフトが終わると、今晩以降にほかの人間と交代したりするのだろうか？

そう考えてすぐに、最初に出会ったまさにその瞬間から、彼女が護衛任務をほかの警察官と分担しなければいいと願っていたことに気づいた。冷ややかな態度や、ふたりで交わしたかたい言葉にもかかわらず、若い女性警官が魅力的な体をしているのは確認済だった。いかなる偶然が、どのような出来事の流れが、このような若くて美しい女性をわたしのような人間の旅行の付き添いという仕事につけたのだろうか。興味深いことに、彼女は早くも何年もまえにわたしが関わったある人を思い出させた――ふたりはおなじくらいの年齢で、髪の色もおなじだ。彼女、ライリアンは、わたしが当時つきあっていた何人もの恋人のひとりだった。恋人と言ってもほとんどが行きずりの相手だったのだが。たぶん、そのころリースに出会っていたら、時と事情が異なっていた場合、彼女もそうした恋人のひとりになっていたかもしれない。

もっとも、いまでは、わたしは年を取り、まえより賢くもなっているはずだ。行きずりの情事がたいていひどい終わり方をするのを学んだ。もう何年もナンパをしていないし、むしろ禁欲という、激しさの少ない悲しみのほうが好きだ。リースは、ジェスラとおなじように、昔のことを思いださせた。その両方から心を惑わされた、と言える。

部屋に飲み物がなく、喉が乾いてきたので、階下のバーにいくことにした。部屋を出て、階段へ向かう。途中でエレベーターのまえを通り過ぎた。さっき部屋へあがってくるときには気づかなかった。その扉に宿泊客は利用できない旨を印刷した注意書きが貼られている。大階段の踊り場にたどりついたところで、礼儀として、いっしょに一杯どうかと女性警察官に訊ねてみるべきか、と思いついた。

彼女の部屋のドアをノックすると、ほぼ即座に相手は応えた。まるでドアの向こうに立って、こちらを待っていたかのように。彼女はまだ制服を着ていたが、誘っていただいてありがとう、ご一緒します、という返事だった。わたしたちはいっしょに下の階へ向かった。

バーのドアには鍵がかかっており、室内に明かりは灯っていなかった。ラウンジでベルを鳴らすと、少し間を置いて、年輩のウエイターが注文を訊きにやってきた。

ウエイターが注文を取り、ラウンジを出ていくと、わたしたちふたりはたがいに目を合わさないようにして、おずおずとテーブルに着いた。

まずは世間話でも、とわたしは口をひらいた。「護衛任務というのは、よくやっているんですか？リース巡査部長」

「いえ。今回がはじめてです」

「護衛される人はよくいるんですか？」

「わかりません。領主様にお仕えして、まだ一年もたっていないので」

「では、どうしてわたしを担当することになったんです？」

リースは肩をすくめ、テーブルの上に指を置くと、指先をじっと見つめた。

「当番表というものがあって、いろんな職務が廊下の掲示板に張り出されているんです。そこに自分たちの名前を記すようになっています。この仕事が予定されているのを見て、わたしは志願しました」

ちょうどそこへウエイターが飲み物を持ってもどってきた。

「今晩の夕食は当ホテルでおとりになりますか？」ウエイターはわたしに訊いた。

「はい」と答えて、自分がふたりを代表して答えてしまったことに気づき、目でリース巡査部長に確認を求めた。「はい」繰り返して言った。

ウエイターが立ち去り、さらなる沈黙がふたりのあいだにひろがるあいだ、わたしはラウンジを見まわした。客はわたしたちだけのようだ。おそらくこのホテルに泊まっているのも。この部屋の、風通しのよい、優美な感じが気に入った。背の高い窓があり、長いビロードのドレープがかかっている。背の高いランプシェードが照明を覆い、幅広の背もたれのついた柳細工の椅子がローテーブルのまわりを囲んでいた。鉢植えの植物が何十個とあり、おい茂った大きなシダや背の高いテーブルヤシが、朽ちつつある古い建物に成長の息吹と生命感を与えていた。どの植物も青々しく、よく茂っているので、まだだれかが世話をし、埃を払い、水をやっているにちがいない。

気まずい沈黙を利用して、わたしはこの同伴者を品定めしてみた。年齢は二十二、三ぐらい。制帽は部屋に置いてきているが、制服のおかげで――ぱりっと糊がきいており、性的特徴を抑えるようにできている――彼女を中性化していた。化粧はしておらず、明るい色の髪はうしろで束ねてまとめている。内気で、無口で、こちらが見つめているのにも気づいていないようだ。

ようやく沈黙を破ったのは彼女のほうだった。

「シーヴル出身なんですか？」

「いえ……ここジェスラで生まれました」

「では、シーヴルのことは……」

「ここ何年もいったことがありません。そちらは？」

「わたしは国外へ出たことがないのです」

「ではシーヴルがどのようなところだと思っています？」

「不毛の土地だと聞いています。山が多いけれど、木はそんなに多くない。一年じゅう、冬のように寒々しい場所だ、と」

「それほどひどい場所じゃないですよ」わたしは言った。「わたしも最近のことはよく知らないんですが、景色はそれほど変わっていないでしょう」酒をさらに飲んだ。ほんの一口のつもりが、グラスをほとんど空にしていることに気づいた。会話の堅苦しさをゆるめるなにかが必要だったのだ。「むかしは、島に渡るのがいやでした。あの島にいるのがいつも怖くてたまらなかったんです」

「なぜ?」

「あそこの雰囲気、景色でしょうね」あいまいな言い方をして、特定の思い出についての言及を避けた。心の奥底では、神学校のなかにいるときの感じや、アルヴィ叔母と彼女の陰鬱な寝室、広々とした荒野《ムア》、たえまなく吹きすさぶ風、朽ち果てた塔のことを頭に浮かべていた。どれも部外者には説明不可能なものだった。「侘びしいんです。だけど、それだけじゃない。うまく言えませんね。たぶん、すぐにその感じがわかると思います、あしたわたしたちが島に着いたら」

最後の一文を注意深く口にした。ほかの警察官とこの仕事を分担しているのだと答えさせる余地を残したのだが、彼女はそれに乗ってこなかった。そのことでずいぶん喜んでいる自分に気づいた。

その代わり、彼女はこう言った。「わたしの兄のようなことをおっしゃいますね。幽霊の出る家かどうか自分にはわかる、としょっちゅう言うんですよ」

「幽霊が出るだなんて言いませんでしたよ」急いでとりつくろった。「ですが、風に関して言うと、その通り、いまにも幽霊でも出てきそうなほどです」と、つけくわえた。

ジェスラ自体はミュリナン丘陵近くに築かれた街だったが、市の西側に向けて幅の広い平野が直線上に伸びていた。平野は、かなり離れた極地の山麓丘陵地帯に向かって北につづいている。夏の盛りのほんの数週間だけ、強い風が平野に吹きおりてきて、海へと吐き出され、シーヴルの樹木が茂らぬ荒れた丘原と湿地の向こうへ音を立てて抜けていく。ジェスラにもっとも近い、島の東側にだけ、村落らしきものが存在していた。北向きの唯一の港、シーヴル・タウンはそこにあった。

子どものころ、シーヴルについてはっきりと覚えているのは、春に見た一光景である。寝室の窓から南を眺めると、ジェスラの道ばた沿い、また大通りのそこかしこに、まばゆいピンクや白、明るい赤に花々が咲き誇るのが見えるのに、その向こう、ミッドウェー海に浮かぶシーヴルは、雪をかぶったままの冬景色だったのだ。

リースが自分の兄について触れたことで、はじめて彼女の生い立ちがかいま見えた。そこでわたしは兄のことを掘り下げて訊ねた。兄も領主庁にいて、国境警察隊に所属しているんです、と彼女は答えた。最近、所属部隊が南の大陸での任務に派遣されたので、目下昇進を期待しているのだという。戦争はあいかわらず、それに加わっている者を混乱させ、加わっていない者にとってはややこしいものだった。北部にまだ残っている民間人の観点からすれば、軍事行動の行方を追うのはむずかしい。まず地形や地勢になじみがなく、場所が確認できないためだった。

少なくとも当面のあいだ、夢幻群島《ドリーム・アーキペラゴ》は中立を維持していた。もっとも、わたしの場合は、ありがたいようなありがたくないような状態だった。もしシーヴルがフェイアンドランドに併合されていたなら——最近そうなるかもしれないということが議論されていた——本土から島へ渡るのは単純な話だっただろう。しかし、現状では、島が中立の立場を取っていることは、厳密に言うと、外国領土であることを意味していた。トーム叔父逝去の知らせを受け取るまで、一カ月以上かかった。いっしょに届いたのが神学校の聴罪司祭からの要請で、叔父の持ち物を整理するため、できるだけはやく叔父の家にくるようにという内容だった。どちらの知らせも、ジェスラにある領主庁査証事務所を介して届いた。神学校の司祭たちがわたしの住所を知っていて、公のルートをたどらずに直接わたしに届いたのであれば、非公式にこっそり渡ることができたのだったが、そうはいかなかった。政府の役人が事前にわたしの訪問を知り、こうして護衛がつけられることになったわけである。

書類に署名したり、家具を譲渡するか破棄するかの許可を与えたり、叔父のさまざまな文書のうち、どれを残しておくか決めなければいけないといった旅行の理由をリース巡査部長に話している途中でウエイターがラウンジにもどってきた。メニューを二組携えており、食堂の職員がわれわれのために待機していることを暗に示していた。メニューを吟味しているあいだ、ウエイターは高い窓にカーテンをかけ、まもなく、廊下を通って食堂へ案内した。

最後にシーヴルを訪れたのは、わたしが十四歳のときだった。

学校の試験が近づいており、それに集中しようとしていたのだが、その週の終わりには、叔母と叔父といとこを訪ねることになっていた。季節は夏で、ジェスラは埃っぽく、風がなく、街にすさまじい熱気が押し寄せていた。寝室の窓辺に腰をおろし、復習に少しも集中できぬまま、家並みの向こうの海ばかり眺めていた。そのときのシーヴルは緑一色だった。濃い、強烈な緑色だった。それは見せかけの色で、青々と茂っているように見えているだけだった。

日々が過ぎていき、過去に試みた回避戦術のことをあれこれ考える。偏頭痛の発作、突然の胃腸炎、見知らぬ人間からうつされたと言い張った軽い感染症……等々、次の島行きを遅らせるために思いつくかぎりのことを。だが、ついに当日が訪れ、島行きを避けるすべはもはやなかった。わたしたちは早起きをして夜明けまえに家を出て、朝日を浴びながら始発のトラムに乗ろうとして足早に進んだ。

その時期にしては珍しく涼しくて過ごしやすかった。

そもそも一体なんのために訪問していたのだろう？　両親がわたしにはまるで解読できない大人同士の暗号でしゃべっていたのでなければ、アルヴィの病気に対するやましさと、広い意味での家族としての義務感の組み合わさったものから、島に出かけていたのだ。トームと父のあいだには、もはや共通点はないように見えた。教養のある大人たちが話し合うように、ふたりがなにか興味のあることを話していたのを耳にした記憶がない（両親ともに充分な教育を受けており、それは叔父も同様だったが、アルヴィ叔母については定かではなかった）。伝えるべき知らせはあったものの、つねに気の抜けた古い知らせで、どうでもいい家庭の出来事や、だれかがああ言ったこう言っただの、あんなことやこんなことを体験しただの、たとえ新しくても興味を惹かないものだ。四人の大人たちのあいだで交わされるのは、親類のことと耳慣れたことばかりだった——やれ、どこそこのおばさんやいとこが引っ越しただの、転職しただの、甥が結婚しただの、大伯父が亡くなっただの。ときには、写真がアルヴィの病床でまわされたりした——いとこのジェインの新居だよ、ほら、これは山登りしたときのうちの写真だ、義理の妹の娘のキシィがまた赤ちゃんを産んだの知ってる？　まるで自分たちが心のなかで感じている思いを言葉にできないかのようだった。抽象的なものに理解がおよばず、自分たちがいま住んでいる狭い世界の外に、さまざまな出来事が起こっている、より大きな世界があるということなんて思いもよらない。十四歳当時、わたしはそうした問題をまじめに考えていた。自分の頭で考えることを学ぼうとしていた。その歳で達した大人びた結論は、親たちがそうしたくだらないやりとりを、すべて平等にする手段として用いていたということだった。つまり、アルヴィの水準に自分たちを合わせ、彼女が病身ではないように思わせるべく、みずからを凡庸さの枠にはめこんでいたのだ。

そのようにわたしは理解した。

両親と叔父たちがたがいに思い起こすものはないのだろうか？　思い出話ができるような、共通の過去はないのか？　彼らの忘れ去られた過去をわずかでもほのめかすのは、わたしが生まれるまえに撮られた一枚の写真だった。実家の居間に飾られていたもので、心から興味をそそられる写真だった。いつ、どこで撮られたものなのか？　その日、彼らはなにをしていたのか？　だれが撮ったのか？　写真からうかがえるように、楽しい一日だったのか、それとも、それをだいなしにするようなことがあとで起こったのだろうか？　なぜ、だれもその写真が撮られた当時の話をしようとしないのか？

その写真が撮られたあとの何年かで起こったことが、まずまちがいなくアルヴィの病気にすさまじい影響を与えたのだろう。それらは過去から現在にいたるまでずっとつづいていた。叔母はひたすら味わったのだ——苦痛と、耐えなければならない処置の不快さ、まともな病院がないこと、看護師不足、無数の副作用のある薬を。

病いは叔母の全身を徐々に覆っていった。わたしたちが訪れるたびに、彼女の病状は少しずつ悪くなっていった。まず、両脚の感覚をすべて失った。失禁するようになった。固形物を摂取できなくなった。だが、症状は確実に悪くなっていくものの、進むのは遅かった。さらなる悪化の知らせは、たいていわたしたちが島に行っているあいだに手紙で届いていた。そのため、叔母に会うときはいつも、彼女の腕が萎びていたり、歯が抜け落ちていたり、顔が腐り果てているのではないかと予想していた。あきらめて叔母のところをいったん訪れれば、子ども時代の残忍な想像力は決して満足させられることなく、むしろがっかりさえしたものだ。ぞっとする恐怖に基づく、逆転した驚きがつねにあった。

予想していたのと比べて、叔母の様子がずいぶんよく見える！　あとになってはじめて、気の滅入る知らせが届いていて、あらたな恐怖、あらたな苦悩を知るのだった。

じりじりと歳月が経っても、アルヴィ叔母は相変わらずベッドにいた。八つか九つもの枕に体を支えられ、肩にかかるつやのない長い髪の毛をもつれさせながら。ますます太り、顔色が悪くなり、さらにグロテスクになっていたが、そうした変化は、まったく運動をせず、外出もしなければ、だれにでも見られるものだろう。叔母の気力は変わらなかった――声は一本調子で、哀しげで、物憂く、陰鬱だったが、話題にするのはいつも、人目を気にしてか日常のことだった。苦痛や不具合については事実として伝えてくるだけで、そのことで不平を漏らしはしなかった。病のせいで着実に死に向かっているのがわかっていながら、未来について語った。たとえそれがきわめて限定された未来であったとしても（つぎの誕生日になにを欲しいの？　学校を出たらなにをするつもり？）。叔母はわれわれみんなにとって、けっしてぐらつかないお手本だった。苦難に遭いながらも克己心を失わない人間の鑑だった。

わたしたちが訪ねていくとかならず、司祭のひとりがアルヴィに面会に来ていた。ほかの島から来訪者があったことに気づかなければ、だれも神学校からやってくることはあるまい、とわたしは皮肉な気分で思っていた。司祭連中曰く、アルヴィは〝勇気〟を持ち、〝不屈の精神〟を持ち、〝受難に耐えて〟いる。黒い法衣をまとい、陽に焼けていない白い手をもっともらしくベッドの上で振りまわし、アルヴィ叔母だけでなく、わたしと両親をも祝福する司祭たちが嫌で嫌でたまらなかった。ときどき叔母を死なせようとしているのは、この司祭たちではないのか、という気がした。快癒のため祈っているのではなく、長々と苦しんだあげくの死が訪れるように祈り、神学生たちに信仰の意味の正しさを立証しようとしているのではないか。叔父は無神論者であり、彼にとって神学校での仕事は、たんなる仕事に過ぎなかった。宗教にしか希望はないことを叔父に証明しようとして、司祭たちはアルヴィをゆっくりと殺そうとしていたのだ。

こんな具合に、覚えているのは見当はずれのことばかりだ。事実ではなく感情を優先させ、情報ではなく印象に従っていた。どれほど見識が狭かったことか。いまだにひどく狭い。

そう。最後の島行きのことだった。

船がジェスラの埠頭に到着するのが遅れた。港湾事務所の人が言うには、船のエンジンに緊急修繕をおこなっているとのことだった。嬉しいことに今回の旅は中止にならざるをえないだろう、とわたしは思った。だが、しばらくして、フェリーが港の入口に姿を現し、わたしたちを乗せるべくゆっくり埠頭へ移動した。うちの家族以外の乗客はほんのわずかだった。彼らが何者なのか、なぜ渡航しようとしているのか、わたしには知るよしもなかった。

船がジェスラ港を離れると、たちまちシーヴルに到着するような気がした。灰色の石灰岩の崖がすぐ目のまえにあり、澄んだ海の空気が見せかけの遠近感を縮める効果を与えていた。だが、シーヴル・タウンへは丸一時間の旅だった。船がストロム岬の下にある浅瀬を避けるため、いったん海上で島から遠く離れたのち、シーヴルの崖に守られた形の、海深のある航路をとるべく旋回する必要があったからだ。わたしは両親と離れたところに立って崖を見上げ、ときおり、その向こうにちらりと見える荒野を眺めながら、島にやってくるときかならず味わう、胃がきりきりと痛むような、ほんとうの恐怖のはじまりを感じていた。海の上は涼しく、太陽はすばやくのぼっていたものの、風が頭の上の崖から舞うように吹きおりていた。両親は凍える風から逃れて船内のサロンに入り、わたしだけがひとりデッキに突っ立っていた。まわりには、荷箱や、家畜を積んだトラック、新聞の束、飲み物を入れた木枠、二台のトラクターがあった。

シーヴル・タウンの住居は、港近辺の丘陵地帯の台地に建てられ、島から産出される灰色の石で造られており、屋根は煙突のまわりが鳥の糞で白く汚れていた。壁と屋根に緋色の苔がこびりつき、家の見た目を悪くし、じっさいよりもいっそう老朽化しているように見える。街を見下ろすいちばん高い丘の上に、廃墟と化した石造りの塔が立っていた。その塔が怖くて、わたしはまともに見たことが一度もなかった。

崖下に守られている湾の静かな水面に船が入ると、両親はサロンから出てきて、わたしをはさむようにして両脇に立った。まるで逃亡させまいとしている軍の護送隊員のように。

シーヴル・タウンで車を一台調達していた。そのようなものはジェスラでは金のかかる贅沢品だが、島の荒れた奥地へ進むには必要だった。父が一週間まえに予約していたのに、まだ用意が整っておらず、わたしたちは陰鬱な港を見渡す寒い事務所で一時間かそこら待たされた。フェリーはジェスラへの帰りの便として出発した。両親は押し黙り、そわそわして持ってきた本を気まぐれに読もうとしているわたしを無視した。

シーヴル・タウンのまわりには、島で数少ない農家のうちの数軒があり、やせこけた家畜を育て、島東部の痩せた土地で雑種の穀物を栽培していた。道路はそうした土地のあいだをのぼり、畑の外辺に沿って進み、急勾配の坂になった角を何度となく曲がっていく。かつては道路の表面に砂利を敷いていたが、厳しい冬を重ね、総じて経済が停滞していた影響であろう、いまではすっかりむきだしのままだった。車が道路のでこぼこにはまって傾ぐので、乗り心地は最悪で、タイヤは小石の多い斜面でたびたびスピンした。運転担当の父は、かたく唇を結び、あぶなっかしい道路だけでなく、慣れぬ車をも制しようと悪戦苦闘していた。平たい道では速度を出しすぎ、曲がり角ではブレーキをかけるのが遅すぎた。ひっきりなしにおのれのミスを修正せざるをえなかった。母が父の隣に坐って地図を片手に道案内する用意をしていたのに、わたしたちはすっかり道に迷ってしまった。二度とおなじ道を見つけることができないように思えた。わたしは後部座席で寒さにふるえて居心地悪い気分になりながら、故郷のことを考えていた。母がわたしの行動を確かめようと振り向くとき以外、両親からは放っておかれた。わたしはなにもしていなかった。表向きは反応を示すことなく、窓の外を眺め、ぼんやりできればいいのに、と願っていた。

そんな運転が半時間近くつづいたあげく、丘原の道の最初の頂上にたどりついた。とっくのむかしに最後の農場、最後の生垣、最後の木を通り過ぎていた。道路が峠にかかると、遠くにシーヴル・タウンの姿が一瞬見えて、つづいて小島や岩場が点在する、暗灰色の内海のいやな景色が広がった。海峡をはさんで、日光を燦々と浴びた大陸の海岸線が見慣れぬ姿を見せていた。

荒野に入ると、道路は土地の起伏に合わせて上下し、雑木林に覆われた土地のあいだを縫っていった。車はときおり山越えの道を抜けた。岩屑《がれ》の山道の両側に石灰岩の大きな岩山がそびえ、北から吹きつける強い風で車は道ばたへと押しやられた。

父はぎこちない運転をつづけ、道路上の落石や、予想もつかない場所にある隆起を避けようとしていた。地図は母のひざの上に置かれたままだった。というのも、父が道順は覚えていると言い張って、見覚えのあるつもりの道しるべを道々指摘していたからだ。それなのに、父はたびたびミスを犯し、まちがった角を曲がったり、行き止まりになる側道に入ったりした。母はなにも言わずに父が自分のミスに気づくまで坐っていた。父は母のひざの上から地図をひったくり、車をバックさせたり、方向転換させたりして、まちがった地点までやってきた道を引き返すのだった。まちがった地点に気づかずに通り過ぎることもあり、いっそうことをややこしくしていた。

わたしはすべてを両親に任せきりだったけれど、母とおなじく、車がまちがった道へ進んだのは大抵わかった。わたしの関心は、道路にはなく、道路とともに過ぎていく風景にあった。

わたしは、シーヴルの荒野の途方もない空虚感にいつも怯え、感銘を受けた。父が道をまちがえたおかげで、神学校への到着を先延ばしするだけでなく、島の景観がさらに眼前に打ち広がった。

道々、いくつもの廃墟と化した塔のそばを通り、そのたびにわたしは震えあがった。島民がけっして塔に近寄らないことを知っていたが、なぜだかはわからなかった。車が塔を通りすぎるたびに、恐怖から顔を向けることもできなかったのに、子どものそんな様子を両親は気づきもしなかった。ゆっくりと通過する場合には、わたしは座席でちぢこまり、体をこわばらせ、じっとしていたものだ。食人鬼が車めがけて突進してくるのを想像して。ああした古い建造物がなぜそれほどわたしを怯えさせたのか、ついぞ理由がわからない。わたしは見たままのことしか知らなかった――塔は打ち捨てられ、用途不明で、ジェスラで見たことのあるどんなものにも似ていなかった。

旅の後半になると、道路の表面はいっそうひどいものになり、二本の砂利道が並ぶでこぼこの小道になっていた。道のあいだに茂っている背の高い雑草が車の底を絶えずこすっている。

さらに一、二時間、荒野を進むと、小道は浅い谷間へしばらく下っていった。見覚えのある谷間だ。尾根づたいに、朽ち果てた塔が四つ、番兵のように建っている。谷にはほとんど木がなかったが、地を這うように生茂った刺のある藪がたくさんあり、谷底には、幅広い川のほとりに海と大陸が見える集落があった。そこからジェスラの一部も見ることができた。ジェスラはミュリアン丘陵のはずれに黒々と広がっており、すぐそばに見えると同時に異質にも思えた。そのときにはもうシーヴルの島民とおなじ見方、感じ方をしはじめていたのだ。

　集落に入らず、車でふたたび高い丘原をのぼっていくと、わたしが今回の旅で楽しみにしていた、目をみはる光景のひとつに通りかかった。島幅がかなりの距離狭くなり、荒野を横切ってからしばらく、道路は島の南側に沿って走っている。ここから数分のあいだ、シーヴルの南にミッドウェー海が見えるのだ。ジェスラからはけっして見られない景色であり、わたしたちが近づける海岸のどの場所からも見えなかった。島々が海に点在して、水平線の彼方まで南向きに広がっていた。シーヴルはジェスラから近いし、涼しい気候でもあるので、夢幻群島《ドリーム・アーキペラゴ》の一部だなんて考えたことは一度もなかった。夢幻群島《ドリーム・アーキペラゴ》は、もっとべつの種類の場所だと思っていた――たくさんの島々からなる、瑞々しい熱帯の迷路、暖かく平穏で、森林に覆われているか不毛の地のどちらかで、赤道直下の太陽のもと、まどろみを誘い、料理や服装や住居とおなじように風変わりな習慣と言語を持つ、変わった人種が住んでいる場所。シーヴルは寒い沖合の島であり、政治的には異なれど、地勢上はわが国の一部だった。とりまく海の一部を遠くに見越す、この高台からの眺めは、熱帯の誘惑をともないつつ、海洋の太陽の下、わたしが北からけっして入ることのできない世界を冷酷にもかいま見せてくれた。あそこで安らぐのは夢にすぎない。

　空高く浮かぶ飛行機雲を見た。南に向かって螺旋を描きながら遠ざかっていく。

　さらなる谷間、さらなる集落。道路はふたたび車を内陸へ連れもどした。

　ようやく神学校へ近づいているのがわかり、われ知らず、前方に目を凝らして、その姿が飛びこんでくるのを待ちかまえた。

夕食後、リース巡査部長とわたしはまっすぐ各自の部屋へもどった。彼女は、風呂に入って髪を洗いたいと言い、わたしのほうは、ほかに行く場所を思いつかず、やることもなかった。居場所をつきとめるつもりだった友人のひとりに電話をしようとしたが、宿泊客用の外線が通じていない。ベッドの端にしばらく腰掛けて、スーツケースに足を載せ、絨毯を見つめていた。やがて神学校の聴罪師から受け取った手紙をとりだした。

冗長で、まわりくどく、わたしに同情するだけではなく、脅かしているようにも思える断固たる意志がこめられた文章を読みながら、思春期に彼やその同僚の司祭たちに感じた敵意をなだめようとしているのは、妙な気分だった。

そうした敵意を抱いた数多くの機会のひとつを思いだした。神学校の芝生の上をわたしが歩いていたときのことだ。のんきにも花壇のそばを歩いていた。すると、ひとりの司祭が姿を現し、庭をだめにするとわたしを叱責しはじめた。まったくいわれのないものだったが、わたしはおとなしく受け入れた。たんなる叱責だけで終わる司祭はいなかった。自分たちは森羅万象に対する深い洞察を得ているが、おまえは得ていない。だから、おまえは地獄へ堕ち、もうすぐとりかえしのつかない運命がふりかかってくるのだ、と警告するのだった。あれから歳月が経過し、あのときの司祭がまさにこの聴罪師である確率は高い。彼の手紙にはあのときとおなじ言外の脅しが含まれているのだった。あなたは叔父さんの問題を片づけなければなりません。さもなければ、こちらであなたの運命を定め、神の裁きがもたらされるでしょう。

ベッドの上にあおむけになり、シーヴルのことを考え、ふたたびあの場所へいくとどうなるのだろう、と思った。

ジェスラに来てからずっとそうであるように、シーヴルでも憂鬱な気分になるのだろうか？　それとも、ふたたびわたしをすっかり怯えさせるのだろうか？　司祭たちと連中が神をだしにしてでっちあげる策謀は、もう少しも怖くなかった。アルヴィ叔母はずいぶんまえに亡くなり、つづいていまトーム叔父も亡くなった。ふたりともわたしの両親のところへ旅立ったのだ。一世代が消えた。あの島そのものが興味をそそる——その景観に、場所に——のは、いままで子どもの目を通してしか見たことがなかったからだが、なにもない荒野をまた横断したり、岩や沼の侘びしい眺めを見たりするのを楽しみにしているわけではない。それにあの朽ち果てた塔もあるが、これは別物だ。どう考えたらいいのかわからない存在だ。子どもじみた迷信は大人になるまで残っているものなのだろうか？

だが、今回の島行きが昔のようにはならないのはわかっていた。朝早く、自宅を出発した時点では、はっきりと言葉にしなくとも、変わりはしないと考えていたかもしれない。だが、リース巡査部長が現れて、なにもかも変わってしまった。

夕食のおり、彼女は自分の名前はエナベラですがベラと呼んでください、と言った。二本目のワインを注文したときに、そう指示したのだった。わたしは、ワインをしこたま喉に流しこみながら、笑いをこらえた。ベラなんて名前の女性警察官がいるとは。彼女はピッチがはやく、ワインで彼女の硬さも徐々にほぐされていった。彼女は、つづいて肩書きをつけて呼ぶのを禁じた。真正面に坐っている彼女は、現に肩書きつきの人間であることを示す糊のきいたカーキ色のスカートをはいていた。本気で言っているとは思えない。だが、彼女をベラという相手だと考えると気が楽になった。本音を隠していた仮面がはがれはじめていた。領主庁の訓練は厳しく、自分を試す経験だったと、ベラは語った。だが、彼女はうまくこなし、友だちをこしらえ、良い成績をあげたという。若いうちに早く昇進したため、巡査部長になってまだまもない。多くを語らなかったが、おそらく彼女は成績優秀で、上司から高い評価を獲得しているのだろう。ベラには無邪気なところがあり、何度となく素朴なあどけなさを示した。それが彼女の癖なのか、なんらかの方法でわたしに影響を与えようとしてのふるまいなのか、定かではなかった。わたしは、食事の時間の大半を費やして、ベラの人となりを解き明かそうとした。まず制服にはうろたえてしまう。くすんだ色合いの衣服は、領主庁による、非順応主義的概念の抑圧と、市民の自由への干渉をたびたび連想させる。ベラ、そう彼女は自分をベラと呼ばせたがった。そう呼ぶのはなかなか骨が折れた。ときたま笑うときには、あけっぴろげで、うしろにのけぞり、目元に皺を寄せて声を上げた。そのあと、テーブル越しにほほ笑むのだ。わたしはそれが気に入り、自分のなかにこみあげてきた彼女に対する気持ちを気に入った。同時に、自分の年齢を意識させられた。ふたりの役割が逆転しかけているという思いつきを頭から拭い去ることができなかった——つまり、年上で、経験豊富なわたしが、彼女の保護者、今回の島行きの護衛になろうとしているのだ。地味な制服、きまじめな髪型にもかかわらず、彼女が領主庁の一員であることを忘れるのがたやすくなった。その踊るような瞳と少女のようなほほ笑みの裏には、途方もない権力がかくれている。

友人たちと連絡を取るのをあきらめた数分後、室内の電話が鳴ったが、じりじりととぎれとぎれの音だった。電話線のどこかがショートしているのだろうか。受話器を手に取る。

「もしもし?」

「わたしです、隣の。ベラ・リースです。おじゃましてすみません」

わたしはなにも言わなかった。なにを言おうか考えていた。

少し間をあけてから、ベラはつづけた。「ヘアドライヤーが動かないんです。プラグが合わなくて。アダプターか、使えるドライヤーをお持ちですか？」

「あ、はい」わたしはすぐに答えた。「ここにある電気製品からプラグを外せますよ」

「じゃあ、そちらの部屋にいってもかまいません？」

「どうぞ」

「ほんとですか？　ごめいわくじゃありません？」

「いいえ。鍵をあけておきます」

そうして彼女はやってきた。濡れた髪の毛をタオルでくるんだまま、戸口に姿を現した。片手にドライヤーを持っていた。ひざ下丈の絹のローブをまとい、おなじ素材でできた帯でまえを結んでいたが、ボタンはついていなかった。薄くて、白いローブは、彼女の姿態をほとんど隠していなかった。あいているほうの手でローブのまえをかきあわせ、乳房をおさえていた。薄い生地の下で、乳首が立っているのがはっきり見えた。

わたしは驚いて茫然とした。こんな魅力的な若い女性と出会ったらなにが起こるのだろうという控えめな夢想が、その晩他人事のようにずっと脳裏にちらついていたのだが、彼女が口実めいた理由で部屋に来るなんて思いもよらなかった。その瞬間までふたりのあいだにあった、ためらいがちで臆病な関係にいきなりの展開がひらけた。もう夜もおそく、彼女は裸同然の恰好であり、わたしたちはほとんど赤の他人だった。わたしは彼女をなかに招き入れ、ドアを閉めるようにと言った。受話器をおろすとすぐにホテルの安楽椅子をベッドのそばに寄せておいたのだが、そこに坐るよう彼女にすすめた。安楽椅子の坐高は低く、彼女が坐ると腰がひざより低く沈んだ。彼女は両ひざをぴたりと合わせていた。わたしはペンナイフを探し、プラグを外せる電気製品を探した。ベッドサイドの照明を使うことにして、覆いにかぶさって、電気コードとプラグを留めている小さなねじを外した。

わたしがそうしているあいだに、彼女は頭からタオルを外し、首を振って髪をほどいた。濡れた巻き毛が顔に落ちる。シャンプーか石鹼のほのかな香りがこちらにただよってきた。

「洗ったらすぐに乾かさないと」彼女は言った。「そうしないとちりちりに丸まってしまうんです」

わたしはコンセントをいじくり、急ごうとしながら、神経質になっているのを隠そうとした。わたしの頭は彼女の片方のひざのそばにあった。ローブのまえを割って、むきだしの脚が突きでている。すぐそばなので、ふくらはぎに生えている短いうぶ毛すら見える。ひとつの考えが繰り返し頭のなかをぐるぐるまわっていた——この状況はわたしが求めたものでも、作りだしたものでもない、こんなふうにわたしの部屋にくることで口説かれやすい状況にしたのは彼女なのだ、わたしのせいじゃない、応じるかどうかはこちらの勝手だ、でも、そんなことは起こしたくない、自分から求めたことじゃないけれど、彼女が誘っているのははっきりわかる、だけどわたしのせいじゃない、どう応じるかはこちらの勝手だ——

待っているあいだ、彼女は身を乗りだしてきた。わたしは顔を起こして彼女を見られなかった。そこに彼女がいることをひどく意識した。シャワーを浴びたばかりのぴかぴかの清潔感を、その若い姿態を、しどけなく体を露わにしているローブを意識した。

照明の電気コードの端についているプラグが外れた。

「ドライヤーを貸して」わたしはそう言って顔を起こし、手を伸ばして受け取れるよう彼女を見上げた。まだ、ドライヤーのプラグを外して、べつの別のにつけかえる作業が残っている。もうしばらく、両手を忙しくさせつづけることができた。

わたしが屈んでその単純な作業をしているあいだ、彼女がじっと見つめているのが気配でわかった。

「ホテルに泊まっている客はわたしたちだけだと思いません？」彼女が訊いた。

「ほかの客はだれひとり見かけなかったですよね？」

閉ざされたバー、静まりかえったラウンジ。夕食のあいだ、わたしたちしかおらず、テーブルのまわりの照明は灯っていたが、大きな室内のほかの部分は真っ暗だった。気の利いたウエイターが円状の光のなかをすばやく出入りしていた。愛想が良く、礼儀正しかった。食事は調理したてで、申し分なかった。

「けさ、このホテルに到着したときに宿泊名簿を見ました」ベラが言った。「一週間以上、だれもチェックインしていません」

カーペットの上にひざをついてプラグの交換をしているあいだ、彼女の足はわたしの脚のそばに置かれていた。小物類のひとつに手を伸ばそうと体をひねったとき、わたしは脚を少し動かして、彼女のはだしの足を上から軽く押してみた。彼女は足をどかそうとしなかった。

「客の少ない時期なのかもしれない」そう言いながら、わたしは最後の接続を終えようとした。

「ルームサービスを呼んで、プラグを見てもらおうとしたんです。そしたら、だれも電話に出なかった」

「じゃあ、この建物のなかにいるのは、わたしたちだけかもしれない」わたしは言った。「夜だから従業員は自宅に帰ってしまったのかも」

「わたしもそう考えていたんです。なんでも好きなことをできるわ、わたしたち」

「そう、なんでもできる」彼女のほうを見ずに、わたしは言った。プラグをねじで留め、ドライヤーを彼女に手渡した。「これでだいじょうぶ」

彼女はまた首を振り、まだ湿っている髪の毛に片手を走らせた。ほどいた髪がとても長いことに驚いた。

彼女はわたしがひざをついている場所の向こうに手を伸ばし、壁のコンセントにプラグを滑り差した。温かい空気が唸り声をあげはじめると、その温風を髪に当て、だぶだぶの大きなポケットから取りだした櫛でときはじめた。わたしは彼女の足下の床にひざをついたままだった。彼女が腕を動かすにつれ、その体を覆っている生地が圧迫されて、乳首に押しつけられる様子を見守った。

彼女のせいでわたしのなかで永年眠っていた感情が呼び起こされようとしていた。何度となく抑えようとしてきた感情だった。彼女をわがものにしたい。髪をほどいた彼女はなんと若く見えることだろう! 髪を乾かしているあいだ、彼女はまっすぐわたしを見つめ、小首を傾げていた。といた髪を少し持ち上げつつ、温かい風を吹きつける。乾いた髪が軽やかな滝のように彼女の両肩に落ちる。

「普段はなぜあんなふうに髪を束ねているのかな? ほどいているほうが綺麗に見えるのに」

「そうしてほしい?」

「そうしてほしいな」

「規則なの。襟が見えていないと」

「あしたには島へ渡る。領主庁の人間はだれも島にいないし、船にもいないよ」

彼女はわざとらしくむっとして息をのんだ。「わたしをトラブルに巻きこみたいの?」

彼女の足に載せている脚に力をこめた。それでも、そのまま触れたままだった。

「もしかしたら、そうかもしれない」

「わたしはまだ任務中なの。危険を冒すわけにはいかないわ」

その言葉こそ彼女自身の気持ちを曖昧ながらも認めたもので、わたしが待ち望んでいたものだった。なんの危険を冒すのだ？　髪をおろしたまま、わたしといっしょにいるのを見られる危険か？　抑えがきかなくなるほど、わたしの感情をかきたててしまう危険か？　いいえ、と彼女は答えた。いいえ、危険は冒せない、その危険も、ほかのどんな危険も。

髪はすっかり乾いた。すばやく指で触れたあと、何度かといてから、ドライヤーを消した。部屋のなかがふいに静まりかえった。

「いまは任務中？」わたしは訊いた。「いま、この瞬間は」

「どう思う？」

「もちろん、任務中じゃない」そんな質問をしてしまったことを気まずく思いながら、わたしは言った。だが、この質問は、彼女が今晩ずっともたらしてきた混乱を反映していた。つまり、制服を着た警察官と、性的に口説かれたがっている若い女性とのあいだの葛藤である。

「その通り」

「そう……危険というのは、いまこの瞬間には関係ない」

「あらゆることに危険はつきものよ。そうじゃない？」

彼女はドライヤーをコンセントから外そうとして、また体をまえに倒した。まえかがみになると、一瞬ローブの襟ぐりが大きくひらき、乳房の柔らかなふくらみがよく見えた。たぶん偶然だろう――

意図していたわけではない。体を起こすと、合わせ目を引っ張り、とりすまして片手で押さえた。とはいえ、あけっぴろげな表情を浮かべて、こちらをじっと見ていた。

「さて、それで？」わたしが言った。

「どうします？」彼女が訊いた。「ここに残ってほしいですか？」

わたしのまわりでその言葉がわんわんと反響しているように思えた。わたしは彼女から顔を背けた。いまの気持ちを言葉にして、自分で聞く羽目には陥りたくなかった。息を荒くさせて、彼女をじっと見つめ返した。彼女は立ち上がった。ドライヤーのコードがその足下にだらんと下がる。わたしは彼女のかたわらにいた。ベッドがふたりのすぐ横にあった。

わたしはなにも言わなかった。

「で？」彼女は答えをうながした。「これがあなたのしたいことなんでしょ？」

「わからない」結局、そう答えざるをえなかった。へどもどして、とても答えになっていない。ほんとうはわかっていたのだ。力ずくで彼女をベッドの上に押し倒し、シルクのローブの下に両手を滑りこませ、顔や肩にキスの雨を降らせ、自分の体重で彼女を息苦しくさせたい……。

「わたしたちは会ったばかり」彼女が言った。「わたしはあなたには若すぎるし、あなたには家に帰れば待っている人がいる、まだセックスをする心の準備ができていない、どんな結果になるのか怖がっている。そんなところがあなたの考えていることですね？」

「いや、そうじゃない。そのどれでもない。ただ、はっきりしていないだけで」

「わたしに残ってもらいたいんだろうと思ってました」

「説明したいという気持ちはとてもある」わたしは言った。「だけど、そんなものを望んでいるわけじゃないよね。非はこちらにある」

「どうやら、わたしは考え違いをしたようですね」彼女は笑い声を上げようとしたが、わざとらしく聞こえた。自分が彼女を辱めたことに気づいた。もっともな理由は一切なかった。

「たしかに準備はできていない。理由は言えない。気が高ぶっているんだと思う。今回の旅行やすべてのことに」

「わかりました」彼女はドライヤーを掲げ持った。「これ、ありがとうございました。あとでプラグをつけかえればいいんですよね」

彼女はローブをひらめかせ、すたすたと部屋から出ていき、静かにドアを閉めた。わたしはドアに近寄り、ドアの隙間に耳を押しつけた。彼女が廊下を移動している音が聞こえ、鍵をさしこむ音、ドアがひらいて閉まる音が聞こえた。そののち、沈黙がやってきた。

あとを追うべきだとわかっていた。いまこそ呼び戻すのだ。説明しろ。ドアをノックするんだ。これ以上時間を経過させるな。あす、彼女は任務にもどり、髪はまた束ねられる。わたしがここに立って、耳を澄ませているあいだにもチャンスは遠のきつつあった。

沈黙がつづいた。わたしもあとを追いかけようとはしなかった。

ようやくあきらめて、狭いバスルームの鏡へ向かい、自分の姿をしばらく眺めながら立ち尽くした。目のまわりのたるんだ皮膚をひっぱり、そこに浮かんでいる疲労感をなだらかにして、皺をつかのま消してみた。だが、そうすることで瞼《まぶた》が下がり、下瞼の赤い肉が見えて、ますますひどい面相になった。

服を脱ぎ、ベッドに入った。夜中に何度も目を覚ました。ベラがたてる物音を聞き逃がすまいとして。この部屋に戻ってこいと心の中で強く念じながら。

そんなふうになるに決まっている。彼女はわたしのところへきっともどってくるはずだ。そうならないはずがない、もしわたしがさっきみたいに彼女に拒まれたら、とうていたえられないはずだから。

そう思うと、自分のとった態度のあとで、彼女がわたしに対してどう感じたのか、つらつら考えさせられた。その夜のあいだに彼女がもどってくるかもしれないと思いこむのは傲慢だったが、もしそうなれば、不確かさを解消できたはずだ。このほんの短いあいだに起こったあらゆること――彼女との接近、凡庸ではぐらかしの多い会話、ほんの少し見た若い肉体――を通じて、わたしは何年ものあいだに出会ったどんな女性に感じたものより強烈なものを彼女から感じた。狂おしいほど彼女が欲しい。慣れないホテルのベッドの上でのたうちまわり、欲求不満に身もだえた。

それでも、心の奥底では彼女がもどってくるのを怖れていた。セックスの魅力と嫌悪感とのあいだの葛藤がわたしの人生につきまとっていた。セリとのことがあって以来ずっと。

アルヴィのベッドでちくたく時を刻んでいる時計と、枠がゆるんだ窓に吹きつけてくる風の音――会話と会話のあいだにはさまる沈黙のなかで聞こえる唯一の音だった。わたしは、すきま風の入る窓辺に坐り、庭を見おろして、黒い法衣を着た司祭が除草具で花壇の手入れをしているのを眺めていた。なぜあの人たちはこんな荒涼とした場所でわざわざ花を育てたりするのだろう？　神学校の地所に作られた芝生と花壇は、シーヴルにはそぐわなかった。島のなかにまた島があるように孤立した場所で、ひんぱんに水や肥料をやり、たがやしてやらねばならない。いつもは冬に島へくると、芝生しか生き残っていなかったのに、きょうは、しぶとそうな花が群生していた。山道で見かけるたぐいの花で、浅い根でわずかな土壌にしがみついている。首を伸ばせば、神学生たちがときおり作業している巨大な野菜畑が見えるはずだ。ここの地所の反対側には、アルヴィの部屋の窓からは見えないが、小さな家畜飼育場があった。神学校には充分自給できるほどの食糧がなかったので、山を越えて一日がかりの運転になる南海岸の港まで、補給物資を調達するのも叔父の仕事のひとつだった。

はじめて窓辺に腰をおろしたとき、花壇の司祭は顔を上げてわたしを見たが、それ以降は無視された。一体どのくらい待てば彼か同僚のひとりが病室にアルヴィを見舞いにくるのだろう？

神学校の塀の向こうで徐々に高さを増していく土地を見渡した。空を背景に、ごつごつした岩山がまっすぐにそびえており、斜面には岩屑が転がっていた。その下には、もっと低い荒野に生えているような野草がここでも繁茂していた。神学校からそう遠くないところに朽ち果てた塔があった。シーヴルではあまり目立たない塔のひとつで、背景にしているのは空ではなく、くすんだ岩山だった。

両親はわたしのことを話題にしはじめていた。曰く、レンデンは試験勉強をしているの、レンデンはちゃんと勉強してこなかった、レンデンは成績がよくない、と。ときどき、子どもが自慢をする両親だったらいいのにと思ったものだが、わたしの両親は他人のまえでわが子を辱めることで、子どもがより努力をするものと信じているらしい。むろん、そんな戦略を立てている両親はきらいだった。わたしは部屋の隅にあるテーブルにひとりで坐っているセリのほうをちらっと見た。どうやら本を読んでいるようだ。当然のことながら、彼女は聞いていないふりをしつつ、耳を傾けていた。わたしが見ているのに気づくと、セリは無表情なまなざしを返してきた。ここにはわたしに救いの手を差しのべてくれる人はだれもいない。

辱めのあとには試練がやってきた。

「こちらへおいで、レンデン」アルヴィ叔母が言った。

「なあに？」

「叔母さんのところへくるんだ、レンデン」と父が言う。

いやいやながら窓辺の席を離れ、わたしは近寄り、ベッドヘッドのそばに立った。叔母は震える手を伸ばし、わたしの手を取った。彼女の指はなめらかで、弱々しかった。

「もっと勉強しないとだめだよ」叔母は言った。「おまえの将来のためにね。あたしのためにも。叔母さんに良くなってもらいたいだろ？」

「うん」そう答えたものの、どう関係があるのかわからなかった。両親の視線と、セリのうわべだけの無関心を強く意識した。

「おまえぐらいの歳のころ、学校じゃ賞という賞を獲ったものさ」アルヴィ叔母は言った。「なまけているほど楽しいものじゃなかったよ、でも、結局、努力したのをありがたく思った。いまになると、なまけているのがどんなことなのかわかるんだよ、一日じゅうここに横になっているとね。わかるだろ？」とてもよくわかっていた。叔母はわたしが将来、いまの自分のようになるのを望んでいたのだ。自分の病気をわたしに伝染《うつ》したいのだ。わたしは身震いして、叔母から離れようとしたが、わたしの手にかかっているやわらかな圧力が増した。「さあ、キスをしておくれ」叔母は言った。

わたしはたびたびアルヴィ叔母にキスをしなければならなかった。この家に着いたときと、帰るときの食事の前後……そして今回のような特別な場合に。これが叔母を訪ねることへの恐怖のひとつだった。まえにかがんで、叔母の暗紫色の唇に頬を差しだそうとしたが、気後れして間が空いてしまう。叔母はわたしの手を自分のほうへ引き寄せた。わたしの頬に叔母の唇が冷たく触れたあと、わたしの手を自分の乳房に押しつけるのを感じた――目の粗いウールのカーディガン、薄い夜着、その下に驚くほど柔らかい肉がある。わたしは、他人の体が気になって仕方がない年頃だった。叔母の乳房の感触にひどく驚いてしまった。

わたしは顔を横に向け、叔母の冷たく白い頬にすばやくキスすると、すぐに離れようとした。叔母は柔らかな胸にまだわたしの手をしっかり押しつけていた。

「きょうから、もっと勉強すると誓いなさい」アルヴィ叔母は言った。

「誓います」

わたしは手を引っこ抜いた。ようやく解放されて、ベッドからころがるように離れ、窓辺の椅子にもどった。この面接で受けた屈辱のせいで、顔が火照っていた。手にはたるんだ胸の感触の余韻がまだ残っていた。

わたしは窓の外に目をやり、大人たちがほかの話題を見つけるのを待った。しかし、なかなか解放してくれなかった。

「散歩にでかけたらどう、レンデン？」

わたしはだまったまま。

「セラフィナ、レンデンはおまえの書斎を見たがるんじゃない？」

「あたしは本を読んでるの」セリは没頭していることを伝えるべく、むっつりした声で言った。

そこへトーム叔父がカップやグラスを載せたトレイを持って、部屋に入ってきた。叔父はトレイをセリが本を読んでいるテーブルに置き、本を隠した。

「セリといっしょに散歩にいきなさい」叔父はぶっきらぼうに言った。

わたしたちはきっぱりと追い出された――なにか大人同士の話が始まろうとしていた。その性質上、中身がどんなものであれ、子どものわたしは聞かなくてもよいものだった。

セリとわたしはたがいに諦めの表情で顔を見合わせた。少なくともひとつのことで合意はできた。彼女はわたしを部屋から連れだし、陰鬱で湿ったにおいのする廊下を通って、家の外へ出た。たちまち強い風がまわりで吹き荒れた。トーム叔父の家に隣接する狭い庭を横切り、煉瓦塀にある門を通り抜けて、神学校のメイングラウンドに入った。

そこでセリは一瞬立ち止まった。「なにかしたいことある?」

「ほんとに書斎を持ってるの?」

「ううん。大人がそう呼んでいるだけ」

「じゃあ、なに?」

「あたしの隠れ家」

「見せてくれる?」ときどき家の庭の木にのぼってひとりきりになることはあったが、本物の隠れ家を持ったことはなかった。「秘密なの?」

「いまはちがうわ。でも気に入らないやつは入れないよ」

芝生の端沿いの砂利道を歩いた。あいている窓から、賛美歌を詠じる声が聞こえてきた。わたしはその音をかき消そうとして、砂利を足で擦りながら歩いた。賛美歌が学校のことを思いださせたからだ。

神学校の棟のひとつにたどりついた。セリに案内されて、主壁の基礎部分の脇にある手すりに近寄ると、その奥には、地下室に下っていく狭い石の階段があった。花壇の除草をしていた司祭が作業を止め、こちらを見ている。

　セリは司祭を無視して階段をおりていった。おりきったところで、しゃがんで四つんばいになり、背の低い、暗い出入口のなかに入っていく。なかに入ると、くるっと方向転換をして頭を突きだし、わたしを見上げた。わたしはまだ階段ののぼり口で待っていた。

「ここまでおりてきなよ、レンデン。いいもの見せてあげるから」

　司祭は作業を再開したが、肩越しにこちらを見ていた。わたしは急いで階段をおり、出入り口に這い進んだ。思ったよりも小さな穴で、狭い木枠のなかを体をすぼめて通らなければならなかった。その奥の空間は暗く、二本の蠟燭のみ灯されていた。その狭苦しい空間でわたしが立ち上がると、セリは三本目の蠟燭に火をつけた。

　その隠れ家は、かつては倉庫か食糧貯蔵庫のようなものだったらしい。窓がなく、出入り口がひとつだけだったからだ。天井はふたりが背を伸ばして立てるくらいの高さはあった。横幅は狭かったものの、弱い蠟燭の明かりが届かぬ先まで奥行きがあるのがわかる。ここまでくると空気がひんやりして、風の音は届かなかった。セリは狭い部屋に沿って並んでいる棚の上のほうにある四本目の蠟燭に火をつけた。小さな地下室に、蠟と煤《すす》とマッチの硫黄のにおいがただよう。腰掛けられるように底を上にした箱がふたつあった。どこからかセリは古い茣蓙《ござ》を見つけてきて、床代わりにした。

「いつもひとりでここに来るの？」わたしは訊いた。

「だいたいは」

「なにをするの？」

「あんたに見せてあげられるかなって思ったの」

蠟燭の明かりはほのかでまたたく程度だったが、明るい昼の光から慣れはじめていたわたしの目には充分だった。わたしは箱のひとつに腰をおろした。

セリがもうひとつの箱に坐るものと思っていたら、彼女は近づいてきて、わたしの目の前に立った。わざとわたしを取り囲んでいるように見える。

セリは言った。「あたしといいことをしたくない、レンデン?」

「どんなこと?」

「あんた何歳?」

「十四」

「あたしは十五歳よ。もうやったことある?」

「やるってなにを?」

「これはぜったいの秘密だからね。あんたとあたしのあいだの」

なんの話をしているかこちらが気づくまえに、セリはすばやくスカートの前を持ちあげた。もう一方の手で、パンツの前を引きおろす。もつれあった黒い毛の茂みが脚の付け根に見えた。いきなり見せつけられて、驚いてしまい、はっとのけぞったあまり、あやうく箱からずり落ちそうになった。セリが手を離すと、ゴムがパンツを勢いよく元へもどったが、スカートは離さなかった。それを胸元まで高く持ちあげ、自分自身を見下ろしていた。彼女は黒い色をした毛糸のパンツをはいていた。ふっくらした尻の肉にゴムが食いこんでいる。

たったいま彼女のしたことでひどく気まずくなったが、同時に興奮し、好奇心をかきたてられていた。

「もう一度」わたしは言った。「見せてほしい」

セリはあとずさり、いまにも気が変わろうとしていたが、ふたたび前にやってきた。

「あんたがやりなさい」と、下半身をわたしのほうへ突きつけた。「これをおろすの。一番下まで」

おずおずと手を伸ばし、パンツの上のほうに指をかけた。毛の生え際が見えるところまで引き下げた。

「もっと！」そう言うと、セリはわたしの手を払いのけた。自分でパンツを全部ずり下げて、ひざの上のところで引っかかった。ちぢれた黒い毛でできた三角形が、わたしの目のまえにありありと現れていた。彼女をじっと見ずにはいられず、体が熱く、ちくちくとして、股間に奇妙なやるせなさを覚えた。

「触ってみたい？」セリが言った。

「いや」

「触って。手で触れてほしいの」

「そんなことしちゃいけないのかも」

「だったら、あんたのを見せて。あたしが触ってあげる」

それは嫌だった。そのときは。抑えようもなく恥ずかしさと恐怖がこみあげてきて、わたしは手を伸ばし、彼女の毛に指で触れた。セリは前に動き、彼女自身をわたしの指先に押しつけた。

「もっと下よ、レンデン」彼女は言った。「もう少し下を触って」

わたしはてのひらが上になるよう手を返し、彼女の脚の付け根に手を伸ばした。毛が少なくなり、肉のひだがあった。あわてて手を引っこめた。

セリはさらに前に体を進めた。「もう一度触って。なかに入れるの」

「できない！」

「だったら、あんたのを触らせて！」

「いやだ！」そんなことが起こるなんて、だれかに、たとえどんな相手にでも、触られ、まさぐられるなど考えもしなかった。わたしはまだ成長の途中にあった。まだ説明してもらっていないことがたくさんあった。自分の体のことが恥ずかしかった。大人になるのが恥ずかしかったのだ。

「わかったわ」セリが興奮した声で言った。「指をあたしのなかに入れて。まっすぐ。かまわないから」

セリはわたしの手首をぎゅっと握り、手を自分に押し当てた。彼女は濡れており、わたしが指を前に伸ばすと、指は柔らかい肉のひだの上を滑り、易々と温かいその奥へ滑りこんだ。この肉体のつながりがためらいを捨てるきっかけとなった。指を押し進め、さらに奥へ行かせようとした。指を、手を、その興奮している濡れたくぼみのなかへ沈めたくなった。だが、そのとき、セリは巧みにうしろへ下がり、スカートを下へおろした。

わたしは言った。「セリ――」

「しーっ！」

セリは低く身構え、陽の光が作る四角い陰、つまり出入口のそばで耳を澄ました。そして、背を伸ばし、しなやかに尻を動かしながらパンツを持ちあげた。

「どういうこと？」

「外にだれかがいるわ」セリは言った。「なにかが倒れる音が聞こえた」

「もう一度触らせて」わたしは言った。

「いまはだめ。だれかが聞いているかもしれないし」

「いつなら？」

「ちょっと待って。べつのところにいかないと。ほんとに触りたいの？」

「もちろん、触りたい！」彼女が大嫌いだったいとこのセリだなんて信じがたかった。

「安全なところを知ってるわ」セリが言った。「神学校の外なんだけど……ちょっと歩かないと」

「そこにいくと、できるの……？」

「もしあんたがその気なら、最後までできるわよ」セリはなにげなく言ったが、その言葉にはわたしを失神させかねない力があった。

セリは先にわたしを出入口から這い出させたあと、蠟燭を吹き消した。わたしがもぞもぞとくぐり抜けていると、上から落ちてきていた影がさっと動いた。先ほど見かけた司祭が階段のくだり口に立っていて、あわててあとずさろうとしていた。階段をあがると、司祭は鍬を置いた道のほうへ急いでいた。セリが外にいるわたしのところに追いついたころには、司祭はうつむきながら、花壇の作業を再開し、せかせかした神経質な動きで地面に鍬を入れていた。

セリとわたしが砂利道を足早に通っていったときも司祭は顔を上げなかったが、わたしは門を抜けるあたりでちらっと振り返った。司祭は手に鍬を持って、腰を伸ばし、こちらをじっと見ていた。

「セリ、あいつこっちをこっそり見てるよ」

セリはなにも言わず、わたしの手をつかんで、先に立って駆けだし、神学校の塀の外にある背の高い野草のなかを通り抜けていった。

レンタカーはシーヴル・タウンの横町にある事務所の外でわたしたちを待ち受けていた。すでに領主庁の許可証がフロントガラスに貼られていた。わたしはリース巡査部長の隣の助手席に坐った。わたしたちは古い車の狭い車内に身を寄せ合うようにして詰めこまれ、ふたつのバケットシートを分けるのは、床についたサイドブレーキのみ。リースはゆっくり車を狭い通りに進めて丘陵を目指した。

ずっと目が冴えたままで、ようやく眠りについたのは夜更け近くだった。夜明けに、ちくはぐの気分で目を覚ました。若い女によって覚醒した性的欲望にいまだめまいを感じつつ、同時に決まり悪さと申し訳なさと反省の気持ちと羞恥心と疲労感を覚えていた。あんな形で断わったことを思い出しては内心うんざりした。シーヴル・タウンを出発してから、じっとしたまま、むりやり冷静を装い、なるべく無口でいることで、このさまざまな感情のごたまぜを対処した。島に入ったら、行き先を案内してほしいとベラに頼まれたので、わたしはかつて母親がしたようにひざの上に地図を置いた。

朝食時にホテルの食堂に姿を現したベラは制服をぱりっと着こなして、ふたたび女性警察官になっていた。制服とは、むろん、それが表している組織の象徴であり、女性警察官の服装をしているときのリース巡査部長は、濡れた髪のベラ・リースのようなタイプの人間ではない。薄い絹のローブをまとい、ホテルの低い椅子に腰掛け、むきだしのひざをつきたて、そのかたわらでわたしが心を決めかねて悩みながらうずくまっていた、あの女とは違っていた。彼女のそのときの姿、ほんの数分間は文字どおり手の届くところにいた、その姿はいまや、とてつもない魅力と夢想を秘めた美女となっていた。なぜ彼女が投じた誘いに乗らなかったのか、いまでは想像もできない。

わたしが望んでいたのは朝に彼女が普段着で現れ、朝食を終えてから制服に着替えることで、すでに起こってしまったことと、この先彼女と一日を過ごすという事実とを調整する機会を与えてくれることだった。それもかなわなかった。

昨晩の出来事は、黙っていることでなかったことにしたり、糊のきいた制服を着ることで否定できるようなものでないことはわかっていた。ジェスラの埠頭でフェリーを待っているあいだ、暖房が効いていない船のサロンでいっしょに坐っているあいだ、レンタカー会社を探してシーヴルの町を歩きまわっているあいだ、口にされない言葉が物質的な障壁のごとく、ふたりのあいだの空間にただよっていた。彼女といっしょにいればいるほど、そのなまなましい存在感に取り憑かれていった。ゆったりとしたシルクの衣に包まれた若い姿態の記憶が脳裏から離れず、土壇場ですべてひっくり返してしまった自分のふるまいに気が狂いそうになった。

いまだ説明しなければならないという思いに駆られていたものの、永年沈黙をつづけてきたせいで、ほとんど破ることのできない習慣を築いてしまっていた。

いま、わたしたちは車のなかにいる。ときおり、ベラがこの年代物の車のギヤを変えるときに、手や袖がわたしのひざを軽くこすっていった。あくまで偶然のように思えた。ほんとうにそれが偶然かどうか確かめようとして、わたしは脚をそっと横へ動かしたものの、おなじことは二度と起こらなかった。しばらくして、脚を引っこめることにしたのは彼女に触れられて興奮したからだ。

いったん荒野のかなり高い斜面にある交差点で、行き先を地図で確認した。彼女の頭がわたしの頭のすぐそばに下がってくる。顔をこちらに向けてほしかった。

シーヴルの丘原のくすんだ緑を眺めていると、他人との秘め事や、古くからの恐怖と不安、つまりこの島や神学校に対する感情から、ほんの少し解放された。

荒野の道路についての自分の記憶は当てにならないものだったが、このあたりの景色がもたらす雰囲気が親切なガイドとなった。二十年経っていてもすぐさま感じ取ることができた。ベラがそうであるように、だれかがはじめてここに来れば、シーヴルは、荒れ果てて、不毛で、ひどく過疎の場所だが、底に脅威を秘めているようには見えないだろう。荒野と岩は、厳しい冬と容赦ない風に数世紀さらされたことで丸みを帯びている。岩が露出しているところでは、陽の当たらない隅をのぞいて植物はまったく生えていない。かろうじてはりついている植物ですら、苔のなかでもっとも耐久力のあるものか、もっとも低級な地衣類だけだった。シーヴルには暴力的で、断固たる壮大さがあった。フェイアンドランドでは見ることのない無骨な風景だった。とはいえ、その荒涼とした景色は、わたしにとってたんなる文脈にすぎない。荒野には一見なにもないように見えるが脅威がひそんでいる。わたしの感情は、そうした脅威を意識することに、つねに影響されていた。

狭い道路を走りながら、わたしはすでにその先を思い浮かべ、島の反対側にある岩山に囲まれた谷やいかめしい石灰岩造りの建物群や、芝生やそぐわない花壇のことを考えていた。

明るい陽の光はシーヴルに似つかわしくなかった。この日の空は曇っていたものの、ときどき雲間から太陽が顔をだし、まわりの風景にほんの短いあいだ明るい不自然な輝きを投げかけていた。車窓をおろし、ヒーターをつけていたが、それでも寒さが染みこんでくる。より高度の高い区域に来ると、荒れた路面へ乗り上げるたびに横殴りの風で車が激しく揺れた。わたしはときおり身震いし、肩を震わせ、じっさいよりも寒さを感じているふりを装った。というのも、わたしを凍えさせているのは、この島全体なのであり、ベラにそのことを知られたくなかったからだ。

ベラは上手にゆっくりと運転した。わたしの父よりもはるかに用心しながら、わだちのついた小道で車を操った。ほとんどローギヤにしたままで、エンジン音はかん高く、ひっきりなしに変化していた。あいかわらず、わたしたちはたがいにほとんどしゃべらず、どちらの道を行くべきかなど、ごくたまにほんの少し話をするだけだった。わたしは見覚えのある道標が現れるのを待ちかまえていた――立石群、ジェスラの海岸線の郊外が一部見える谷間の村、滝、朽ち果てた塔――そして、ときおり地図を見ずに、記憶だけでベラに指示することができた。風景に関するわたしの知識は実は不安定だった――道路には見覚えのないと思える部分がけっこうあり、道に迷ったと確信したとたん、記憶にある道標が現れて驚いたりした。

昼食をとるために小さな集落のひとつにある家で車を停めた。それはあらかじめ計画されていたものだった。ここにくることが決まっていて、食事が用意されていたのがあとでわかったのだ。ベラがなにかの書類に署名しているのを見た。食事を提供してくれた女性にあとで金を支払うための用紙だろう。

島の横幅が狭くなっているところにたどりつき、南の崖の上にかかった道路を進んでから、ベラは車を路肩に寄せてエンジンを切った。背の高い岩でできた路肩と藪が風避けになっており、さらに太陽がわたしたちの体を温めてくれた。ベラとわたしは車の横に立ち、ふたりとも無言のまま、きらきらと輝く海や、大きく盛り上がっているいくつもの島影、眩い太陽光線を何本も下へおろしている銀色の雲に覆われた空、子どものころは両親の車からほんの少ししか見られなかった景色に見入った。車を停めて、景色を眺めることなんて父と母は一度もしたことがない。

「島の名前をどれか知ってます？」わたしは訊ねた。

ベラは帽子を脱いでおり、運転手席に置いてきていた。ほつれ毛が顔のまわりで軽やかに踊っている。

「ここからだと見分けがつきませんね」ベラはすぐに答えた。「ですが、トーキンがどれかのはずです。そこには基地があって、兄が滞在しているときに手紙をくれました。故郷からそれほど遠くない、と書かれていました。あのなかにトーキンがあれば、デリルもあるはずです。セルケ諸島の一部ですからね。中立盟約はどの島で作成されたんでしたっけ？」

「島のことをよく知っているようですね」わたしは言った。

「知っていることはいま全部話しましたよ」

「じゃあ、一度も群島を旅したことはない？」

「あなたといっしょに来たこの島だけです」

この沖合の島、シーヴルだけ。

雲が動き、微妙に変化する太陽光線の明暗が風景をゆっくり照らし出すと、島々がさまざまな濃淡の緑色でできていることがわかる。これほど離れていると細部を見分けることはできず、ただ島の形と、色のついた広大な部分が見えるのみである。ベラと同様、わたしもここから見えている島について、ほとんどなにも知らなかった。ジェスラに近い島の大半がセルケ諸島の一部で、主産業は酪農と漁業で、現地の島民の多くがわたしとおなじ言語を話していることは知っていた。学校で学んだ、なかば忘れかけていた、ほとんど役に立たない知識だ。過去に何度となく願ったことだが、渡航制限がそれほど厳しくなかった、もっと若いころに島々を旅していればよかったと今でも思う。わたしたちが戦っているのは、結局のところ、夢幻群島《ドリーム・アーキペラゴ》にある島々の中立性と領土の帰属をめぐる戦争だった。じつにおおぜいの人々と同様、わたしも、その問題だけでなく、諍いの大元であるじっさいの島や海について無知であり、したがって、戦争の根本的な争点についても知らなかった。

「きのうの夜のことをずっと考えていたんでしょ?」ふいにベラが訊いた。前に身を乗りだし、肩をすぼめ、はるか下の崖底にある岩や打ち寄せる波を見おろしているように見えた。

心がぐらりとよろめいた。なにか言おうとずっと心の準備をしていたのだ。彼女のほうから話題にするとは思っていなかった。わたしは海と空と島々を見つめたままでいた。

やがて、自分の沈黙がどんな言葉よりも重くなりかけているのを感じて、わたしは口をひらいた。

「そのとおり。あれ以来ずっと」

「わたしもあのことを考えずにいられないの。わたしはあなたにふさわしくなかった?」

「いや」わたしはあわてて言葉を継いだ。「たんに準備ができていなかっただけ。ほんとうに申し訳ない。あとで、つらくて仕方なかった」

「わたしも。だけど、あなたが望んだことが、たぶん一番良かったんでしょうね。ほら、だれかと出会ったばかりのときは、どうしたらいいかというと――」

「多少気持ちを抑える?」ほっとしてあとを継いだ。

「わたしは自分が間違いをしたんじゃないことを確かめたかっただけ」

またしても沈黙がおりた。わたしは考えていた――なんに対する間違いだ? 彼女の言っている意味はわたしが考えているのとおなじ意味なのか、それともなにかべつの意味があるのか、それともすべてわたしの勝手な想像なのか? 彼女の言葉はなにひとつはっきりしていない。

ともかくわたしたちはあの件について話をしたのだ。たとえ、はぐらかすようなものでも。

ようやく、わたしは言った。「今晩は神学校で泊まらなければならなくなる。きょうじゅうにシーヴル・タウンにもどる時間はないのはわかっているよね？」

「ええ、わかってます」

「たぶん寮舎に来客用の寝室があるはず」

「大丈夫です」ベラは言った。「わたしは女性修道院に入っていましたから」

ベラは運転席のほうにまわりこみ、車に乗りこんだ。わたしたちは車を走らせつづけた。ここから少なくとも一時間はかかり、陽が出ている時間がもうすぐ終わろうとしている。ベラは短い休憩のあと、なにもしゃべらず、むずかしい運転に集中していた。わたしは近くの窓から外を眺め、自分の記憶と、この島の重苦しい雰囲気に気乗りせぬまま身をゆだねた。


セリはわたしの手を握っていた。愛情のこもった握り方ではなく、意を決した親が子どもの手を握るようなやり方だった。わたしたちはでこぼこの地面の上を走り、跳びはねた。ざらざらした草がふたりの脚を鞭打つ。神学校のグラウンドの外に出てみたのは、それがはじめてだった。そのときになってはじめて、頑丈な塀が島のほかの部分に対する防壁の役割を果たしていたのだとわかった。ここに出てみると、風がすでにきつく、冷たくなったように思えた。

「どこにいくの？」息が切れて、わたしはあえぎながら訊いた。

「あたしの知っているところ」

セリはわたしの手を離し、先へ進みつづけた。

「ここでできないの？」隠れ家で高まった性的興奮は、突然逃げ出したことで少し薄らいでしまっていた。セリの気が変わらないうちに、さっきのつづきをしたかった。

「こんな開けっぴろげなところで？」セリはわたしをなじった。「秘密だって言ったでしょ」

「背の高い草があるよ」わたしは訴えかけた。「だれにも見えないよ」

「来なさい！」

セリはふたたび動き出し、小川に向かって下る勾配の浅い坂を駆けおりていった。わたしは一瞬その場で動かず、気がとがめながら神学校のほうを見つめた。だれかがいるのが見えた。塀の外で、こちらに向かって歩いている。すぐにそれが鍬を手にしていたあの司祭だとわかった。確信を得るには離れすぎていたのだが。

セリを走って追いかけ、狭い小川を飛び越えてやっと追いついた。

「あとを追いかけてくる人がいるよ。あの神父さまだ」

「あたしたちがいこうとしているとこまでついてこないよ！」

セリがわたしをどこへ連れていこうとしているのか、いまでははっきりしていた。小川から急に地面の勾配がきつくなり、最後には遠くにある高くそびえる岩山までつづいていた。その高台にのぼるずっとまえ、わたしたちから少し離れたところに、島にごろごろしている石灰岩で築かれた廃塔がある。

振り返ると、仮にまだあの司祭が追っかけてきているとしても、一時的に彼の視界からわたしたちが外れていることがわかった。セリはすたすたと歩きつづけており、すでにかなり先にいて、風に乱れた草のなか、丘陵の斜面をよじのぼっていた。

眼前の塔は、島じゅうで目にしたほかの塔と似たり寄ったりのように見えた。もっとも、以前にそばに近づいたことは一度もなかったが。四階建ての建物とほぼおなじ高さで、形は六角柱。かつてはガラスがはまっていたのだろうが、いまは石造部分にあいた四角の穴になっている窓枠が、普通よりも高いところについていた。基礎部分にペンキを塗っていない扉があり、蝶番がついて外に向かってあいている。まわりの芝生には、いたるところに壊れた石の外装材やはがれ落ちたタイルが散らばっていた。もともと、蠟燭消しに似た円錐形をした屋根がかかっていたのだが、いまはその大半は崩れ落ちてしまい、二、三本の梁だけが残っていて、もとの形を表していた。

セリはあいた扉のそばでわたしを待っていた。

「急いで、レンデン！」

わたしは倒れた石積みの山を乗り越えて、目のまえにそびえる廃墟と化した塔に不安を感じつつ見上げた。

「なかへ入るんじゃないよね？」

「大昔からここに建っているんだよ」

「でも崩れかけているじゃない！」

「まだ倒れないよ」

シーヴルの廃塔について、わたしがはっきりと分かっているのは、だれも近づいたりしないということだけだ。それなのに、セリは扉のそばに立って、そこがたんなるもうひとつの隠れ家のようにくつろいでいた。わたしは、塔への怖れと、塔のなかでセリがわたしにさせてくれるであろうこととのあいだで引き裂かれた。

「この塔は危険なんじゃない？」

「ちがうよ、たんに古いだけ。この塔は、まだ修道院があったころ、学生寮となにか関係していた建物なの」

セリは扉を通り抜けた。わたしはさらに数秒逡巡してから、あとを追った。わたしがなかへ入ると、セリは扉を押し閉めた。

外のきつい日差しに比べ、塔内はおどろくほど薄暗かった。ほぼそっくり残っている階が上にあった。まだ小梁や床板がもとの場所に残っていて、天井から少し下がったところに小さな窓が二枚あって、唯一そこから陽の光が射しこんでいた。一本の外れた梁が、壁によりかかる形で斜めになって部屋に落ちていた。床には、ガラスや漆喰の破片が飛び散っており、大きな石の塊もたくさんころがっている。

「ほら、心配いらないわ」セリは足でいくつかの石をどけて、木の床になにもないスペースをざっとこしらえた。「司祭たちはけっしてやってこない、ただの古い廃墟なんだから」

「庭にいたあの司祭は、絶対に追っかけてきているよ」

セリはわたしに背を向け、扉を途中までひらき、外を盗み見た。わたしはセリの背後に立ち、肩越しにのぞいた。ふたりとも司祭の姿を目にすることができた。小川までたどりついており、岸に沿って歩いている。どこか渡れる場所を探そうとしている様子だった。

セリはふたたび扉を閉めた。

「ここにはこないわ」おなじことを繰り返す。「この塔にはね。司祭たちはだれもここにこないの。あの人たちは塔のなかに邪悪なものがいるって言ってるの、だから、あたしたちはここにいても安全なの」

わたしは不安になって薄明かりのなかを不安げに見まわした。

「邪悪なものって？」

「なんでもないわ。あの人たちの迷信じみた考えよ。大昔にここでひどく禍々《まがまが》しいことが起こったそうだけど、それがどんなことだったのか、絶対に話そうとしない」

「でも、まだ追っかけてきているよ」わたしは言った。「セリがなにを言おうと「あいつがなにをするか、待って見てみるといいわ」

わたしは扉のところにもどり、もう一度、少しだけあけてみた。陽の光が一筋射しこんでくる。司祭は丘の斜面までやってきていたが、依然として塔とは、さきほど見たときとおなじ距離を保っていた。腰に両手をあてて立ち、わたしたちのいる坂の上を見あげていた。わたしは扉を閉めて、セリに伝えた。

「ほらね？」

「でも、こっちが出ていくのを待っているよ。そのときはどうなる？」

「なにも起こらないわよ」セリは言った。「あたしのすることは、あいつとはなんの関係もないもの。あれがだれなのか知ってるよ――グルウィ神父よ。いつだってあたしをつけてきて、あたしがすることをさぐろうとしているんだ。あいつにはもう慣れっこ。はじめましょうか？」

「そっちがしたいなら」盛り上がった気分はもう消えてしまっていた。

「じゃあ、脱ぎなさい」

「ええっ？　てっきりそっちが――」

「ふたりとも脱ぐの」

「脱ぎたくない」瓦礫が散らばっている床を見下ろして、わたしは言った。「とにかく、いまはまだ。

そっちが先に脱いでほしい」

「わかったわ。どっちでもかまわない」

セリはスカートの下に手を入れ、パンツを足下まで引き下ろした。脱いだパンツを床に放る。

「そっちの番よ」セリは言った。「なにか脱ぎなさい」

ためらったものの、わたしはセーターを脱いで従った。セリはスカートの横についたふたつのボタンを外し、下に滑り落とした。わたしに背を向けると、倒れている梁にその服をひっかけた。一瞬、ピンク色をした彼女のお尻が見えた。浅くえくぼが浮かんでいた。

「つぎはそっち」

「先に、また触らせて」わたしは言った。「こっちは一度もしたことがないんだから……」

少し同情したのか、いっしょに服を脱がせようというセリの決意は和らいだ。彼女は床にしゃがみ、ひざを合わせ、両手で足首をつかんで、前かがみの姿勢を取った。彼女の秘所はなにも見えず、お尻に向かってカーブを描く太ももの青白い曲線しか見えなかった。セーターは腰まで届いているだけだった。

「いいわ」セリが言った。「でも、もっと優しくして。さっきはあたしに無理矢理突っこんでいたのよ」

セリはうしろに体を反らし、床にひじをついた。脚をひらく。黒い茂みが見え、その下にあるピンク色の渦巻きが見えた。あらわになっているのに謎めいている。彼女をじっと見つめながら、わたしは前に進み出て、しゃがみこんだ。

突然、さっきとおなじように性的な興奮を覚えた。強力モーターにスイッチが入ったかのように、ほとんど強制的に彼女へ引き寄せられたのだ。喉が強ばり、てのひらに汗がにじんだ。セリのふとものあいだに、横を向いた口のように鎮座しているその無抵抗な唇状の器官が、わたしに触られるのを待っていた。わたしは手を伸ばし、指先をその唇に走らせ、それがとても温かいのを感じ、唇と唇のあいだがとても湿っているのを感じた。セリが息を呑む。彼女もわたしとおなじように興奮していた。

なにか小さくて硬いものが扉にばんっと当たり、ふたりして驚いた。セリは身をひねってわたしの手から離れ、体を反転させようとした。わたしの手が彼女のふとももの上をこすったが、すぐにわたしから離れていった。くるっと体を起こす際に、細かな瓦礫を飛び散らせた。

「動かないで」セリはわたしに言った。足早に扉にところにいき、そっとあけて、外を覗きこんだ。かすかな声が聞こえた。「セリ、そこから出てきなさい。立入禁止なのは知ってるだろ」

セリは扉を閉ざした。

「ここにじっとしているかぎり、あいつはあんたに近づいてこないよ」セリはスカートを手に取って、脚を滑りこませ、腰のところでボタンを留めた。「あいつと話しにいかないと。あたしたちをほっといてくれって。ここで待ってて。あいつに見つからないようにね」

「でも、ここにもうひとりいるって知ってるよ」わたしはもどかしくなって反論した。「寮からここまでつけてきたんだもの。いっしょにいく。どっちにせよ、もどらないと」

「だめ！」セリは言った。少し怯えたときにいつもそうなるように、見覚えのある癇癪持ちのセリの姿があった。「ただ触るだけじゃないことがもっとあるの」手を扉に置いて、彼女は言った。「ここにいて、目立たないところに。すぐにもどってくるから」

セリの出ていったあとで扉はばたんと閉じ、ゆるくなった古い蝶番がきしんだ。隙間から覗いてみると、丈の高い草のあいだをセリが司祭の待っているところまで駆けおりていくのが見えた。司祭は怒りをこめた仕草とともにセリに話しかけ、わたしが隠れているほうに手を振っていたが、セリは服従しなかった。彼女は司祭のそばに立って叱られているあいだ、足下の草をいたずらに蹴っていた。

わたしの指先には、かすかな麝香のような香りが残っていた。扉から離れて、塔の薄汚れ、壊れた内部を見まわした。セリがいないと、この古い廃墟は落ち着かない。屋根が下がっていた――もし万一、上から落ちてきたらどうなるだろう？　塔のまわりを風がひっきりなしに吹きすさび、窓の開口部からぶらさがっている壊れた木片が前後に揺れていた。

数分経った。ここでつかまったらどんな結果が待ち受けているのかと思うと、やましさが募りはじめた。あの司祭がトームとわたしの両親に、セリとわたしがなにかをしていたと、あるいはどんな臆測もされかねないほど長く姿を消していたと話したとしたら？　親たちはわたしの手の麝香の香りを嗅ぐだろうか？　もし彼らが真実を知れば、たとえそれがほんの一部分だけでも、おそろしい修羅場になりかねない。

風がきまぐれにやんだ静けさのなかで、司祭の声が聞こえた。なにか鋭い口調で話していたが、それに対するセリの反応は、笑い声だった。わたしは扉のところにもどり、隙間に片方の目を押しつけ、ふたりを見た。司祭はセリの手をつかんで、ひっぱろうとしていたが、セリはセリで司祭から離れようとあとずさっている。驚いたことに、ふたりはもはや言い争っているのではなく、ふざけあっているように見える。ふたりの手が滑って離れたが、それはたまたまで、すぐに手を取り合ったからだ。そういう遊びめいた引っぱりあいがつづいた。

わたしは扉からうしろへ一歩下がった。困惑し、とまどっていた。

わたしたちは神学校の一角にいた。まえに一度も入ったことのない中央入口の奥に位置する広い執務室である。ヘナー聴罪司祭に出迎えられた。細身で眼鏡をかけており、手紙の文面から予想していたより、ずっと若かった。ヘナーは気遣いを絶やさず如才なくふるまおうとした——ジェスラからの長旅を終えたわたしの体調を訊ね、亡くなった叔父のことで悔やみを述べた。痛ましい損失であり、仕事熱心な神のしもべでありました、と。家の鍵をよこしてから、大食堂での食事に間に合いますよ、と教えてくれた。学生たちといっしょに食べることができます、と彼は言っていたものの、わたしたちはその広い部屋を訪れると、ほかのみんなと離され、部屋の隅にある小さなテーブルへいくよう指示された。好奇心に満ちたたくさんの視線がわたしとベラの行く手に向けられた。ステンドグラスのはまった窓の向こうで、夜が訪れようとしていた。

風の音が聞こえる。頭上の風通しの良い空間、つまり、大食堂の高い丸天井のせいで、より大きな音になっていた。

「なにを考えているんです?」ホールの向こう側で食器を鳴らしながら食べている学生たちの喧噪に負けないよう声をはりあげて、ベラが訊いた。

「今晩ここに泊まらずにすめばよかったのになと思っている。ここがどれほど嫌いだったか、すっかり忘れていた」

わたしたちはヘナー神父の執務室にもどった。なにかとぐずぐずしてから、神父が構内を横切って、家まで連れていってくれた。懐中電灯を手にして先に立ち、砂利敷きの通路を踏みしだくあいだ、ゆがんだ木々がその枝を夜空に暗く動かしていた。荒野のぼんやりとした輪郭がわれわれのまわりでのしかかるように浮かんでいた。わたしが扉の鍵をあけ、ヘナー神父が廊下の明かりを点けた。ワット数の小さな薄暗い電球が、みすぼらしい床と壁紙に黄色い光を投げかける。湿った腐敗臭と黴のにおいがした。

この廊下を歩いたことを思いだす——左手に台所があり、その隣にべつの部屋があり、台所の右には、叔父の元の書斎があった。廊下のつきあたりは、二階への階段になっている。階段ののぼり口には、アルヴィの部屋に通じる黒いニスを塗った扉があった。

「トームさんのご存命中に、われわれがこの家を維持管理するわけにはいかなかったことがおわかりですな？」ヘナー神父が言った。「修繕にかなりの費用がかかるでしょう」

「わかります」わたしは答えた。

「家具の多くはすでに撤去しています」神父は話をつづけた。「トームさんは、とうぜんながら、価値の高い品物を寮に遺贈されており、ほかの動産の一部はすでにわたくしどものものになっております」と言って、あらかじめわたしに残していた手描きの長い遺品目録を指し示した。まだ詳しく調べてみる機会がなかったものだ。「残る品物はなんであれ、持ち帰っていただいてかまいませんし、あるいは廃棄の手配をしていただいてかまいません。娘さんの行方を捜そうとしたんですが、うまくいきませんでした。われわれにわかる限りでは、あなたがトームさんの唯一の近親者です。当地滞在中に、あらゆることに決着をつけていただくよう、お願いしなければなりません」

「はい、そのつもりです」いま神父の言った娘、つまり、セリのことを考えながら、わたしは答えた。神父は突然彼女を思い出させてくれた、そうだ、いまどこにいるんだろう、セラフィナ？

「叔父の書類はどうなっています？」わたしは訊いた。

「すべて家のなかにあります。もう一度言いますが、出発の際に、ほしいものを全部持ち帰ってください。残りは焼却しなければならなくなります」

わたしは書斎に通じる扉をあけ、頭上の明かりを点けた。その部屋はがらんどうになっていた。絵がかかっていた壁には色あせた四角いあとが残っており、古いリノリウムの床には、机や椅子やファイルキャビネットなどが置かれていた痕がついていた。床から広がった湿気の黒い染みが壁半分を覆っていた。

「先ほども言いましたように、部屋の大半は中身を撤去しています」ヘナー神父は言った。「すべて台所に運ばれていますが、もちろん、あなたが愛しておられた叔母さんの部屋が残っています。トームさんは、伴侶亡きあとも部屋に手をつけずにそのままにしていたんです」

ベラが短い廊下の突き当たりまで移動しており、叔母の部屋の扉のまえに立っていた。ヘナー神父はベラにうなずくと、彼女が取っ手をまわした。突然わたしは顔を背けたい衝動に襲われた。アルヴィがまだそこにいて、わたしを待ちかまえており、扉をあけたとたん、わたしたちに向かって絶叫するのではないかと怖くなったのだ。

「おやすみなさい。神の御恵みを」そう言って、ヘナー神父は玄関扉へもどろうとした。「あすは終日、執務室にいますので、なにか情報が必要な場合は声をかけてください。なにもなければ、帰る際に家の鍵を秘書に預けていってください」

わたしは訊いた。「出ていかれるまえに——今晩、われわれはどこで寝ることになっているのでしょう？」

「その手配はすでに済んでいるのではありませんか？」

ベラが答えた。「ええ、侍従局を通じて」

「侍従局？」

「領主庁の」

「その件についてはなにもわかりません」眉をしかめながら、ヘナー神父は言った。扉をあけると、外から吹きこんできた突然の疾風に黒い法衣が丸くふくらんだ。「もちろん、この家を使っていただいてかまいませんよ」

「侍従局では、われわれが今晩泊まるための客室を用意する手はずを整えています。領主庁の保証のもとに」

ヘナー神父は首を横に振った。

「寮にですか？」彼は言った。「そんなことに同意したはずがありませんな。わたしどもには女性のための施設がありません」

ベラはいぶかしげにわたしを見た。わたしはこの家で一晩過ごす恐怖に身をこわばらせ、首を振った。

「ほかにどこか泊まれる場所はないんですか？」わたしは訊いた。「どこか近くに宿屋があるはずです。民家でもかまわな――」

「ここにはベッドがないのかしら？」ベラはそう言って、アルヴィの部屋の扉を広く押しひらき、なかを覗きこんだ。叔母の折り畳み式の衝立が、まだそこにあり、部屋の奥に入る臨時の通路をつくって、部屋の残りの部分を隠していた。

ヘナー神父は風の吹きすさぶ暗闇のなかにいた。「ご自分たちでなんとかするんですな。どのみち、たった一晩です。神のご加護を」

そう言って神父はいってしまった。背後で扉がばたんとしまった。ずいぶん静かになった。石の壁は風の音を弱めている。少なくとも、窓から離れ、家の中央にある廊下に立っているあいだは。

「どうしましょう?」ベラが訊いた。「床で寝ますか?」

「なにを残してくれているのか確かめよう」

われわれはアルヴィ叔母の部屋に入った。わが愛しの叔母の部屋に。

ただの部屋だとわが身に言い聞かせ、ベラにもなんでもないふうを装い、わたしは彼女のそばを通って、なかに入った。部屋の中央にある照明は、折り畳み式の衝立の向こうにあり、こちらは陰になっていた。衝立の端からこちらに面と向かう形で、神学校のだれかが積み上げた古い書類の山がふたつあった。あしたにはそれを調べてみなければならない。一番上の紙に埃が砂まじりの薄い層になって積もっていた。ベラがうしろに立っている。わたしは衝立の端に手を伸ばし、そこから顔を覗かせて、部屋の残りの部分を見た。狭いダブルベッドだったアルヴィの病床がまだそこにあり、ほかのありとあらゆるものを圧倒していた。茶箱が運びこまれており、予備の椅子が二脚、壁際に押しつけられ、窓の下のテーブルには本がでたらめに積まれていた。マントルピースの上には、写真の額がいくつか載っていた……だが、枕をうずたかく重ねているベッドが、この部屋の中心だった。むかしからずっとそうだったように。ベッドヘッドのそばにはベッドサイド・テーブルがあり、埃まみれの古い薬瓶や、手帳、畳まれたレースのハンカチーフ、電話、かつてはラベンダー水が入っていた瓶が載っていた。それらをわたしは覚えていた。叔母が死んでからずっとそのまま残されていたものを。ずいぶん昔のことなのに。トーム叔父はなにひとつ片づけていなかった。

アルヴィの存在感がまだベッドを支配していた。ないのは、彼女の肉体だけだ。

叔母のにおいがする。叔母の姿が見え、叔母の声が聞こえる。ベッドの上、真鍮製ヘッドボードの上段レールのうしろにある壁の、時の経過で黒くなった壁紙にさらに黒い痕がふたつついていた。思いだした――アルヴィは独特な仕草をする人で、頭のうしろに手を伸ばし、両手でレールをつかむのだった。たぶん、痛みをこらえようとして。そんな風に真鍮の棒を何年も握ったことで、この痕が残ったのだ。

窓は四角く黒い夜を浮かべていた。ベラがカーテンを引くと、埃が雪崩となって落ちてきた。またしても風の音が聞こえた。叔母はこの風の音を毎晩、毎日聞いていたにちがいない。

「少なくともベッドはありますね」ベラが言った。

「お使い下さい」即座にわたしは言った。「こっちは床の上で眠るから」

「どこかにべつのベッドがあるはずです。二階の部屋のどこかに」

だが、探しにいったものの、ベッドはなかった。この家の二階は、綺麗に片づけられていた。電灯すら取り外されていた。

わたしがアルヴィ叔母の部屋にもどり、その黴っぽい空気を吸いながらひとり突っ立っているあいだ、ベラは車を最初に停めた場所から移動しに出ていった。まわりを見ないようにしていたが、どこに目を向けても、子どものころ、この部屋がわたしにどんな意味を持っていたのかを思いださせるものばかりが映る。ベラの車がもどってくる音が聞こえたとき、わたしは恐怖に体が震えだしており、彼女の姿を見ようと、文字通り、外へ駆けだしてしまった。ベラに手を貸して、荷物を運び、体を動かしていることで恐怖を隠していたが、またアルヴィの部屋にふたりで立ち、避けようがないものに直面した。

わたしもベラも、下の階にある部屋の敷石の上で眠ることなどできず、ふたりとも暗い二階で眠る心構えができていなかった。ベッドがここにある。ふたりの人間がわかちあうことができるくらい広い。礼儀作法、本能、願望、好奇心、それらはすべて現実的な事情のまえに色あせた。われわれがなにを計画していようと、前夜のことで確信がなくなっていようと、ベラとわたしが今晩、おなじベッドで眠らなければならないのは、はっきりしていた。移動をつづけた長い一日のあとでふたりとも疲れており、冷たい家がふたりを凍えさせていた。ベッドに入る以外、することはほとんどなにもなかった。

ベラといっしょにベッドから古びたシーツと毛布をはがし、玄関扉から外に運んで、できるかぎり埃をふるい落とした。つぎにマットレスと枕を運びだして、おなじようにした。ベラはすばやくベッドメイクをおこない、シーツと毛布を敷いて、わたしに手伝わせて、その皺を伸ばした。

わたしは忙しく動いて、気をまぎらすことで、さまざまな思いを頭から追い払おうとしていた――これはアルヴィのベッド、ここは彼女が寝ていたところ、ここは彼女が死んだところ、ここはこれからわたしがベラと愛を交わすことになる場所。アルヴィのベッドで。

ようやく用意が整った。わたしたちは順に二階のバスルームを使った。ヘナー神父が置いていってくれた懐中電灯を手に階段をのぼる。わたしが先だった。ついでベラが階段をのぼる――すれ違うときわたしたちはなにも言わず、目も合わさなかった――わたしはアルヴィのベッドの端に腰掛け、上の階のむきだしの板の上を歩くベラの足音に耳を澄ましていた。終日、彼女といっしょに過ごしていたが、彼女に対してなにか感じるような余裕はなかった。数々の記憶に圧倒され、この島に対する自分の印象に取り憑かれていたのだ。前夜はじめて味わったおずおずとした親密さ——彼女の髪、シルクのローブ、偶然かいま見た彼女の体、清潔な客室、空っぽなホテルの静けさ——それらはいまではるか昔のことのように思えた。それは、いろんな記憶を思いだすきっかけとなったつかのまの出来事で、島に着いてから、残りの記憶をおおかた思いだした。いまやいっそう焦点が絞られた。このアルヴィの部屋で、わたしが怖れていたものがすべて出会っている。わたしの過去の影と、それがベラをわたしから遠ざけている理由、アルヴィの思い出とこの家を囲んでいる風と闇、朽ち果てた塔とセリとの不器用な性的接触。そして最後に、ベラという存在——アルヴィの部屋でわたしといっしょにいて、ふたりきりで、おたがいに対する関心がすでにはっきりしていて、まもなくいっしょにベッドに入る、その存在。

二階にいる彼女が立てる音がまた聞こえてきた。きしむ床板の上をふたたび歩きだしている。もうすぐ彼女が部屋にもどってくるのだ。まだ用意が整っていない！　突然の決断を下した——上に着ている服を脱ぎ、まだ下着はつけたままで、シーツの下にすばやく体を滑りこませた。シーツをあごの下まで持ちあげる。

ベラは部屋に入ってくると、部屋の中央の明かりを消した。折り畳み式衝立の端にやってくると、ベッドをまっすぐ見据え、そこに寝ているわたしを見た。わたしはなにも言わず、視線のみ返した。ベラは束ねていた髪の毛をほどいていたが、まだ制服を着ていた。

わたしは言った。「今晩はなにも起こらなくていい。ふたりとも疲れているから」

わたしは震えていた。シーツは何年も洗われたことがなく、べたつく感じがして、十年間埋められていたなにかのようなにおいがして、冷たくて、古くて、わたしの体全身にまとわりついていた。ベッドのなかに、自分の横に彼女が来てほしくてたまらなかった。

「そうしてほしいんですか？」ベラが訊いた。

「凍えそうなくらい寒い」わたしはぐらかそうとして言った。

「わたしも寒いです」

ベラはそこに立っていた。警官の服装をして、長い金髪がゆるやかに肩にかかっており、片手に歯ブラシを持っていた。ベッドへ近づこうとする様子はない。

「床で寝てもかまいませんよ」ベラは言った。

「いや。きのうの夜のようにはならない。いっしょにいてほしい」

ベラが卓上の明かりのなかで、服を脱ぎだしたとき、わたしはじっと見ていた。そして、じっさいには見ていなかった。背中をわたしのほうに向け、制服を慎重な手つきで脱ぎ、畳んで、丁寧に椅子の背にかけた。まず上着を脱ぎ、ついで分厚いカーキ色のブラウスを、最後に黒っぽいサージのスカートを脱いだ。その下には、ガーターベルト、ストッキング、黒のパンツ、趣味のよい、かっちりしたブラジャーを着けていた。それをこれみよがしなところはなく、恥ずかしさも見せずにすべて取り去った。まだわたしに背を向けていたが、裸で立っていた。そしてティッシュペーパーで鼻をかんだ。

ベラが振り向くまえに、わたしは訊いた。「明かりを消したほうがいい？」

「いいえ」そう言って、彼女はわたしのほうを向いた。ベッドにやってきて、シーツを持ちあげ、わたしのそばに体を滑りこませた。ベッドはそれほど幅が広くはなく、マットレスは簡単に沈んだため、ふたりの体はベラがそこに入った瞬間から触れあった。彼女の体は氷のようにつめたかった。「抱きしめてくれます？」そう言う彼女の声がわたしの顔を直撃した。

すんなりとベラの体を包んだ——彼女は細身で、その体の形がわたしの体と心地よく重なりあった。片方の乳房のふっくらした重みを感じ、ふとももにちくちくと陰毛が触れるのを感じた。手を軽く、自然に、片方の臀に置いた。わたしはすでに興奮しはじめていたがじっとしていた。まだおおっぴらにしたくなかった。

ベラがあいているほうの手でそっとわたしの腹を撫で、その手を上に持っていき、わたしの乳房に触れた。

彼女は言った。「まだ、ブラをつけているのね」

「思っていたんだけど——」

「ほんとに恥ずかしがり屋なのね、レンデン。あなたはなにもしなくていい。わたしにまかせて」

そう言ってわたしのブラジャーの内側に手を滑りこませて、乳首を探り出し、首筋にキスをした。彼女自身をわたしのそれに押しつけながら、わたしのブラジャーの肩ひもを外して、片方の乳房をむきだしにした。それを手のひらで包むと、乳首を優しく口にふくんだ。そうして、彼女はわたしを裸にし、わたしの上にかがみこんだ。ベラの乳房がわたしの裸の肌を軽く撫で、彼女の手がわたしの脚の付け根にそっと置かれた。わたしは体を強ばらせ、興奮し、怯えた。

そしてベラはわたしにまたがり、両脚を大きく広げてゆっくりと前へ進め、彼女自身をわたしにこすりつけた。わたしの手を自分の陰部に導き、指を差しこませ、締めつける。片方の乳房がわたしのあけた口を充たした。

ベラはテーブルの上の明かりを点けたままにしていた。部屋は冷えこんだままだったが、すぐに彼女は上掛け類をすべてはぎとってしまい、その上でわたしと愛を交わしはじめた。

やがて、それは終わった。ベラはベッドの上に仰向けに寝て、シーツ一枚を体にかぶせ、一個の枕を背もたれにした。わたしは窓のところに歩いていくと、外の夜景に目をやった。暗闇は何物も通さないように見える。呼吸がおだやかになった。ベラがベッドの上で動きまわり、ベッドシーツ類を整えなおしている音が聞こえた。

「レンデン、わたしはまだあなたにとまどっているの」ベラが言った。

「どんな風に？」

「ほかの女性と経験するのはあれがはじめてだったんじゃないでしょ？」

「ええ、もちろん、ちがう」

「とても神経質になっているようだった」

「ごめんなさい。説明はできないな。たぶん、おたがいのはじめての行為だったからじゃないかな」

「どうして自分からそんなにややこしくするの？」

「そんなつもりじゃなかった」わたしはにおいのする古い毛布を体に巻きつけていた。古びた毛織物は肌にごわごわした。「ベラ、ひとつ訊かなければならないことがある。それがずっと気になっていて」

わたしは振り返って彼女と面と向かい、彼女が頭のうしろにある真鍮のベッドヘッドを握ろうと腕を伸ばしたのを見た。彼女の手は、アルヴィが壁紙に黒い痕をつけたのと、ほぼおなじ箇所でレールを握っていた。長い髪が肩を流れ落ちている。わたしはあわてて目を逸らした。

「気になっていることって？」ベラが訊いた。

「この仕事に志願したと言ってたよね。あなたはわたしのことを知っているようだった、わたしがどういう種類の女なのかを。そうなの？」

「ええ」

「じゃあ、わたしに会うまえにどうやってわかったの？」

「レンデン、わたしは警官よ。いまは、あらゆる人間についてファイルが作られている。それにアクセスするのは、わたしにとって、難しいことじゃないわ。あなたは一度もわたしの生活について訊いてないから、知るよしもないでしょうが、去年、恋人と別れたの。それからずっと独り者よ。あなたにはほかの人間と出会うのがどれほど難しいことなのか、わからないでしょうね……いや、ひょっとして、わかっているのかしら。寂しさがつのって、どうしようもなくなった。そのとき、自分が警察に長くいることで護衛任務を担当する資格があることに気づいたの。それが人と出会う手段になるかもしれないと思った」

「じゃあ、以前にもこういうことをしたことがあるんだ」

「いや……これがはじめてよ。誓うわ。きのう駅であなたに会ったとき、一目見て――惹きつけられたの」

わたしは言った。「わたしに関するファイルがあるわけ？　わたしが同性愛者であると書かれているの？」

「もっと詳しく書かれているわ。わかっているかぎりのパートナーや恋人のリストもある。ファイルによると、あなたには女性の恋人が複数いたことになっていたので、それでわたしは――」

「なぜ警察が興味を持つのよ？」

「興味を持っているのは警察じゃない。わたしたちはそのファイルにアクセスできるだけ。領主庁が保管している資料なの。自分がそんなことをしちゃいけないのはわかっている。また、あなたに話すべきじゃなかったのも」

冷気がじわじわと体に染みこんできた。じっとり湿った毛布をさらにきつく体に巻きつけたが、効果はない。ベッドの端に腰をおろし、ベラの脚がすぐそばにあることを意識した。

「わたしのことを怒ってる?」ベラが訊いた。

それについて考えてみた。できるだけ率直に自分の感情を探ってみた。そのあげく、わたしは答えた。「いや、怒ってないよ。あなたに怒っていないのは確かだし、政府にも怒っていない。政府のやることを気にするのはとっくの昔にやめてしまったし」

「でも、わたしに確信は持てないのね、まだ?」ベラが問う。

「ええ」

「なにが問題なの?」

「あなたには話せない」

「いま男性とつきあっているの?」

「いいえ」

「じゃあ、女性と?」

「ううん、どちらともつきあってない」

「どんなわけなのか知りたいのに」

「いっしょにいたら、たぶんあなたに話す方法が見つかるかもしれない」わたしは言った。「謎にはしたくないんだ。あなたと愛を交わせて嬉しかった。だけど、まだおたがいのことをほとんど知らない。急かさないで」

「どうやれば、ペースをゆるめられる？」

「また会いたいと言ってくれるのは、どう？　つまり、この旅のあとで。本土にもどってから」

「ベッドにもどってきてよ、レンデン。ふたりとも凍えているわ。抱き合うことができるでしょ」

わたしは言われたようにした。今回、ベラはテーブルの上の明かりを消した。体が温まってくると、わたしたちは、また愛を交わした。わたしは相手に対して体をこわばらせないよう努めた。すべてを委ねようとし、楽しもうとし、情欲の衝動だけではなく、解放されているのを感じようとした。二度目のほうが落ち着いていたけれど、悦びはそれほどではなかった。わたしは彼女の体を知りはじめており、彼女も同様だった。しばらくして、ベラは眠りに落ちた。愛情のこもった様子で、わたしと体をくっつけ、丸くなっている。わたしは枕を背に敷いて、上体を起こし、頭を背後の真鍮のレールにもたせかけた。髪の毛が垂れて、わたしの乳房の片方を覆っていた。ベッドには人の体のにおいがしていた。


セリが司祭といっしょに外に出ているとき、廃塔のなかで、あることがわたしの身に起こった。それがどういうものだったのか言葉にすることはできるが、説明はできない。なんの前触れもなく、怖ろしくなるような前兆もなかった。それはただ起こり、それ以来ずっとわたしの人生につきまとうことになったのだ。

わたしはセリにいらだっており、いま外で、わたしたちをつけてきた司祭となにをしているのか、気になった。彼女は突然、わたしの性衝動を目覚めさせ、こちらは期待と希望に胸を膨らませたのに、二度にわたってわたしを拒んだのだ。彼女がわたしに教えようとしていたと思しき知識が欲しかった。そのときはわかっていなかったのだが、自分自身に関するつじつまの合う知識を強く欲していた。

だが、セリはわたしに待つようにと言った。目立たないところにいろ、と。わたしは両方守る心づもりだったが、ずっとそうしているつもりはなかった。できるだけ早く司祭を追い払うのを期待していたのに、彼女はあいつといっしょにずっと外にいるのだ。

外でなにが起きているのか考えながら、風の音にまぎれてかろうじて聞こえてくるのは、鼻のつまったような低い音だけだった。

自分のセーターとセリのパンツを拾い上げた。彼女がなにをしているのか知りたくて、外へ出て合流しようとした。

彼女のパンツをスカートのポケットに突っこもうとしたとき、またしてもあの音が聞こえた。わたしは驚いた。最初は真剣に考えることなく耳にして、無視していたのだが、またおなじ音が聞こえたのだった。いままで聞いたことがない音だった。獣の声のようだったが、同時に人間のような声もまじっている。まるで、なにかの獣が、うなり声にもどってしまうまえに人の言葉をどうにか形作ろうとしているかのようだった。とはいえ、わたしは怖くなかった。一瞬セリがもどってきて、わたしに悪戯《いたずら》をしかけようとしているのかもしれない、と思ったのだ。

セリの名前を呼んだが、返事はなかった。

崩れかけた塔の床の中央に立ち、あたりを見まわし、なにか大きな獣が近くにいるのではないかという思いがはじめて頭に浮かんだ。耳を澄ます。またあの音がしたときのために、たえまない風の音を除外しようとした。

シーヴルの涼しげな明るい陽光が、高い窓のひとつから差しこみ、扉のそばの壁を照らしていた。塔のほかの部分と同様、壁のそこの箇所もくずれかけていた。大人の頭ほどもあるぎざぎざの穴が内壁にできていた。その向こうに、塔の壁にあいた空洞があり、塔の主要な外部構造である大きな灰色の石がその奥にかすかに見えていた。壁にはそんな穴がいくつもあいているのが見えたのだが、ふいに動物の物音はこの穴から出ている、と確信した。

セリがその奥にいて、扉の外で時間を潰しているのだろうと考え、わたしは穴に歩み寄った。なにかが空洞の内部の奥で動いた。そこにまっすぐ目を向けたのだが、見えたのは黒いすばやい動きだけだった。雲が太陽にかかり、日が陰った。ふとずいぶん寒くなったように思えた。数瞬後、太陽がまた出たにもかかわらず、冷気は残っていた。そのとき、この寒気は自分のなかにあるものだと気づいた。

煉瓦積みの壁に手を置き、穴に向かって体を傾け、なかを覗きこもうとした。あまり近づきたくはなかったのだが、そこにだれかが、なにかがいるのは確信していた。かすかな熱を感じる。生身の体が発する熱だ。恐る恐る、穴に手を伸ばした。

猛々しい音がした。激しい動きがあり、壁のなかのなにかがわたしの手をつかんだ。

そいつに引っぱられ、腕を穴のなかにひきずりこまれた。肩が石壁にひどくこすられて、止まった。わたしは驚いて悲鳴を上げ、恐怖のあまりあえいだ。腕をふりほどこうと、引っぱり返したが、つかんでいるなにかわからないものが、鋭い爪か歯を持っていて、それがわたしの肌に食いこんできた。顔が横向きに壁にぶつかり、むきだしの上腕の皮膚が穴の縁の壊れた石にぎしぎしとこすれ、痛いなんていうものではなかった。

「離して！」わたしは力なく叫び、腕を引きはがそうとした。

そいつにつかまれながら、わたしは本能的に拳を握りしめた。そうすると手がなにか濡れて温かいもののなかにあることが感じ取られた。片側は硬く、反対側は柔らかいなにかに。もう一度引っぱると、歯の圧力が増した。そこにいるのがなんであれ、もはやわたしを引っぱっているのではなく、がっちりとくわえこんでいた。引きもどそうとすると、鋭い歯が腕のまわりで締まった。たくさんの歯は、まるで〝返し〟がついているかのように感じられた。それに逆らって引っぱると、肉がその鋭い先端に食いこむのだ。

わたしは握りしめた拳をゆっくりとひらいた。指をゆるめるのは、無防備な状態にすることだと苦しいくらい気づいていたのだが。指先がなにか柔らかいものに触れ、反射的にまた握りこんでしまった。胴震いがした。もう一度悲鳴をあげたかったが、それをするだけの息がなかった。

わたしの手は、なにかの口に捕まってしまったのだ。

手がつかまれた瞬間にわかっていたのだが、あまりに恐ろしくて認められずにいた。壁のなかの空洞に身を潜めているなにかの動物が、なにか巨大で悪臭を放っている獣がわたしの腕を口にくわえ、いまわたしを捕まえているのだ。指の関節が獣の口の硬いうわあごに当たっており、握りしめた指はそいつの舌のざらざらの表面に触れている。そいつの歯、そいつの牙がわたしの腕を、手首のすぐ上のところでくわえていた。

わたしは腕を回転させようとした。ひねって外そうとしたのだが、動かした瞬間、さらにきつい力が歯にこめられた。痛みのあまり悲鳴を上げた。まちがいなく皮膚が何カ所も破れて、獣の口のなかに血が流れ落ちている。

足を踏み換え、バランスをとろうとし、もう少ししっかり足場をかためさえすれば、もっと引っぱれるだろうと考えた。だが、獣はわたしを引き倒そうとして斜めにひきずっていた。結果として、わたしの体重の大半は壁にかかっていた。片方の足を動かし、体重のなにがしかをその足にかけた。こちらがしていることを獣が感知したかのように、牙にかかる圧力がふたたび増した。

その痛みはものすごいものだった。指を握っていようとするのに使っていた力が抜けていき、拳がゆるんでいくのが感じられた。またしても、指先が、熱く小刻みに震えている舌の表面に触れ、喉に向かって伸びていった。奇跡的にも、わたしの手は触覚を失っていなかった。硬くてつるつるしている歯茎や、舌のぬめぬめした側面を感じとっていた。生まれてこのかた、これ以上嫌悪をもよおさせるものを感じたことはなかった。

獣は、わたしをしっかりくわえたまま、得体の知れない興奮に打ち震えていた。頭部がぶるぶると震え、荒い息が腕を伝って出入りするのが感じられる。獣が息を吸うたびに傷が冷やされ、息を吐くと濡れて熱くなった。いまやそいつの悪臭までわかるようになった――獣の唾液の甘いにおいと、鼻をつく腐肉のようなにおいがまじったものだった。

必死の思いで、胸の悪くなるような恐怖感とともに、もう一度引っぱってみたが、腕をくわえている歯がもたらす痛みが二倍になった。ほとんど牙が貫通したような感じがした。腕をやっと引っこ抜くことができたものの、手首が切断されており、その切り株から腱が垂れ下がって、血が勢いよく噴きだしているのを目にするというおぞましいイメージが脳裏に閃いた。わたしは目をつむり、恐怖と極度の嫌悪感にまたしてもあえいだ。

獣のざらざらした肌触りの舌が動きはじめ、わたしの手首のまわりを巡ってから、てのひらを撫でた。わたしは自分が気を失いかけているとわかった。苦痛だけが、筋肉が裂けて骨が砕ける、激しい、恐るべき痛みだけが、かろうじて意識を維持させて、苦しみを長続きさせていた。

痛みのヴェールを通して、セリがどこか塔の外の、さほど遠くないところにいることを思いだした。助けを求めて声を上げたものの、もう力が弱っていた。声はかすれた囁きとなって出た。扉がほんのすぐそばにあった。自由なほうの手を伸ばして、扉を押す。それは外向きにひらき、丈の長い草の向こうに、斜面の一部が見えた。まばゆい、寒色の空、暗くうねっている荒野、そびえる高い岩山。だが、セリのいる気配はない。

目に涙を溜めて、焦点を結ぶことができぬまま、どうすることもできずにざらざらの石積みによりかかり、壁の穴に潜んでいる怪物に腕を喰われていた。

外では、揺れる草の厚い茂みに風が明るい色の模様をさまざまに描かせていた。

獣が音を立てはじめた。最初に聞こえた音の繰り返しだった。喉の奥深くでうなり声を上げていた。無力なわたしの指の下で、舌がぶるぶると震えた。獣は冷たい息を吸いこみ、顎が緊張するのがわかった。さらに大きな音でもう一度獣はうなった。どういうわけか、熱に浮かれたようなその獣に対するわたしのイメージをその音がさらに詳しくさせていく気がした——そいつは深くくぼんだ目をした巨大な狼の頭を持ち、長い毛皮に覆われた鼻があり、黒い口元には泡がたまっている。痛みが激しくなり、獣の興奮が増したのを感じた。喉から出てくる音はいまや規則正しくなっていて、すばやいリズムで、ますます早くなり、腕をつかんでいる力がさらにこもっていった。苦痛があまりに激しいので、手首をほぼ嚙みきられたにちがいないと思った。わたしはもう一度、腕を引っぱってみた。身を引きはがすために腕を失うというのなら、それも仕方がないと諦めたのだ。獣はしつこく離さず、さらに牙に力をこめて嚙み、こちらから見えない穴の向こうの洞からわたしに向かってうなり声を上げた。耐えられない苦痛だった。獣の立てる音はとてもペースが早くなってきて、延々とつづくひとつの吠え声になった。

するとと、説明のつかぬことに、あごがあいて、わたしは解放された。

わたしは力なく壁にずるずると崩れ落ち、腕はまだ洞の内側にぶらさがっていた。心拍と呼応して脈搏《う》っていた痛みが引きはじめた。泣きじゃくっているのは安堵と痛みからだが、まだ壁のなかの洞に潜んでいる獣に対する恐怖心もあった。腕を動かそうとはしなかった。筋肉をぴくりとでも動かしたら、あらたな攻撃を引き起こすだろうと思っていたからだ。それでも、どれだけ残っているかわからない腕をこちらに引きもどすチャンスであることはわかっていた。

涙が止まった。動揺しているよりも不安だったからだ。慎重に耳を澄ます——獣は息をしているのか、まだそこにいるのか？

向こうで獣の息が動いているのがもはや感じられなかった。それはわたしの腕がもう感覚をすっかり失っているからだろうか？　たしかに痛みは無くなっていた。腕は無感覚だった。切りさいなまれた手から、力なく指が垂れ下がり、手首から血がどくどくと下にある獣の鼻面に流れ落ちているのを、感じるというよりも想像した。

ついに激しい嫌悪感に動かされた。獣がふたたび襲ってくるのを気にすることなく、立ち上がって壁から離れ、ぼろぼろの腕を洞からひっこぬいた。背後へよろめき、良いほうの手を垂れた梁に当てて体を支えた。わが身に加えられた負傷に目を向けた。

腕はそっくり残っていた。手はまったくの無傷だった。

腕を目のまえにかざしてみた。目に映っているものが信じられない。ブラウスの袖は石積みの壁の穴に引っぱりこまれたときに破れていたが、皮膚自体にはなんの痕もついていない。擦り傷もなく、歯形がついてへこんでいるところもなく、肉は裂けておらず、血も流れていない。

指を曲げてみた。苦痛を予想して身構える。だが、正常に動いた。手をひっくり返し、四方八方から眺めた。なんの痕もついていない。流れ落ちるのを感じたはずの唾のあとすらなかった。てのひらは湿っていたが、わたしは全身に汗をかいていた。おそるおそる腕に触れてみて、傷を手探りしてみたが、痛そうな箇所を押してみても感じられるのは、自分の指先が無傷の肉を押しているという感触だけだった。わたしが感じた苦痛のかけらすらどこにもない。手にはかすかに、不快なにおいがあったが、指の表側やてのひらを嗅いでいると、薄れて消えてしまった。

扉がまだあいていた。

床に落ちていたセーターを拾いあげ、よろよろと外に出た。痛みを覚えているかのように、負傷したはずだが被害のない腕を胸に抱えていたものの、たんなる無意識の反応に過ぎなかった。丈の長い草が風に吹かれてまわりでそよぎ、セリのことを思いだした。

わたしにはセリが必要だった。なにがあったのか話すことのできる相手が。説明をしてくれるかもしれない、あるいは慰め、あるいは落ち着かせてくれるかもしれない相手が。自分では得られない安心を与えてくれるほかの人間に会いたかった。だが、セリはどこかへいってしまったようで、わたしはひとりきりだった。

セリを探そうとあたりを見まわしていると、ある動きが目に入った。斜面をおりきったところ、小川の近く、丈の長い草に隠されていたところから、黒い服を着た人影がとつぜん立ち上がったのだ。法衣が腰のところでベルトにひっかかり、体をまわしながら、それを引っぱって外し、きちんと下に垂れるようにしている。わたしは彼のほうへ走っていった。草のなかを駆けていった。

彼はわたしを見るとすぐに背を向け、そそくさと立ち去った。小川を飛び越え、でこぼこうねる地面を横切って、神学校のほうへ足早にもどっていく。

「待って、神父さん！」わたしは彼の背に向かって叫んだ。「わたしをおいてかないで！」

わたしは草がたいらに倒されているところにたどりついた。その真ん中にセリが横になっていた。彼女は裸で、服がまわりに散らかっていた。

「まだあたしに触りたい、レンデン？」セリはくすくす笑いながら訊いた。体をひねってひざを立て、脚をひらいた。彼女の笑い声はひどくヒステリックなものになった。

わたしはまじまじと彼女を見た。目にしているものが信じられなかった。うぶなわたしは、人間らしい慰めのみをまだ欲していたが、彼女がやろうとしている露骨な誘いが、自分が心から望んでいたことをぶちこわした。セリと神父が関係を持っていたにちがいないことをわたしは悟った。

わたしはセリから距離を保ち、落ち着くのを待っていたが、わたしがそこに立っていることのなにかが、彼女をとらえている狂気をさらにひどくしたにちがいない。セリは金切り声を上げて笑い、息をするのもつらそうだった。スカートのポケットに彼女のパンツを入れたことを思いだした。取りだして、彼女に投げた。パンツはセリの裸の腹に着地した。

それがセリを正気にもどした。咳きこみ、あえぎながら、セリは横に体を起こした。

わたしはセリに背を向け、駆けだした。神学校のほうへ、家のほうへ。走りながらすすり泣き、破れたブラウスの袖が上腕でひらひらとはためいた。小川を渡るときにつまずき、水を足で跳ね上げて服を濡らしてしまい、叔父の家の近くの荒れた地面を横切ろうとして、足を滑らして、さらに何度か転んだ。倒れた際にひざを切り、スカートのへりを破ってしまった。

血を流し、ヒステリックになって、怪我をし、水に濡れたまま、わたしは家に駆けこみ、叔母の病室へ飛びこんだ。

叔父と父がアルヴィをおまるの上で支えていた。彼女の白い、しなびた脚が、漂白したロープのようにだらんと下がっていた。オレンジ色の小便の滴が彼女からしたたり落ちていた。アルヴィは目をつむり、頭をだらんと下げていた。

叔父が怒鳴るのが聞こえた。母が姿を現し、すぐにわたしの目を片手でぴしゃりと押さえた。わたしは泣きながら廊下へひきずられていった。

わたしが口にできたのは、セリの名前だった。何度も何度もその名前を繰り返した。だれもがわたしに向かって怒鳴っているように思えた。

あとになり、トーム叔父がセリを探しに荒野に出ていったが、両親とわたしは、叔父がもどってくるまえに家をあとにし、夜を徹して車を運転して、シーヴル・タウンへ向かった。

それが両親とともにシーヴルへいった最後だった。わたしは十四歳だった。それから一度もセリには会っていない。

叔父の書類を家の裏庭で燃やした。黒く炭になった破片が、黒い絹の小さな端切れのように浮かんで、ふわふわと風に飛ばされていった。わたしたちは少しずつ家から燃やせるものを全部カートに入れて運んできて、火にくべた——古着の山、木製の椅子やテーブル、叔父の机。どれも湿気ってるか白カビが生えているので、木製の家具でさえ、ゆっくりとしか燃えなかった。わたしは焚き火のそばに立ち、炎を眺め、侘びしい田舎を吹きすさぶ風に燃えかすが徐々に削られていくのを眺めた。

司祭たちは、燃やせない家具をわれわれに持ち帰ってもらいたがった——古びたガスレンジ、ファイルキャビネット、金属製のテーブル、アルヴィのベッドの真鍮製の枠。考慮する余地もないことだった。どこかの港か、シーヴル・タウンから、一日か二日がかりでワゴン車を運んでこなければならなくなる。かかる費用も考えに入れなければならない。ヘナー神父の秘書を説得しようとしたが、秘書は頑として譲らなかった。最終的にどうにか交渉して、われわれが立ち去ったあと、実質的な手配をすべて神学校がおこなうということで納得させた。請求書はわたしに送られてくる。

ベラはわたしの背後の戸口に立っていた。家のなかに神学校の人間がだれもいないことを確認したにちがいない。というのも、けさはじめて、わたしに親しげな口調で話しかけてきたからだ。

ベラは言った。「どうして荒野をじっと見続けているの?」

「あんまり意識していなかった」

「あそこになにかあるんだ。なにがあるの?」

「焚き火を見ていた」わたしは言った。それを証明するかのように、わたしは火の底の部分をつつき、熾火と半分焼けた紙片を奥に押しやった。椅子の脚が転がり出、わたしは火のほうにそれを蹴りもどした。火花が飛んだ。焚き火のなかのなにかが爆ぜ、燃えかすが庭へ飛んでいった。

「荒野を歩いてみたことがある?」ベラが訊いた。

「いや」たしかに荒野は歩いたことがない。あの日、塔まではいった。その奥へは一度もいったことがない。岩屑でできた長い斜面をのぼって、そりかえっている岩山や、その頂上の向こうに横たわる不毛の野までのぼったことは一度もなかった。

「ここに知り合いがいたんじゃないか、ってずっと思っているの。ここを訪れていた当時の。とくべつな人が。そうじゃない？」

「とくにそんなわけじゃないわ」セリが彼女なりの形でわたしにとって特別な人間であったと、はじめて気づいた。「つまり、答えはイエス」

ベラはわたしのそばまで歩いてきて、横に立つと、炎の中心をいっしょに見つめた。

「じゃあ、わたしは正しかったのね。それは女の人？」

「女の子。ふたりとも十代だった」

「で、その子があなたのはじめての相手？」

「ある意味ではね。そのとき、わたしたちふたりのあいだには実質的になにもなかった。ふたりとも若すぎたんだ」大人の視点からセリを見ようとしていた。ふだんならむずかしいことだった。彼女はわたしにあまりに強い印象を残したので、彼女に関する知識が時のなかで凍りついてしまっているかのようだった。「彼女がしたのは……わたしを目覚めさせることだった」

ベラといっしょにいて、セリのことを考えていると、記憶が蘇ってきた。セリとの破局だけではなく、そのあと何年もわたしが引きこまれた探求についての記憶だった。自分が求めている知識が学ぶことの不可能なものだと気づくのに長い時間がかかった。

知り合った人々や、そうした歳月に愛した人々のことに思いを馳せた。女もいたが男もいた。頭のなかでリストをつくり、名前を数えたところ、男より女のほうが多い。絶望的なときにだけ男性のほうへいった。孤独が危機にまで高まったときに。こちらから求めたが、攻めはしなかった――充分親しくなると、つねに受け身な恋人になった。情熱を受容する人間に。他人の行動からこっそり情熱を盗む人間に。抑制を欠いた他人が羨ましかった。彼らの率直さが妬ましかった。彼らはわたしの体を愛撫し、わたしを抱き、わたしを貫いて、それぞれの嗜好でわたしを興奮させた。わたしは相手から相手へ渡り歩き、次こそ違う結果にしようと決心し、かつての失敗を繰り返さず、主導権をとって、能動的に、こちらから愛する相手になろうと思った。その意味では、ベラ・リースも過去のほかの恋人たちとまったく違わない。じつのところ、わたしは変わっていなかった。ベラのまえは数年間禁欲して、成熟することで自分の非理性的な恐怖を癒すことができるかもしれない、などと考えていたのだ。ベラを利用して、自分がその恐怖を克服できたのかどうか試すべきではなかった。わたしは弱い人間で、シーヴルにもどることが、それ自体、過去から未来へのある種の移行となり、その過程で、自分は生まれ変わるだろうと思っていた。わたしはベラの若さに、その綺麗な体に、その控えめな態度に惑わされていた。それらがわたしをまたしても愛のない性行為に、感情をはぎ取られたものに、ひきつけたのだ。待っているあいだに何年もの歳月が過ぎ去ってしまい、自分が乾きはじめていたのを知らなかった。自分が抜け殻のような人間になりかけているのを知らなかったのだ。

「ただ、理解しようとしているの」ベラが言った。

「わたしもおなじ」

「わたしたちはここで完全にふたりきりだわ」ベラは言った。「だれもわたしたちの話を聞くことはできない。だから、正直に答えて」

「そうしている、と思う」

「またあなたに会いたいの。そちらはどう？」

「そう思う」わたしは言い逃れをした。

「任務についていないときは、わたしは自由に移動できるし。あなたの家を訪ねてもいい」

「もしそうしたいのなら」

その答えでベラは満足したようだったが、彼女はわたしの腕に手を置いて、そばに立っていた。炎がわれわれに向かって燃え上がり、ふたりの顔を焦がした。

ベラがなにを望んでいるのかはわからない。彼女はわたしのなかになにを見たのだろう？　彼女に同年輩の友人がいるのは確実だろうか？　中年にさしかかっている冷感症の女であるこのわたしは、元々孤独で、満たされておらず、親しい友人はほとんどいない。ベラよりもはるかに年上だ。ベラの個人生活がどんなものなのか想像しようとした。彼女自身について、わたしはほとんどなにも訊かなかった。兄弟――彼女に兄がひとりいるのは知っていた。友人はいるはずだ。そのうち何人かは、元恋人であったり、恋人候補であるかもしれない。制服を着ていないときは、どんな暮らしをしているのだろう？　警察の任務についていないとき、髪の毛をうしろでピン留めしていないときは？　非番の夜に、仲間の一団といる彼女の姿が容易に想像できた。パーティーにでかけ、深酒し、仲間内の符牒でしゃべり、おたがいのことを心得ていて、わたしならいかないようなクラブへ出入りするのだ。戦時中とはいえ、ジェスラにはその手の人間らしく生活できる暮らしがある。たまたま、わたしにはそういう暮らしがまったくなかった。わたしはたいていひとりだった。すでに白髪がたくさん生えはじめており、乳房は垂れはじめていた。腹に肉がついてきて、腰も太くなり、太ももは肉がついてしまった。自分の時間をたいていひとりで、本を読んだり、仕事をしたり、思い出に耽ったりして過ごしている。わたしはベラにとって年輩の女性であり、彼女より成熟していて、おそらくは経験も豊富だろう。だが、わたしを追い求めたのは彼女だった。主導権を握っていたのは彼女だ。愛を交わそうとしたのは彼女なのだ。

もしどこかほかのところや、ほかのときであれば——シーヴルへの旅ではなく、シーヴルのなかではなく、アルヴィのベッドでなければ——事情は異なっていただろうか？

わたしにとって、失敗は避けられぬものだった。どんな弁明が見つかったとしても。

真の弁明は、そんなものがあるわけがないとしても、シーヴル荒野の岩山の下のあそこにある。その朝、わたしはベラが起きるまえに目を覚まし、アルヴィのベッドからおりた。窓辺に歩み寄る。そこから廃塔が見えるはずだった。あの獣との出来事が起こった場所を。だが、外を見ても、塔は見ることができなかった。神学校の庭は、わたしの記憶にあるのとおなじように広く、背の高い石灰岩の山までの景色はひらけたものだった。この窓からいつもあの塔を見られたのに、それがいまは影も形もない。

ベラの言うとおりだった。その朝ずっと、叔父の書類を整理し、家具の処分を下そうとし、ヘナー神父の秘書と言い争いしながらも、荒野のほうへたびたび視線を走らせ、塔はどこに消えたのだろうと不思議に思っていた。

合理的な説明があるはずだ——破壊された、倒壊した、あるいは、わたしが記憶している方角にはない。

あるいは、塔は元々存在していなかったという考えもある。そんなことであった場合の重要な意味合いを考えることはとてもできなかった。

ベラはまだわたしの腕をつかんでいた。肩でそっとわたしを押していた。炎が燃え尽きて小さくなるまで、わたしたちは待っていた。庭に古い箒があり、使い古されて、箒の毛がほとんど抜け落ちるか腐り落ちていた。それを使って炭になった木や灰を、より小さな、散らかっていない山に掃きまとめた。つかのま燃え上がり、数時間はたぶんくすぶりつづけるだろうが、火はもう大丈夫だった。

ベラが家のなかにもどり、一分ほどすると、荷物を持って姿を現した。ひとりで車まで運ぶと、後部の狭い手荷物入れに積みはじめた。彼女が車のなかにかがみこんでいるのを眺めながら、わたしは、なるように任せ、ベラのような若くて魅力的で孤独な女性と恋に落ち、決断を下して、それに従うのがどれほど気楽なことかと考えていた。

ヘナー聴罪神父の執務室に家の鍵を持っていき、彼の秘書にそれを渡した。神学校のグラウンドをひとりで歩いてもどりながら、見捨てられた塔の居場所を最後に確かめることにした。最後にここを訪れたあの日、セリに連れていかれた道をたどりなおし、グラウンドの外に通じる背の高い壁についている門を見つけた。門には鍵がかけられておらず、簡単にひらいたので、わたしは門を通った。

たちまち、自分の目に映っているものが、記憶とはまったく異なっていることを悟った。外のでこぼこの地面は神学校のグラウンドの壁のところまでつづいており、いったん門を抜けると、丈の長い草に覆われた、うねる地面からなる未開墾の荒野がはじまるのだと、はっきりと、鮮やかに記憶していた。だが、門の向こうにいま見えるのは、あらたな囲い地と、何年もまえには家畜小屋であったように見える、二、三軒の老朽化した建物だった。そんなものの記憶はいっさいなかった。あの日、ここにはなかった。小石敷きの囲い地を横断したが、古びた建造物へ通じる道はなかった。端まで歩き、裏に通じている小道を見つけたものの、家畜小屋の向こうには、舗装された囲い地と、さらなる建物の建っているところに下っていく長い階段があるばかりだった。ここから見る荒野の景色は、わたしが覚えているものとまったく異なっていた。

わたしは神学校のメイングラウンドにもどり、まわりを囲んでいる塀にべつの出入口がないか、セリがあの日先に立ってわたしを案内した道がないか、と探しまわった。塀は頑強で古いもので、こちら側にはほかの門はなかった。ぐるっと歩いてみたが、やはり見つからなかった。

セリが地下に隠れ家をつくっていた建物の棟にもどった。そこもわたしはよく覚えていたが、隠れ家もまた、見てみると、もはや発見できるようなものではなかった。半分隠れている出入口につながる下り階段があった場所には、地上にある扉や窓につながっているコンクリート敷きの道があるばかりだった。永年のあいだ手つかずでそこにあったかのような道だった。

わたしが最後にここに来てから二十年間で、すべてが建て直されて変わってしまったのだろうか？あらゆるものが頑健で、時の経過に耐え、耐久性のあるものに見えるのに。

建物の反対側にまわりこもうとした。たぶん記憶のなかで、ここの配置をなぜか逆にしてしまったのだろうと考えて。

建物の正面にまわる途中で、レンタカーのそばを通り過ぎた。ベラがそのかたわらに立っていて、車体によりかかっていた。

ベラが言った。「レンデン――」

「もう少し待って」わたしは言った。「まだ片づけないといけない仕事があるんだ」

建物の正面は、勾配の浅い斜面を見下ろす形で建てられていた――ここにはグラウンドも庭もない。車まわしと、数台分の駐車スペース、コンクリート舗装がされた駐車場、いまは使われていないような離れ家があった。だが、まわりを囲む壁はなく、門もなく、わたしがこんなにもはっきりと覚えている野生の荒野へ出ていく道もなかった。神学校の正面は、浅い谷に直面していた。一方の方向へずっとつづいているのが見える荒野があったが、中心となる景色は、はるかかなたの海の景色が見える、広々とした牧草地だった。

「レンデン?」

ベラがわたしの背後へ歩み寄ってきた。

「わかった。でかける用意ができた」そう言って、わたしは車のほうへ足を向けた。

「事情を話してみる気になった?」ついてきながら、ベラが訊いた。

「いまはだめ。まだ確信がない」

「まだ準備ができていないということだね。ずっとわたしに言いつづけているね」

「準備ができていないというのじゃなくて」わたしは言った。「確信が持てないということなんだ。いまのわたしのすべて、大人になってからのわたしのすべては、神学校のここではじまった。わたしはここで自分のアイデンティティを獲得した。もしもどってこなかったなら、いまも自分がそれを持っている気がする。でも、それは消えてしまった。もうなにに対しても確信が持てない」

ゆっくりと丘を下り、シーヴルの町へ向かって島を横断する道を見つけて進む車内で、ベラの手がわたしのひざを撫でた。

「だけど、昔なにかがここで起こったんでしょう?」ベラが訊いた。

わたしはうなずいたが、彼女が道路を見ており、あれを見ているはずがないことに気づいて、わたしは彼女の手に自分の手を重ね、軽く握りしめた。

「そう」

「あなたが言っていた女の子？」

「ええ」

「じゃあ、ずいぶんまえのことね」

「少なくとも二十年は経っている。あれがなんだったのか、確信がない。想像の産物だったかもしれない。ほんとにそう思っている。なにもかもいまではちがっているようで」

「あたしはただの子どもだったわ、二十年まえは」ベラが言った。

「わたしだって子どもだった」

だが、どんよりとした荒野を車でもどっていきながら、わたしはまたしても自己反省におちいった。ベラに車を方向転換させて、神学校へもどるよう頼みたかった。あの塔についての真実を見つけだすべきだった。あれがなんなのか、なぜ建てられたのか、なんのために用いられていたのか、なぜ最後にわたしが訪れたあとで撤去されたのか。自分の記憶を確認して、大人の目で意味を解明すべきだった。そうしないと、すべては未解決なままで、あの日につきまとわれている感覚がこれからもずっとつづくはずだ。セリのことをまた考えた。セラフィナのことを。ベラはセリのことを知りたがっているようだったが、わたしが話したいことはなにもない。ほんとのことを言えば、わたしが言えることはなにもない。セリについて唯一確実に知っていることは、何年も何年もまえに彼女が家を逃げだしたことでうまれた謎だった。彼女はどこへいったのか、いまどこにいるのか？　彼女もまた不確かさに囲まれているのだろうか？

運転をつづけ、前に来た家で昼食をとるために、停車した。フェリーの時間には早すぎるくらいに到着しそうだから、ジェスラにもどるまえに、どこか人の通らぬ田舎で車を停めて、またふたりきりにならないか、とベラに訊かれた。わたしは、自分の過去にまだとらわれていて、ノーと答えた。彼女は決まり切ったパターンからわたしを変えることはできなかった。それでも、わたしたちは話をして、計画を立てた。車のなかで、港で船を待ちながら、フェリーの客室で坐りながら、将来会う計画をふたりで立てた。わたしが暇になり、ベラがわたしのところにやってこられるかもしれない近い将来の週末の日にちを伝えた。ベラはわたしに住所を伝えた――わたしはベラに自分の住所を伝えた。確約はしなかったが、ジェスラの波止場で別れた。その後、彼女からの連絡はいっさいない。

ディスチャージ

The Discharge

あらゆる夢想家同様、わたしは幻想を真実ととりちがえていた。
——ジャン＝ポール・サルトル

繰り返し脳裏に浮かぶのは、二十歳のときの記憶だ。わたしは新兵訓練所を出たての兵隊で、黒帽をかぶった憲兵の分隊に先導されて、ジェスラ港の海軍宿所へ向かっているところだった。戦争は開戦三千年目の終わりが近づいており、わたしは徴用軍に服役していた。

目のまえの男の後頭部を見つめながら、わたしは機械的に行軍していた。空は雲に覆われ、暗い灰色をしており、海から凍てつく冷たい風がひっきりなしに吹きつけていた。自分が存在しているという意識が瞬間的に浮かびあがった。わたしはおのれの名前を知っている。向かうよう命じられた場所のことを知っており、その後どこへ行くのか知っている。あるいは、推測できる。わたしは兵士として機能している。このときがわたしという意識が誕生したときだった。

行軍にはなんの精神的エネルギーも必要とされない――心はおもむくままにたゆたう。仮にわたしに心があるならばの話だが。何年かのち、この当時を振り返り、起こったことを理解しようとして、いまこうして書き記している。意識が生まれた当時には、わたしはただ反応し、歩みつづけることしかできなかった。

意識が生まれたときに先立つ歳月、すなわち少年時代のことは、ほとんど記憶に残っていない。せいぜい断片をつなぎあわせてもっともらしい話をこしらえるのが関の山だ——わたしはおそらくジェスラで生まれた。大学町で、わが国の南の沿岸にある首都である。両親のこと、兄弟姉妹のこと、授かった教育、子どものころかかった病気、友人、体験、旅行などについてはいっさい覚えていない。わたしは成長し、二十歳になった。確実なのはそれだけだ。

いや、もうひとつ、兵士には無用のことを覚えている。わたしは絵描きだった。どうやってそれを確信できたのだろう？　黒い軍服、背嚢《はいのう》、ガラガラ鳴る飯盒《はんごう》、鋼鉄のヘルメット、長靴、に身を包んだ一団が顔に冷たい風を受けつつ、ぬかるんだ道を踏みしめていくなかで、ほかの男たちと重たい脚を引きずりながら。

心の奥のぽっかり開いた空白のなかに、絵画への愛、美しいものへの愛、形や色への愛があるのをわたしは知っていた。そうした情熱をいかにして獲得したのか？　その情熱でなにを果たしたのか？　美を慈しむことにとりつかれ、熱に浮かれていた。なのに、なぜ軍隊にいるのか？　どういうわけか、このまったく兵隊に不向きな人間は医療検査にも心理検査にも問題なく通ってしまった。わたしは徴兵され、新兵養成所に送られた。どういうわけか、教練教官はわたしを鍛え、一人前の兵士に仕立てあげたのだ。

かくして、わたしは戦争へと向かっていた。

われわれは軍用輸送船に乗って南の大陸に向かっていた。統治されていない世界最大の土地である。そこで戦いは起こっていた。ほぼ三千年間、戦闘は南部でおこなわれていた。極冠を氷に覆われ、ツンドラと永久凍土からなる広大な未踏の地だった。海岸沿いにいくつかある前哨地を別にすると、軍隊以外に人のいない土地でもある。

　船のなかでわたしに割り当てられたのは、吃水線の下になる下甲板だった。乗船したときにすでに暑く、臭気もこもっていたが、すぐに混み合い、やかましくなった。

　わたしは自分のなかにひきこもった。生きていることのさまざまな感覚が狂ったように体のなかを駆けまわる。おれは何者なんだ？　どうしてこんな場所にやって来た？　なぜ一日前になにをやっていたかすら思い出せない？

　それでいて、わたしはちゃんと任務を果たせていた。この世界の知識を有し、装備を使用する実務能力を持ち、部隊の仲間のことをよく知り、戦争の目的や歴史を多少なりとも理解していた。思い出せないのは自分自身のことだけだった。初日に、ほかの部隊が乗船するのを下甲板で待ちながら、わたしはほかの男たちの話に耳を澄ました。自分が何者かについてのヒントが得られることを期待したのだが、なにも出てこない。仕方なく連中がなにに関心を持っているかを知ろうとした。連中の関心事はわたしの関心事でもあろう。

　どんな兵士でもそうであるように、みな不平をこぼしていたが、彼らの場合、不平は現実的な色合いを帯びていた。来る開戦三千周年が問題だった。兵士たちはみな自分たちがあらたな大規模攻撃にまきこまれるものと確信していた。この争いをなんらかの形で解決しようという目的でおこなわれる攻撃だ。三千周年までまだ三年以上あるから、戦争はそれまでに終結するだろうと考える兵士もいた。おれたちの四年間の兵役が終わるのは、三千年祭の数週間後だと冷ややかに指摘するものもいた。もし大規模攻撃が起こるなら、おれたちはそれが終わるまで除隊を認められるわけはなかろう、と。

彼ら同様、わたしも諦観を抱くには若すぎた。軍から逃げ出したいという望みの種、どうにかして脱走する《ディスチャージ・マイセルフ》方法を見つけたいという種が播かれた。

その夜、わたしは自分の過去について思いを巡らせ、未来について心配して、ろくに眠れなかった。

航海がはじまると、船は南に向かい、大陸本土にほど近い島々を通過していった。ジェスラ島の海岸の沖合には、シーヴル島がある。細長い灰色の島で、険しい崖と吹きさらしのはだかの丘陵のため、シーヴルの町のどの場所からも海の景色はさえぎられていた。シーヴルの先には幅広い海峡があり、セルク諸島の名で知られる島々につづいていた——シーヴルよりもずっと緑が多く、土地も低く、沿岸の入江や湾には魅力的なちいさな町がたくさんあった。

船はひしめきあう島々のあいだを縫い、どこにも寄港することなく進んだ。わたしは目の前の景色に見とれ、手すりから目を凝らしていた。

船上での長い日々がゆっくりと過ぎていくにつれ、気がつくと頻繁に上甲板に引き寄せられていた。そこだと、背を伸ばして眺めることができるし、たいていはひとりきりでいられる。本土に近づき、視界をさえぎる大きなシーヴル島を越えると、島々がたちまち遠ざかった。どこまでもつづく鮮やかな色にあふれた島景色や、靄に包まれて遠くにかいま見える島ならぬ地が離れていく。船はおだやかな水面をすいすいと切っていく。船内につめこまれた兵士の集団は騒がしく、自分たちの来し方をちらりとでも振り返るものはほとんどいない。

日々は過ぎていき、気候がはっきりわかるくらい暖かくなっていった。いまや目に見える海岸は白くなり、背の高い木々に縁どられ、その奥の木陰には小さな家々が見てとれた。島々の多くを守っている岩礁は、あざやかな色にあふれ、ごつごつして、貝殻をこびりつかせながら、波のうねりを白い飛沫の泡に変えていた。われわれは巧みに造られた港と壮麗な山腹にしがみついている沿岸の大きな町を通過し、噴煙を立ちのぼらせる火山や四方へ広がる岩の露出した山の牧野を眺めつつ、大小の島や、潟や、湾や、河口を縫って進んだ。

この戦争を引き起こしたのが夢幻群島《ドリーム・アーキペラゴ》の住民であるというのは広く知られているが、ミッドウェー海を通るときの、島々の穏やかでうっとりするような眺めは、はたしてそれは本当のことなのかと確信をゆるがす。静謐さはたんなる印象にすぎず、船と岸との距離から生まれた錯覚である。南への長旅のあいだ、おさおさ警戒を怠らぬようにと、われわれは軍によって多くの講義を受講させられた。その講義のなかで、三千年の大半をこの戦争に関わってきた群島が武装中立の立場を獲得するためにおこなった戦いの歴史が詳しく説明された。

現在、夢幻群島《ドリーム・アーキペラゴ》は、関係当事者全員の同意によって中立の立場にあるが、その地理的位置――ミッドウェー海が、北部大陸の交戦国と彼らが選択した無人の南の極地にある戦場とを分断しながらその界隈を取り巻いている――が諸島での軍の駐留を永続的なものにしていた。

そんなことは少しも気にならなかった。上甲板に逃れる機会があるときは、通り過ぎていく島々のジオラマを、言葉もなく、うっとり眺めるのがつねだった。船のロッカーのなかで見つけた、ぼろぼろの、おそらくは時代遅れになっている地図の助けを借りつつ船の針路をたどった。島々の名前は鐘の音のように軽やかに心に響いた――パネロン、サレイ、テンミル、メスターライン、プラチャウス、ミュリジー、ディマー、ピケ、オーブラック諸島、トークィル諸島、サーケ諸島、リーヴァー早瀬諸島、ヘルヴァード情熱海岸。

そうした個々の名前がなにかをわたしのなかで呼び起こした。地図の上で名前を読み、風変わりな海岸線を断片的な手がかり――ぬっと突き出た切り立つ崖や特徴的な岬、特異な形状の湾――から特定すると、夢幻群島《ドリーム・アーキペラゴ》のどの場所も自分の意識にあらかじめ埋めこまれているような気がした。なぜか自分が群島の出で、そこに属しており、生まれてこのかたずっとそこのことを夢に見てきた気がした。要するに、船から島々を見つめていると、自分のなかの美的感覚が甦ってくるのを覚えたのだ。島の名前が感情に訴えてくる衝撃に面食らった。とても繊細で、表現しがたい官能の悦びをほのめかす、船上の粗野でむさくるしい存在とは相容れない名前。通り過ぎる船と、浜や潟のあいだに細く伸びる水面を眺めながら、わたしは島の名前を静かに暗誦した。この身を持ち上げ、波が打ち寄せる岸辺へと運んでくれる精霊を呼び出そうとしているかのように。

いくつかの島はとても大きく、船がその海岸線に平行して通過するのに一日近くかかる一方、なかば水中に沈んだ潟にすぎないような小さな島もあった。そんな島に乗り上げようものなら、われわれの古い船殻などたちまち断ち割られてしまう。

その大小にかかわらず、すべての島には名前がついていた。地図上で確認できる島に通りかかると、わたしはその名前を丸で囲み、あとで手帳の増えつづけるリストに加えた。島の名前を記録し、数を数える。いつの日か引き返して、すべての島々を探訪できるよう、旅日記として書き記した。海の眺めがわたしを誘惑した。

南行きの長い旅のあいだ、船が停泊した島はたったひとつだけだった。

旅の小休止をはじめて意識したのは、船が大きな工業港に向かっているのに気づいたときだった。海際の施設は、湾を見渡す巨大な工場からもくもくとあがるセメント粉のせいで白く漂白されたように見えた。その工業地帯を外れると、未開発の海岸線が長くつづいており、こんもりと茂る多雨林がつかのま文明生活の光景をさえぎっていた。ややあって、小高い岬を巡り、背の高い防波堤をゆきすぎると、低い丘陵の上に築かれた大きな街が突然目に飛びこんできた。街は四方へ広がっており、その景色は、船が忙しく行き交う水面を渡って陸地からやってくる熱い空気のせいでゆがんで見えた。むろんわれわれは停泊地についてくわしく知ることを禁じられていたが、わたしには自前の地図があり、すでにこの地の名前を知っていた。

この島の名はミュリジー。群島でもっとも大きな島であり、もっとも重要な島のひとつだった。それに気づいたことで得た衝撃の大きさは計り知れないものだった。ミュリジーという名が、水の干上がった溜池同然だった、わたしの記憶から忽然と浮かびあがったのだ。

最初、その名は地図上のたんなる識別語にすぎなかった——ほかの島に用いられている文字よりも大きめの文字で印刷されている名だった。わたしはとまどった。どうしてこの言葉が、この見慣れぬ名前が自分に強い感慨を与えるのか？　たしかに、ほかの島を目にしたときも興奮を覚えた。しかし、あとに引く余韻はかすかなもので、どの名前にも帰属感に似たものは感じなかった。

やがて船は島に近づいていき、長い海岸線に沿って進みはじめた。わたしはかなたの地が滑るように過ぎていくのを眺めながら、なぜだかわからないが、ますます感慨深くなった。

入江に、港への入口にたどりつき、おだやかな水面をつたって街の熱気がこちらに向かってやってくるのを感じたとき、あることがついにはっきりした。

わたしはミュリジーのことを知っていたのだ。記憶にない場所の記憶として心に浮かんだ。

ミュリジーは、わたしの知っているなにか、はたまたどこかである。あるいは、子どものころにわたしがやったか、体験したなにかを表している。それは切り離されてほかのことはなにひとつ告げてくれない、まるまるひとつの記憶である。それは、ミュリジーに住んでいた画家に関わっている。画家の名はラスカル・アシゾーンという。

ラスカル・アシゾーン？　何者だ？　ほかにはなにひとつ覚えていない空っぽな記憶喪失者であるわたしの心に、なぜだしぬけにミュリジーの絵描きの名前が浮かびあがったのだろうか？

それ以上この記憶について深く検討することはできなかった。というのも、いきなり兵士全員が宿営に集められ、上甲板をぶらぶらしていたほかの男たちといっしょに、下甲板へ戻らざるをえなくなったからだ。憤慨しながら、わたしは船の内部へ降りていった。丸一昼夜、われわれは船倉に入れられ、翌日もかなりの時間、同じ状態だった。

風通しの悪い、うだる船倉にほかの連中といっしょに閉じこめられたのは苦しかったが、おかげで考える時間が持てた。みずから心を閉ざし、仲間の騒ぎ声を無視し、静かに戻ってきたこのひとつの記憶を深く探った。

かなり大きな記憶が空白であるとき、鮮明に思えるものがふいに姿を現すと、それがどんなものであれ、鋭利で、喚起的で、重大な意味を持つものになる。自分自身のことはなにも思い出さずに、ミュリジーに抱いていた関心を徐々に思い出した。

わたしは十代の少年だった。これまでの長くない人生において、さして遠い昔のことではない。わたしは、ひょんなことから前世紀のミュリジー・タウンに集った芸術家たちの共同体のことを知った。彼らの作品の複製をどこかで――たぶん本で――目にしたのだ。さらに調べると、数多くの原画が街の美術館に収められているのがわかった。原画を見るためにひとりでそこへ出かけた。グループのなかで傑出していたのは指導的な役割を果たしていた画家、ラスカル・アシゾーンという名の画家だった。

アシゾーンの絵はわたしを感動させた。

記憶の細部が自然とはっきりしてきた。忘れ去られた過去の薄闇から、かたちあるものが現れつづける。ラスカル・アシゾーンは、触発主義《タクティリズム》とみずから呼んでいた絵画技法を発展させた。触発派の作品は、ある種の顔料を使用するのだが、その顔料はずいぶんまえに画家ではなく、超音波集積回路の研究者によって開発された。特定の特許がいくつか失効したのにともない、多様なまばゆい色を画家が利用できるようになり、ごく短い期間ではあったが、鮮やかで刺激的な超音波原色の流行をみた。

そうした初期の作品の大半は、ただのセンセーショナリズムの産物にすぎなかった——超音波と共感覚的に合成された色彩は、見る者をあきれさせ、動揺させ、憤慨させた。ほかの画家たちが興味を失い、やがて前触発派として知られるようになるマイナーな流派になったころ、アシゾーン自身の制作がはじまった。アシゾーンは自分に先立つ者のだれよりも心をかきみだす効果をあたえるものとして顔料を使った。アシゾーンのあざやかな抽象画——大きなカンバスもしくは板に一、二種類の原色で描かれ、物の輪郭や人の姿形はほとんどない——は、最初なにげなく見るときや、遠くから、あるいは本のなかで複製画として眺めるときには、たんなる色彩の配合でしかない。近づいていくか、じっとするかして、原画に用いられている超音波顔料をじっさいに触れてみたなら、隠されているイメージがじつに深遠なもので、衝撃的なほどエロチックな性質を帯びているのが明らかになるのだ。詳細かつ驚くほどきわどい場面が、見る者の心に不思議と呼び起こされ、激しい性的興奮を引き起こす。わたしは久しく忘れられていたアシゾーンの抽象画の一組をジェスラにある美術館の展示室で見つけ、絵の上に両手のてのひらを置いて、じっさいに体験しているような官能あふれる情熱の世界へ入りこんだ。アシゾーンが描く女たちは、わたしがこれまでに見たり、知ったり、想像したりした女性のなかでもっとも美しく官能的だった。どの絵も見る者の心に独自のヴィジョンを作りだす。その形はつねに的確で繰り返し現れるものだったが、部分的には見る者の性的願望への個別反応として形成されるものゆえ、唯一無二のものでもあった。

アシゾーンに関する批評はほとんど残っていなかったが、かろうじて見つけたものによれば、人によってアシゾーンの絵から味わう経験は異なっていたようである。

アシゾーンの生涯は失敗と屈辱にまみれて終わったようだ——作品の実態に気づかれるとまもなく、アシゾーンは、当時の美術界の権威や著名人、モラルにうるさい識者に拒絶された。責めたてられ、痛罵され、チェオナーの閉ざされた島に追放の身となって一生を終えざるをえなかった。原画の大半は門外不出となり、数枚の絵がミュリジーから本土のいくつかの美術館の収納庫へ散逸し、アシゾーン本人は二度と絵を描くこともなく、いつしか忘れ去られていった。

わたしは若き唯美主義者として、アシゾーンの醜聞など少しも気にならなかった。確かなのは、ジェスラの美術館の地下室に隠されていたアシゾーンの数枚の絵に、このうえもなくみだらなイメージをかきたてられたあまり、もやもやとした欲望で足に力が入らず、好色な欲求がつのってクラクラしたということだけだ。

わたしのはっきりとしない記憶のなかで、その点だけが明晰だった。ミュリジー、アシゾーン、触発派の傑作群、隠された謎のセックス絵画。

そんなことを知っているわたしとは何者なのか？　少年は消え去り、成長して兵士となった。あの頃のわたしはどこにいった？　かつてわたしはゆったりとした人生を過ごしていたはずなのに、そのときの記憶はいっさい残っていなかった。

かつてわたしは唯美主義者だったのに、いまは歩兵をしている。いったいそれはどんな人生なのだろう？

さて、船はミュリジー・タウンに錨泊した。港の岸壁のすぐ外である。うだる船倉から逃げだしたくて、みんないらだち、ストレスを募らせていた。そして――

上陸許可。

その知らせは兵士たちのあいだを音速よりも速く伝わっていった。まもなく、船は港の外の錨泊地を離れ、埠頭に接岸することになっていた。われわれには三十六時間の上陸許可が与えられる。仲間といっしょに歓声を上げた。わたしはミュリジーでとにかく自分の過去をつきとめ、おのれの童貞を捨てたかった。

四千人の男たちが解放され、先を争うように上陸した。大半の連中が娼婦を求めて、ミュリジー・タウンへ雪崩れこんだ。

わたしはといえば、アシゾーンを求め、連中といっしょに駆けていった。

とはいえ、わたしに見つかったのも娼婦だけだった。

アシゾーンの美しいミュリジー女を捜そうと、通りを駆けまわったものの、成果はあがらず、波止場にあるダンス・クラブに行きついた。そもそもミュリジーを調べる用意ができていなかったし、自分が求めているものはどうしたら見つかるのか、さっぱりわからなかった。街の比較的外れにある場所をあてなくうろつき、狭い通りで迷子になり、そこの住民に白い目で見られた。わたしの軍服のせいだ。やがて脚が痛くなり、街のよそよそしさに幻滅し、彷徨の末に港に戻ってきたのがわかると、ほっとしたものだった。

われわれの軍用輸送船は、夜間投光器に照らされ、コンクリートの護岸と埠頭の上にそびえていた。ダンス・クラブに気づいたのは、入口に兵隊が大勢たむろしているのに出くわしたからだ。連中を惹きつけているのはなんなのだろうと不思議に思い、人混みをかきわけ、店内に入った。

広い店内は暗く、暑かった。壁までぎっしりと人間の体が埋まっていて、たえまなく鳴り響くシンセサイザー・ロックのビートに満たされている。あちこちから天井に向けて激しく明滅しているカラー・レーザーに目がくらむ。だれも踊っていない。壁ぎわのそこかしこで、若い女が観客の頭の高さにあるきらきら光った金属製のお立ち台に立ち、オイルでてかっている裸身を白いスポットライトで輝かせていた。女たちはみな口元にマイクを支え持ち、たいして気乗りのしない口調で、ダンス・フロアにいる男たちのだれかれを選んで、話しかけていた。

人混みをかきわけて中央のフロアに進みでると、わたしは女たちに目星をつけられた。最初、ろくに経験がないもので、女たちが自分に手を振っているか、挨拶の一種だろうと思った。街じゅうを延々と歩きまわり疲れていて、失望もしていたため、わたしは手を上げて弱々しく応えた。近くのお立ち台にいた若い女は、じつになまめかしい体の持ち主だった——両脚を大きく広げて立ち、腰を前に突きだし、目ざわりな照明に昂然と秘所をさらしていた。わたしが手を振ると、女はふいに動きだし、お立ち台のまわりの金属製の手すりに前のめりにもたれ、たわわな乳房を下にいる男たちのほうへ誘うように垂らした。スポットライトの光源がすばやく移動した——あらたな光線が灯り、女を背後の下方から照らして、その大きな臀部をぎらぎらと光らせ、女の影を天井に強く映しだした。女はマイクに向かってさらに執拗にまくしたて、片手でわたしを指し示した。

目立って関心を寄せられていることに警戒し、わたしは軍服姿の男たちがひしめきあっているなかをさらに奥へと移動し、人群れに身をまぎらわせようとした。だが、数秒とたたぬうちに、たくさんの女たちが四方八方から集まってきて、ごった返す男たちの肉体のあいだから手を伸ばし、わたしの両腕を持ってつかまえようとした。どの女も無線ヘッドセットをはめていて、ピンマイクが口元に垂れ下がっていた。まもなくすると、わたしはすっかり女たちに囲まれて、有無を言わさずに部屋の端へ連れていかれた。

わたしのまわりで女たちがおしあいへしあいしていると、なかのひとりがこちらの鼻先に指をひらつかせた。親指の腹で指先をこすり、物欲しげな仕草を見せた。

わたしはうろたえ、怯えながら首を振った。

「金だよ！」女は声高に言った。

「いくらだ？」

金を払いさえすればこの女たちから逃げだせるものと思った。

「あんたの休暇手当さ」女はまた指をこすりあわせた。

上陸時に黒帽の上官から渡された軍票の薄い束を探した。わたしがそれを尻ポケットから取りだすや、女はひったくり、すばやい動作で別の女に金を渡した。その女は、いつのまにかダンス・フロアの端に近い、小暗い引っ込みにある長テーブルに腰をおろしていた。各人が男たち全員から取りあげた金の額を台帳かなにかに書き記しており、軍票はすぐに見えなくなった。

一連のことがあまりにすばやく起こったため、女たちがなにを望んでいるのか、ほとんど把握できずにいた。だが、ここにいたって、わたしにもたれかかるように立っている女たちの親密かつ挑発的な物腰に、先方が提供しようとしているもの、いや、要求していると言ってもいいものを理解した。どの女も若くなく、だれも魅力的には思えなかった。この数時間のあいだ、わたしの思いはアシゾーンのセイレンたちにあった。こんなに強引で不愉快な女たちはひどい幻滅でしかなかった。

「こいつが欲しいんだろ?」女のひとりがそう言って、だらりとした服の前を開き、貧弱で垂れた乳房を見せつけた。

「それからこれも?」わたしの手から金をひったくった女がスカートの前をつかみ、持ち上げて、その下にあるものをわたしに見せようとした。徐々に明かりが暗くなっていって影が濃くなり、なにも見えなくなった。

女たちはわたしをあざわらっていた。

「金は取っただろ」わたしは言った。「もういかせてくれ」

「ここがどこだか、男どもがなにする場所だか知ってんのかい?」

「知ってるとも」

どうにか女たちからもがくようにして離れ、すぐに入口の方向へ取って返した。怒りと恥しさがないまぜになっていた。アシゾーンのみだらな美女と出会うことを、たんに目にするだけでもいいと願ってこの何時間かを費やしてきた。それなのに、あの鬼婆どもは、連中のしなびた、使い古しの体でわたしを苦しめる。

そんななか、四人の黒帽たちが建物に入ってきていた。二人ずつ組になって分かれ、入口をはさんで立っているのが見えた。四人ともシナプス警棒を抜いており、殴打の構えを取っていた。その禍々しい棍棒が怒りにまかせて振りおろされると犠牲者がどうなるか、船に乗っているあいだにわたしは目撃していた。わたしは逡巡した。外に出ようとして男たちを押しのける羽目には陥りたくなかった。

そうしていると、また別の娼婦が人混みをくぐり抜けてやって来て、わたしの腕をつかんだ。ひたすら黒帽を恐れていたわたしは、ぼうっとして娼婦を見やった。

彼女を見て驚いた。ほかの娼婦よりもずっと若く、ほとんど申し訳程度にしか服を身につけていない――ちんまりしたショーツに、襟ぐりが破れて片方の肩から乳房の上部の曲線があらわになっているTシャツ。腕は細く、無線ヘッドセットをつけていない。女はわたしに向かってほほ笑み、こちらの視線に気づくとすぐに口を開いた。

「あたしたちのサービスを知らずにいなくなってはだめよ」女は顔を近寄せて、わたしの耳元に話しかけた。

「知らなくていい」わたしは声をはりあげた。

「ここはあなたの夢の大聖堂なの」

「いまなんて言った?」

「あなたの夢。あなたが捜しているものは、なんでも揃っているわ」

「いや、もうたくさんだ」

「あたしたちのサービスを試してみて」女が顔を間近に寄せてきたので、彼女の巻き毛がわたしの頬をそっと撫でた。「あたしたちはあなたのためにここにいるの。あなたを楽しませたいのよ。いつか必ずあたしたち娼婦が差しだすものが必要になるわ」

「まさか」

黒帽たちは移動し、戸口を封鎖した。連中の向こうの、通りにもどる幅広い通路に、やつらの仲間がさらにやってくるのが見えた。なぜ突然やつらはクラブに姿を現したのだろう。なにをやるつもりなのか。正規の上陸許可時間が終わるまでにまだ何時間もある。船に戻らねばならない緊急事態が起こったのだろうか？　このクラブは、船が停泊している場所のすぐそばにあるから、よくわからない事情で立入禁止なのだろうか？　なにもわからない。自分が居合わせたこの状況がふいに怖くなった。

それでもわたしのまわりには男どもが数百人とおり、おそらく、みなわたしとおなじ輸送船の人間のはずだがなんの心配もしていない様子だった。耳障りな大音量の音楽がずっと鳴りつづけ、心に穴を穿っていた。

「こっちから出られるわ」若い女はそう言って、わたしの腕に触れた。女はステージの下にある暗い戸口を指し示した。建物の正面入口とは逆方向にある扉だった。

黒帽たちがたむろする男たちに割って入ってきて、腕を乱暴に振りまわし、周りを押しのけた。シナプス警棒が脅すように振られた。若い娼婦は短い階段を駆け降り、扉にたどりつくと、そこをわたしのために開けささえていた。手招きしてせかすので、わたしは急いで娼婦のそばに行き、扉をくぐった。女が後ろ手に扉を閉めた。

わたしは湿っぽい薄暗がりのなかにいた。でこぼこした床につまずく。強烈な芳香が濃くただよい、音楽の低音がまだ聞こえていたものの、まわりには別のいろんな音があった。とくに目立って聞こえるのは、ほかの男たちの声だった——怒鳴り声、笑い声、不満を訴える声。どの声も怒りや、興奮や、あせりで高揚していた。ときたま、廊下の壁の裏側になにかがどすんとぶつかってきた。

混沌を感じた。たがはずれた出来事がまわりで起こっている。

廊下を少し進むと別の扉にたどりついた——娼婦が開けてくれて、わたしをなかへ通した。ベッドでもあるのかと思っていたが、その部屋に閨房《けいぼう》を思わせるところはまったくなかった。それどころかソファすらなく、床にクッションもない。木製の椅子が三脚、壁に沿ってきちんと並んでいるだけだった。

女が言った。「ここで待つのよ」

「待つ？　なにを？　どれくらい？」

「自分の夢がかなうのをどれくらい待ちたい？」

「くだらん！　待てるものか」

「せっかちね。一分経ったら、あたしについてきて！」

女は別の扉を指し示した。扉は壁とおなじくすんだ赤色に塗られていたので、あるのに気づかなかった。室内にたった一個しかない裸電球から漏れる弱い明かりが擬装に手を貸していた。女は扉へ歩み寄り、通り抜けた。そうしながら、女は背後に手をまわして両手で破れたTシャツを脱いだ。丸みをおびた裸の背中と、背骨の小さな隆起が一瞬見えたかと思うと、女は姿を消した。

ひとりきりになり、わたしはうろうろと歩きまわった。一分待てというのは、文字通りの意味なのか？　腕時計を調べるか、六十まで数を数えるべきなのか？　女はわたしをひどく神経質な緊張状態に放りこんだ。あの奥にある部屋で、ショーツを脱ぎ、わたしを受け入れる用意をする以外に一体あの女はなにをしなければならないというのか。

いらだちながら、わたしは、バネの抵抗を受けつつ扉を押し開けた。その先は暗がりだった。背後の部屋から入りこむ弱い明かりでは、先は見通せなかった。部屋になにか大きなものがあるというのはなんとなくわかるものの、その形はつかめない。暗闇のなかで神経をとがらせ、両手で手探りしつつ、うんざりするような香水の香りと、くぐもっているが依然としてやかましく鳴り響いている音楽に負けぬよう五感をとぎすませようとした。どうやら、廊下に出たのではなく、別の部屋にやって来たようだった。

前方に手を伸ばして、さらに奥へ進んだ。背後で、扉がバネの力で勢いよく閉じた。すぐにまばゆいスポットライトが天井の四隅で灯った。

わたしは閨房に入っていた。ごてごてと飾りたてたベッド——彫刻つきの大きな木製ヘッドボードに、ぱんぱんにふくれあがった巨大な枕、何枚もの光沢のあるサテンのシーツつき——が部屋の床の大半を占めていた。わたしをここに案内した若い女とはちがうものの、おなじように若い女がベッドに身を横たえていた。その姿勢は性に身をゆだね、いつでも応じようとしている。

女は裸で、あおむけに寝ており、片方の腕を掲げて首のうしろにまわしていた。顔は横を向き、口はひらき気味になっていた。両目は閉じて、唇は濡れていた。たわわな乳房がふくらみ、乳首はかたくならずに外を向いていた。片方のひざを曲げ、若干角度をつけたまま、彼女自身をあらわにしていた。空いているほうの手の指を性器に置き、指先をわずかに曲げ、割れ目のなかに浅く埋めていた。スポットライトのぎらつく白光が女とベッドをあざやかに照らしている。

女の姿にわたしは凍りついた。いま目にしているのはありえないものだった。信じられぬ面持ちでわたしは女をまじまじと見つめた。

女は、わたしがかつて心のなかで見たことがあるのとそっくりおなじ——似ているのではなくそっくりおなじ——活人画のなかでポーズを取っていたのだ。

わたしの過去で唯一残っている断片にそれはあった——ジェスラにある美術館で、保管庫の涼しい薄闇のなかにいた最初の日のことを覚えている。十代のわたしは震える指を、てのひらを、汗ばむ額を、アシゾーンの代表的な触発主義作品のひとつに何度も押しあてた——『自慰する聖アウグスティニア』に。

（作品の題名を思い出した！　どうやって？）

目の前のこの女は聖アウグスティニア本人だった。女は完璧にあの絵を再現していた。女自身が正確なレプリカであるだけでなく、シーツや枕の配置具合——強い光を浴びて光るサテンのひだの曲がり具合——もあの絵とぴったり一致していた。あらわにされた乳房のあいだを流れる長い一筋の汗は、過去に何度となくむさぼったみだらな夢想の一部だった。

その発見に驚いたあまり、一瞬、自分がなぜこの場にいるのか忘れてしまった。多くのことがたてつづけに起こり、わかっていることはほんのわずかだ——たとえば、この女は破れたTシャツを脱いでいるのを見た若い女とは別人である。また、ダンス・フロアでわたしをつかまえたヘッドセット姿のやつれた女たちの一員でもない。Tシャツ姿の痩せた少女よりもずっと成熟しており、わたしの目には、ほかの女のだれよりも何倍も美しく写った。さらに混乱させられるのは、この女がベッドのなめらかなシーツの上で股をひろげている意図的な仕草は、明らかにわたしが頭のなかで経験しただけにすぎない空想を参考にしているのだ。たったひとりで記憶したものに！　そこが説明しようのない、逃れようのない結びつきだった。女のポーズはたんなる偶然だろうか？　なんらかの方法でわたしの心を読んだのだろうか？

夢の大聖堂、とあの若い女は言った。そんなこと不可能だ！

いや、ほんとうに不可能なんだろうか。

これが仕組まれたことだと考えるのは、ばかげている。だが、細部までくっきり心のなかに残っているあの絵画との類似はみごとなものだ。とはいえ、女の真の目的は明白だった。なんと言っても娼婦なのだ。

わたしは黙って女を見据え、どう考えればいいのか答えをひねりだそうとした。

するど、娼婦が目をつむったまま口をひらいた。「立って見てるだけなら、出ていってもらわないと」

「ひ――ひとを捜していたんだ」女が黙っていたので、わたしはつけたした。「きみのような若い女を」

「いまここであたしをものにするか、じゃなきゃ、出ていくかよ。あたしは見られるためにいるんじゃない。じろじろ見ないで。あなたに奪われるためにここにいるのよ」

こちらにわかる範囲では、しゃべっているときも女は少しも姿勢を変えていなかった。唇すら、ほとんど動いていない。

わたしはさらに何秒か女に目を凝らしながら、いまこのときこの場所で、自分の夢想と現実がひとつになっていると思ったものの、結局女から離れた。正直に言うと、女を恐れていたのだ。わたしは思春期を脱したばかりで、セックスに関してはまったく未経験だった。それなのに、よりにもよってアシゾーンの誘惑女にじかに向かい合っている。

女に言われたように、わたしはおずおずとその場を去った。

どこへ行くべきか、選択肢はないに等しかった。部屋に出入りする扉は二ヵ所。わたしが入ってきた扉と反対側の壁にあるもうひとつだ。巨大なベッドのへりをまわりこみ、ふたつ目の扉に向かった。〝聖アウグスティニア〟は出ていくわたしに身じろぎひとつしなかった。こちらにわかる範囲では、室内にわたしがいる間、ちらっとでもこちらに目を走らせることもなかった。わたしはわたしで、出ていくときも女の視線をさけてうつむいていた。

扉を通り、第二の狭い廊下に出た。わたしに近い側には明かりはなく、反対側の端で低出力の電球がちらちらまたたいている。女との出会いで、おなじみの肉体的影響が生じていた——不安感を抱きつつも、性的昂奮にうずいていた。情欲が高まりつつあった。わたしは明かりに向かって進んだ。たった今あとにした部屋の扉が背後でばたんと閉まった。反対側の端、電球のすぐ奥に、アーチのようなものがこしらえられており、その向こうに小さなアルコーブがあった。

廊下沿いに扉のたぐいがいっさいなかったので、アルコーブになんらかの出入口が見つかるだろうと思った。頭を下げ、アーチをくぐるとき、もつれあった脚にひっかかって、つまずいた。明らかに床の上で愛を交わしていた男女のものだ。薄闇のなか、そこにいるふたりの姿は目に入らなかった。バランスを保とうとよろけ、謝まりつつ、片手を壁に押しつけて体を支えた。

カップルから離れ、先を進んだが、そのアルコーブは行き止まりだった。かすかな明かりのなか、どこかに扉がないか手探りしたものの、出入りはアーチをくぐるほかなかった。

床の上のカップルはまだ行為のまっ最中だった。ふたりの裸の体はリズミカルに、エネルギッシュにぶつかりあっていた。

わたしはふたりの上をまたごうとしたが、自分の立っている空間の狭さにバランスを崩し、またしてもふたりを蹴飛ばしてしまった。ばつの悪い謝罪の言葉をまたつぶやくと、驚いたことに、女のほうが男の下からすばやく離れ、乱れのない動きですっくと立ち上がった。長い髪が顔にこぼれかかり、女は首を振って目にかかった髪を払う。女の顔から汗が胸にしたたり落ちた。男は何気なく仰向けに転がっていた。裸でいるせいで、男のそれがまったく機能しない状態であるのが見てとれて驚いた。ふたりの肉体愛の行為はいつわりだったのだ。

女がわたしに言った。「待って! 代わりにあなたといっしょに行くわ」

女は温かい手をわたしの手に重ね、誘うようにほほ笑んだ。激しい息づかいをしている。汗の膜が乳房を覆い、乳首がぴんと立っている。女の指に軽く触れられて、あらたな官能の刺激を覚えるとともに、疚しさがまたこみあげてきた。男はわたしの足下におとなしく横たわり、こちらをじっと見上げていた。いま目にしているものすべてにわたしは困惑した。

わたしはふたりからあとずさり、アーチをくぐり、長い、明かりのない廊下にもどった。裸の娼婦がすぐさまあとから追ってきて、まごついているわたしの上腕をしっかりつかまえた。廊下の反対側の端に、聖アウグスティニアの閨房にもどることになる扉とは別の、どこにつながっているのか知れぬ扉があるのに気づいた。そこへたどりつき、体重をかけ強引に押し開ける。おそろしく堅い。扉の向こうにある部屋に入ると、シンセサイザー音楽の絶え間ない低音のビートが音量を増して聞こえたが、だれもいないようだった。ムスクのような香水の香りがきつい。わたしはみだらな気持ちになり、性的に刺激され、わたしについてきたこの若い女の求めに応じたくてたまらなくなった――とはいうものの、わたしはひどくおどおどして、まごつきながら、奔流のように襲ってくる、さまざまな感覚や思いに圧倒されていた。

若い女はわたしを追って部屋のなかに入ってきており、まだわたしの腕をつかんでいた。背後で扉が堅く閉ざされ、片方の耳が減圧感を感じた。大きく息をして、耳抜きをした。この若い娼婦に話しかけようと振り向くと、どこからか忽然とわいて出たかのようにさらにふたりの若い女が、扉から離れたところにある部屋の隅の深い影から姿を現した。

部屋にはわたしと三人の女しかいない。三人とも裸だった。女たちは矢も楯もたまらずにいるような熱い欲望を発散させながら、わたしを見つめていた。わたしの体はいつでも応じられる状態にあった。

それなのに、わたしは三人からあとずさってしまった。経験がないせいで相変わらず神経質になっていたこともあるが、かかる昂奮状態にあって、どれほど長く持ちこたえられるだろうかという不安もあった。ふくらはぎになにかやわらかなものの端が当たるのを感じた。振り返ると、淡い光のなかに、大きなベッドがあるのが見えた。シーツのかかっていないマットレスがある。すぐにでも使える幅広い柔軟なマットレス。

気がつくと、三人の裸の女はわたしのかたわらに来ており、肉欲の芳香をまわりにたちのぼらせていた。女たちはそっと手で押して、わたしにベッドに腰をおろすよう指示した。わたしは腰かけたが、ひとりの女がわたしの両肩を軽く押しやったので、されるがままにうしろへ倒れた。マットレスか、藁布団か、とにかく、そこにあるものがわたしの体重で柔らかくたわんだ。女のひとりがしゃがみこみ、わたしの両脚を持ち上げて横方向にまわしたので、わたしはベッドの上に寝そべる恰好になった。

仰向けになっていると、女たちは軍服のボタンを外し、脱がせにかかった。その手際のよさに、女たちの指先で光の刺青を入れられているような気がした。偶然の動きはなにひとつなかった——三人は巧みにわたしの体の反応をひきおこし、じらしていた。わたしは懸命に自分の男性を抑えようとした。いまにも精を放つ寸前だったのだ。頭に近いところにいる若い女がわたしの目を見つめながら、その指でわたしのシャツを脱がそうとした。女はわたしにかがみこんだり、袖から手を抜こうとするたびに、裸の乳房の片方をわたしのほうに下げ、堅くなった小さな乳首でわたしの唇を軽くなでるようにした。

あっというまにわたしは裸になった。苦しいほど完全に勃起し、解放を願ってやまない状態になっていた。女たちはわたしの体の下から衣服を滑り外し、マットレスの端に積み重ねた。顔のすぐ横にいる女が柔らかな指先をわたしの胸に置いた。さらに体を近づけてくる。

「選ぶ?」女はわたしの耳に囁きかけた。

「選ぶって、なにを?」

「あたしが好き? あたしの友だちが好き?」

「全員だ!」なにも考えずにわたしは答えた。「全員が欲しい!」

三人はそれ以上なにも口にしなかった。三人のあいだで合図がかわされている様子もなかった。三人はするすると場所を入れ変わった。あたかも何度もリハーサルを繰り返した隊形を取るかのように。

わたしは仰向けの姿勢のままにされていたが、女のひとりがマットレスの端に近いほうのわたしのひざを持ち上げ、軽く曲げた。彼女はマットレスに背中を倒すと、まっすぐに伸ばしているほうのわたしの脚に肩を置き、曲げたひざの下に頭を持っていった。顔をわたしの脚と脚のあいだの空間に向ける。こちらの裸の下腹部に彼女の息を感じることができた。彼女は勃起したわたしのペニスを片手でつかみ、それをわたしの体と垂直になるよう支え持った。

それと同時に二人目の女がわたしの胸を両ひざではさむようにひざだちになり、脚を大きく開き、腰を下げ、別の女が動かぬよう支えているわたしの分身の先端に性器で軽く触れた。が、包みこみはしなかった。

三人目の女もわたしにまたがり、彼女自身をわたしの顔の上に置き、わたしの貪欲な唇に向けて下げていったが、じっさいに触れることはなかった。

女の甘い体臭を嗅ぎながら、わたしはアシゾーンを思い出した。

美術館の地下室にしまいこまれているアシゾーンの絵のなかでもっともきわどい作品のことを思った。その絵の名前は『神聖なる快楽に溺れるレーセンの牧夫』だった（また思い出した。どうやって？）。硬い木の板にけばけばしい顔料で描かれた絵だった。

『牧夫』を複製画で見たり、離れたところから見たりした場合、まず目に映るのは、深紅の絵の具がむらなく塗られている面であろう。意味ありげな平板さをあらわにしたミニマリスト風の作品というところだろうか。ところが、手や指で触れたり、（自分でやってみたのでわかっているのだが）額を軽く押しつけたりすると、心のなかに性行為の鮮明なイメージがわき起こるのだ。人によって、導きだされるイメージは異なるとされている。わたしが見て、感じて、体験したのは乱交シーンだった。ベッドにひとりの裸になった若者がおり、同じく裸の三人の美女が彼を悦ばせている。女のひとりが若者の顔にまたがり、もうひとりはペニスにまたがり、三人目は若者のひざの下にもぐりこみ下腹部に顔を押しつけていた。その強烈なイメージのなかで、みな扇情的な深紅の明かりを浴びていた。

いま、わたし自身が牧夫そのものになっていた。神聖なる快楽に溺れていた。

わたしは女たちが覚醒させた爆発せんばかりの熱情に包まれていた。アシゾーンに関する大きな謎に囲まれながらも、肉体の解放を求める欲望が体じゅうを駆けまわっていた。オルガスムスの瞬間に向かって自分が急いでいるのを感じた。

するると、突然終わりが来た。女たちは手早く、器用に姿勢を変えると、立ち上がってわたしを置き去りにした。呼びとめようとしたが、すっかり息があがった口から漏れるのはあえぎ声だけだった。三人は寝台をすぐさま降りると、立ち去ってしまった――扉が開いて閉じ、わたしはひとりになった。

とうとう、わたしは昂奮の高まりを放《ディスチャージ》出した。みじめな思いと見捨てられた思いを味わいながら。まだいくぶん彼女たちを感じることができた。えも言われぬ、刺激的な香水にまぎれて、三人が残した跡を感知できた。だが、わたしはこの薄暗い、音楽がかすかに聞こえる小部屋にひとりきりで、男がひとりでするように、わが熱情を放出したのだった。

じっと横になったまま、落ち着きを取り戻そうとした。すべての感覚がうずき、筋肉はこわばり、痙攣している。ゆっくりと上体を起こし、床に足をつく。脚が震えていた。

動けるようになると、慎重にすばやく服を着て、なにごとも起こらなかったように装おうとした。少なくとも冷静なふりをして立ち去れるように。

シャツをたくしこむと、零《こぼ》れた精《ディスチャージ》液が手に触れた。腹にひんやりとねばついていた。

部屋の出口を見つけ、廊下を進んで、大きなサブフロアに入った。音楽と頭上の足音がやかましく響いていた。たてつけの悪い扉に飾られている、赤いネオンのまばゆいきらめきを目にした。鉄の取っ手をがちゃがちゃ動かして引き開けたところ、丸石敷の路地に出た。そこは熱帯の夜の下にそびえるふたつの巨大な建物のあいだで、料理をするにおい、汗とスパイスと油脂とガソリンと夜咲き花のにおいがした。やっとのことで海岸近くの喧噪に満ちた通りに出た。黒帽も、娼婦も、乗船仲間もだれもいない。

　クラブが埠頭のすぐそばにあったことに感謝した。輸送船にすぐ再乗船できたからだ。上官に戻ったことを届け、下甲板に急いで降りていくと、その場にごった返している男たちのなかに姿をうずめた。混み合った甲板のなかで、帰還後最初の数時間は、だれからも話しかけられないよう、人を避けていた。寝床に横になり、眠ったふりをした。

　翌朝、船はミュリジー・タウンを出航し、われわれはふたたび南を目指し、戦地へ向かった。


　ミュリジーに行って以来、島に対するわたしの見方は変わった。表面的な魅力は減じてしまった。あのごみごみした街に短期間上陸したことで、自分が島に通じていると感じるようになった。ごくみじかい間でも、あの土地の空気とにおいを嗅ぎ、音を聞き、混乱のいくばくかを目にしたのだ、と。とはいえ、その経験は同時に群島の謎を深めた。いまなお島にとらわれていたが、もうそのことをくだくだ考えないように気をつけていた。自分がほんの少し成長した気がした。

　船上の生活のペースは変わりつつあった。日に日にわれわれに対する軍の要求が増えていった。何日か、船は熱帯の島々のあいだを縫って進むジグザグの針路をたどっていたが、さらに南に進むにつれて、気温がしだいにおだやかになった。ついで長くて不愉快な三日間、船は強烈な南向きの強風に翻弄され、小山のような波に揺さぶられた。嵐がようやく治まると、われわれは無味乾燥な地域に入った。ミッドウェー海の南部にあたるこの付近では、岩だらけで、木の生えていない島がたくさんあり、なかには水面にわずかばかり顔を覗かせているにすぎない島もあった。赤道付近と異なり、島と島との間隔がずいぶんあいていた。

いまなお島々を恋いこがれていたものの、もちろんこんな島にではない。熱帯地方のたがが外れたような灼熱が恋しかった。暖かい気候の島が背後に遠くなっていくたびに、それらの島のことを脳裏から消さざるをえないのはよくわかっていた。点在する陸地の、物言わぬ景色しか見えない吹きさらしの上甲板には近寄らないようになった。

旅の終わりが近づいて、われわれはいきなり居住甲板から呼び出された。そして、集会甲板でおしあいへしあいしているあいだに新兵の荷物がすべて検査された。雑嚢のなかに隠していた地図も見つかってしまった。それから二日間はなにごともなく過ぎた。三日目、副長の船室に呼び出され、地図は没収のうえ廃棄した、と告げられた。日給七日分を減俸され、軍務記録に記された。わたしがさらに軍規違反をしないかどうか、黒帽分隊が目を光らせることになる、と正式に警告された。

しかしながら、すべてが失われたわけではなかった。検査隊はわたしの手帳を見つけそこなったのだ。なかに書かれている長い島名リストには気がついていない。

わたしは地図を失ったことで、これまで通過してきた島のことをいやおうなく思い出した。輸送船を降りる間際の何日か、わたしは島の名前を記した手帳のページとともにひとり腰をおろして、島の名前を記憶し、それぞれの島がどんな様子だったか思いだそうとした。いつの日か除隊《ディスチャージ》となり、帰郷できるようになったあかつきに、楽しみにたどるつもりの旅程を心のなかで完成させた。ひとつの島から次の島へとゆっくりと移動する、永い年月を費やす旅にしよう。

そんな旅は、戦争と縁が切れないかぎりはじまりようがなく、船は目的地の見えるところにもまだ到着していない。わたしは吊り床の上で待った。

船を降りるとすぐ、わたしは擲弾銃《グレネード・ランチャー》で武装した歩兵部隊に配属された。訓練を受けるあいだ、さらに一カ月、港近くで足止めを喰った。訓練が終わるまでには、船でいっしょだった同僚は散り散りになっていた。わたしはあたらしい部隊とともに荒涼たる土地を横断する長い旅へと送り出された。ついにわたしは悪名高き南の大陸を、いわゆる地上戦の劇場を移動しはじめた。だが、列車とトラックを乗り継いでの寒くて消耗させられる三日間の旅の途中で、ただひとつの戦闘も戦闘の跡も目にしなかった。通り過ぎた地域には人が暮らしている形跡がまったくなかった——木の生えぬ平原や岩山、凍った川が終わりなくつづくように思えた。毎日命令が下された。やっかいなのは孤独なことだったが、目的地までのルートはわかっており、あらかじめ検討済みで、万事手はずがととのえられていた。ほかの兵士たちと行軍していたものの、長くいっしょにいたのはひとりもいなかった。われわれはみな別個の目的地と別個の命令をあたえられていたからだ。列車が停まるたびにトラックが迎えにくる。線路脇に停止していたり、こちらが一、二時間待った後にどこからかやってきたりした。停車時に燃料や食糧が積みこまれ、つかのまの同乗者が乗り降りした。やがて、そうした停車のおりに列車を離れる番がわたしにまわってきた。

防水シートのかかっているトラックの荷台に乗って、さらに一日進んだ。寒くて、ひもじかった。ひっきりなしに揺れるので擦り傷が絶えず、しまいにはまわりの風景の息苦しさに恐怖を覚えた。自分もまたその風景の一部になっていた。わびしく生える雑草やイバラや葉を落とした藪をけずる風がわたしの顔もけずった。地面に点在する岩や石が、トラックの乱暴な動きの直接の原因となっていた。いたるところからしみこんでくる冷気がわたしの体力と気力を徐々に奪っていった。精神的にも肉体的にも一時停止状態に自分をおき、いつやってくるやもしれぬ旅の終わりを待ってやりすごした。

うんざりしながら地形に目を凝らす。暗い景色を鬱陶しく思い、なだらかな山の輪郭をつまらなく思った。灰色の燧石《すいせき》質の地面、乾燥した平原、はっきりしない空、岩や石英の破片が散らばっている荒れ地、それに人の住まいや農作業や動物や建物の形跡がまったくない点、すべてが腹立たしい――とくに、絶え間なく吹きつける氷風、霙《みぞれ》のとばり、吹雪を憎んだ。わたしにできるのは、トラックの荷台の吹きさらしの隅にうずくまり、この悲惨な旅が終わるのを待つことだけだった。

ようやくわれわれはどこかに到着した。険しい、切り立った岸壁のふもとに戦略的要地を占領した部隊がいる場所だった。到着するとすぐにグレネード・ランチャーが設置されている位置に気づいた。自分が組み立ての訓練を受けたのとまったくおなじように組み立てられ、きちんと威力を発揮できるよう配置された上で、覆い隠されていた。それまで長い旅の苦しみと不快さを味わってきたのに、ふいに達成感を覚えた。自分がやらされる気の進まぬ任務がこれからはじまるということに対して、思いがけぬ満足感を覚えたのだ。

さりとて、戦争に参加すること自体は、いまだにわたしの運命ではなかった。擲弾部隊に加わり、一日二日、ほかの兵士たちとともに任務を果したのち、軍に入って初めての身の毛のよだつ現実を知った。グレネード・ランチャーはあるのに、擲弾《グレネード》自体がなかったのだ。そのことにほかの兵士たちは動揺していない様子だったので、わたしも動揺するわけにはいかなかった。長年軍隊にいることで、戦闘や戦闘準備の命令を下されるときに疑問をさしはさまない心の有りようを発達させていた。

この場所から撤退し、装備をととのえなおし、敵と直接対峙できるあらたな地点を占拠せよ、という命令が下った。

われわれは武器を外し、真夜中に占拠地点を放棄し、東へ向かって長距離を移動した。着いた地点でトラック縦隊と合流した。二夜と一日トラックで運ばれ、大規模な物資補給所にやってきた。そこでわれわれは自分たちに支給されているグレネード・ランチャーが旧式モデルであることを知る。最新機種を支給されることになったのだが、部隊全員が再訓練を受ける必要があるとのことだった。

それで別のキャンプに向かってはるばる大陸を横断した。そして再訓練を受けた。ようやく最新鋭の武器と弾薬を支給され、準備が完全にととのい、戦闘に挑むべく出発した。

われわれが割り当て直された陣地にたどりつくことはなかった。そこで敵と対面するはずだったのだが。その代わりに、離れたところにいる別の部隊と交替するため、方向転換させられ、一度通っている荒涼きわまりない地帯をふたたび五日間横断した――そこは燧石ときらきら光る小石が転がる、凍った荒れ地で、植物は生えておらず、色も、形もなかった。

すぐにわかったわけではないが、数日ないし数週間、あてのない活動をするというパターンがすでに定着していた。このような無意味な活動とひっきりなしの移動が、わたしの戦争体験になろうとしていた。

日数や年数を数え忘れることはけっしてなかった。開戦三千周年がことばにされぬ脅威のようにわたしのまえに大きくたちはだかった。われわれは間隔をあけながら、ひとつの場所から次の場所へと行軍をつづけた。ろくすっぽ眠れなかった。徒歩かトラックでの輸送が繰り返された。泊まるのは、鼠がはびこり、絶え間なく降る雨が漏れる断熱性に乏しい木造小屋だった。間をおいて、再訓練のため退却させられた。あたらしい武器や性能が向上した武器の支給がたえずつづき、さらなる訓練が不可欠だったからだ。われわれはつねに移動途上にあり、キャンプを張り、あたらしい陣地を設営し、塹壕を掘り、友軍を支援するために南に、北に、東に、ありとあらゆるところに向かった——列車に乗せられ、降ろされ、あちらこちらへ飛ばされた。食糧も水もないこともあったし、事前の警告なしなんてことはたびたびあり、いつもなんの説明もなかった。一度、雪線に近い塹壕に潜伏していたとき、十機あまりの戦闘機が金属音を立てて頭上を通過したあと、立ち上がって、向こうには聞こえない歓声をあげたことがあった。別なときには、ほかの航空機が飛んできたのだが、われわれは隠れているよう命じられた。そのときもそうだし、それ以降もずっと、われわれを攻撃してくるものはなかったが、つねに警戒を怠らなかった。時間間隔を空け、季節によって場所を変えながら部隊が派遣されていた大陸の北部地域の数カ所で、わたしは真っ赤に日焼けしてふとももまで泥につかり身動きがとれなくなった。数千の飛行性昆虫に嚙まれ、雪解け水に流された——擦り傷、日焼け、打撲、退屈、潰瘍の生じた脚、疲労、便秘、霜焼け、そしてたえず味わわされる屈辱に苦しんだ。ときどき、グレネード・ランチャーを装塡し、戦闘に備えるよう命じられた。

われわれは一度も戦闘にいたらなかった。

当時はそれが戦争というものであり、けっして終わることはないだろうとずっと言われつづけてきたのである。

わたしははっきりした時間感覚をすっかり失った。過去も未来もなかった。わかっているのは、毎日カレンダーに印をつけることで、開戦四千年紀が否応なく近づいてくるのを感じることだった。行軍し、塹壕を掘り、待機し、訓練を受け、凍えながら、自由になることを夢見た。なにもかもうちすてて島へ戻ることをひたすら夢見た。

行軍訓練の途中のどこか、訓練キャンプのどこか、永久凍土に塹壕を掘ろうとしたときのどこかで、わたしは島の名前を全部書き記した手帳をなくしてしまった。はじめて気づいたとき、取り返しようのない大災難にみまわれたように思えた。軍から与えられた最悪の仕打ちだ。だが、しばらくすると、島の名前に関する記憶はまったく失なわれていないのがわかった。集中すれば、あのロマンティックな島名を連禱のように朗誦でき、想像した島の形を心のなかの地図にあてはめていけることに気づいたのである。

まずは地図を失い、つぎに手帳を失ったことで自分が解放されたのがわかった。わたしの現在に意味がなく、わたしの過去は忘れ去られた。唯一、島だけがわたしの未来を表している。島はわたしの心のなかに存在し、島について思いを巡らすたびに絶えず改変され、わたしの期待に見合うものになるのだ。

心身を消耗させる戦争の経験が長くつづくにつれ、心に絶えず浮かんでくる熱帯の群島のイメージにますます依存するようになった。

だが、軍を無視することはできず、軍隊の終わりのない要求に応えていかねばならない。はるか南の凍った山脈のなかに、敵軍は難攻不落の防衛陣を掘っていた。何世紀ものあいだ堅持してきたといわれる防衛線だった。まわりを塹壕で堅牢にかためられているので、けっして駆逐はできないだろう、というのがわが軍の一般的な見解だった。あの防衛線を攻撃しようとしたら、数十万、いや数百万の兵の命が犠牲になるだろう、と。すぐに明らかになったのは、わが部隊が最初の攻撃に参加するだけでなく、最初の突撃後、ひきつづき戦いのまっただなかにとどまることになる、ということである。

それが四千年紀の幕開けの前祝いだった。

ほかの多くの部隊がすでに所定の位置についており、攻撃準備をととのえていた。われわれはすぐに彼らを支援するため移動する予定だった。

二日後、予想通り、われわれはまたしてもトラックに押しこめられ、凍りつく高地地帯をめざして南へ移送された。陣をかまえ、永久凍土に可能なかぎり深く塹壕を掘り、身をひそめ、グレネード・ランチャーの照準を合わせる。そのころには、現実の周囲の環境にげんなりし、集中力を欠いていることで捨て鉢になり、自分の身になにがあろうといっこうに気にならず、わたしは恐怖と退屈がないまぜになった気持ちで、ほかの兵隊といっしょに待機していた。凍えていたので、暖かい島々のことを夢見た。

晴れた日には、水平線の近くに、凍った山脈の頂がかすかに見えたが、敵が動く気配はいっさいなかった。

凍ったツンドラのなかに陣地を築いてから二十日のち、われわれはまたしても退却を命じられた。次の千年紀まで十日足らずだった。

わが隊は移動し、大規模な衝突に兵力を増強すべく急いだところ、沿岸で衝突が起こっていると告げられた。死者と負傷者に関する報告は恐ろしいものだったが、われわれが到着したころには、すべて収束していた。崖沿いに防衛ラインを張った。こうした意味のない配置転換や作戦行動には慣れきっていた。わたしは海に背を向けた。手の届かぬ島々が横たわっている北の方角を視界に入れたくなかった。

恐れられていた開戦記念日が来るまでわずか八日しか残っていない。すでにわれわれはこれまでに見たことのない量の防具、弾薬、擲弾といった支給物資を受け取っていた。わが部隊の緊張感は堪えがたいものだった。今度こそ、わが方の将軍たちははったりをかましているのではなく、実際の戦闘は数日先、いや数時間先にせまっている、と確信した。

海の近さを感じた。もし脱走する《ディスチャージ・マイセルフ》なら、いまがそのチャンスだった。

その夜、わたしはテントを離れ、坂になった崖のもろい頁岩《けつがん》と砂礫の上を海岸まで滑り降りた。使わずに貯めてきた軍票で尻ポケットは膨れあがっていた。仲間内ではいつも、その紙には価値がないと冗談を言いあっていたが、ついに役に立つときが来たのかもしれぬ。夜明けまで歩き通し、日中は、海岸線の手前の小高い地面一帯に生い茂る藪にずっと身を潜め、できるだけ休息を取った。なかなか眠れぬ心が島の名を暗唱した。

あくる夜、トラックの轍《わだち》をなんとか見つけた。軍が使用した道だと判断し、細心の注意を払い、近づいてくる車の気配がしたらすぐに隠れるようにしながら、その道をたどった。夜に移動し、昼間はできるだけ眠るというパターンを繰り返した。

とある軍港にたどりついたときには、体調はひどいものだった。飲み水を見つけることはできたものの、四日間なにも食べていない。全身が衰弱しており、いまにも音《ね》をあげて、当局に出頭しそうになっていた。

港にほど近い、明かりの灯っていない狭い通りで、いきなりではなく、何時間か危険な下調べを繰り返したのち、捜していた建物を見つけた。夜明けにさほど遠くないころ、客足がまばらになり、娼婦たちの大半が寝ている時間帯にその娼家を訪ねた。娼婦たちはわたしを店に入れてくれ、わたしの抱えている状況の重大さをすぐに理解してくれた。女たちはわたしの軍票をすべて巻き上げた。

その娼家に三日間潜み、体力を恢復させた。女たちは民間人の服をくれた——少し派手だな、と思ったものの、わたしには民間人の生活経験がない。その服を手に入れた経緯、元々だれの物だったのかを訊ねる気にはならなかった。狭い貸間にひとりで何時間も、あたらしい服を着たまま、腕を伸ばして鏡をささえ、ガラスに映る限られた範囲のなかで自分の様子をしげしげと眺めた。軍の作業服をようやく脱ぎ捨てたこと、きめの粗い分厚い生地と重たい装備ベルト、かさばる防弾チョッキを外したことは、それ自体、自由を感じさせるものだった。

娼婦たちは夜ごと順番にわたしのところにやって来た。

四日目の晩、開戦四千年紀がはじまる夜の早い時間に、四人の娼婦がそれぞれのヒモとともにわたしを港へ連れていった。手こぎボートで港から遠く離れると、岬の向こうの黒く波打つ水上に発動機艇《モーターランチ》が待ちかまえていた。こちらのボートは明かりを灯していなかったが、街からの明かりで、ランチにすでに何人かの男が乗っているのが見えた。彼らも派手な服装をしていた。フリルのついたシャツ、へりを前に垂らした帽子、金のブレスレット、綿ビロードの上着。手すりにひじをついて、なにかを待ち伏せる目つきで水面をじっと見下ろしていた。連中のだれひとりとしてわたしのほうを見ず、たがいにも見ていなかった。挨拶もなければ、会釈もない。こちらのボートにいる娼婦から、もうひとつの船に乗っている黒服姿のふたりの身の軽い若者へと金が手渡された。わたしの乗船が認められた。

甲板の上の男たちのあいだに体をこじいれた。身にかかる温もりがありがたかった。手こぎボートが闇のなかに姿を消した。わたしはボートをじっと目で追い、若い娼婦たちの元にとどまれないことを悔いた。彼女たちの酷使されたしなやかな体を、その飾らない、熱心な床技をすでに懐かしく思い出していた。

ランチは夜のあいだずっと静かにその場で待ち受け、乗組員がときおり、狭い場所にむりやりスペースを見つけて、さらに男たちを乗せて金を受け取った。われわれは黙ったまま、甲板を見つめ、出発を待った。わたしはしばらくまどろんだが、あらたな男たちが乗ってくるたび、場所を空けるために移動せねばならなかった。

夜明け前に錨が上げられ、船は沖へ向けて発進した。防波堤代わりの岬の陰から離れたとたん、時化《しけ》に遭い、大波に揺られた。ランチの舳先は波が作る壁に不様にぶつかり、揺り戻しのたびに水をかぶった。またたくまに全身濡れそぼり、腹を空かし、怯え、疲れきり、一刻もはやく頑丈な大地にたどりついてほしかった。

塩水を目から拭いながら、われわれは北へ向かった。島の名の連禱が絶えず頭のなかで繰り返され、戻ってこいとわたしをうながした。


ランチから逃れる最初の機会が訪れたのは、人の居住する島にはじめて到着したときだった。その島がどこの島なのか、だれも知らないようだった。派手な服装のまま、わたしは陸に降り立った。流行の服装をしているにもかかわらず、みすぼらしく、だらしない格好のような気がしていた。船のなかで絶えず濡れていたせいで、布地から大半の色が抜け落ち、生地によって伸びたり、縮んだりしていたのだ。わたしには金もなく、名もなく、過去もなく、未来もなかった。

「この島の名前はなんというんです？」わたしは最初に出会った人物に訊ねた。波止場周辺のごみを掃除している老女だった。女は気がふれた人間を見るような目つきをした。

「ステッファー」

そんな名前の島を聞いたことはなかった。

「もう一度言ってください」わたしは頼んだ。

「ステッファーだよ、ステッファー。あんた、脱走兵だろ？」わたしがなにも言わずにいると、女はこちらがその情報を肯定したかのように、にっと笑った。「ステッファー！」

「それはぼくのことですか、それともこの島の名前なんですか？」

「ステッファー！」ふたたび繰り返すと、女は背を向けた。

わたしは礼のことばをつぶやき、ふらつきながら女から離れて街に向かった。自分がどこにいるのかまだ見当もつかなかった。

しばらくのあいだ、わたしは野宿し、食べ物を盗み、金を乞うて暮らした。その後、ひとりの娼婦に出会い、ホームレスのための施設があり、仕事を探す手助けをしてくれると教えてもらった。それから一日も経たぬうちにわたしも往来でごみ掃除をしていた。この島はキーレンと呼ばれていることもわかった。おおぜいの脱走兵《ステッファー》が最初に足を降ろす土地だった。

冬になった——脱走し《ディスチャージ・マイセルフ》たのが秋だったとは、当時はわからなかった。船賃代わりに甲板員として働くことで貨物船に潜りこめた。南方の大陸に物資を運んでいく船だが、途中、北にある島にも立ち寄ると噂に聞いていた。わたしのつかんだ情報は正しかった。わたしはフェレンステルにたどりついた。高い山並みが南から吹きつける卓越風をさえぎり、北側の居住地を守っている大きな島だ。わたしはフェレンステルのおだやかな天候のなかで冬を過ごした。春がやってくるとまた北へ移動し、とどまった期間はさまざまだが、マンレイル、ミーカ、エメレット、センティアに立ち寄った——どの島名もわたしの連禱のなかに入っていないものだったが、おなじように抑揚をつけてその名を口にした。

次第に生活レベルが向上していった。たどりついた先で野宿するよりも、たいていは滞在しているあいだ部屋を借りられるようになった。島の娼家が脱走兵の駆込み先に、溜まり場に、支援の場になっていることを学んだ。臨時雇いの仕事の見つけ方や、できるだけ安上がりに暮らす方法を知った。島の方言を習い、島ごとに異なる隠語に出くわすたびに知識をすばやく調整した。

ごくごくあいまいな訊き方をしてくる場合を除いて、だれも戦争のことでわたしに話しかけてこなかった。どの島に着いてもたちまち脱走兵だと突き止められるたものの、北へ移動し、気候が暖かくなるにつれ、そのことはあまり問題にならなくなっていった。

夢幻群島《ドリーム・アーキペラゴ》を北上しながら、この群島のことを夢に見、次に渡る島がどんなところだろうと想像し、実体があるように思えるほど考えつづけた。じっさいに島に到着するまで、想像上の島の現実感はつづいた。

そのころには、島の闇市を利用して、地図を手に入れることができた。地図というのは、どこであれ、入手するのがもっとも困難な書類であろうことがわかっている。手に入れた地図は何年も前の不完全なもので、色あせていて、ところどころ破れており、地名や島名はちょっと見たくらいでは読みとれない書体で書かれていた。それでもやはり、わたしが旅をつづけている群島の一部を記した地図にちがいはない。

地図の端、ちぎれた箇所に近いところに小さな島が載っており、どうにかこうにか島名を判読できた。メスターライン。信用ならぬわたしの記憶が、南向きの旅の途中で通過した島のひとつである、と告げていた。

サレイ、テンミル、メスターライン、プラチャウス——それは連禱の一部であり、わたしをミュリジーに連れ戻してくれるルートの一部だった。


不規則な旅をつづけてメスターラインにたどりつくまで、さらに一年かかった。上陸したとたん、わたしはその島に惚れこんだ——背の低い丘陵地帯と幅の広い谷間、ゆるやかに曲がりくねる川と黄色い浜辺からなる暖かい島だった。いたるところで花が咲き乱れ、光り輝く色彩を乱舞させていた。建物は白いペンキを塗った煉瓦とテラコッタのタイルで造られ、丘の頂上や、海際にそびえる崖の急な壁面によりかかるように密集して建っていた。雨の多い島だった——いつも午後もなかほどになると、西から爽快なスコールがやって来て、町や田舎をずぶぬれにし、雨が小川となって通りを音高く流れていくのだった。メスターの住民はこの激しい驟雨《しゅうう》をこよなく愛し、通りや広場に立ち、顔を上に向け、腕を高く差し上げる。雨は彼らの長い髪を官能的に流れ落ち、薄い衣服をしとどに濡らす。しばらくして、熱い太陽が戻ってきて、ぬかるんだ通りの轍がふたたびかたくなると、いつもの生活がまたつづいてゆく。その日の夕立があがると、だれもがその前よりも幸せな気分になり、屋外のバーやレストランで過ごす、けだるい夕べのための準備がはじまるのだった。

生まれてはじめて（むらのあるわたしの記憶ではそう思えた）、あるいは何年かぶりで（たぶんこっちのほうが真実だと思う）、目にしたものを描きたい衝動にかられた。光や色、場所と植物と人々が調和しているのに感嘆させられたのだ。

日中はできるかぎりあちこち歩いて過ごし、派手な色の花や野原、きらきら輝く川、木々の深い色合い、陽を浴びた海岸の青色と黄色の輝き、メスターの住民の黄金色の肌を目の保養にした。さまざまなイメージが心のなかを飛び跳ね、そのイメージをとらえることができるような芸術的な捌け口がほしくてたまらなくなった。

そんなわけで、わたしはスケッチをはじめた。自分がまだちゃんとした絵を描いたり、色を塗る用意ができていないのはわかっていた。

そのころには、狭い貸間で暮らせるくらいの金は稼げるようになっていた。港に面したバーの厨房で働くことで生計を立てた。きちんと食事をして、規則正しく睡眠を取ることで、戦争の後遺症であるひどい記憶欠如とおりあいをつけるようになった。兵役に服した四年間が、たんに失われた時であるかのように感じた。ひとつの省略、忘れられた人生のひとつであるかのように。ここメスターラインで、自分の人生が花開いていくように思えはじめた。アイデンティティを、取り戻すことのできる過去を、予見しうる未来を感じはじめたのだ。

紙と鉛筆を買い、小さな腰掛けを借り、港の壁の下に腰を据え、通りかかった人の似顔絵をすばやく描くということを習慣にしはじめた。メスターの住人が天性の見せたがり屋であるのはすぐに判明した——わたしがやっていることをに気付くや、みなが笑いながらわたしのためにポーズを取ってくれたり、もっと時間があるときに戻ってきて描かせてくれたり、もっと細部にわたって描けるよう、個人的に会ってもいいと提案する人さえいた。そういう提案をするのはたいてい若い女性だった。すでにメスターの女性がたまらなく美しいことに気がついていた。彼女たちの愛らしさと、メスターラインの暮らしのけだるい安堵感とがうまく調和していることで、わたしの心に生き生きとしたイメージが吹きこまれ、絵を描かずにはいられない気分にさせた。ますます幸福な気持ちが育っていった。

人生がますます大きく花開いていき、わたしは色彩を夢に見はじめた。

そんなある日、軍の輸送船がメスターラインの街に到着した。戦争に向かう南への旅の途中での寄港だった。甲板は若い徴集兵で鈴なりになっていた。

輸送船は街の港には入渠せず、沖合いに艀《はしけ》が投錨した。食糧とほかの物資を買い、飲み水を補給するための現金をのせて岸へやって来た。取引がおこなわれているあいだ、黒帽の分隊が通りを練り歩き、シナプス警棒をいつでも使えるようにして、徴兵年齢の男性を見かけるたびにじっと目を凝らしている。最初、やつらの姿を目にした恐怖に凍りつき、わたしは這々の体で街に一軒あるきりの娼家の屋根裏部屋に身を潜め、見つかったらどういう目に遭わされるものか怯えた。

黒帽たちがいなくなり、輸送船が出航したのち、わたしは恐怖に打ち震え、不安を抱えながら、メスターラインの街を歩きまわった。

わたしの島名の連禱にはちゃんとした意味があった。現実感の乏しい想像上の名前をたんに唱えているわけではなく、わたしの実体験の記憶から成り立っていた。島はたがいに結びついていたが、わたしが信じてきたような形ではなかった。すなわち、島の結びつきは、わたし自身の過去を解く暗号ではなく、解読されると、元の自分を思い出すというものでもなかった。ずっと散文的なもの、つまり輸送船が南へ向かう際の針路を示すものだった。

それでも無意識のメッセージではありつづけた。それをわがものとし、ほかにだれも知りようがないときに暗唱していたのだ。

当初メスターラインに期限を定めずに滞在するつもりでいたが、輸送船の思いがけぬ到来で、すべてが悪い方向に向かった。港の壁の下で絵を描こうとすると、わが身が無防備にさらされているように感じ、不安でたまらなくなった。わたしの手はもはや内なる目に応えてくれないだろう。紙を無駄にし、鉛筆を折り、友人を失った。わたしは脱走兵に逆戻りしてしまった。

メスターラインを立ち去る日、娼婦のなかで一番年若い女が埠頭にやって来た。女は名前の載った一枚のリストをわたしにくれた。島の名前のリストではなく、夢幻群島《ドリーム・アーキペラゴ》のほかの土地で働いている女友だちのリストだった。航海中に女たちの名前を記憶し、紙を丸めて海へ捨てた。

十五日後、わたしはピケにいた。気に入った島だったが、メスターラインとあまりに似ているのに気づいた。わが記憶という浅い土壌から移し替えようとしていた思い出に充ち満ちていた。ピケからパネロンに移動した。長い航海で、ほかにいくつもの島とヘルヴァードの情熱海岸を通り過ぎた。そこはそびえる岩でできた驚くほど巨大な礁で、その奥にある島の海岸を影で覆ってしまうほどだった。そのころにはずいぶん遠くまで移動しており、購入した地図の端までも過ぎてしまったため、島名の記憶しか自分を導いてくれるものはなくなっていた。ひとつひとつの島が姿を現すのを焦がれるように待った。

パネロンは当初わたしをはねのけた——島の景色の多くは、火山性の岩でできており、黒く、切り立って、人を寄せつけない様相だった。しかし、島の西側には、肥沃な地域が大きく広がり、目に見えるかぎり、岸から内陸に向かって熱帯雨林がつづいていた。海岸にはシュロの木が並んで生えていた。しばらく、パネロンの街に落ち着くことにした。

行く手には〈渦巻礁群〉が横たわっていた。その大小さまざまな岩礁からなる広大なつらなりの先には、オーブラック諸島があり、その先に、心の底から見つけたいと願っている島、ミュリジーがある——わがもっとも鮮明なる想像物が生まれたところ、そしてラスカル・アシゾーンの故郷が。

その土地、その画家——そのふたつがわたしの知る唯一の現実だった。自分がほんとうに体験したと唯一呼べると思っているものであった。

さらに一年の旅。オーブラック諸島の三十五の島にはさんざん苦労させられた——人口の少ないそれらの小島では、仕事や宿を見つけるのは難しく、かと言って、群島をたんに通りすぎたり、迂回するに足るほどの資金を欠いていた。島から島へ、食いつなぐため働き、熱帯の太陽の下で汗だくになりながら、ゆっくりと通り抜けていくしかなかった。旅を再開したことで、絵を描くことへの興味が戻ってきていた。比較的にぎわっているオーブラックの港のところどころで、イーゼルを立て、金目当ての絵を描き、小銭を稼ぐようになった。

諸島の中心にほど近いアンチオーブラシアでは、若干の顔料とオイルと絵筆を買った。オーブラック諸島は総じて色彩に乏しいところだった——色をあせさせる陽光の下に横たわる、平べったいなんのおもしろみもない島々で、内陸の平原の砂や白っぽい砂利が止むことのない風に乗って町々に流れこみ、どの方向を向いても、浅い潟の光沢のない薄青がかすかに見えた。鮮烈な色合いが欠けているので、かえって色を見極めて描こうとする意欲が募った。

輸送船を見かけることはなかったものの、それが通過したり、到来するのをたえず警戒していた。輸送船の航路をたどっているのは確かだった。というのも、船について島民に訊ねると、相手はたちまちこちらのいわんとする意味を察し、わたしの素性を読みとったからだ。だが、軍に関する信用のおける情報はなかなか集めにくかった。輸送船は南へ行くのをやめたと言われたり、航路を変えたのだと言われたり、夜間に通過していくだけだと言われたりした。

黒帽に対する恐怖がわたしを先へ進ませた。

ついに最後の海峡横断を果たし、ある晩、石炭運搬船に乗ってミュリジー・タウンに到着した。港口につながる幅広い湾をゆっくりと通り抜けながら、上甲板から、わたしは期待感に胸ふくらませて街を見渡した。ここであらたなスタートを切ることができる――ずいぶん昔の上陸許可の際、立ち寄ったときに起こったことはたいしたことじゃない。手すりにもたれ、暗い海面に反射するさまざまな色の街明かりを眺めた。エンジンの咆哮、がやがやという人の声、ひずんだ音楽のかすかな響きが聞こえた。前回ここに来たときと同様、街からあふれる熱気がわたしをつつんだ。

入渠作業の遅れで、わたしが陸にあがったときには真夜中を過ぎていた。寝場所を探すことが最優先課題だった。最近ろくに稼げなかったため、金を払ってどこかに泊まることができない。過去に何度もおなじ問題に直面しており、よく野宿をしていたものの、その日は正直かなり疲れていた。

やかましい往来を抜けて、裏通りに入り、娼家を探した。さまざまな感覚に襲われた――風がそよとも吹かない熱帯の暑気、熱帯特有の花や香《こう》のかおり、絶えることない車やバイクや輪タクの騒音、もうもうと煙をあげる屋台で料理されているスパイスの効いた肉のにおい、繰り返しまたたくネオン広告、屋台のラジオ、開いている窓という窓、戸口という戸口から耳障りにがなり立てるポピュラー音楽のビート。手荷物と絵の道具を抱えたまま、わたしは通りの角にしばらく佇んでいた。ぐるっと一回転し、わくわくさせられる喧噪を味わってから、荷物を降ろし、メスターの住民が雨をむさぼるときのように、感極まって両腕を差し上げ、街の踊る明かりを反射してオレンジ色に輝く夜空へと顔を向けた。

元気を恢復して新鮮な気分になり、意気軒昂に荷物を持ち上げ、娼家探しに出かけた。

中央波止場から二ブロック離れた小さな建物のなかにある娼家にたどりついた。建物の横手の路地に面した、目立たぬよう黒く塗られた扉から入るようになっていた。わたしはなかに入った。一銭も持たず、働く女たちの慈悲に身を投じ、わたしが知る唯一の教会に一夜のやすらぎを求めた。わが夢の大聖堂に。

過去の歴史から、いや、それ以上にマリーナといろんな店と日光浴用のビーチのおかげで、ミュリジー・タウンは観光客の集まる場所となっており、夢幻群島《ドリーム・アーキペラゴ》のいたるところから裕福な来訪者が訪れていた。島に来て最初の数カ月で、わたしは港の風景や山の景色を描いて、パラマウンダー通りにある広いカフェの隣の壁の一画に飾ることで、けっこう実入りのよい稼ぎを手にできることに気づいた。その通りには高級服飾店やお洒落なナイトクラブが軒を連ねていた。

オフシーズンになると、または金を稼ぐために絵を描くのに単に飽きると、繁華街の地上十階にある自分のアトリエにこもり、アシゾーンを祖とする絵画手法を発展させる試みに没頭した。アシゾーンがその最高傑作を生み出した街に滞在していることで、ようやく彼の人生と作品を全面的に調べ、彼が用いた技法を理解することができるようになったのだ。

触発主義絵画はとっくの昔に流行遅れとなっており、妨害されたり批判されたり、批評家の関心を惹いたりすることなく実験できる好都合な状況だった。超音波集積回路は、子ども向けの玩具市場を除いて流通しておらず、そのため、わたしが必要としていた顔料はもはや希少なものでも高価なものではなかった。ただし、必要とするだけの量を確保するのは当初なかなか難しかった。

わたしは制作に着手し、下地《ゲッソー》を塗った板に顔料の層を塗り重ねていった。その技法は複雑で、処理しにくかった——パレットナイフを一回滑らせただけで何枚もの板をだいなしにしてしまう。完成まであと一歩に迫っていた板も何枚もあった。わたしには学ぶべきことがたくさんあった。

そのことを肝に命じながら、わたしはミュリジー公立美術館の閉架部門を定期的に訪れるようになった。そこにはアシゾーンの原画が数多く保管されていた。女性の学芸員は当初、こんな忘れられた、流行遅れの、猥褻な画家として知られている人間に関心を抱いていることをおもしろがった。わたしの度重なる来訪にもすぐに慣れ、鍵のかかった聖所のなかでわたしがおこなう長い沈黙の交歓にも慣れていった。保管庫のなかでひとりきりになると、わたしは両手両足、顔、腰などをアシゾーンのけばけばしい絵に押しつけた。わたしはいわば、芸術的没我の狂気に溺れ、アシゾーンの息を呑むイメジャリーに文字通りひたりきっていた。

触発顔料によって発生した超音波は視床下部にダイレクトに作用し、神経伝達物質のセロトニンの濃度に急激な変化をもたらす。その結果すぐに現れる効果は、見る者が過去に体験したイメージを喚起させるというものだった——それよりも目立たない影響としては、抑鬱症と長期記憶の消失をもたらす。おとなになってからはじめてアシゾーン作品を直接体験したあとに美術館を立ち去る際には、その体験のせいで疲労困憊していた。アシゾーンの絵が生みだしたエロチックなイメージがつきまとって離れないでいる一方、苦痛と混乱と具体的に述べることのできない恐怖感に襲われた。

美術館をはじめて訪れたあと、わたしはふらふらとアトリエに戻り、二日間近くぶっとおしで眠った。目が覚めると、あの絵画について発見していたことで後悔した。触発主義絵画を体験すると、見る者は精神外傷の影響を受けるのだ。

覚えのある空白感を頭のなかに感じた。記憶が損なわれていた。近い過去のどこか、島々を経巡ったとき、そのうちのいくつかを訪れたことが記憶から消えてしまっていた。

島名の連禱はまだ記憶にあり、わたしは暗誦した。記憶喪失は一定のものではなかった——島名は覚えているのに、その島に行った記憶がない場合がいくつかあった。ウィンホーには行ったのか？ディマーは？　ネルキーは？　それらの記憶はまったくなかったが、いずれもわたしのたどってきた進路にある島だった。

それから二、三週間、わたしは観光客相手の絵描きに戻った。現金を得るためでもあったが、なによりも休息するためだった。自分が知ったことについて考える必要があった。わたしの子どものころの記憶はなにかによってほとんど消し去られていた。そのなにかとは自分がアシゾーンの絵に耽溺したことだと確信した。

わたしは作業をつづけ、しだいに自分なりのアプローチを見いだした。

物理的な技法はかなり簡単に身につけることができた。やっかいなのは、自分自身の情熱や願望、抑えがたい欲望を作品に移すという心理的な手続である。そこを習得すると、思い通りに描けるようになった。一枚一枚、わたしが描いた板がアトリエに溜まっていき、細長い部屋の端の壁に立てかけられていった。

ときおり、アトリエの窓辺に立ち、気取らぬ、せわしない街を見下ろすことがあった。自分が描いた衝撃的なイメージを背後の顔料のなかに隠しこんで。まるで強力なイメージ兵器の保管倉庫を隠し持っているような気がしていた。わたしは絵画テロリストになってしまった。世間の目にほとんど触れず、疑われてもいないが、わたしの絵はアシゾーンの傑作群がそうであったように、まちがいなく受け入れられない運命にある。だが、この触発主義絵画は、わたしの人生のまごうことなき表現だった。

実人生において放蕩者であり道楽者であったアシゾーンが、大いなるエロスの力を持つ場面を描いた一方、わたし自身のイメージは異なる源泉に由来していた――わたしは感情を抑えて、おなじことを繰り返し、あてもなくさまよう人生を送ってきた。必然的にわたしの作品はアシゾーンとは正反対のものになった。

わたしは正気でいるために絵を描いた。記憶を保つために。おとなになって最初の、あのアシゾーン作品体験後、自分自身を自分の作品に描きこむことでしか失ったものをとりかえせないのがわかったのだ。触発主義絵画を見ることは忘却を導くが、ようやく気がついたのはそれを描くことは、記憶を呼び起こすことになるのだ。

わたしはアシゾーンからインスピレーションを得た。自分自身の一部を失った。いま、絵を描くことでそれを取り戻していた。

わたしの絵はもっぱら治癒効果を持つものだった。絵を描くたびに、混乱や記憶障害を起こしている箇所が浄化された。パレットナイフを押さえるたび、絵筆で触れるたび、過去のあらたな細部がくっきりとして、正しい脈絡のなかに置かれた。絵はわたしのトラウマをやわらげてくれた。

自分の絵から離れて見てみると、一様な色がおもしろみなく置かれているだけで、その点ではアシゾーン作品とまったくおなじだった。ぐっと近づき、顔料を用いて作業したり、点描法で描かれた乾いた絵の具の層に直に触れたりすることで、大いなる静謐さと安心感をたたえる精神世界に入りこむのだった。

他人がわたしの触発主義絵画療法でなにを経験するかは気にしなかった。わたしの作品はイメージの兵器だった。その秘めた力は、踏まれるのを待っている地雷のように、爆発の瞬間まで隠されているのだ。

技法を確立しようと悪戦苦闘していた最初の年が過ぎると、わたしはもっとも多作な時期に突入した。描きあげる絵が増えたせいで自分の生活場所もなくなってしまい、いちばん野心的な作品の一部を波止場地区近辺で見つけた空き物件に移す準備をととのえた。元はダンス・クラブで、長い間そのまま放置されていたものの、建物自体は新築同様だった。

広い地下室は廊下と小さな部屋で入り組んでいたが、メインホールはぽっかりと空いた広い空間で、絵を何枚でも余裕で収めることができた。

小さめの絵は何枚かアトリエに残しておき、大きめの絵と、破壊と喪失のイメージを秘めているもっとも強力かつ不穏な作品を、この建物に置くことにした。

メインホールに最大規模の絵を置いたが、見つかることに神経質になって、それより小さな作品は地下に隠した。小暗く、過去の住人の饐《す》えた残り香がただよう廊下と小部屋の迷宮には、作品を隠す場所がたくさんあった。

絶えず作品の置き場所を変えた。ときには、丸一昼夜かけて、物がろくすっぽ見えないくらいの暗がりのなか休むことなく取り憑かれたように自分の絵を部屋から部屋に移動してまわった。

たがいに入り組んでいる廊下と小部屋は薄い仕切り壁によって安上がりに作られたもので、低出力の電球でときおり照らされるだけの、ふぞろいの通路や道を無限に組み合わせたようになっていることに気づいた。わたしは迷宮のなかの思いがけない、隠された場所に自分の絵を置いて番人に見立てた。戸口の奥や、通路の角を曲がったところなど、わざと明かりが一番乏しい場所をふさぐように置いた。

そんなことをしながら、建物を離れればしばらくは通常の生活に戻る。あたらしい絵を描きはじめたり、たいていは、イーゼルと腰掛けを持って通りを歩き、売れる景色の絵を補充すべく働いた。いつだって金には事欠いていたからだ。

こんな調子で、わたしの生活は何カ月ものあいだミュリジーの灼けつく太陽の下でつづいていった。ようやく自分がある種の充足感を得ていることがはっきりわかった。観光客向けの絵描きだって、かならずしもつまらぬ仕事ではない。具象絵画を描くことは、線や主題選びや筆さばきの鍛錬を必要とする。そのおかげであとでとりかかり、だれも目にすることのない触発主義絵画の持つ力を増すのに役立つのがわかったからだった。ミュリジー・タウンの往来で、わたしは腕の確かな風景画家としてささやかな評判を取るようになった。

五年が過ぎた。その間の人生はずっと順調だった。

五年という歳月は、人生がこれからもずっと順調だろうと確信できるほど長い時間ではない。ある晩、黒帽たちがやって来たのだ。

わたしはいつものように一人きりだった。わたしは孤独で引きこもっていた。娼婦以外に友はいなかった。自分の芸術のために生きており、ポスト・アシゾーン派としての、ほかに類のない、おそらくは結局のところ不毛で、謎に満ちた課題を果たそうとしていた。

わたしは収納倉庫にいて、取り憑かれたように絵の並べ換えに没頭していた。〝番人〟を廊下に置いて、また置き直すという作業を繰り返していた。その日早くに、荷車屋を雇って五枚の最新作を運ばせていた。荷車屋が立ち去ってから、わたしは五枚の絵をゆっくりと移動し、触れたり、抱えたり、並べかえたりしていたのだった。

黒帽たちはいつのまにか建物に侵入していた。わたしは一週間前に完成させた一枚の絵に没頭していた。絵を指で板の裏を包むようにして支えつつ、両のてのひらは板の角についた絵の具に軽く触れていた。

その絵はわたしが南方の軍にいたときに起こった出来事を間接的に描いたものだった。ひとりで偵察に出ているあいだに夜になり、なかなか自陣に戻れない。一時間、闇と寒さのなか歩きまわり、徐々に凍えてゆく。最終的にだれかに見つけられ、塹壕へ連れ帰ってもらったが、それまでは死の恐怖に怯えている。

ポスト・アシゾーン派として、わたしは自分の経験したとてつもない恐怖を表現した——まったくの闇、肌を刺す風、骨身に染みる冷気、つまずかずには歩けないでこぼこの地面、目に見えぬ敵にいつ襲われるやもしれぬ懸念、孤独、パニックに強いられた沈黙、かすかに聞える爆発音。

その絵はわたしにとって心を慰めるものだった。

その慰めから浮上したとき、四人の黒帽が背後に立ち、こちらを見ているのに気づいた。四人とも警棒をホルスターに入れている。恐怖が襲いかかってきた。

思わず捕らえられた動物のように喉を鳴らし、声にならぬ音を漏らした。連中に言葉を発したい。叫びたい。だが、獣じみた音を漏らすのがやっとだった。息を吸いこみ、もう一度声を出そうとした。今度はとぎれとぎれの声が出た。恐怖のせいで苦悶の声に吃音が加わったかのようだった。

それを聞いて、わたしがおびえているのを察した黒帽たちは警棒を抜いた。あわてることなく、なにくわぬ様子で近づいてくる。わたしはあとずさり、自分の絵にぶつかって倒した。

男たちの顔はわたしからは見えなかった――ヘルメットをかぶり、目にはスモークバイザーをかけ、口とあごを守るためリップが高くなっている。

カチリという音が四回して、シナプス警棒が作動した――警棒が掲げられ、殴打の構えを取った。

「貴様には免官処分《ディスチャージ》が下っているのだ、兵士よ！」男たちのひとりが一枚の紙をさげすむように投げつけてきた。紙はひらひらと舞い、男の足下に落ちた。「怯懦《きょうだ》の罪による免官だ！」

わたしは言葉を発しようとした……だが、ぶるぶる震えて息を吸うしかできず、なにも言えなかった。

わたしだけが知っているもうひとつの出口がこの建物にはあった。地下の迷路を抜けていく道だ。男たちのひとりが、わたしと、下へ降りていく短い階段とのあいだに立っていた。わたしは紙片に近づき、それを拾い上げるふりをしてフェイントをかけた。くるっと身をひるがえし、男の足めがけて体当たりした。男はわたしに向かって警棒を思い切り振るった。激しい電撃を受けて、わたしはがっくり倒れ、床の上を横滑りした。

片脚が痺れた。あわてて立ち上がろうとして、横転し、もう一度試みた。

わたしが動けなくなったのを見て、黒帽のひとりはある絵に近づいた。連中がここにやって来たときに、わたしが没頭していた絵だ。彼は絵にかがみこんで、警棒の端で絵の表面をつついた。

わたしは痺れていないほうの脚で体を起こそうとし、なかばうずくまった姿勢を取った。

触発主義絵画に使う顔料に警棒の先端が触れたとたん、激しい白い火花があがり、かん高くはぜる音がした。火花が消えると、煙がどっと立ちのぼった。男はせせら笑いをあげ、おなじことを繰り返した。

ほかの三人が男のやっているのを見ようと集まってきた。彼らも警棒の先端を板に押しあて、光る炎とさらなる煙をほとばしらせた。四人はげらげらと笑った。

ひとりがしゃがんで、なにが燃えているのか確かめようと身を乗りだした。むきだしの指先でダメージをこうむっていない部分の顔料をさっとなでた。

わたしの恐怖とトラウマが絵の具を通じて、男に伝わった。超音波は男を板に貼りつけた。男はじっと動かなくなった。四本の指が顔料の上に載っている。一瞬、男はそのままの姿勢で、うずくまったまま片手を伸ばして、なにか考えこんでいるように見えた。次の瞬間、ゆっくりと前につんのめり反対の手でバランスを保とうとしたが、その手もまた顔料の上に置いた。絵の上にばったり倒れると、男の体が痙攣しはじめた。両手は板にしっかり張りついている。警棒はわきに転がっている。くすぶっている絵の傷跡から煙が依然として立ちのぼっていた。

三人の同僚は仲間に何事が起こったのか確かめようと近づいてきた。そうしながらも、わたしから目を離さないでいた。わたしは必死で身を起こそうとして、まだ感覚のあるほうの脚に全体重をかけ、反対の脚は床にだらんと横たわるにまかせた。感覚はすぐに戻ってきたが、言いようもない苦痛が残っていた。

わたしは三人の黒帽の様子をじっと窺い、連中がにおわせている暴力を畏れた。なんのためにやって来たのであれ、それを行使するのは時間の問題に過ぎない。三人は倒れた男をしっかり抱きかかえ、顔料から男の手を引き離そうとしていた。わたしはバランスを保とうとあがいていた。その荒い息が金切り声のような音を小さく立てた。恐怖というものを知っているつもりだったが、このとき感じた恐怖に匹敵するものは、今までの体験にはなかった。

どうにか一歩踏み出した。黒帽たちはわたしに見向きもしない。まだ仲間をわたしの絵から持ち上げようとしていたのだ。連中が警棒で与えた傷跡から煙が渦を巻いて立ちのぼっていた。

黒帽のひとりが手を貸すよう、わたしに向かって怒鳴った。

「これは一体なんだ？　なにがこいつを板に張りつけているんだ？」

焦げた顔料が両手に達して、男は悲鳴をあげはじめたが、それでも手を離せずにいた。男の味わっている苦痛が、つまりわたしの苦悩が、男の体をねじ曲げていた。

「そいつの夢だ！」わたしははっきりした口調で叫んだ。「そいつは自分の卑しい夢から抜け出せなくなっているんだ！」

二歩目が踏み出せた。三歩目も。一歩踏み出すたびに動きが楽になった。とはいえ、痛みはひどい。ステージのそばの短い階段に脚をひきずりながら近づき、最初の段を降り、二段目であやうくバランスを崩しながらも、三段目、四段目と下った。

わたしが古いステージの下の扉にたどりついたのと同時に黒帽たちがこちらを見た。あえて振り返ろうとはしなかったが、三人が顔料の上に倒れた男をうち捨てて、警棒を構えているのが見えた。三人は運動選手並みの力強さで、わたしに向かってすばやく距離をつめてきた。わたしは痛む脚をひきずりながら、扉の向こうへ飛びこんだ。

ぜいぜいと息が切れた。すすり泣くような声が漏れた。扉、通路、小部屋、そしてまた扉とつづき、それらすべてを通り抜けた。背後で黒帽たちが怒鳴り、わたしに立ち止まるよう命じた。だれかが薄い仕切り壁にぶつかり、木がきしみを上げる音が聞こえた。

わたしは先を急いだ。小さめの絵を何枚か置いてあるカーブした通路が行く手にあり、その先には、いずれの扉も広く開いている小部屋が三つ縦につづいている。わたしはそれぞれの部屋に絵を一枚ずつ置いていた。絵は室内で番をしているのだ。

廊下を進みながら、三部屋それぞれのあいている扉を叩き閉めた。いままでは痺れていたほうの脚もほぼ正常に動くようになっていたが、痛みは引いていない。奥が引き込みになっているあらたな廊下に出ると、そこにも絵を一枚立てかけてあった。引き返して、大きめの小部屋の扉を押し開け、そのバネ式の扉が閉まろうとするのをわたしの絵の角をはさむことで、つっかえ棒にして開けたままにした。行く手にはあらたな廊下があり、ほかの廊下よりも幅が広い。ここには十数枚の絵があり、壁に立てかけてある。よいほうの脚で絵の下の部分を払い、斜めに倒して、部分的に行く手をさえぎるようにした。絵のかたわらを通り過ぎる。男たちがまたもわたしを怒鳴りつけ、脅して、止まるよう命じた。

背後でぶつかる音が聞こえた。さらにもう一回。男たちのひとりが毒づいた。

次の短い廊下を通り抜けると、さらに四つの小部屋が扉を開けたままになっていた。もっとも強烈な絵の何枚かをこの部屋に隠していた。それを引っ張りだし、板の一部がひざの高さで廊下にはみ出るよう調整した。それにもたせかける形で背の高い絵を置き、ちょっとでも揺れれば倒れるようにした。

またぶつかる音がして、怒鳴り声がつづいた。いまや声はすぐそこまで来ており、老朽化した仕切り壁の反対側で聞こえていた。重たい音がした。だれかが倒れたかのような音だ。ついでののしり声が聞こえた――男のひとりが悲鳴を上げた。仲間のひとりが叫びはじめた。そいつが壁にぶつかり、薄い壁がわたしのほうへ向かって膨れあがった。連中のまわりで絵が倒れる音がして、シナプス警棒が顔料と接触して突然炎があがるぱちぱちという音が聞こえた。

煙のにおいがした。

わたしは力を取り戻しつつあった。それでも黒帽につかまえられるというむきだしの恐怖にまだ取り憑かれていた。別の廊下に入った。ほかの廊下よりも幅が広く、明るい照明があり、天井まで届く壁に囲まれてはいない。煙がここにも漂ってきた。

わたしは廊下の突き当たりで足を止め、呼吸を落ち着かせようとした。あとにしてきた廊下の迷路から音は聞こえてこない。廊下を出て、その先の広いサブフロアに入った。あいかわらず音は聞こえず、煙の渦がまわりを取り巻いていた。立ったまま耳を澄ませる。緊張し、怯えながら、黒帽たちが絵にいっさい触れずに通り抜けてきた場合に起こるであろう事態の恐怖に凍りついていた。

静けさはつづいた。音、思考、運動、生命、それらすべてがトラウマと喪失感の絵に吸い取られていた。

黒帽たちはわたしの恐怖に屈服したのだ。炎が彼らのまわりでめらめらと燃えていた。

自分ではその炎はまったく見えなかったが、しだいに煙が濃くなっていった。天井に達しようとしており、焦げた顔料の発するガスが黒灰色の雲に強くまじっていた。

広がる火につかまるまえに逃げ出さねば、とようやく気づいた。サブフロアを急いで横切り、古い鉄の取っ手がついた扉に悪戦苦闘しながら、闇のなかに走り出た。建物の裏手にある丸石敷きの路地をぎこちない足取りで進み、角を一つ曲がり、さらにもう一つ曲がって、ミュリジーの市場通りの一本に入りこんだ。通りの暑い夜は、人と、明かりと、音楽と、車の行き交うけたたましい騒音にあふれていた。

それから夜が明けるまで、わたしは街の裏通りや路地をとぼとぼと歩き、スタッコ塗りの壁のざらつく表面を指先でなぞりながら、建物が燃えているあいだに失われつつある絵のことをひたすら考えていた。わが苦悩が焼き尽くされつつある――とはいえ自分の過去から解放されたとも言えよう。

夜明け前の時刻にふたたび港近くの区域へ戻った。絵は迷宮の古びた木製の壁に火がつくまで、しばらくくすぶっていたにちがいないが、いまや建物全体が炎に焼き尽くされていた。人目を避けるために密閉していた戸口や窓がふたたび開け放たれ、地獄への四角い入口と化している。吸いこまれた空気の起こす強風のなかで、白と黄色の炎がうなりをあげていた。黒い煙が屋根の通気孔や隙間からもくもくと吐き出されていた。消防隊員たちが崩れかけた煉瓦壁に放水していたが、たいした効果はなかった。わたしは身の回り品を入れた小さなカバンを抱え、波止場に突っ立ったまま、消防隊員たちが奮闘するのを見ていた。東のほうで空が白みはじめた。

消防隊員たちが炎を鎮火させたころ、わたしはその日最初のフェリーに乗って、ほかの島々に向かっていた。

島の名前が心のなかで何度も繰り返され、わたしを先へ先へとうながした。

訳者あとがき

古沢嘉通

いまや日本の読書シーンに確実な地歩を固めたかに思えるイギリス作家クリストファー・プリーストの日本オリジナル作品集をお届けする。

収録作は、一九六六年の処女作「逃走」から、本書が企画された二〇〇四年時点での最新作「ディスチャージ」まで、その間の長篇以外の代表作をほぼ網羅した内容になっている。「ディスチャージ」以後発表された短篇はわずかに三篇であり、幸いというべきか、いずれも本書収録作の水準には達していないため、文字通り、本書がプリースト傑作選の決定版と言ってよいだろう。

それにしても、何度となく日本への紹介が中断されてきた経緯がある、すなわち、近年になるまでまるで「売れなかった」作家の作品集を編めるとは、永年プリーストの応援団を自認していた訳者として、非常に感慨深いものがある。

〝抑制の利いた筆致、読み手の予測を裏切る巧みな構成、読み進むにつれ味わわされる現実崩壊感覚、まさに小説の魅力を満喫させてくれる極上の逸品であり、文字通り時の経つのを忘れてむさぼり読み、機会があるごとに、「これが訳されないなんて犯罪ですよ」と吹聴しまくり、その甲斐あってここに邦訳をお届けできるのは、訳者冥利に尽きる。身びいきが過ぎるかもしれないが、読んで損はない作品である、と自信をもってお薦めする〟と『魔法』*The Glamour*（1984）単行本版の訳者あとがきで大見得を切ったのが一九九五年。

この訳書がみごとなくらい売れずに面目丸つぶれで、二度とプリーストを訳す機会はないかもしれないと慨嘆していたのだが……。

挽回のきっかけは、映画評論家添野知生さんからもたらされた*The Prestige*（1995）がクリストファー・ノーランの監督で映画化されるという情報だった。早川書房があたらしく叢書シリーズ〈プラチナ・ファンタジイ〉をはじめるにあたって、候補作の打診を受けた際、映画化情報とともにこの世界幻想文学大賞受賞作を推薦したところ、無事、編集会議を通り、版権取得にいたった。映画化という後押しがなければ、惨憺たる成績だった作家の本がふたたび出版されることはなかったかもしれない。

この長篇が『奇術師』（ハヤカワ文庫FT）として、二〇〇四年四月に出たところ、ターゲットとしていたSF周辺の読者だけでなく、ミステリーや文学畑の読者にも幅広く受け入れられ、年末の各種ベストテンに入ったことで、一気に知名度があがり、〈プラチナ・ファンタジイ〉叢書のなかでは、とびぬけて版を重ねることができた。

おかげで翌〇五年には『魔法』が法月綸太郎氏のすばらしい解説つきで文庫化され（ハヤカワ文庫FT）、満を持して現時点での最新長篇『双生児』*The Separation*（2002）が新装なった〈プラチナ・ファンタジイ〉叢書の一冊として〇七年四月に単行本で出版され、同六月には待望の『奇術師』原作の映画「プレステージ」（2006）が公開された。

映画のほうは、「かなりの改変が施され、原作よりずいぶんシンプルでわかりやすくなっているが、それでも最近のハリウッド映画としては例外的に知的でウェルメイドな秀作」（大森望氏評）だったが、関係者の期待も空しくヒットにはいたらなかったものの、『双生児』は、ＳＦおよびミステリーの各種ベストテンを賑やかせ、高価な本にもかかわらず、二度、三度と版を重ねる好成績をあげた。とくに『ＳＦが読みたい！　二〇〇八年版』における識者のアンケート投票では、ベスターの『ゴーレム^{100}』やイーガンの『ひとりっ子』、ティプトリーの『輝くもの天より墜ち』、シモンズの『オリュンポス』など錚々たるライバルたちに大きな得点差をつけ、堂々二〇〇七年の海外部門第一位に選ばれた。なお、『奇術師』は、〇四年の同アンケートで第二位に入っている。

二十一世紀のＳＦ翻訳シーンは、ひところのグレッグ・イーガン（一九六一年生まれ）一人勝ちの様相から一転、翻訳の難しさとあまりに高い文学性から本格的紹介が遅れていたジーン・ウルフ（三一年生まれ）は別格としても、コニー・ウィリス（四五年生まれ）、ダン・シモンズ（四八年生まれ）、ジョージ・Ｒ・Ｒ・マーティン（四八年生まれ）、そしてプリースト（四三年生まれ）と、第二次大戦終戦前後生まれの作家が遅ればせの（？）反攻を強めているという、一見、不思議な状況にある。

いや、実は不思議でもなんでもなく、いわゆるランキング上位作品を翻訳しているのは、筆者も末席を汚している六〇年前後生まれのＳＦ翻訳者たち（酒井昭伸、嶋田洋一、大森望、山岸真、柳下毅一郎など）が中心であり、嗜好の違いこそあれ、みな一様に、多感な十代のころに、浅倉久志・伊藤典夫というＳＦ翻訳の第一人者のフィルターを通した最先端の英米ＳＦの洗礼を受けている。あるいは、やや時代は下がるが、浅倉・伊藤の直系後継者であり、一時、獅子奮迅の活躍をしたのち、ゲーム業界へ転身した安田均のフィルターも高性能なものだった（筆者のプリースト好きは、安田さんの影響大である）。「浅倉好み」や「伊藤好み」、「安田好み」（われわれより下の世代の読者では、そこに「山岸真好み」も加わってくるだろう）は、永年にわたり、日本における翻訳ＳＦの（量的に最大ではないかもしれないが）もっとも影響力の大きな読者集団の嗜好を左右してきた。いま、それなりに力と世知を身につけてきて、自分の好きなものが比較的容易に訳せるようになった四十代後半から五十代前半のわれわれ「浅倉・伊藤・安田」チルドレン訳者が、心の故郷である七〇年代に頭角をあらわしてきた第二次大戦終戦前後生まれの作家を好んで翻訳し、それが「浅倉・伊藤・安田（＋山岸）」チルドレン読者に受け入れられているのが、最近の翻訳ＳＦランキングに反映されている――というのはさほど極論ではなかろう。

そのなかでも、ＳＦジャンル外にも幅広く受け入れられているのは、なんといってもプリースト（とウィリス）であろう。その最大の理由は、この種の洗練されたＳＦのなかでは、プリースト作品がとびぬけて「わかりやすい」からだ。平易で明晰な文体と、ストレートな人物描写（複雑怪奇な性格の人間、実存の重みに懊悩する人間などはまず登場しない）、シンプルなプロットから構成される物語は、普通に読めばだれでもわかる。プリースト作品の真骨頂たる叙述トリックも、きわめて単純なものである。むずかしそうに見えるのは、たんに手間がかかっているだけにすぎない。

『双生児』について、この作品が難解であるとして、訳書につけられた大森望氏の懇切丁寧な解説の効用を言及した感想をネット上で数多く目にしたが、日本の読者にとってのこの作品のとっつきにくさを難解さと誤解されたのではないだろうか。「世界を収束させる手際は見事だけれど、擦り合わされる現実のイギリス現代史の素養に欠ける分、掻痒感」[*1]を覚えるから、とっつきにくく思えるのだろう。たとえば、作中で重要なエピソードとなるルドルフ・ヘスが大戦中にイギリスへ飛来したという史実が、日本の読者の「世界史の素養」であるかどうか、疑わしいところだ。とはいえ、この長篇の一ページ目に、あまりにもわかりやすいヒントが記されており、ある意味では、作家が読者に求めているリテラシーは、それほど高くない。

「難解さ」とはおよそ縁遠いのが、プリースト作品なのである。そこに書かれていることを普通に読んでいけば、なにが書かれているのか、すべて明確にわかり、それでいて読み進めるうちに、読者がそれまで頭に描いていたことが最初から描き直しを余儀なくされるという不思議を味わう、そこがプリーストの「手練の技《プレスティージ》」であり、「魅力《グラマー》」なのである。

このわかりやすさは、エンターテインメント性と言い換えてもよいだろう。長篇 *The Affirmation* (1981) によってメインストリーム(主流文学)筋の注目を浴びて以降、文学性の高い作品をもっぱら著しているものの、SFというジャンルの作家としての根っこの部分は変わりようがなく、どうしても「おもしろく」書いてしまうのは、業のようなものである。そもそも、プリーストは、筋金入りのSFファンなのだ。七〇年代初頭に企画されて以降、膨大な作品を集めながらもいっこうに出版される気配のない幻の巨大アンソロジー『最後の危険なヴィジョン』の編者、ハーラン・エリスンを糺弾する小冊子 *The Book on The Edge of Forever* (1994) をファン出版し、SF作家にして活動的なファン・ライター、デイヴィッド・ラングフォードと組んで、電子書籍とオンデマンド書籍出版の会社を設立し、ジョン・スラデックとデイヴィッド・I・マッスンという玄人好みの作家の短篇集を多

＊1　鳥居定夫、『SFが読みたい！　二〇〇八年版』pp. 68

数出版するといった、病膏肓に入ったファン活動からも容易にそれはうかがえよう（先頃出たばかりのジョン・スラデック短篇集『蒸気駆動の少年』柳下毅一郎編〔河出書房新社〕の内扉裏の下から二行目をご覧いただければ、版権交渉の遺族代理人（?）として、プリーストの名前が載っているのがわかる）。

さて、ここで二〇〇五年四月におこなわれたインタビュー*2を元に、クリストファー・プリーストの経歴を少々詳しく紹介しよう。

クリストファー・（マッケンジー）・プリーストは、一九四三年七月十四日にイングランド北西部のマンチェスター市に近いヒールド・グリーン村に生まれた。五歳上の姉と三歳下の妹の三人兄弟。父親は計量器製造販売会社の営業職。母親はエドワード朝時代の大家族の出身で、十七人兄弟の末っ子にあたり、兄弟のうち十四人がアメリカ合衆国に移住したせいで、目下、合衆国には五百人以上の親戚がいるが、たぶんだれもイギリスに著名な作家である親戚がいることを知らないだろう、という。

三九年九月の第二次大戦勃発時、プリーストの両親は長女とともに、ロンドン南西部に暮らしていたが、ドイツ空軍のロンドン爆撃にともない、イングランド北部へ疎開したものの、爆撃は一家のあとを追ってきた。「当時、イギリス国内に安全な場所はどこにもなかった」

プリーストが生まれたのは、そんな疎開先のひとつだった。戦後まもなく、祖父母が暮らす、エセックス州フリントン・オン・シーという海沿いのリゾート地をたびたび訪れる機会があったが、おさない子どもだった作家は、「戦争で破壊された家の多さに衝撃を受けた。爆撃で破壊された建物を見て、心を奪われたものだ」。生家最寄りの大都市であるマンチェスターの戦禍の様子とこのリゾート地の被害状況を目にしたことが作家の原風景となっている。

子どものころのもっとも重要な記憶は、母方のおじの妻に関わっているという。おじは、ダービーシャーの辺境、ペナイン・ムアにあるメソジスト派牧師のための神学校に勤めており、おばはブライト病（腎炎）で寝たきりだった。プリースト一家は何年ものあいだ、たびたびおじ夫妻に会いにでかけ、「保守的なブルジョア向け郊外から車に乗って、山の中にわけいり、病人のニーズが最優先されている、湿った暗い家にたどりつく。二、三時間、深夜の緊急治療に関するおそろしい話を聞かされ、添え木やおまるなどが嫌でも目に入ってきた。おりにふれ、牧師たちのひとりがやってきて、みなあなたのために祈りを捧げています、とおばに請け合った」。

「そのせいでわたしは不可知論者になったね！　それに悪夢を見るようになった。何年もあとになってからの話だが、作品のためのイメージやアイデアが無尽蔵にわいてくる源になってくれた」

初婚同士の両親が築いた家族は安定しており、安全な地域で、五人家族には広すぎる家に暮らしていた。「そういうことがどれほどうんざりするものであるのかわかっていなかった。ほかの作家が羨ましかったものだ。家族関係が崩壊した家庭の出身であったり、運動部の先輩にカマを掘られたり、寄宿学校で酷い目に遭ったりといった、小説の題材になるようなことはいっさいわたしの身には起こらなかったんだ」

五一年から五九年まで在籍した公立校（学校にはなじめず、成績も悪かったそうだ）を卒業後、ロンドンに出て、シティのなかの会計事務所で会計士見習いとして就職する。会計業務などいやでいや

＊2　Giles Dumay, “Christopher Priest Interviewed（April 2005）”, *Christopher Priest : The Interaction*, Edited by Andrew M. Butler（Science Fiction Foundation, 2005）

で辟易していたが、仕事柄、全国を飛びまわることができ、見聞をひろめられたのはよかった（女性も知ったし、一九六二年に、リヴァプールに出張にいったとき、たまたま、キャヴァーンクラブでビートルズのライブを見たそうだ。「人生が永遠に変わってしまった瞬間だったね。音楽がどれほどの影響を与えうるものか、驚くよ」）。

　SFを読み出したのは六二年。この年の末までに人生最大の決断を下した――仕事をやめて、物書きになろうと思ったのだ。六三年なかごろには、最初のSF短篇を書きはじめ、五、六本書いたところで、運良く、六四年「逃走」が採用された。この間、おそろしく無能な会計士として仕事をつづけていた結果、どの勤め先でも首になり、「一九六八年に最後の職場を首になったとき、いっさいを放りだして、フリーランスの物書きとして、運試しをしようと決心した。その幸運は、いまもつづいている」。

　ここからは、はしょり気味に、その幸運の成果を紹介しよう。[*3]

　七〇年処女長篇『伝授者』*Indoctrinaire* を上梓。時間旅行とディストピア・テーマをからませ、新人らしからぬ重厚な筆致で注目を集める。おなじくディストピアものの短い長篇 *Fugue for A Darkening Island*（1972）を経て、[*4]双曲面様の世界を舞台にする第三長篇『逆転世界』*Inverted World*（1974）にて、イギリスSF協会賞を受賞したのみならず、ヒューゴー賞の最終候補にものぼり（ル・グィンの『所有せざる人々』と競いあう）、一気に一流作家の仲間入りをはたす。

　その後、H・G・ウェルズへのオマージュ『スペース・マシン』*The Space Machine*（1976）（オーストラリア版ヒューゴー賞であるディトマー賞受賞）、現実を侵食する夢というプリースト年来のテーマが色濃く現れた佳作『ドリーム・マシン』*A Dream of Wessex*（1977）、短篇集 *An Infinite Summer*（1979）と長篇 *The Affirmation*（1981）（ディトマー賞受賞）という、ともに《夢幻群島《ドリーム・アーキペラゴ》》なるこれまた夢と現実の間《あわい》の世界を舞台にした作品等、寡作ながら、発表した作品がいずれも高い評価を浴びる。この《夢幻群島《ドリーム・アーキペラゴ》》ものは、SF的ガジェットを廃しているせいか、メインストリーム畑でも受け入れられ、八三年にイギリスの文芸誌〈グランタ〉七号の〝ベスト・オブ・ヤング・ブリティッシュ・ノヴェリスト〟特集で、プリーストはカズオ・イシグロ、イアン・マキューアン、ジュリアン・バーンズ、サルマン・ラシュディなど二十名の有望な若手イギリス作家のひとりに選ばれ、一般に広く認知されるようになった。

八四年に『魔法』（ドイツ版ネビュラ賞にあたるクルト・ラスヴィッツ賞受賞）、九〇年にサッチャーリズムが過度に進んだ英国を舞台にしたメタ・フィクション *The Quiet Woman*、九五年に『奇術師』*The Prestige*（世界幻想文学大賞と、イギリス最古の権威ある文学賞であるジェイムズ・テイト・ブラック記念賞受賞）、九八年に仮想現実ソフトに侵食される現実を扱ったミステリ仕立ての *The Extremes*（イギリスSF協会賞受賞）、九九年に《夢幻群島《ドリーム・アーキペラゴ》》ものの集大成である連作中短篇集 *The Dream Archipelago*、〇二年に『双生児』（アーサー・C・クラーク賞、イギリスSF協会賞

＊3　『魔法』（早川書房、一九九五年）の訳者あとがきをアレンジした。

＊4　BBC放送で〇六年に製作放送されたイギリスSF史を特集した番組 *The Martians and Us*（『火星人とわれわれ』）の第三回 "The end of the world as we know it"（「これはまさにこの世の終わりです」）のなかで、この長篇が大きくとりあげられ、プリースト自身も出演している。You Tube 等で検索すればしゃべるプリーストの姿を確認できる。

受賞）を発表。まさに作品を刊行すればほぼ賞を獲っている事実が示すように、現役のイギリスSF作家のなかで、これほど高い評価を得ている作家はほかにいまい。

最新の情報によれば、目下とりくんでいるのは、映画「プレステージ」のメイキング本（！）と、*The Dream Archipelago* の増補改訂新版であるとのこと。

前作長篇『双生児』出版からすでに六年が経つ。ことし六十五歳になる作家だが、まだ老けこむにははやい。じっくり時間をかけた傑作長篇が上梓されることを期待してやまない。

私生活では、八一年に作家のリサ・タトルと結婚し、八七年に離婚。八八年に作家のリー・ケネディと再婚し、双子（エリザベスとサイモン）をもうけ、現在は、イースト・サセックス州沿岸の港市ヘースティングズに妻子とともに暮らしている。


本作品集収録作の内容については、巻頭のプリースト自序を参考にしていただきたいが、以下に書誌等の情報をみじかく触れる。なお、既訳には大幅に手を加えていることを付記しておく。

「限りなき夏」An Infinite Summer　初出〈Andromeda 1〉(1976)
前述の『最後の危険なヴィジョン』に寄稿し、エリスンに採用されていたが、はやばやと見切りをつけて原稿をひきあげたという、いわくつきの作品。
翻訳には、作品集 *An Infinite Summer* (1979) 所収のものを使用。
既訳「限りなき夏」安田均訳〈SFマガジン〉一九七八年十二月号
「限りなき夏」古沢嘉通訳（河出文庫『20世紀SF④』所収）

「青ざめた逍遥」Palely Loitering　初出〈The Magazine of Fantasy and Science Fiction〉(1979/1)／新訳

題名は、イギリスの詩人ジョン・キーツの代表的バラッド *La Belle Dame sans Merci*（「つれなき美女」）より。「ああ、汝はなにを苦しむのだ、鎧をつけた騎士よ／ひとり青ざめてさまよいながら」とはじまる、キーツの恋人への思いを託し、愛情の破壊力を詠った詩とか。イギリスSF協会賞受賞。

翻訳には、作品集 *An Infinite Summer*（1979）所収のものを使用。

既訳「青ざめた逍遥」安田均訳〈SFマガジン〉一九八一年一月号

「限りなき夏」「青ざめた逍遥」共に安田均氏の既訳を参考にさせていただいた。

「逃走」The Run　初出〈Impulse〉(1966/5)／本邦初訳

記念すべきデビュー作。初出時の作者名は、クリス・プリーストだった。処女作には作家のすべてがあらわれているとは、よく言われているのだが……。

翻訳には、作品集 *Real-Time World*（1974）所収のものを使用。

「リアルタイム・ワールド」Real-Time World　初出〈New Writings in SF #16〉(1972)／本邦初訳

初期中短篇のなかで、代表作と言われている。プリーストにしては珍しく、いかにもSFっぽいガジェットを使っているが、一般的な現実から離れた環境下で、内部の人間の〝現実〟が歪んでいくという、お得意のモチーフはここでもはっきりあらわれている。
翻訳には、作品集 *Real-Time World*（1974）所収のものを使用。なお、東北大学ＳＦ研究会会誌別冊〈Divergence-Extra〉一九八二年春号掲載の鈴村徹氏の同作品訳文を参考にさせていただいた。

「赤道の時」The Equatorial Moment　初出 *The Dream Archipelago*（1999）／本邦初訳

本篇から巻末の「ディスチャージ」まで、プリーストの短めの作品のなかで代表作にあたる、架空の多島海《夢幻群島《ドリーム・アーキペラゴ》》を舞台にした連作を並べた。この連作、各作品がそれぞれ独立しており、作者の弁によれば、「共通しているのは〝夢幻群島《ドリーム・アーキペラゴ》〟という単語くらい」だそうで、あえてこれに附言するなら、数千年にわたる戦争がつづいている世界という背景を押さえておけば、あとは美とエロスと眩惑と恐怖の物語に身を浸せばいい。

本篇は、過去に発表された連作五篇を一冊にまとめた連作中短篇集 *The Dream Archipelago* の冒頭に置かれた書き下ろし作品で、〈時間の渦〉という装置を配して、連作に大まかな枠をはめようとしているかに思える。もっとも、この〈渦〉は、ほかには巻末の「観察者」（本書には未収録）に出てくるだけである。それも雑誌発表時には、いっさい出てこず、連作集収録の際の改稿で加えられている。プリーストは版があらたまるごとに改稿を入念におこなうタイプの作家であり、次の増補改訂版 *The Dream Archipelago* では、また、大きく変わっている可能性が高い。

翻訳には、作品集 *The Dream Archipelago*（1999）所収のものを使用。

「火葬」The Cremation　初出〈Andromeda 3〉（1978）

翻訳には、著者から提供された改訂版テキスト（二〇〇四年？）を使用。前述の増補改訂版には、このテキストが使用されるのかもしれない。
既訳　〈ＳＦマガジン〉二〇〇五年四月号

「奇跡の石塚《ケルン》」The Miraculous Cairn　初出〈New Terrors #2〉(1980)／本邦初訳
前述のプリーストのおばのエピソードがここに活かされているのは、一目瞭然。この作品については読者の興趣を殺がぬよう内容についてはこれ以上なにも書かずにおく。
イギリスの文芸誌〈グランタ〉７号（1983/3）の〝ベスト・オブ・ヤング・ブリティッシュ・ノヴェリスト〟特集号に再録。
翻訳には、作品集 *The Dream Archipelago*（1999）所収のものを使用。

「ディスチャージ」The Discharge　初出〈SciFi.com〉(2002/2/13)
連作集出版後にエレン・ダトロウの編集するウェブ・マガジンに発表された。のちにロバート・シルヴァーバーグ＆カレン・ヘイバー編の年間ＳＦ傑作選 *Science Fiction: The Best of 2002* にも収録された。フランスのイマジネール賞海外短篇部門受賞。
既訳　〈ＳＦマガジン〉二〇〇三年十二月号

なお、《夢幻群島》連作中短篇集 *The Dream Archipelago* の目次を最初から順に並べると、「赤道の時」「拒絶」「娼婦たち」「火葬」「奇跡の石塚」「観察者」となり、これに「ディスチャージ」を加えると、連作のすべてが邦訳されていることになる[*5]――はずだったのだが、つい最近、この連作に属する The Trace of Him という短篇がイギリスのSF雑誌〈インターゾーン〉〇八年二月号に、また、Fireflies という短篇がイギリスSF協会五十周年記念オリジナル・アンソロジー *Celebration*（〇八年三月刊）に掲載されてしまった。

『奇術師』以降の人気のおかげで、今後ともプリースト作品の翻訳をつづけていける見込みである。つぎは、プリーストがメインストリーム畑で認められるきっかけとなり、いまの「語り／騙り」作風への転換点ともなった傑作長篇 *The Affirmation* をご紹介したいと考えている。あまり長くお待たせして忘れられないよう精進したい。それまでは、本作品集で、「飢え」をしのいでいただければありがたい。充分腹持ちのする内容にできたと自負している。

二〇〇八年四月

＊5　本作品集収録作以外の《夢幻群島》物の既訳は、Whores (1978)「娼婦たち」安田均訳（〈NW-SF〉第十六号、一九八〇年年九月刊）、The Negation (1978)「拒絶」安田均訳（サンリオSF文庫『アンティシペイション』所収、一九八七年刊）、The Watched (1978)「観察者」大森望訳（〈SFマガジン〉一九八八年二月号）の三篇。残念ながら、紙幅の都合上、収録を見送った。いずれも連作集収録時に大幅に改稿されている。

●主要著作リスト

1 *Indoctrinaire*（1970）『伝授者』鈴木博訳（サンリオＳＦ文庫）長篇
2 *Fugue For a Darkening Island*（1972）長篇
3 *Inverted World*（1974）『逆転世界』安田均訳（創元ＳＦ文庫）長篇
4 *Real-Time World*（1974）短篇集（十篇収録）
5 *The Space Machine*（1976）『スペース・マシン』中村保男訳（創元ＳＦ文庫）長篇
6 *A Dream of Wessex*（1977）『ドリーム・マシン』中村保男訳（創元ＳＦ文庫）長篇
7 *An Infinite Summer*（1979）短篇集（五篇収録）
8 *The Affirmation*（1981）長篇
9 *The Glamour*（1984）『魔法』古沢嘉通訳（ハヤカワ文庫ＦＴ、邦訳は一九八五年の改訂版に基づく）長篇
10 *The Quiet Woman*（1990）長篇
11 *The Book on The Edge of Forever*（1994）ノンフィクション
12 *The Prestige*（1995）『奇術師』（ハヤカワ文庫ＦＴ）長篇
13 *The Extremes*（1998）長篇
14 *Existenz*（1999）『イグジステンズ』柳下毅一郎訳（竹書房文庫）ノヴェライゼーション
15 *The Dream Archipelago*（1999）連作中短篇集
16 *The Separaion*（2002）『双生児』古沢嘉通訳（早川書房）長篇

著者　クリストファー・プリースト　Christopher Priest
1943年、英国イングランドのチェシャー州生まれ。16歳でマンチェスター市の公立学校を卒業後、会計事務所に勤めるかたわら、66年に短篇「逃走」でデビュー。70年に第一長篇『伝授者』を発表。74年の第三長篇『逆転世界』では英国SF協会賞を受賞、ヒューゴー賞の最終候補にものぼり、以後イギリスSFの旗手として活躍。70年代の代表作として『スペース・マシン』(76)『ドリーム・マシン』(77) がある。83年には“文壇の若手最優秀英国作家”20名の一人に選ばれ、主流文学一般にも広く認知されるようになる。84年発表の『魔法』はメタフィクションの傑作として高く評価される。95年『奇術師』で世界幻想文学大賞 (06年にはハリウッドで映画化)、02年『双生児』では英国SF協会賞とアーサー・C・クラーク賞を受賞し、名実ともに現代のイギリスSFを代表する作家である。

訳者　古沢嘉通（ふるさわ・よしみち）
1958年生まれ、1982年大阪外国語大学デンマーク語科卒、英米文学翻訳家。訳書にクリストファー・プリースト『魔法』『奇術師』『双生児』、イアン・マクドナルド『火星夜想曲』、ジェフ・ライマン『夢の終わりに…』(以上早川書房)、マイクル・コナリー『暗く聖なる夜』『終結者たち』(講談社文庫)、ウォルター・テヴィス『地球に落ちて来た男』(扶桑社) などがある。

未来の文学
FUTURE/LITERATURE

限《かぎ》りなき夏《なつ》

2008年 5月15日初版第1刷発行

著者　クリストファー・プリースト
編訳者　古沢嘉通
発行者　佐藤今朝夫
発行所　株式会社国書刊行会
〒174-0056　東京都板橋区志村 1-13-15
電話 03-5970-7421　ファックス 03-5970-7427
http://www.kokusho.co.jp
印刷所　明和印刷株式会社
製本所　株式会社ブックアート

ISBN 978-4-336-04740-3

国書刊行会SF

未来の文学

第Ⅰ期

60〜70年代の傑作SFを厳選した
SFファン待望の夢のコレクション

Gene Wolfe / The Fifth Head of Cerberus

ケルベロス第五の首

ジーン・ウルフ　柳下毅一郎訳

地球の彼方にある双子惑星を舞台に〈名士の館に生まれた少年の回想〉〈人類学者が採集した惑星の民話〉〈訊問を受け続ける囚人の記録〉の三つの中篇が複雑に交錯する壮麗なゴシックミステリSF。

ISBN978-4-336-04566-9

Ian Watson / The Embedding

エンベディング

イアン・ワトスン　山形浩生訳

人工言語を研究する英国人と、ドラッグによるトランス状態で生まれる未知の言語を持つ部族を調査する民族学者、そして地球人の言語構造を求める異星人……言語と世界認識の変革を力強く描くワトスンのデビュー作。ISBN4-336-04567-4

Thomas M.Disch / A Collection of Short Stories

アジアの岸辺

トマス・M・ディッシュ　若島正編訳
浅倉久志・伊藤典夫・大久保寛・林雅代・渡辺佐智江訳

特異な知的洞察力で常に人間の暗部をえぐりだす稀代のストーリーテラー：ディッシュ、本邦初の短篇ベスト。傑作「リスの檻」他「降りる」「話にならない男」など日本オリジナル編集でおくる13の異色短篇。ISBN4-336-04569-0

Theodore Sturgeon / Venus plus X

ヴィーナス・プラスX

シオドア・スタージョン　大久保譲訳

ある日突然、男は住民すべてが両性具有の世界レダムにトランスポートされる……独自のテーマとリリシズム溢れる文章で異色の世界を築きあげたスタージョンによる幻のジェンダー／ユートピアSF。

ISBN4-336-04568-2

R.A.Lafferty / Space Chantey

宇宙舟歌

R・A・ラファティ　柳下毅一郎訳

偉大なる〈ほら話〉の語り手：R・A・ラファティによる最初期の長篇作。異星をめぐって次々と奇怪な冒険をくりひろげる宇宙版『オデュッセイア』。どす黒いユーモアが炸裂する奇妙奇天烈なラファティの世界！　ISBN4-336-04570-4

短篇小説の快楽

読書の真の快楽は短篇にあり。
20世紀文学を代表する名匠の初期短篇から
本邦初紹介作家の知られざる傑作まで
すべて新訳・日本オリジナル編集でおくる
作家別短篇集シリーズ。

聖母の贈り物　ウィリアム・トレヴァー　栩木伸明訳

“孤独を求めなさい”——聖母の言葉を信じてアイルランド全土を彷徨する男を描く表題作ほか、圧倒的な描写力と抑制された語り口で、運命にあらがえない人々の姿を鮮やかに映し出す珠玉の短篇全12篇。トレヴァー、本邦初のベスト・コレクション。

すべての終わりの始まり　キャロル・エムシュウィラー　畔柳和代訳

私の誕生日に世界の終わりが訪れるとは……なんて素敵なの！　あらゆるジャンルを超越したエムシュウィラーの奇想世界を初めて集成。繊細かつコミカルな文章と奇天烈で不思議な発想が詰まった19のファンタスティック・ストーリーズ。

パウリーナの思い出に　アドルフォ・ビオイ＝カサーレス　高岡麻衣訳

最愛の女性は恋敵の妄想によって生みだされた亡霊だった——代表作となる表題作、バッカスを祝う祭りの夜、愛をめぐって喜劇と悲劇が交錯する「愛の手がかり」他、ボルヘスが絶讃した『モレルの発明』の作者が愛と世界のからくりを解く9つの短篇。

あなたまかせのお話　レーモン・クノー　塩塚秀一郎訳

その犬は目には見えないけれど、みんなに可愛がられているんだ……哲学的寓話「ディノ」他、人を喰った異色短篇からユーモア溢れる実験作品まで、いまだ知られざるレーモン・クノーのヴァラエティ豊かな短篇を初めて集成。

最後に鳥がやってくる　イタロ・カルヴィーノ　和田忠彦訳

語り手の視線は自在に俯瞰と接近を操りながら、ひとりの女性の行動を追いかけていく——実験的作品「パウラティム夫人」他、その後の作家の生涯と作品を予告する初期短篇を精選。カルヴィーノのみずみずしい語り口が堪能できるファン待望の短篇集。